九州

NovoLand ·

丧乱之瞳

唐缺

著

北京联合出版公司

Beijing United Publishing Co.,Ltd.

图书在版编目（CIP）数据

九州·丧乱之瞳 / 唐缺著 . -- 北京 : 北京联合出
版公司 , 2021.4
ISBN 978-7-5596-4942-3

Ⅰ . ①九… Ⅱ . ①唐… Ⅲ . ①长篇小说—中国—当代
Ⅳ . ① I247.5

中国版本图书馆 CIP 数据核字 (2021) 第 011663 号

九州 · 丧乱之瞳

作　　者：唐　缺
出 品 人：赵红仕
责任编辑：夏应鹏
封面设计：吴黛君

北京联合出版公司出版
（北京市西城区德外大街83号楼9层 100088 ）
北京新华先锋出版科技有限公司发行
涿州汇美亿浓印刷有限公司印刷　新华书店经销
字数276千字　787毫米×1092毫米　1/16　20印张
2021年4月第1版　2021年4月第1次印刷
ISBN 978-7-5596-4942-3

定价：49.00元

目
录

1
·

第一章
两个夜晚，两个黎明

1

死亡之夜来临前就像风暴的序幕，那些骇人的狂暴都隐藏于平静的海面之下，看不出一丝剧变的征兆。郭凯和往常一样，守着他生意清淡的水果摊，百无聊赖地打着盹儿，直到筐里蜜桃的外皮开始起皱，就像他的脸一样。多年以来，他一直待在这座破败肮脏的小城里，捣鼓着各式各样的小生意，城里一大半的人都认识了这个沉默、平凡的孤老头儿。

"困死了……收摊收摊！"当最后一丝残阳的余晖被黑暗吞噬后，郭凯嚷嚷着站起身来，向其他摆摊的小贩打个招呼，把卖剩的水果装上一辆平板车。他慢吞吞地拉着车回到家里，关好房门之后，门内再也没有传出任何声息。一切都没有任何异样。

到了这一天的夜半时分，小城的更夫打着更，无精打采地从郭凯居住的小巷穿行而过。刚刚走到郭凯家门外，他忽然看见房门悄无声息地打开了，一个黑影从里面闪了出来，速度非常快，但看身形并不是郭凯。

有贼？更夫警惕地上前一步，想要拦住这个黑影，但紧接着，他的心猛然抽紧了。

他闻到了一种腐尸一样的味道。一股来自那个黑影身上的浓烈而腐臭的气味传到鼻端，差点让他呕吐起来。更糟糕的是，没等更夫反应过来，黑影忽然转过头来，冲着他咧嘴一笑。清朗的月光下，他能够很清晰地看见，那是一张完全看不清面目的血肉模糊的脸，就好像整张脸皮都被硬生生地揭掉了一样，脸上只有两样东西在月色下反射出亮光：一样是那一口白森森的牙齿，另一样是右眼深红的瞳仁中闪动着的狰狞而残忍的光芒。

这个黑影好像是独眼，左眼始终没有睁开过。

那恐怖至极的笑容在一瞬间击溃了更夫脆弱的神经。他发出一连串没有意义的喊叫，摔倒在地上吓晕过去。昏迷之前，他用模糊的视线看到，黑影恍如一只纸鸢，在夏季温热的夜风中浑似没有重量，带着一身魔鬼般的气息，飘然消失于漆黑的夜色中。

更夫的惨叫声惊醒了附近的居民。他们开门出来，七手八脚地救醒了更夫。等了好半天，更夫才慢慢恢复一点神智，用颤抖的声音讲述了刚才发生的一幕。人们这才注意到，外面闹腾得跟打仗似的，郭凯竟然一直没有出门，这可不对劲。

他们连忙抄起菜刀、擀面杖之类的家伙，冲进了郭凯家。房内空无一人，郭凯已经不知所踪，床上的被褥整整齐齐地叠着，似乎这一夜他根本就没有上床睡觉。居民们吵吵嚷嚷，议论不休，终于惊醒了邻近一条巷子里住着的老捕快。他听了一下大致的情况，回到家里带上腰刀，走进了郭凯的屋子。

老捕快把无关闲人统统赶出去，点亮了屋里所有的灯盏，开始仔仔细细检查。最后他走进厨房，在被灶火熏得发黑的墙角找到一个小小的突起。他犹豫了一下，用力按了下去。随着一声轻响，墙角的地面忽然裂开一道缝，从缝里露出一段石阶。老捕快端起一盏油灯，小心翼翼地走了下去。

台阶很长。老捕快一边走一边注意检查地面和四壁，发现这个地道基本没有积灰，说明经常有人在里面走动。谁会走这条神秘的地道？会是郭凯吗？会是这个毫不起眼儿的孤老头儿吗？

老捕快一边走，一边在心里不断猜测着。终于，到了这条地道的尽头，眼前是一扇厚重的石门，上面有三个锁孔，分别插着一把长长的钥匙。老捕快知道，这是一种很复杂的连环锁，必须将三把钥匙转到锁孔中正确的位置，石门才能开。幸好他很快发现，从石门边缘透出一点亮光，说明石门已经被开启，却并没有重新锁上。他尝试着用力向前平推，一阵轰隆声后，石门居然真的开了。

老捕快进入石门，里面豁然开朗，是一间巨大的石室，石室四壁点着幽暗的长明灯。在石室中央，赫然出现一个人影。老捕快下意识地把手按在了刀柄上，但他又很快看清楚，那人坐在椅子上一动也不动，头颅低垂着。

老捕快的心脏剧烈地跳动着，他一点一点地靠近，看清楚了那人的全貌。郭凯，这个诡异的、静坐在石室中央的人正是郭凯。虽然老捕快的脚步声在安静的石室里听来很清晰，郭凯却始终纹丝未动，恍若未闻。

老捕快并没有感到奇怪，因为靠近之后，眼前的情景证实了他的判断：郭凯已经奄奄一息。这是一把特制的石椅，而郭凯的颈部、肩背、四肢都被一些如蛛丝般透明的细线穿过。那些细线穿过他的皮肉、骨头，将他如一个巨大的提线木偶般吊着，让他完全无法动弹。他脸色灰败，身体由于剧痛而不由自主地微微颤抖着。

那一瞬间，老捕快凭着多年办案的丰富经验，大致猜到了一点案情的轮廓。郭凯已经在这间房子里住了很久，这个工程庞大的地道，不大可能是别人挖的。看来他是个深藏不露的人，表面上是一个平凡的小贩，却在家里布置了这么一个规模不小的密室，干着不可告人的勾当。这些年他把自己隐藏得滴水不漏，谁也不知道他的真面目。但在这个离奇的夜晚，郭凯把自己送上了死亡之路。

老捕快用颤抖的手轻抚着那些纤细却无比结实的透明细线，隐隐回忆起一些过去的传闻。虽然他只是一座小城里的无名捕快，生平经办的大多是些偷鸡摸狗的小案子，没有机会也没有资格去接触复杂的大案，但年轻时在一次去州府办差时，他曾听一位高级捕快讲过这种线。

"秘术是让人防不胜防的东西，"那位高级捕快说，"假如你只是想擒获一个秘术师而不是杀了他，那会非常困难。因为即便你把一个秘术师捆成粽子，再往他的嘴里塞一个铁球，他仍然有办法使出秘术，杀人于无形之间。所以有人专门采集殇州尸麋的骨胶，制作出一种特殊的线，用这种线穿过人体上一些特殊的气血节点，尸麂特殊的毒性就能抑制秘术师的精神力，让其不能凝聚功力。"

"那么要几根线才管用呢？"那时的老捕快认真地问，仿佛在他与违章商贩斗争的职业生涯中，真有可能遇到一个秘术高手似的。

"尸麂的毒性是很厉害的，一般来说，在四肢等部位穿上十根线，就足够制住一名普通的秘术师了。"对方回答。

回忆到这里，老捕快忽然一阵毛骨悚然。眼前的透明尸麂线密密麻麻，何止百根，显然不会是郭凯替自己准备的。那么，究竟是什么样可怕的角色，需要准备那么多尸麂线来对付呢？郭凯又是什么人呢？这一个突如其来的夜晚，究竟发生了些什么？

"如果你还有力气说话，告诉我究竟发生了什么吧。"老捕快低声说，但心里并不抱希望。身前的郭凯几乎连出气的力气都没有了。

郭凯听到老捕快的问话，嘴唇努力地蠕动着，用尽最后的一点生命力，发出了含混不清的声音。

"他逃了……"郭凯的脸上写满了恐惧，"我们完了……"

"谁？谁逃了？为什么完了？"老捕快大声地问，但他已经不可能再得到回音了。郭凯吐出最后一口气，不再动了。

老捕快强忍着恶心，俯下身来，看着郭凯那张仍然带着强烈惧意的脸。那一刻，他一下想起自己下来之前，那个惊吓过度的更夫坐在地上反反复复地念叨着的一句话。

"他只有一只眼睛……"更夫喃喃地说，"他只有一只眼睛。"

"一只眼睛……究竟是什么意思呢？"老捕快自言自语着，只觉得冰一样的寒气从脚底一直蹿到了头顶。在忽明忽暗的灯火下，郭凯的左眼好像一个深不见底的黑洞，眼眶里的眼球已经被挖掉了。

郭凯死后的第四天。越州，清余岭。

猎人冯今川手握猎叉，和同伴们埋伏在一片灌木丛后，等待着一头他们已经追寻了好几天的专门糟蹋庄稼的野猪。灌木丛前的空地上已经设置好了陷阱，但这头该死的野猪此前连续三次逃过了陷阱，让猎人们心中充满火气。这一次，他们从邻村请来了几位擅长弓箭的帮手，下定决心要为村子铲除祸患。

冯今川虽然已经四十多岁，但肌肉饱绽，有着一身蛮力，向来是村里围猎的主力。此刻他目不转睛地盯着陷阱的方向，随时准备跳将出去，狠狠赏给野猪一猎叉。

正在人们焦躁等待的时候，远处忽然传来一阵若有若无的吟唱声。那歌声十分缥缈，仔细分辨，好像根本没有歌词，只是一些无意义的旋律，让人想起传说中海中鲛人的鲛歌。

"好怪的调子，"一个年轻猎户皱起眉头，"就好像是……就好像是……招魂的丧歌，让人听了就不舒服……冯大哥，你怎么了？"

年轻人诧异地发现，在听到这奇特的吟唱声后，冯今川的脸色骤然间变得煞白，身子也颤抖起来。他竖起耳朵，仔细聆听那令人毛骨悚然的声音，忽然之间，双目里充满泪水。他霍然站起身来，丢掉手里的猎叉，向着吟唱的方向走去。

"冯大哥，你去哪儿？"猎人们叫起来，但冯今川恍若未闻，步履坚定地走向前方。走出十来丈后，树丛里一阵晃动，一头躯体庞大的野猪猛冲出来。猎人们在等待着它，它也在等待着猎人，此时看到一个人赤手空拳地走到面前，这头凶悍的野猪有些忍不住了。

"当心！"猎人们惊呼着，但冯今川看都没看那头野猪一眼。他轻轻挥了挥手，地面陡然开裂，几根尖锐的石笋从地下直刺而出，一下子把野猪整个穿透。石笋上的野猪发出垂死的嗥叫，而冯今川已经走远。

猎人们你看看我，我看看你，眼神中充满了难以置信和惊惶。他们隐隐意识到，那奇异的吟唱声是一种不容抗拒的召唤，在这种召唤之下，他们记忆中只会挥动钢叉狩猎的冯今川，恢复了本来面目。

郭凯死后的第十二天。澜州，八松城。

光天化日之下，几个放高利贷的地痞正在围殴一个瘦弱的中年妇人。

妇人被打得鼻青脸肿、遍体鳞伤，丝毫不敢还手。周围路过的人漠然而视，没有人上前劝解，甚至连停步看热闹的都没几个。对他们而言，这样的场面早已司空见惯。

"父债子还，夫债妻还，这是规矩！"领头的地痞恶狠狠地说，"你老公上吊死了，那是他自己不要命，欠我们的债可一个铜锱也不能少！"

"大爷，家里确实没钱了，我已经两天没吃东西了……"中年妇人含泪哀求道。

"那就只能把你卖到中州给贵族们做家奴换回一点钱了，"地痞头目冷冷一笑，"可惜你又老又丑，不然卖到窑子里，还能多赚点。"

妇人正准备继续哀求，忽然间浑身一震。在不远处的街角，一阵古怪的吟唱声响起，清晰地传入她耳中。妇人双膝一软，跪在了地上。

"你跪下有什么用？别说跪，就是爬也不顶用！"地痞头目抬起右脚重重踢在妇人背上。但这一脚的后果是灾难性的，他的脚尖刚刚碰到妇人的背，就感到一阵无法忍受的灼痛。随即，明亮的火焰熊熊燃起，他的整条右腿都烧了起来。

他痛得满地打滚，手下们也慌忙脱下外衫为他扑打火苗，但那些火焰仿佛被注入了特殊的魔力，怎么拍打都无法熄灭，直到那条腿被完全烧焦。头目已经疼昏过去，地痞们手足无措，此时都忽略了那个妇人。

她站起身来，旁若无人地走向街角，走向那令她如痴如醉的吟唱。

郭凯死后的第十七天。宁州，杜伊霍城邦，扶风城。

宁州是羽人的家园，一直以来都只属于那些飞翔的精灵们，但在最近几十年间，形势悄然发生了变化。和平的时局带来了种族的交流融合，也带来了信仰与文化的冲突。羽族的年轻人越来越认同人类的生活方式，与此同时，忧心忡忡的老年人还在试图固守传统，试图唤起年轻人的共鸣。当然，这样的尝试结局往往都是尴尬的。

比如眼前这一次祭礼，那是羽族历代传下来的一年一度的重要祭祀，对象是森林之神。羽人用祭典表达他们对森林之神的无比崇敬，并祈求神明保佑，让宁州的森林继续茂盛生长，令羽族可以继续繁衍生息。

显然年轻人是不会对此有什么兴趣的，那位老迈的祭司身上穿着可笑的长袍，嘴里自顾自地念着祝词，参加仪式的人却寥寥无几，而且大部分都是和他一样的老人。在令人喘不过气来的夏日的干热空气里，在伤痕累累的年木前，这一幕显得有些滑稽，又有些悲凉。

老祭司磕磕巴巴地念完了祝词，正准备进行下一步，远处却传来了一阵曲调怪异的吟唱声，并不是羽族祭祀中惯用的曲调。听到这个曲子，老祭司好像被雷击中了一样，忽然僵立在原地。几秒钟后，他好像回过神来，跪在地上，整个身体匍匐在地面。

"错啦！"旁边的一位老人轻声提醒，"还有三段词，唱完了才能跪下祭拜。"

但老祭司似乎完全没有听到他的话，他的身子紧贴在地面上，做出无比虔诚膜拜的姿势。过了好一会儿，他站起来，猛地甩掉了披在身上的长袍，大踏步地离开了年木，向着那古怪的吟唱传来的方向走去。老人们惊恐地注意到，他脚步踏过的地方，那些枯黄的草叶瞬间变黑，化为灰烬。二十年来，这位祭司一直是位和善而谦卑的普通老者，在对传统的坚持中打发着无趣的生命，但现在，仿佛有一种极度邪恶的力量在他体内苏醒了。

郭凯死后的第二十三天。瀚州，青马草原。

郭凯死后的第三十天。宛州，阳淇镇。

第三十九天，第四十五天……

那段无人能理解的神秘吟唱，一次次出现在九州各地。每次那摄人心魄的吟唱声响起，就会有一个原本平凡无奇的普通人抛弃掉一切，从原本的生活中彻底消失。对于九州这片土地而言，少那么几个人、十几个人，并不是什么了不起的事情，也没有人能联想到更多。在很长一段时间内，人们都无从知道，也无法想象，郭凯死亡的那个惊悚的夏夜，会把怎样的黑暗与血腥带到这个世界上来。

2

公孙克从天亮起就忙碌不休。家里除了他料理家务外，一个家仆都没有，倒是省了很多麻烦。他只要静悄悄地收拾家里的各种细软，捆扎打包，装上马车。其实家里并没有太多值钱的东西，加在一起还不到半口箱子的分量，但是有很多书，而它们的主人——公孙克的叔叔，是一个爱书如命的人。公孙克猜想，就算叔叔别的什么都不拿，也一定会带走这些书。

他一直忙到黄昏时分，才总算打包好所有书，累得满头大汗，腰酸腿疼。他捶着腰，焦躁不安地等候着。这时，有人在外面敲门，他以为是叔叔回来了，连忙跑去开门，但门外站着的却并不是叔叔，而是隔壁一直和他关系暧昧的倪小瑛。倪小瑛一脸幽怨地望着他："你一出门就是好几天，回来了也不找我……你是要搬家了吗？为什么都不告诉我一声？"

公孙克十分尴尬，却又不能明说，支支吾吾了好一阵子，这让倪小瑛更加不满，眼眶里涌出了泪水。她哭哭啼啼地和公孙克纠缠了好一阵子，直到后者保证一定会给她写信，一定会抽空回来看她，这才一步三回头地离去。

公孙克觉得这次出的汗比之前干活儿出的还要多，他惆怅地看着倪小瑛的背影，只觉得身心俱疲，终于支撑不住，趴在床上睡着了。一阵急促的马蹄声把他惊醒，这次真的是叔叔回来了。到了这时他才注意到，天已经快亮了。

"你怎么才回……"公孙克的话刚说到一半，就被叔叔打断了。他看着公孙克辛劳一天的成果，无声地笑了："你还真以为我们是搬家到别处安居啊，带着这些东西，跑不出两里地就会被人发现了。"

"啊？不是搬家吗？"公孙克愣了愣，"我还以为是你和他们产生了矛盾，打算换个地方呢。"

叔叔摇摇头："矛盾永远都有，但还不至于致命，而这一次，你得去逃命。"

"致命？"公孙克呆住了，"还有，为什么是'我得去逃命'，你呢？"

"我怎么可能逃得掉？"叔叔说得很平淡，眉宇间却有一丝伤感，"他们是绝不会让我活下去的。因为那个秘密太可怕了，他们不能容许外人知道，一定要杀了我灭口。"

"可是，你这几天叫我做的准备……"公孙克急急地说，但还没说完就被叔叔打断了。叔叔用一种不容置喙的语气对他说："那只是故意让他们以为我想逃，让他们把注意力都放在我身上。事实上，我绝不可能活下来，我唯一能做的，是让你逃走，并且把那个秘密带出去，保存下来，期待日后能有人揭开它。记住，要把这个秘密看得比你的生命还重要，因为它可能牵涉成千上万人的生命！"

公孙克听得似懂非懂，但他很清楚叔叔的脾气，只要是决定了的事情，就绝不可能改主意。所以他只能含着泪，牢牢记住叔叔对他的吩咐，然后把叔叔交给他的几样东西收藏好。

"我已经约好了买主，天亮之后我会把马车也卖给别人，你躲在车底，把身体缚牢。只要我还在家里露面，他们就不会怀疑，你就有机会逃生。然后，跑得远远的，越远越好，尽量在偏僻的地方藏身。等我死后，你再找机会完成我托付给你的事情。"

公孙克知道，命运已经无法改变。他只能按照叔叔所说，在车底布置可以供他藏身的地方。这时叔叔走过来，轻轻拍了拍他的肩膀。

"还有一点，你一定要记住，"叔叔用无比严肃的口吻说，"如果你发现有独眼人对这些东西感兴趣，一定要立刻逃走，毫不犹豫。"

"如果有独眼人对此感兴趣，我就要马上逃跑。"公孙克重复了一遍。

"是的。也许迟疑一下，你就会丢掉性命，"叔叔的声音冷得像冰，"他们是不属于这个世界的邪魔。"说完，他转过头，凝视着正在缓缓升起的金色的朝阳，似乎意识到，自己已经没有太多机会欣赏旭日初升的美丽了。

3

据说人都是有父母的——这显然是一句废话，但风笑颜从未曾体会到过它的正确性。当她长到三岁，已经开始渐渐懂事的时候，意识到自己从来没有见到过父母，哪怕是一面。

"你的爹娘在你出生后不久就都病死了，"舅父风长青——同时也是这个大家族的族长冷淡地告诉她，"所以你见不到。"

她还想多问，风长青却什么也不愿意说了。三岁的孩子在这方面并无太多执着，所以没过半天，她就把这件事忘掉了，一个人跑到院子里逗弄树上停着的一只鸟儿。其他孩子聚在一起，和往常一样玩着他们的游戏，没有任何人愿意接近风笑颜。

几个月之后的一个深夜，风笑颜在睡梦中见到了自己的父母。在她的梦境中，父母的脸模模糊糊的，看不清楚，但可以肯定，父亲英俊和蔼，母亲美丽慈祥。一家三口在一片花团锦簇的草地上游玩，阳光和煦，春风拂面，一切都那么美好。

然而突然之间，仿佛有一股阴冷的寒意侵入了身体，让风笑颜禁不住浑身一颤，那个温暖而令人沉醉的梦境顿时化作碎片，消失无踪，眼中只有无尽的黑暗。她很不情愿地嘟哝了一声，想要重新入睡，接续上刚才的梦，但猛地感受到一丝危险的气息：好像有什么东西正立在她的床头。

她慌忙睁开眼睛，浑身的血液在那一瞬间几乎凝固了。借着透过窗户的黯淡星光，她看到自己身前站着一个披头散发的女人，穿着一身破破烂烂的布裙，头发已经白了大半，容色苍老，惨白如纸的脸上布满了刀刻般的皱纹，每一条皱纹的缝隙里都藏着肮脏的污垢。女人的目光呆滞而恍惚，正用仅剩的右眼直勾勾地望着她，嘴角歪斜，带有一种似哭非哭、似笑非笑的古怪表情。

女人的左眼处什么都没有，眼珠早已经消失，只有一个空洞的窟窿。

风笑颜差点被这个鬼魅一样的夜半来客吓到心跳停止，大张着嘴想要叫，喉头却颤抖着连声音都发不出来。她浑身僵直地躺在床上，只觉得那只幽深的右眼好像有什么独特的魔力，正把她的灵魂整个吸出去。

就在她觉得自己已经熬不住快要晕倒的时候，卧室的门被撞开了，家族里的人一拥而入，不由分说地抓住了那个女人，把她扭了出去。女人拼命挣扎着，但她一个人的力量不可能抵得过那些男人，仍然被粗暴地硬拽了出去。

"快把她拖出来！快点！"屋外响起风长青十分恼怒的声音。

在风笑颜的视野中，女人的五官狰狞，徒劳地摆动着瘦弱的身躯，却仍然距离她越来越远，那只残存的右眼圆睁着，瞪大到几乎快要裂开，死死地盯着她。就在女人即将被拖出门去的一瞬间，她蓦地张开嘴，从喉咙深处响起一声粗粝嘶哑的凄厉惨叫，那声音就像一把利刃割开了夜的静谧，割开了风笑颜内心沉寂的记忆。风笑颜陡然发现，这个女人和自己之间似乎有着什么极其重要的联系。但她甚至来不及多看这个女人一眼，对方就已经消失了。房门关上，把她一个人关入了无边的惶恐与迷惑中。

4

几乎所有人对施惊木的评价都是四个字——不求上进。但施惊木认为，那应当叫作"随遇而安"。总体而言，他虽然过得落魄潦倒，但总能安贫若素，寻找生活中的小乐趣。

最近他就认识了一个很有意思的朋友，口口声声说能对施惊木的前程有所助益。施惊木一笑置之，他可不觉得自己干的那点破事能和前程沾上边。但这位朋友很有趣，所以他并不介意经常和这个人待在一块儿聊点什么，听对方各种各样的古怪念头。

"明天早上我来找你，"这位朋友说，"今晚肯定还能想出些新鲜玩意儿。"

"反正我习惯了早起，"施惊木耸耸肩，"而你所谓的'早'，怎么都得到太阳晒屁股了。"

"你真了解我！"朋友恶狠狠地说。

然而施惊木对朋友的了解显然还不够。第二天，天刚蒙蒙亮就有人跑来敲门，即便是习惯早起的施惊木，此刻也刚刚把洗脸的毛巾浸湿。他扔下毛巾，骂骂咧咧打开了门，眼前出现的却是一张陌生的脸，当然身上穿的衣服不陌生——这是一个捕头，身后还跟了七八个如狼似虎的捕快。

"官爷，我……没犯什么事儿吧？"施惊木小心翼翼地问。

捕快没有理睬他，粗暴地把他推到一边。两名捕快看住了他，开始搜他的身，剩下的冲进他那间窄小简陋的木屋，翻箱倒柜地四下搜查。不过挖地三尺，却似乎是一无所获。

他们在找什么？有人诬陷我偷东西了吗？施惊木不知所措，也不敢多问，直到那名一脸冷酷的捕头站到了他跟前："曲江离呢？"

施惊木愣了愣，这才反应过来，原来这帮人并不是来寻他晦气，而是来找他的朋友的。他摇了摇头："我不知道。他和我约好了今天早上来找我，但你们这么一来，街坊邻居都被惊扰了……他怕是不敢来了。"

捕头脸上闪过一丝悔意，哼了一声："他有没有交给过你什么重要的东西？"

"没有，"施惊木继续摇头，"您瞧我就这么一间小破屋子，我连杀鸡都没个胆，人又吊儿郎当，谁会把什么重要东西交给我保管？"

这话倒真让人难以辩驳。捕头反反复复盘问了他很久，确认不可能有什么东西藏在他手里后，这才放过了他。但之后的若干天里，无论施惊木走到哪里，都会觉得有几双眼睛在暗中盯着他。

他倒也无所谓，只是很关心朋友曲江离的下落。一打听才知道，原来这是一桩大案，曲家全家都被官府抓起来了，罪名貌似是里通外国一类，只有曲江离脱身逃走，下落不明。几天之后，曲江离仍然没被抓到，而他的家人统统被斩首弃市。

真是悲哀的世道！施惊木感慨着，却也无能为力。转眼一个月过去，正当他已经快把这事忘掉时，曲江离却出现了。确切地说，施惊木并没有见到他的人，而是隔着墙听到了声音。当时他正靠在墙根边晒太阳，耳边突然响起曲江离的声音。

"老施，是我！"曲江离的声音很急迫，"别出声，听我说。记住，前些日子我们商量的事，无论如何不要说给第三个人听，否则可能有性命之忧！千万记住了！我走了。"

就这么没头没尾的几句话，说完之后，曲江离就消失了，留下施惊木在原地发怔。"前些日子我们商量的事"，那分明就……什么事也算不上啊！为什么曲江离会如此郑重地警告他？他进一步想到，一个月前那名捕头极力想要寻找的，难道也是这个？

太荒唐了，施惊木想着，但也不能全然不信。虽然在他看来，那么微不足道的事情怎么可能带来什么危害？但反过来想，既然微不足道，那从此不提，倒也没什么问题。

"不说就不说呗，"他自言自语着，"不就是丧乱之神吗？不会有第三个人知道的。"

第二章
丧乱之神

1

这个房间宽敞而富丽堂皇，单是那张红木床的价值就足够寻常百姓家庭挣上个几十年，但现在，所有窗户都关得死死的，窗帘也拉得严丝合缝，不透入一点阳光，令房内弥漫着一种阴森的气息。房间的主人——一个面色苍白、相貌平庸的少女，正沉默地坐在屋角的一张藤椅上，双目无神，对闯进屋来的亲友和陌生人熟视无睹。

"好长时间了，一直都这样痴痴呆呆的，半夜还经常从房间里传出怪声，会不会是有什么……不干净的东西上身了？"少女的父亲、宛州知名茶商艾森小声发问，"眼看着婚期就要到了，这要是不能顺利过门，那我的损失可就大了。南淮黎家可不是谁都能高攀得上的。"

他提问的对象是一个穿一身白袍的年轻除妖师，身材高瘦，头发藏在帽子里。从进门之后，他那张冷峻的脸上就没有半点表情，只是不住地左右打量，时不时在墙上挂着的饰物上摸一下，透出一种令人信服的专业气质。

"在我们的字典里，没有'会不会'这三个字，"这位除妖师淡淡地回答，"一切都要靠事实说话。在此之前，我不会贸然下任何结论。"说完，他用手往自己的左眼上轻轻一抹。

艾森惊讶地发现，那只左眼变成了幽蓝的荧光色，与此同时，右眼却仍然是黑色，双眼显得颇为妖异。他心头一凛，知道这是传说中的通天之眼，可以看到凡人看不到的鬼怪、魂灵之类。据说每一百万个人当中，才可能出现一个通天之眼，没想到今天运气那么好，请来这么一位高手。

"那就都交给您啦！只要能让我女儿恢复原状，钱不是问题！"艾森感激地说，随后带着其他家人退了出去，随手掩上门。

除妖师矜持地点点头，等门外的脚步声远去后，先回身把门锁死，然后转过身来，刚才那副严肃的嘴脸已经消失了，取而代之的是轻松戏谑的微笑。他信手拉过一张椅子坐下，对那个一直像雕像一样动也不动的少女说："艾小姐，这枚水晶片的钱也得记在成本里。"

艾小姐那副黯然无神的表情也消失了，眼神开始变得灵动："你是说……你眼睛上的这一片？"

除妖师点点头，手一抹，左眼又恢复了原有的黑色。他摊开手心，一枚晶莹的小薄片正在掌上闪着光："河络的手艺，花了我二十个金铢呢。"

"钱不是问题，"艾小姐的语气和他的父亲一模一样，"只要能帮我把这桩婚事搅黄了，一切都好说。"

除妖师叹了口气："你父亲想方设法要把你嫁出去，你却想方设法不愿意嫁。他想把你嫁出去肯定是为了钱，攀上南淮黎氏那样的亲家，对他以后的生意大有好处。你又是为了什么呢？为了男人吗？"

艾小姐神色自若："那是当然了。我有我爱的人，不能为了我父亲的生意去嫁给一头猪。"

除妖师笑起来："黎三公子其实也没你想象中那么胖，他的体重充其量也就是崔明伦的两倍。"

"你……你怎么知道崔明伦？"艾小姐终于显露出吃惊的表情，"你已经见过他了？"

"不只见过，连他的情人也一并见到了，就是一直积极地在崔明伦和你之间牵线搭桥的那位，"除妖师回答，"诚实地说，她比你长得可能更接近于美丽的标准。"

这句话一下子让艾小姐面色惨白。她急促地呼吸着，过了好久才从牙缝里挤出一句话："你……你骗我！"

"如果你不相信，可以再请另外一个游侠调查一下，"除妖师耸耸肩，"崔明伦并没有你想象中那么爱你，不过他对你家金钱的热爱，可能超乎你的想象。你一旦真的带着私房钱和他私奔了，不出一个月，他就会卷走你的钱，和他的情人远走高飞，留下你鸡飞蛋打什么都得不到。这不过是个早就设好的局，而你一直在局中。"

艾小姐呆若木鸡，久久不能言语。除妖师等了一会儿，看她稍稍平静了一点，接着说："倒是黎三公子，其实一直口碑不错，算是个有良心的商人。我知道父母之命的婚姻谁都讨厌，哪个年轻姑娘会觉得自己挑中的男人才是最好的。但是……很多时候，爱情让人盲目，反抗命运也未必会给你带来真正的幸福。"

"你再考虑三天吧，我可以替你拖住你爹三天，让你想个清楚，"除妖师站起身来，"现在你继续伪装妖邪附体吧。"

他向着门口走去，艾小姐叫住了他："云湛先生！请等等！"

真名叫云湛的冒牌除妖师停下了脚步："还有事吗？"

"我愿意付给你我的全部身家，请你……替我杀了崔明伦和那个贱女人！"艾小姐咬牙切齿地说，"你是南淮城最好的游侠，一定能办得到的！"

云湛毫不迟疑地摇摇头："对不起，我的业务范围里不包括杀人放火，我们游侠是有自己的行为准则的。"

他走出去，把艾小姐捂着嘴的绝望哭泣声关在房门之内，艾森已经焦急地等待了很久了，见到云湛出来，立刻迎了上去："除妖师先生，我女儿她到底怎么样了？"

"不出我所料，是厉鬼附体，"云湛神色严峻地回答，"你这栋房子的宅基选得不好，底下曾经是一片坟场。"

"可是，这里最早是一条河呀，后来河流干涸了而已。"艾森有些疑惑。

"是啊，你不知道很多无人收尸的死囚被砍了脑袋就埋在河边吗？"云湛答得滴水不漏，"附在小姐身上的，就是一个被诬告通奸杀夫的冤死的女鬼。她对尘世间的一切幸福充满了怨憎，所以会附身在即将大婚的艾小姐身上。"

艾森打了个寒战："那应该怎么才能驱走这个冤鬼呢？"

"这个女鬼修炼了上百年，道行深厚，我一时除不掉，只能用秘术暂时压制，"云湛屈着手指，"我需要回去借一样魂印兵器，再和她斗。最多三天，就能赶跑她了。不过喂饱这件魂印兵器可不便宜……"

他胡诌一通，又从千恩万谢的艾森手里弄到一笔钱，这才心满意足地离开。等到艾宅脱离了他的视线后，他抹去了脸上改变容貌的妆，把那身别扭的白袍扯掉，再将头上的帽子一摘，露出一头银色的长发。这是一个羽人。

冬日的脚步渐渐远离，南淮城正在迎来春季的新绿。那些薄薄的积雪早已化尽，城市的生气开始从冰冻中释放出来。南淮是宛州公国衍国的都城，这座宛州乃至于整个九州最繁华的城市，此时人头攒动，春意盎然，对于云湛而言，这样的景象颇能让他心情愉悦。春天到了，人的欲望会像冬眠醒来的蛇一样复苏，对于游侠而言，会慢慢进入生意旺季。

在这座人类的城市里，羽人并不多见，羽族游侠更是独此一家，别无分号。按理说，自视高贵的羽人跑来干游侠这种下三流的活计，是会受到嘲笑的，但云湛安之若素，有着比人类更厚的脸皮。他的脑子也相当灵光，办起案来更是不择手段，时间长了，渐渐成为南淮城名气最大也最是毁誉参半的游侠——不然他在艾森面前也不用乔装改扮。假如刨除此人接完活儿后总喜欢赖账等恶劣品行，他倒是勉强当得起优秀的评价，可惜这样的品行是他与生俱来的。

云湛的事务所位于城南，那里是南淮的贫民聚居区，环境肮脏混乱，但是房价便宜。尽管如此，云湛仍然时常拖欠房租，并且练就了一身卓越的逃债本事。据说他那间小小的事务所里至少藏了十七八道不同的机关，无论是敌人来袭，还是房东来逼租子，他都能轻松地全身而退。

当然今天不同，他刚刚从富商艾森手里骗到了一笔钱，而且还没来得及花完，那些叮当作响的金铢难免让他有财大气粗的错觉。可惜的是，这样的良好感觉只维持了不到一个对时，就被人无情地粉碎了。

当时他刚刚来到事务所所在的木楼前，还没来得及进去，就发现楼外站了不少杀气腾腾的捕快，看样子是打算在那里围捕什么人。这样的场面云湛见得不少，正在幸灾乐祸地想着不知是谁又招惹了官家，一个捕快的视线忽然转到了他身上，愣了一愣之后，响亮地喊了一嗓子："回来啦！那个姓云的回来啦！"

"呼啦"一声，捕快们齐刷刷围了上来，拔出半截腰刀，把云湛围在当中。云湛看着眼前一张张凶神恶煞的脸，这才知道，自己以小人之心幸灾乐祸了半天，结果倒霉的就是自己。可见"恶有恶报"这句老话永远都是正确的。

游侠和捕快，这两个阶层的关系一向十分微妙。捕快们自认为是国家律法的代表，向来看不起不食国家俸禄的民间游侠；而游侠们比之捕快，办案手段更加灵活多变，自然也瞧不上循规蹈矩的死板捕快。双方就像天上的鹰隼和地上的虎豹，互相干瞪着眼对视着，却谁也无法压倒谁。

云湛本来是南淮城的一个例外，因为曾解决过不少捕快们难以破获的疑难案件，所以很得普通捕快的尊敬。而前任捕头安学武表面上一直和他关系别扭，内心还算是惺惺相惜，何况安学武和云湛一样，背地里都藏着一些不为人知的秘密，某种程度上像一条绳上的蚂蚱，彼此牵制着。

可惜受到去年一桩案子的牵连，现在安学武已经离任，新来的捕头盛怀山比安学武还要忌惮云湛。他的行事风格比安学武更加令人厌恶，是一个喜欢把刀子隐藏在笑脸里的角色。而他带在身边的亲随也大多是新提拔上来的，在他的影响下，自然也对云湛很不客气。这让云湛的日子有些不好过，因为从捕快们那里打探信息，本来一向是他的拿手好戏。

眼见着云湛被围住了，盛怀山不知从哪个角落钻了出来，慢吞吞地走上前，脸上带着礼貌的微笑："云兄，得罪了，兄弟这也是公事公办，身不由己。"

"我早就被'公办'习惯了。今天找的什么借口？"云湛直截了当地问。

"这次不是借口了，"盛怀山笑容不变，"你可能卷入了真正的大麻烦。"

"看得出来，"云湛点点头，"不然你那张永远堆满假笑的脸不会一下子笑得如此真心。"

他顺从地跟着捕快们上了楼，来到自己的事务所门口，还没有进门，鼻端已经闻到一股微微的尸臭味，心里立刻明白自己惹上了什么样的大麻烦。这股尸臭说明：有人死了，而且恰恰死在他的事务所里，这简直是老天赐给盛怀山收拾他的机会。即便不认定他是疑凶，只需要以查案为名，一趟接一趟不停地传唤他，就足够把他累到吐血了。

但云湛很清楚，自己这两天根本就没有回来过，而是一直在为艾小姐的事情奔忙。这个离奇出现的死人，会是一个巧合，还是一个刻意设好的陷阱呢？

地板上果真躺着一具尸体。盛怀山的笑意更浓，似乎在说：看你这次怎么抵赖。

幸好刚刚开春，温度不算太高，所以尸体腐烂得并不厉害，还能辨识出相貌。这是一个三十岁左右的男人，脸上胡子拉碴，身材高壮，穿着一身肮脏的布衣，靴子上面已经有好几个破洞，看来是刚刚经历了一次漫长的旅程。此刻他正斜斜地仰躺在地板上，从外表看不出死因，但脸上却有一个非常醒目的伤口。

他的左眼被挖掉了。伤口处虽然涂着药膏，但从伤疤颜色来看，并不是这两天新挖出来的伤口，而是已经基本愈合的旧伤。也就是说，这只眼睛至少在一两个月前就已经被挖掉了。现在，被挖掉的左眼眶只剩下一个黑洞，右眼则大大地睁开着，毫无生气的眼球向上瞪视着，让人看得不寒而栗。

"这个人，你认识吗？"盛怀山拿腔作调地问。

"我从来没见过这个人，"云湛摇摇头，"他是怎么死的？"

"我觉得这个问题应该问你，"盛怀山幽幽地说，"尸体是在你的事务所里发现的，在他身上还搜出了一张写着你的事务所地址的纸条，说明他就是来找你的。"

云湛一怔："纸条呢？拿给我看看。"

"我可事先警告你，你别做毁灭证物的事，否则更加脱不了干系。"

盛怀山警告着，递给云湛一张纸条。云湛接过来一看，若无其事地递回去："不是我的字。"

"当然不是你的字，不然我就会直接把你铐上，然后再和你说话，"盛怀山说，"但你还是得跟我回去，回答我几个问题。"

云湛心不在焉地点着头，居然没有半点抗拒，乖乖地跟着盛怀山回到了衙门。这个地方他已经进出过许多次，早已熟门熟路，连守夜看门的老头儿脸上痦子的位置都记得清清楚楚了。

老头儿见到云湛，脸色有些变，这可以理解为：云湛每次到衙门来，都不会有什么好事。但盛怀山是一个不信邪的人，径直把云湛带进审讯室，开始连珠炮似的提问。

他问的都是一些无比滥俗的问题：你真的不认识这个人吗？你真的不知道他会来找你吗？你这几天都去了什么地方，干了些什么事？尤其是两天之前的午夜——那是仵作大致推定的死亡时间——你在哪里，有没有证人可以证明？

云湛信口应答着，丰富的经验令他的答案无懈可击。盛怀山问来问去，抓不住他的破绽，只能有些气馁地先把他放回去。

"这只是开头，"盛怀山脸上的笑容很勉强，"接下来，还有很多要打搅你的地方。"

云湛做了个"请便"的姿势，出门时顺便冲着一直瞪眼看他的看门老头儿轻声说了一句："又是大事情，真可怕！你们衙门说不定又要死人啦！"

老头儿的脸瞬间变得比黄瓜还绿，云湛大笑着离开，但笑声很快就停止了。

那张纸条上的字他见过！

只是瞟了一眼纸条，他就认出了那个慌慌张张、歪歪斜斜的字迹。十多天之前，在他还没有接下艾森的委托时，他曾收到过一封奇怪的信。这封信是从宛州的另一座城市淮安寄来的，但既没有详细地址，也没有寄信者的姓名。信封里装了一张信纸，上面用和那张字条上一模一样的

字迹写着几行令他费解的话:

云湛先生:

    我会在半个月之内来找你,只有你能挽救九州的命运了。

    邪魔已经复苏,血灾即将降临。找到尸

就是这么两句话,最后是一个莫名其妙的"尸"字,没有署名,那个"尸"字的位置紧贴着上一句话,也不像是署名。很可能是写信人还想写点什么,但突然遇到了意外,于是慌慌张张地就把信塞进信封了。或许之后还有人奉他的指令找到这封信寄出去,但他想要写的话终究没有写完。这是什么意思?找到尸体?

云湛回想起自己收到这封信时嗤之以鼻的心情,完全把它当成了一个恶作剧。但现在,"恶作剧"的主人已经出现在自己眼前,而且在和自己会面之前就变成了尸体。看着信上那颤抖惊慌的笔迹,这个人是多么希望自己能够帮助他啊!可惜最终,自己并没有能帮到他,甚至没能让他活下去。

不知怎么的,云湛微微感到有些内疚。如果自己当时认真地对待这封信,也许就不会接下艾小姐的无聊委托——虽然很赚钱——而是耐心等待此人上门,那他可能就不会死。可惜世事不存在"如果",这个独眼人和自己失之交臂,没有留下任何其他线索就死掉了,云湛只能一遍遍回味着那两句话,思索着包含在其中的难解谜团:"挽救九州的命运","邪魔已经复苏,血灾即将降临"。

会是什么样的邪魔和什么样的血灾呢?这短短的十二个字,似乎包含了无尽的恐惧和焦急,死者究竟想要向他传达些什么?

云湛在街边席地而坐,眼前交替闪过死者空洞的左眼和盛怀山带着阴笑的面容。他下定决心要把这件事弄清楚,三分之一为了抚平自己些微的内疚,三分之一为了这件怪事本来还算有趣,三分之一为了狠狠给盛怀山一巴掌。至于艾森那边,他有绝对的把握,艾小姐会"恢复正常"

的，过段时间去找艾森收余款，编造一点诸如"施法于千里之外"的鬼话就行了。这年头越是有钱人越是相信那些完全无根无据的鬼神之说，云湛很多时候都想转行做个专职的除妖师，那可比当游侠赚得多多了。

这一夜，一股来自北方的寒流袭击了南淮城，气温因为这股倒春寒一时间骤降。衙门的看门老头儿把已经收进箱子里的棉衣又翻了出来，一边打着寒战，一边看着巡夜的捕快们清涕长流的可怜模样。他在晚饭时间弄了点烧酒回来，此时用热水温了酒，就着猪头肉喝上两盅，身上才算是有了些暖意。

他正在哼着小曲，享受着酒精带来的晕乎乎的惬意，忽然窗外有一个影子迅速闪过。他吓了一跳，定睛再看，却什么都没有了。

喝多了，眼花了，他自言自语地告诉自己，但在内心深处，却有一张坏笑着的脸慢慢浮上来。老头儿晃晃脑袋，把这个该死的影子甩得干净。就算是那个小流氓来了，老子也做不了什么，他想着，管他那么多呢！

老头儿的判断是正确的，那个悄悄潜入的黑影，的确是那个总给人带来霉运的云湛。只不过他并不知道，云湛其实是故意让他看到一点影子的，以便捉弄他一番。

熟悉衙门结构的云湛很快摸到了停尸房。他从怀里掏出很久以前就配好的钥匙，打开锁钻了进去。房内一片黑暗，弥漫着尸体的臭气和防腐药物的刺鼻气味。他谨慎地关好门，把窗帘都拉好，这才在桌子上摸到油灯，打火点亮。

那具尸体就停在房间的正中央，看来仵作已经检查过了，衣服被扒得精光，用一块白布掩盖着。尸体的胸腹部分有一道切口，无疑是仵作干的，可惜现在仵作不在，死因究竟是什么他也无从得知。不过尸体的四肢都有一些冻伤的旧痕，很可能是去过哪个严寒的地方。

死因眼下并不重要，他想，关键是弄明白这个人的身份，可是这个人身上的东西一定都被捕快们取走了。他盯着死者空洞的左眼看了一会儿，隐隐联想到一些什么，然后转身出去，将门锁上，又捅开了证物间的门。

白天的时候，虽然只是粗略扫过，但他已经牢牢记住了死者的衣着以及脖子上挂的一小块玉雕，一通翻检之后，他找到了属于这个独眼人的随身物件。衣服、靴子，随身的汗巾、碎银之类都并无特异之处，属于在九州任何一个地方都可以获取的物什。但那件粗布外衣上的一块黑渍引起了他的注意。能让人在腹部蹭上油渍的地方，全南淮只有一家，那就是李记包子铺。这家包子铺的店主老李手艺独到，蒸出的包子皮薄馅大，价格也公道，很多人慕名而来。

但如同大多数的名厨一样，这位老李也有点臭脾气，比如不喜欢打扫卫生。他的铺子里，桌椅总是脏得离谱，新食客不明就里，随便坐下来，就会一不小心在桌角上蹭一点陈年油污。李记包子铺之所以生意上佳，和它所处的地理位置也有关系，它的隔壁就是南淮城最大的廉价客栈久盛客栈。客栈奉行"来的都是客"原则，对于住进去的客人从来不多加盘问，只要给钱，谁都能住，乃是一处著名的藏污纳垢之地。一个外地人住在这里，确实不大容易被找出来。

盛怀山刚来南淮城没多久，应该不会清楚李记包子铺的奥妙。让盛怀山遍地撒网，我老人家却是有的放矢，找机会抢在他之前查找到这位死者生前的行踪。

2

对于一个胆大心黑的游侠而言，久盛客栈是一个获取信息的绝佳场所。这里三教九流无所不包，来自九州各地的犯罪分子聚集于此，你想要打听的新闻、想要寻找的人、想要了解的真相，可能就藏在那一张张嘴巴里。当然了，要撬开这些嘴巴，总得有适当的工具，有时候是金铢，有时候是恐吓，你必须懂得灵活运用。

云湛在南淮城有不少的眼线，久盛客栈里自然也不会例外。客栈的小伙计卢保根就和他一向往来密切。卢保根曾经是一个诈骗小团伙中的一员，某一日骗到了一位有钱的盐商头上，这位盐商一怒之下，请了云湛替他讨回公道。云湛略施小计，把这伙人一网打尽，但看卢保根年纪尚幼，再一问身世，乃是个无父无母的孤儿，自幼被拐骗入伙。云湛听完，居然动了点怜悯之心，放掉了他。卢保根感恩戴德，利用自己在乞丐流氓阶层中的关系，开始为云湛服务。

市井小人物的力量往往容易被人忽略，但云湛十分清楚那些看似无足轻重的小角色可能蕴藏的力量。他自己就出身于一个没落的羽族贵族之家，在父亲死后被送给宁州最大的贵族之家做养子，再加上体质特异，不像寻常羽人那样可以借助明月之力凝翅飞翔，从小到大没少受到血统高贵的同胞的白眼。所以云湛很明白这种歧视会给人带来多少积怨，以及一点点尊重就足以点燃的熊熊烈焰。人言"士为知己者死"，但云湛很清楚，那些被"士"看不起的贩夫走卒、街头地痞往往更容易为知己者死。

"您真的……不像一个羽人啊，"卢保根有一次陪云湛喝酒，喝到半醉的时候壮起胆子说，"以前我也见过几个羽人，都是眼睛长在头顶上的主儿，不小心碰到他的衣角他都要发脾气，就像被泼了一身泥水似的。"

云湛嘿嘿一笑："你不明白羽人的。长着翅膀的种族总觉得自己天生比别人高一头，却总是忘了自己绝大多数时候还是得落在地上、站在泥里。"

"可是您就不一样，和别的羽人都不一样。"卢保根用崇拜的语气说。

"我当然和他们不一样，"云湛眨眨眼睛，"我是个很特殊的暗羽体质的羽人，连飞都飞不起。所以我一辈子都是在泥里的，早就习惯了。"

正午的久盛客栈正处于一天中最忙碌的时光，一批批客人结账离开，又有新的补进来，还有吃午饭的、早午饭一块儿吃的，足以把人忙得晕头转向。卢保根刚刚往后厨搬去一大摞盘子，又领着一拨新住店的客人进房间，回过神来就马不停蹄地去擦桌子，出了一身大汗。

卢保根正费力地擦着桌上的一片油污，一个客人已经坐到了桌旁。他正想提醒这位客人小心别弄脏了衣服，一抬头却喜出望外："云大爷，您怎么来了？"

"你有没有见过这么一个人？"云湛开门见山，把那位死者的相貌描述了一下，"他的左眼是瞎的，很容易辨认，即便刻意不把左眼露出来，也一定会用头巾之类的遮挡。"

卢保根回想了一下："还真有这么一个人。大概是三四天前住进来的，嗯，没错，二月十五号那天，正巧是发薪水的时候。"

"仔细说说。"云湛说。

"那个人……用布包着眼睛，说是害了眼病不能见光。他是一个人住进来的，随身带了一个小包袱，预付了两天的房钱，但第二天人就不见了，到现在还没露面。今天早上老板刚刚把他留下的包袱扣下了，说是抵房钱，房间也让给了新客人。那人住店之后好像就没有下过楼，什么时候溜出去的也不知道，其他的我确实没怎么注意，这店里客人太多。"卢保根很明白云湛想要问什么，一口气说完。

"他的包袱在哪儿？"云湛眼前一亮。

"我……我带你去，"卢保根犹豫了一下，"这家伙看面相就很穷，所以老板把包袱随手扔在柜台里，还没打开过呢。"

在卢保根的掩护下，云湛没费什么力气就用一个相似的包袱把独眼怪客的包袱调换了出来。他找到一个不起眼的角落，把包袱打开，里面装的东西却让他很是失望。除了几件替换衣服，一些零碎金铢和银毫以外，这包袱里的东西没有任何秘密可言。

他很不甘心，想着那封信上焦灼的词句，很难相信这个独眼怪客什么暗示身份的东西都没留下来。他既然能想到来找自己，必然已经做好了死亡的准备，也就是说，会有一些东西留待自己发现。

他随即想到，这个独眼人如果受到敌人的追杀，被从淮安城一直追到南淮的话，他一定会非常小心地保藏自己身上的重要物品，以确保不会落入敌人手里。那样的话，他不会把东西随身放，也不会大剌剌地放在包袱里，多半会有一点特殊手段。那会是什么手段呢？

他思索了一会儿，先找卢保根问清楚这位独眼客人曾住过的房间号，又打听了一下他登记的名字。李成，这是一个太平凡的名字，几乎不可能是他的真名，但现在，也只能暂时这样称呼他。

李成的房间已经住进了两个客人，但这会儿两个人都出门了，正是绝佳的机会。云湛穿上卢保根的衣服——尽管有些短小，扮成店伙计推门进去。他把房间四下里搜索了一番，在抽屉的死角里发现了一个用过的空瓶，空瓶上已经略有点积灰，不会是今天刚住进来的客人带来的。他拿起空瓶，小心地嗅了嗅，闻到一股迷叶的气息。迷叶是一种带有麻醉作用的植物，调成药膏状抹在伤口上，可以镇痛，但并不具有真正治疗的效果。

这个瓷瓶完全空了，说明独眼怪客李成对迷叶膏的使用量相当大。他身上一定有什么长期不能愈合的伤口，不得不一直依赖昂贵的迷叶膏来止痛。

这么一个并不值钱的空瓶，为什么不扔掉，反而要珍重地藏在抽屉的死角？这一定是李成故意放的。他知道，自己或许很快性命不保，并不一定能活着见到云湛，所以在房间里留下了暗示，希望云湛能猜出来。希望虽然渺茫，却总比完全没有希望好。

伤口……药膏……暗示……云湛沉思了许久，突然一挥拳头，似有所悟。他把空瓶纳入怀中，匆匆向卢保根打了个招呼，快步离开久盛客栈，赶往城东的衙门。

捕头盛怀山正一肚子火无处发泄。他手下的废物仵作对死者的尸体检查了大半天，最后得出的结论如下：

没有任何明显的致命伤，内脏有陈旧的重伤，但伤势并不足以致死。可能是令心脏麻痹或者血液凝固的秘术，也可能是直接攻击脑部的秘术……

全是废话！什么"可能""也许""大概"，出现在仵作的报告里，实在是荒谬得可以。但没有办法，在这个和平年代，秘术师杀人是极少发生的，一般衙门的仵作只对武力的伤害有经验。当然了，南淮城并非没有厉害的仵作，比如按察司就有一位经验丰富的老仵作，但盛怀山绝不愿意去求他。

此外，对证物的鉴别也毫无结果。这家伙的一切穿戴和随身物品都平平无奇，和任何一个普通的宛州人没什么区别。脖子上挂的玉饰略微值点钱，也不是什么极品好玉或者名工匠手笔，在任何一间玉器铺都可以买得到。

捕快们倒是在各处打听此人死前的行踪，但鬼晓得什么时候能有结果。在这种烦躁的心绪下，盛怀山就像一个装得满满的火药桶，有点火星就会炸开。偏偏就在这种时刻，云湛跑过来充当打火石了。

"云兄，我还没有传唤你，怎么你那么自觉呢？"盛怀山冷冷地说。

"我不自觉不行啊，"云湛叹了口气，"根据我对你们办案水平的了解，如果我不过来，你们恐怕什么都查不到。"

"你过来了，就一定能查出点什么？"盛怀山的眼睛眯缝起来，目露凶光，心里却升起了一丝希望。云湛的能力他是心知肚明的，让他出手，也许真能发现一些蛛丝马迹，只是自己面子上挂不开。可恶的是，以他对云湛的了解，在有机会待价而沽的时候，云湛从来都会穷凶极恶地漫天要价，并且把他的面子毫不留情地撕个粉碎。

果然，云湛很快开价了："我能在他身上找出关键的证物，对你破案很有帮助的证物，而且找出之后会完好无损地交给你，但我要求半个对时，先让我研究一下那个证物。看完之后，我就会还给你。"

这个要求听起来不算过分，虽然弄不懂他要先看半个对时究竟是什么意思。盛怀山考虑了一会儿，做出勉强的表情，同意了。

于是云湛再次站到了尸体前，他凝视着尸体左眼的那道伤疤，提起手中仵作的解剖刀，一刀划了下去。

这一刀直接划开了左眼，一股腐肉的气味散发出来，正当盛怀山伸手捂住鼻子的时候，云湛已经用另一只手上的小铁钩，把这只早就瞎掉的眼睛中藏着的东西钩了出来。没等盛怀山看清楚，云湛已经以闪电般的速度把它包进了一块白布里。

"那是什么？"盛怀山急忙问。

"你会知道的，我保证，"云湛笑眯眯地说，"半个对时之后。"

我的判断果然是正确的，云湛坐在衙门的杂物间里想着。那些止痛药膏说明死者李成身上有一直不能愈合的外伤，而根据伙计卢保根的回忆，此人并没有任何行动上的不方便。也就是说，那并不是什么特别严重的伤势，却为何久久难愈呢？联想到此人需要保藏的秘密，他大胆推测，李成一定是采用了那种残忍而有效的方式，直接把证物藏在了身体里，这才导致了长期的疼痛。

而在李成的身上，有什么地方会出现一道伤口而不至于引人怀疑呢？最大的可能就是那只早已失明的眼睛。事实证明，云湛的猜测是正确的。李成留下的这个无奈的暗示，终于还是没有白费。

他打开那块白布，取出已经被布料吸干净血迹的物品。在烛火下，这个微小到足以藏进眼睛里的小东西反射着金属的迷人光泽，让云湛感受到一种难以言说的巨大冲击。

这是一枚类似钱币的金属圆牌，正面雕刻着一幅精美的微型浮雕，那是一张狰狞而威武的人脸，五官雕刻得栩栩如生，很见功力。但这张脸是残缺的，因为在脸部的左眼位置只有一个黑洞。

为什么又是独眼？云湛紧皱着眉头，看着这张霸气、威武的面孔，再想想李成毫无生气的脸，他们的独眼是巧合，还是有着某些不为人知的紧密联系？

云湛从来没有见过类似的独眼人像，他只能努力记住这个人像的全部细节，以便日后调查它的来源。然后他把圆牌翻过来，看着背面，不由得微微一怔。

背面上也刻着一些东西，但并非与正面相仿的精雕细作的图案，而是几个刻得很潦草的字。由于圆牌本身很小，所以那些字也只有米粒大小，眼力差点的人根本没法看清。

云湛用小刀沿着刻痕剔出里面的残血，细细辨认着那几个字。从雕刻的水准就很容易看出，这些字和正面的独眼人像不是同一人的作品。圆牌背面一共有九个字，分成四排，他把那些字轻轻念了出来：

苦露

不归

铜柱

持此牌

前面六个字在缺乏背景的情况下不那么容易解释，也许是地名，也许是人名，也许是暗号；最后三个字的意思倒很明确，想要找到些什么人或者什么东西，就必须带上这枚金属圆牌。可是云湛已经答应了，要把这样东西交给盛怀山处置。

不过这点小问题难不倒素来没品的云湛。他把金属圆牌毫不客气地纳入怀中，顺手摸出了一枚差不多大小的银毫。他惋惜地看着银毫叹了口气，用小刀在上面随手刻出了几个胡编乱造的古怪符号，加上几个神仙也解释不出来的信手拈来的单字，再用沾血的布料往上面死命擦拭几下，让它沾上血腥气，也好掩饰那些划痕的崭新程度。

他换出一副好似刚丢了钱包的郁闷神情，推开杂物间的门，磨磨蹭蹭地走出去。等候多时的盛怀山立刻毫不客气地把银毫抢了过去。他看着那上面的字符，眼神里充满了惊喜。云湛不去搭理他，憋着笑出门而去。有了这枚无人能解的银毫，盛怀山在几天之内都不会把精力放在他身上了。

这时候已经接近黄昏，太阳正在缓缓西移，准备开始这一天的休憩。疲惫的路人纷纷走向家中的热饭热菜与舒服的床。云湛看看天色，好像突然想起了点什么，嘴里低声嘟哝了一句"糟糕"，撒开腿向着南淮城西按察司的方向快步跑去。

3

按察司有一个专门的分署用以处理邪教事务，这出于一个很特殊的历史背景。九州已经很长时间没有大规模战争了，但和平的生活并不一定就能带给人们幸福，贫困、饥馑、疫病、黑帮势力以及权贵的欺压让百姓们并没有感觉自己比战争年代活得更轻松。于是，专门以虚无的谎言欺骗人心的邪教组织由此产生，并在近五六十年间达到了一个高峰。在此期间，以当时九州最大的邪教"净魔宗"为首，无数大大小小的邪教给各国政权制造了无数的麻烦，当权者自然不能无动于衷，也逐渐开始惩治、讨伐、禁绝各种邪教。以南淮城所在的宛州公国衍国为例，前代国主特别设立专署和独立的捕房，由按察司直接控制，用以对付邪教。

在刚刚过去的那个冬天，云湛和这个分署一同协作，破获了一起轰动南淮的邪教罪案——"魔女复生"案，因此和捕房里的捕快们混熟了。只是当时的捕头在那起案件中已经丧生，如今的新任捕头，是他当年的下属递补的。云湛知道，这一批捕快当中，颇有几个有特长的角色，能在关键时刻派上用场。当然，相应的缺点也不少，有时候缺点比特长更加要命——比如眼下害得他不停狂奔的那一位。

云湛大喘着粗气跑到按察司门口，刚刚到下工的时间。他只来得及擦一擦额头上跑出来的汗水，就看见一个驼着背、脚步踉跄、头发已经掉了一半的老头儿颤巍巍地走出来。云湛忍不住喊出了声："我就知道你这老头儿从来不肯多工作，哪怕是一秒钟！老子差点把肺跑穿了才截到你！"

老头儿恍如不闻，一瘸一拐地向前疾走，速度居然一点也不慢。但他走得再快，毕竟也快不过云湛，所以没走出几步，他就只能长叹一声，气哼哼地看着拦在自己身前的羽人："下工了！有事儿明天再来！"

"明天就来不及了，就得今天！"云湛说话的语气好似小孩儿在耍无赖。

"呸！被你找上门的事情，不折腾到半夜肯定没个完！"老头儿双手乱摇，"你又不是我的上司，老子凭什么要听你的？"

"老霍，你喜欢把结案后的证物往自己家里搬，你以为我不知道吗？"云湛使出威胁的口吻，"你要是自个儿用也就罢了，偏偏还喜欢把一些全新或者七八成新的东西找人带去黑市上卖了换钱，那可就栽在我手里了——收你货的那几个人我都认识。你的同僚不忍心揭发你，我可是个恶人，你不想我把这事捅出去，让你的养老金泡汤吧？"

老霍的嘴巴张了又闭、闭了又张，终于没能说出话来。最后他从牙缝里挤出三个字："王八蛋！"转过身，朝按察司门里走去。"王八蛋"一脸若无其事地跟在他身后。

老霍全名叫霍坚，是捕房里专门负责鉴别证物的。据说此人虽然年纪老迈，年轻时却是个四处拈花惹草的角色，跑遍了九州大部分地方。霍坚记忆力上佳，虽然老眼昏花，辨认物品却是一绝，什么东西到了他手里，他基本都能判定出准确的出处。

云湛跟在他身后走进捕房，新上任的按察司捕头佟童见到他进来，连忙起身招呼。佟童本来是上一任捕头席峻锋的副手，席峻锋在两个月前那起血腥的魔女复生奇案中丧生，他便递补了上司的职位。

"什么风把你吹到这儿来了？"佟童笑着说。他本来是个沉默寡言的人，但既然做了捕头，总不能成天闷头不开腔，所以几乎是被同僚们逼着开始尽量多说话。捕房里的新规矩，无论来了什么人，都必须由这位刚上任的捕头前去接待。

云湛拍拍他的肩膀："有事求助。你们得帮我压倒衙门那帮废物。"

这话可真是搔到了痒处，正好手里没案子闲得没事儿干的捕快们立马围了过来。邪教专署捕房里的人一向和衙门关系紧张，捕快们一听是和衙门对着干，别说是云湛，哪怕是个非亲非故的来客，说不定也会毫不犹豫地两肋插刀。

云湛把那枚金属圆牌交给一向对琐事漠不关心的霍坚，向捕快们大致讲了一下这两天遇到的事情。整个捕房内学识最渊博、记性最好的刘厚荣不等听完就打断了他："独眼雕像？那都不必老霍去看了，我知道是怎么回事。"

云湛大喜过望："快告诉我！"

"去年夏秋交际的时候，九州各地发生了好几起骇人听闻的灭门杀人案，当案件的卷宗送到我们手里时，已经是秋天了。那时我们已经开始调查魔女复生的案件，所以没有精力理会。"刘厚荣说到"魔女复生"

四个字时，大概是想起了死去的前捕头席峻锋，神色有些黯然。他顿了顿，接着说下去："不过我还是把卷宗浏览了一遍，细节记得差不离。

"那一系列的杀人案，发生在九州各地，宛州、中州、瀚州、殇州……都有记录。发现的一共有七件，并不排除还有未被发现的罪案的可能性，"刘厚荣回忆着，"在那些案件中，有的孤身一人，所以只有一人被杀；剩下的都是满门被屠灭。死者的死法各不相同，有被毒死的，有被吊死的，有被秘术爆掉心脏而死的，但他们死后的尸体都被摆布成了近乎相同的形态：每一具尸体都仰面朝天，左眼被挖出，手里紧紧握着一个和金铢差不多大小的金属圆牌……"

云湛心头一凛："和我拿来的这枚一样？"

刘厚荣点点头又摇摇头："样式一样，材质不同。死者手心里的都是普通铜制品，你带来的这种材质却是耐腐耐高温的未知合金，极有可能是河络铸造的，但硬度不大，所以能用锐器刻出划痕。两种圆牌上都有一个独眼浮雕，手艺精湛，栩栩如生。"

"就是河络的手艺！"霍坚插嘴道，把圆牌还给了云湛，"我年轻的时候，在越州的那些大山里就遇到过个子只有我一半高的河络族人。他们有很高超的金属冶炼技艺，河络女人身上的饰物就有这种材质的，能在上面雕刻情人的名字。可惜河络个子太小，和人类没法通婚，不然我老人家当年就……"

"住嘴！"捕快们异口同声。霍坚这个老家伙一向有这个毛病，总喜欢絮絮叨叨追忆他当年可歌可泣的爱情史，让人听多了直想掐住他的喉咙。

"河络的技艺，不能说明太多问题，"云湛沉吟着，"毕竟现在河络的手工制品到处都是。那些死者手里的很可能只是一种做记号的赝品，我这枚才是真货。关键在于，那个独眼浮雕意味着什么？杀人，挖掉左眼，再往手心里塞一枚圆牌……这是想要干什么？"

云湛的目光转向刘厚荣，发现刘厚荣的脸色格外苍白，好像是被勾起了什么极不愉快的记忆。他没有催促，静静地等待着刘厚荣说话。

过了好一会儿，刘厚荣长长地出了一口气，终于开口说："那可不是什么好东西。那个独眼浮雕代表一位几乎不为人所知的神，但却是我所见过的最不可思议的一个神。我不知道该怎么解释它。"

　　云湛的身体微微前倾，凝神倾听。刘厚荣的语气格外郑重，包含着一种极力压抑的恐惧。这并非单纯对残忍、血腥的畏惧，还带有一种直击人心的危险力量，像是受到了某种无法抗拒的蛊惑。对这些常年和种种邪教的奇谈怪论打交道的专家们来说，难道还有什么样的神、魔、鬼能让他们的信仰产生动摇吗？

　　刘厚荣接着说："当时我们在忙'魔女复生'的案子，各地的同行也没有要求我们协助，我只是发现那个图案我完全不认识，见都没见过，对我而言，这可是不多见的。所以我纯粹是出于好奇，想翻找一下那个独眼浮雕的资料，没想到我手里的所有资料都对它没有任何记录。

　　"结果我的好奇心一下子抑制不住了，因为哪儿都没有关于它的记录！甚至席捕头的养父田炜田大人，研究了几十年邪教的人，都从来没有听说过这个东西。我也曾一度猜想它是新近冒出来吓唬人的玩意儿，在历史上并没有存在过，直到有一天……"

　　捕快陈智给他倒了一杯茶："别慌，喝口热茶慢慢说。我还很少看到你紧张成这样呢。"

　　"因为最近几个月以来，只要稍微有点空，我就会想起它，越想越觉得难以理解，"刘厚荣喝了口茶，"那是去年十月份吧，为了查找'魔女复生'案的相关资料，我被特许进入大内密库中堆放陈旧资料的仓库。那样的地方对你们而言就是充满灰尘和蛀虫的废纸库，对我而言，却是真正的宝库。"

　　"我想起来了！"陈智叫了起来，"你的确是去查过一次历史资料，回来之后就像死了娘似的，蔫了好几天。"

　　陈智人如其名，一向是该捕房里最机智的一个，当然同时也是最多嘴的一个。刘厚荣苦笑一声："我倒宁肯是自己死了娘……扯远了，先听我说完吧。现在我们都知道了，'魔女复生'是并没有形成文字资料的祭礼，向来只有净魔宗内部地位最高的长老口口相传，所以我在那里翻找了三天，一无所获。第四天我困极了，一不小心坐在椅子上就睡着了，结果那把椅子太老旧，我的身子一斜，椅背被压断了。我摔了下去，撞碎了一个上着锁的柜门，柜子里大摆大摆的捆扎好的纸页掉了出来。

"幸好这间仓库里很少有人来，我闯了祸也无人知晓。我连忙跪在地上，把那些落满陈年积灰的纸捆起来，重新装回柜子里。至于那个柜门，我只要小心地把它嵌回原处，想来二十年都不会有谁去动。但就在那时，我很意外地发现有一捆资料格外沉重，按理说，那样一捆纸不会那么重。

"我的好奇心又被勾起来了，把捆在四周的绳子解开，这才发现，原来这捆纸的中心被挖空了，里面放了一个四方形的铁盒，怪不得那么重呢。这个铁盒锈迹斑斑，看来已经在这里放了很久了。我轻轻一扭，上面的铁锁应声断裂，打开盒子来，里面有一沓白纸，还有几颗聆贝。"

"聆贝？你听了吗？"云湛有些诧异。聆贝是一种可以用来记录声音的植物，使用时投进水里可把声音原封不动复制下来，以后要听的时候，再把它投进火里，声音就能被播放。这个盒子里既然藏了聆贝，那一定是记录着什么重要的声音。

"我当然听了，还用各种各样的方法试验了那几张白纸，终于找出了让上面的字迹显形的方法，"刘厚荣说，"看完之后我就把它们都烧掉了，因为那内容我怎么也不能相信，可是……可是那些字迹又让我不得不相信。因为那是公孙蠹先生的笔迹，我研究史料时曾经见到过，错不了。"

"公孙蠹？是那个永远只追查真相，绝不愿意说半句假话，以至于被皇帝悄悄砍掉脑袋的提刑官？"陈智连忙问。

云湛也听说过公孙蠹的名字。事实上，没听说过公孙蠹的人只怕不多。这是个疾恶如仇到连自己的命都可以不要的顽固的提刑官，从来不肯为了达官显贵而高抬贵手，虽然性情古怪孤僻，但是办案确实相当在行，职业生涯中破获了无数重大案件，直到现在还有说书人的段子提到他经办的案件。而他所宣扬的"为了达到大正义的目标，可以稍微牺牲一些小正义"的理念，一直都在被争议。

十五年前，不知为了什么，他被秘密处斩。开始人们并不知道这位失踪的提刑官的下落，但后来消息还是走漏了。关于公孙蠹为什么被砍头的传闻与猜测更是在民间流传甚广，但那些终究只是猜测。

"那个铁盒子里装着的，是事实，"刘厚荣轻叹一声，"公孙先生就是为了那件事情，预料到自己必死，于是抓紧时间记录了下来。至于后来那些资料怎么被从帝都带出来，又怎么被藏到了衍国的密库里，那就没人知道了。"

他从云湛手里要过那枚圆牌，凝视着那张充满邪气的独目面孔："就是这张脸，金属圆牌上的脸，死人们手里捏着的脸。在公孙先生留下的那些笔记上，第一页的最上方，就是这样一张脸的画像，下面有四个大字。"

"什么字？"

"丧乱之神。"

丧乱之神。

人们听到这四个字后，面面相觑，都有些不明所以。九州各族都有各种各样的神话传说流传下来，有名字的神明着实不少：华族人类神话中创世的荒神和墟神，蛮族人信仰的盘鞑天神，河络族尊崇的万物主宰的真神，夸父族崇拜的盘古大神，等等。而这些捕快更是记了一脑门子乱七八糟的邪教用来愚民的邪神，比如净魔宗的魔主，比如天童教的童母，比如阴灵教的死神，比如暗龙会相信真实存在的龙。

但是没有谁听说过丧乱之神，从来没有。在场那么多人，除了刘厚荣自己，其他人对这四个字都很茫然。这并不是种族神话中的光明的神，也不是常见邪教胡编乱造的黑暗的神。

"你们都没听说过吧？那就对了，就连我也是第一次知道这个名字，"刘厚荣说，"下面对于这个神的注解就更有意思了。

"天神以神力创世，而后陷入疲惫的安眠，一万年后醒来，大地已经万物繁荣。"他缓缓地、阴森森地背诵着那段早已在心里转了上千遍的字句，"天神对奴仆墟渊说：我的仆人，天地已成，你当替我巡视大地，且看生灵是否值得沐浴神之恩泽。如是，可赐福于他们；如否，则可清除之，令大地恢复洁净。

"墟渊于是光降凡间。他的左眼带着慈悲的神光，右眼带着惩罚的火焰……最后墟渊说，吾眼所见，皆为渎神之罪恶，不可救赎。于是他毁去左眼之慈悲，仅余右眼之惩罚，将谨遵神主之命，以丧乱之名毁灭人世，澄清天地。"

听到这里，云湛一拍巴掌："我终于明白了！原来挖掉左眼是这个意思。左眼救赎，右眼惩罚……倒真是有意思的编排。"

"你以为这是编的故事吗？"刘厚荣看他一眼。

云湛一怔："难道不是故事吗？"

"我也希望它只是故事，只是无稽之谈，"刘厚荣闭上双眼，"可是你先听听那份笔记后面的内容吧！那是公孙先生的亲身经历。我可以先告诉你们，虽然丧乱之神墟渊你们都没听说过，但那份笔记里提到的三件著名的事件，你们不可能不知道。"

"哪三件事？"

"第一件是十五年前发生在天启城的三皇子篡位；第二件是三十八年前的毕钵罗港大火；第三件就更远了，好在这件事也挺有名，是五十年前的宁南城汤氏灭门案。"

刘厚荣每说出一件事，云湛的心里就微微紧抽一下。这都是历史上著名的大事件，或者说大惨案，每一件都涉及成百上千人的死亡，而且是……诡谲怪异的死亡。这些事件的发生都轰动一时，并且留下了许多无法解开的谜团，使人们在谈论的时候，总会感到有一种无法言说的恐惧压在心头。他在脑子里飞快地回忆着。

五十年前的宁南城灭门案，是一件始终没有能找到凶手的残酷血案。宁南位于宁州东南端，隔着海峡与东陆澜州相对，是羽族最繁华的城市，甚至超过了羽族的皇都——雁都城。被灭门的汤氏家族是当时整个宁州最大的古董商，传说汤氏收藏的珍稀古玩比皇室还多。那时候汤氏财大气粗，和宛州的王室也多有往来，正是风光无限的时候，然而一夜之间，汤氏全家一百三十七口人惨遭灭门，从家长汤闻远到家中地位卑贱的马夫、使女，无一幸免。据说这一百三十七口人的死状都极恐怖，当时见到现场惨状的人无不震骇失色，胆小者甚至当场晕厥。宁南城守派兵接管此案，并严密封锁一切消息，以至于几乎没有外人知道此案的具体细节。但宁州最大的古董商被灭门，这样的轰动消息不可能不传出去，所以一时间众说纷纭，闹得沸沸扬扬。

三十八年前的毕钵罗港大火，则被官方定性为意外事故，但稍微有点头脑的人都不会相信。毕钵罗港是位于西陆的雷州最繁华的大城市，依靠着海港的天然优势，吸纳了大量的海船与行商，每一天都有无数大大小小的船只在这里靠岸或扬帆起航。但在三十八年前的某一天清晨，这里发生了一次巨大的灾难。十四艘海船在驶离港口大约四五海里的时候，突然全部燃烧起来，而且火势极大，根本无法扑救。最可怕的是，不知道怎么回事，那一天竟然恰好有一个庞大的鲨鱼群出没于那片海域，使得跳海的人全都把自己送入了鲨口。等到搜救的船只赶到时，十四艘船，七百多条人命，全部化为乌有。

十五年前的三皇子篡位则是一起看似寻常的宫廷政变。之所以说它看似寻常，是因为皇子篡位这种事原本不新鲜，但事件的过程非常耐人寻味。三皇子表面上是个对政治与权力都不感兴趣的人，总是宣称自己生平最大的爱好是游山玩水，立志成为邢万里那样的旅行家。在他的兄弟们钩心斗角争夺太子之位的时候，甚至没有谁把他计算在内。但是万万想不到，这样一个与世无争的人会偷偷蓄养一支精锐的部队，在一个深夜带领他的贴身侍卫们，亲率叛军直闯皇帝的寝宫，打算逼宫篡位。不幸的是，皇帝当年也是靠类似的行动上位的，所以对此格外提防，三皇子的结局自然可想而知。跟随三皇子作乱的侍卫们都被当场剁成了肉酱，三皇子则被愤怒的皇帝处以绞刑，结束了年轻的生命。

这三件事情，虽然每一桩都是骇人听闻的血腥惨案，但时间、空间、人物都相差太远，根本就是八竿子打不着的三件事。但听刘厚荣的意思，似乎这三件事之间存在关联，而且都共同指向丧乱之神墟渊。这可实在太匪夷所思了。

"这三件事……都和那个一只眼睛的丧乱之神有关?"云湛问。

刘厚荣阴郁地点点头:"的确如此。尤其是三皇子篡位,背后有一个令人毛骨悚然的真相。公孙先生就是为了发掘出这个恐怖的真相才被杀害的。他想知道皇子的那支军队从何而来,于是一直没有放弃调查,结果终于招致了灭顶之灾。但幸好在出事前,他安排了自己的侄儿脱逃,这才能把这些重要的资料保存下来。公孙蠹是一个脾气古怪的人,从来不和外人有任何工作之外的接触,所以根本没人知道他家里当时还有这么一个亲戚。他为侄儿精心设计了逃跑路线,路上又是换马又是换车,这样这位侄子才算是顺利逃走了。"

"他侄儿?现在在哪儿?"云湛忙追问。

"没有说,他只提到了非常有趣的一点,他的侄儿是一个……"

云湛和捕快们屏息静气,等着刘厚荣继续往下说。但就在这时候,窗格上传来一声不易察觉的轻响。这一声轻响被云湛敏锐地捕捉到了,他陡然间生起一丝不祥的预感,刚刚喊出一声"当心",窗户已经整个被击飞,几个黑乎乎的圆球飞了进来。这种圆球叫作风雷珠,云湛见到过不止一次,那是一种内部填装了火药的歹毒暗器,碰到什么物体就会爆炸,虽然制造过程复杂而危险,但还是有不少人贪图它的惊人威力而使用。

云湛顾不得多想,张弓搭箭,连续四箭射出去,每一箭都准确地命中了一颗圆球。那些圆球被箭支的力道带动,原路飞了回去,却并没有如他预想中那样轰然炸开。他正在奇怪,胸前突然感到一下极其轻微的震动和一声几乎听不见的清脆的叮当声,那一瞬间他明白过来:那些貌似火药丸的小圆球都只是掩人耳目的花招,在圆球吸引了人们的注意力之后,偷袭者真正致命的武器其实是一种极微小的暗器。

幸运的是,云湛的怀里正好揣着某些足够坚硬的东西,使他能够平安无恙。但是假如偷袭者还有其他的目标……

他急忙转过身来,只觉得浑身的血液都要凝固了。刘厚荣已经倒在了地上，人事不省，其他捕快们正不知所措。

对方的袭击目标就是自己和刘厚荣两个人，云湛确信这一点。此时佟童等人已经反应过来，追了出去，云湛也不去凑热闹，一个箭步跨到刘厚荣身前，撕开他的衣襟。只见左胸靠近锁骨的位置有一个小小的针孔，但针孔周围的皮肤却已经黑了一大片。云湛当机立断，拔出匕首毫不迟疑地挥下去，一刀把那一整块肌肉都割了下来，血液溅出，竟然已经呈紫黑色，腥臭的气息扑鼻而来，但伤口周围的血液颜色开始恢复正常。

"快找大夫！有解毒经验的，快！尽量多找几个来！"云湛大吼道。剩下的捕快连忙奔出门去，他这才有空长出一口气，擦一把汗，检查一下自己的胸口。他把那枚雕刻着丧乱之神的金属圆牌取出来，一枚细如牛毛的毒针正插在神像的脸上。

真是讽刺啊！云湛想，恰恰是丧乱之神救了我的命呢！他小心翼翼地用布垫着，拔出毒针包好。这时，捕快们已经纷纷回来了。

首先是一脸沮丧的佟童。佟童能够继任新捕头绝非没有道理，他虽然不爱说话，却很善于思考和分析，办事雷厉风行、十分果敢，武功也是捕房里出类拔萃的。但他竟然没能抓住那个人，那个敢于跑到按察司里面来杀人的胆大包天的人。佟童追出去之后，那人就消失了。佟童命令捕快们分散开来四处搜寻，却一无所获。

不久之后，几名大夫也被找来了。这些大夫还算是有真才实学，很快为刘厚荣止住了血，驱净了身体里的大部分毒素。但这钢针上淬的毒物非常歹毒，是从产自澜州夜沼的紫背沼蛙体内提取的毒液，这种毒液能够让人全身麻痹，形如瘫痪。

"还好救得及时，"一位大夫说，"小命是保住了，但是……"

"但是什么？"云湛赶忙问。

"至少三个月之内，他将成为一个废人，既不能说话，也不能动，撒尿拉屎都得靠人服侍。"大夫回答。

"这个我们不在乎，"佟童说，"自己的兄弟，绝不会丢下不管。可是三个月之后呢？他还有希望吗？"

大夫皱了皱眉头："这个不好说，因为紫背沼蛙的毒性相当持久，必须找到一些珍稀的药物来慢慢治疗。理论上说，能保证那些药物的供给，三个月之后就能慢慢康复，和以前没什么两样。但如果药物不能接续，毒性会慢慢侵入脑子……那就没办法救了。而且三个月只是最快的速度，一般都得五六个月以上。"

"请您把药方给我们写下来吧。"佟童说。

4

大夫向捕快们交代照护刘厚荣的细节。佟童认真听着，云湛则呆呆地立在一边，一直在思考一个问题：

衙门里会不会有奸细，而且就在盛怀山的身边？

他仔细回忆着从衙门离开前的细节。自己一直独身一人在杂物间里研究那枚金属牌，然后用一枚银毫做了个假货，骗过了盛怀山。如果有暗藏的敌人想要对付自己，有两种可能：其一，他监视到了自己调包的过程；其二，他判断出盛怀山得到的银毫是假货，则真的必然在自己身上。

不可能是第一种可能，云湛想，那个杂物间里能藏人的地方自己都仔细检查过了，研究金属牌时，也一直是选择外人难以看到的角落。所以敌人只可能是看到了盛怀山手里的那枚银毫，并且立即跟踪自己来到这里。当他听到刘厚荣可能会提到一些重大秘密时，便毫不犹豫地迅速下手，试图同时杀死自己和刘厚荣。幸运的是，自己安然无恙，刘厚荣虽然受了重伤，仍然有完全康复的可能性。

可是线索就这样暂时中断了。本来刘厚荣有可能说出一些相当关键的细节，眼下一切都只能靠凭空猜测了，云湛恨得牙痒痒。这个暗藏的敌人，毫无疑问和丧乱之神有着相当密切的联系，否则不会冒险在按察司动手杀人。他虽然没有伤到自己，却令刘厚荣在很长一段时间内不能说话和写字，这绝对是自己极大的失败。

让敌人在眼皮底下截断了线索……这样的屈辱实在不能忍。云湛开始主要是因为难以抑制的好奇心而打算琢磨一下这个案子，但现在，即便是单纯为了还击敌人带给他的侮辱，他也要一查到底。更何况，还有一个人因为这件事而无辜受难。

他看着被暂时安放在午睡用的小床上的刘厚荣，心里一阵歉疚。这个一肚子学问的偶尔有点迂腐的年轻人，成天钻在文山书海里，甚至连恋爱都还没有谈过。但他却有可能因为一次为朋友帮忙而送命，或者一辈子变成废人。

不知什么时候，佟童站在了云湛身后。他拍了拍云湛的肩膀，轻声说："这不能怪你，不必内疚。我们既然选择了这个行当，就随时做好了送命的准备，何况他还有希望。放手去干你该干的事情吧。"

云湛默默地点了点头，忽然想起点什么，回过身找到霍坚。有同伴遭难，即便霍坚也不好意思离开，只是他年纪大了，又饿又困，啃了半张干面饼后，已经缩在椅子上睡着了。云湛不客气地摇醒他。

"我刚才光顾着听墟渊的传说，想起还有个东西没问你呢，"云湛说，"圆牌后面写的那几个字，'苦露，不归，铜柱'，你知道这六个字的意思吗？"

霍坚揉了揉惺忪的睡眼："九州和'不归'这两个字有联系的地名，我所知道的就有七处；叫'铜柱'的也有三处。但是叫苦露的，只有一个地方，而那个地方碰巧有一家客栈，也是唯一一家客栈，叫作不归客栈，已经是家百年老店了。如果最近十来年这家客栈没有倒闭的话，我估摸着，多半指的就是苦露镇的不归客栈，至于铜柱，你也许得找到客栈再问了。我当年只是在外面看见了不归客栈的名字，没有进去过……也许客栈里面有铜做的柱子？"

云湛一把抓住霍坚的手腕："不归客栈？那苦露镇究竟在哪儿？"

霍坚的回答让他倒抽一口凉气："苦露镇嘛，在一个好地方，瀚州北面，靠近阴羽原的地方。现在这个季节过去，那里还是天寒地冻呢……行了，放手，我老人家骨头脆，经不起你这么拧！"

阴羽原……怪不得尸体身上有冻伤呢。云湛连忙松开手，心里好不烦躁。他没想到，自己刚刚打定主意要把此事追究到底，就遇上了这么一个烫手山芋，确切地说，是冰手山芋。想到极北苦寒之地的北风怒号，他就禁不住有点牙根打战，并因此回忆起许多年前被自己师父训练时的惨痛记忆。但无论如何，云湛虽然喜欢骗别人，却并不愿意骗自己，几秒钟的犹豫后，他已经在心里盘算起行程了。

"要钱，要马，要路引或者别的什么，只管告诉我，"佟童显然看出云湛决心已定，"你平时从来不会攒钱，想来要凑足路费挺困难的。"

云湛咧嘴一笑："路引和马你得帮我，至于钱……你小子门缝里看人。今时不同往日了，老子现在也是有钱人啦！"

他从身上掏出艾森付给他的那张面额不小的银票："应该我给你钱，那些药挺贵的。"

佟童想了想，没有推辞。

云湛点点头，出门而去，但苦露镇的阴云仍然笼罩在心头。出门前云湛一肚子气无处发泄，狠狠瞪了霍坚一眼："拿到圆牌的时候，你怎么不告诉我那几个字是什么意思？老子要早知道是那么糟糕的地方，没准就不动去的念头了。"

"因为你们一直没问我嘛，你只是叫我鉴别材质而已，"霍坚很委屈，"九州的地名，除非是最近十来年更改过的，怎么可能有我不知道的呢？"

"还有，你说苦露的不归客栈是当地唯一的一间客栈？"云湛瞪着眼。

"是啊，那种又冷又破的小地方，只有一间客栈还经常没生意呢。"

"你又说你从来没进去过，那你当时去的时候，住哪儿？躺在冰上扮雪人吗？"

霍坚挺了挺胸膛，脸上焕发出神采："当然是住在我情人的家里了。想当年我在瀚州……"

云湛捂住耳朵，逃也似的快步离开，把霍坚絮絮叨叨的浪漫回忆扔在身后。

他漫无目的地向前走着，将南淮城夜幕下的璀璨灯火看入眼中，似乎能稍微驱散一些潜伏在历史深处的恶魔带给人的压抑感。直到看到衣甲鲜明的御林军时，他才一下子注意到：自己已经靠近了王宫了。一个念头不可遏止地跳出来：要不要去探望一下石秋瞳呢？

想到石秋瞳，云湛忍不住长长叹了口气，准备转身离开，只觉得见与不见都是烦恼。但作为一个聪明智慧的人，他又很快想到，反正见与不见都是烦恼，那么……见见也没什么坏处。

于是在经过了小半个对时让人全身每一处毛孔都感到很不畅快的盘查后，他来到了宁清宫，见到了国主石之远的女儿——公主石秋瞳。两人相识多年，却又碍于某些原因不好谈婚论嫁，每次见面都难免有些无谓的尴尬和心酸，但如果总是不见，寂寞又会像潮水一样涨上去。

两人之间障碍在于，云湛是一个天驱武士。所谓天驱，乃是九州大陆上最古老的组织，一向以制止战争、维护和平为首要宗旨。而石秋瞳的父亲、衍国国主石之远，却是一个极有野心的君主，两年前就曾经参加过一场旨在推翻天启皇室的叛乱，只不过中途倒戈了。这个人的心思很难猜得透，被天驱内部视为重大威胁，也许有一天难免一战。到那时候，云湛和石秋瞳或许就是敌人了。出于这一层顾虑，两人都只好把感情深埋在心里，轻易不敢触及。

"今天是怎么了，盘查得那么严，有人进宫行刺你老爹了，还是你弟弟打算政变了？"云湛大声抱怨着，似乎声音太低就会暴露出他内心的某些软弱，"我一路走进来，到处都看到御前侍卫，比以前至少多了一倍。"

"是什么都无所谓，"石秋瞳随口说，"王宫这种地方，发生点什么都不足为奇，寻常生活的点缀而已。"

"好心态！"云湛赞曰。接着两人对面而坐，陷入了长时间的沉默，似乎都想说点什么，又似乎觉得没什么值得一说，只好装作认真品茶的样子。其实云湛喝了半天也没有半点茶味留在舌根上，鼻端只闻到石秋瞳身上传来的阵阵幽香，更让他心里升起许多惆怅。

最后还是石秋瞳先开口："这么晚了跑来找我干什么？你的狗窝被

人砸了所以无家可归了吗？"

"和被砸了也差不多……你愿意收留我吗？"云湛坏笑一声。

"可以啊，没问题，"石秋瞳神态自若，"随便找个太监的房子就能把你塞进去。"

云湛只能讪笑："我要去一趟北陆，路途遥远，所以走之前跑过来打点秋风……"

石秋瞳哼了一声："你要是接到什么路途遥远的委托，肯定狮子大开口至少讹别人两倍的路费，还用得着来找我要钱？"

"你还真是了解我，"云湛嘟囔了一句，"这一趟的敌人凶险非常，没准我半道就变成挺尸了呢。"

石秋瞳"哦"了一声："那你得多当心了。"

这个回答让云湛微微有些奇怪。他并不是喜欢在女人面前夸大危险的人——骗钱的时候除外——石秋瞳应该很轻易就能听出他并没有开玩笑。而按照石秋瞳的脾气，她应该立刻就刨根问底打探到底发生了什么事，然后跃跃欲试地说上一句"要不要我帮忙"，似乎这样可以找回少女时代的自由时光。

可她什么也没问……这说明她心里有事，藏着很重的心事，以至于始终处于心不在焉的状态。

"发生了什么吗？"云湛忍不住问，"真的有刺客要行刺你的老爹？"

石秋瞳微微叹气，眉头紧紧皱在了一起，但很快又舒展开："放心吧，有什么事我都能应付的。"

听语气就知道，她并不愿意多说什么，云湛也不勉强，站起身来："那我走了，也许两三个月之后回来，没准儿那时候你已经即位变成女国主了呢。"

石秋瞳作势要踢："虽然我老爹的确很招人烦，你也不必当着我的面咒他归天吧？"

云湛哈哈笑着溜掉了，石秋瞳并没有站起来，眼望着他拖在地上的长长的背影，默然无语，好像变成了一尊雕像。

5

就在云湛苦苦猜测死去的独眼人的身份时，远在千里之外的宁州，也正好有人谈到这位不幸的死者。那是两个羽人，一老一少，正站在一个野草丛生的大院子里。老的鹤发童颜，俨然有仙风道骨的味道；年轻的是个女性，大概二十岁出头，脸上始终带着含义不明的俏丽笑容。

"那家伙到底遇到了什么事？"名叫风笑颜的年轻女子问，"连你这种抠门儿到画饼充饥都只舍得画半张的老吝啬鬼，居然都能被他榨出钱来，那可太不容易啦！"

名叫云浩林的老者怒目而视："没大没小，哪儿有这么和师父说话的？唉，不过说起来，我和他母亲好歹是故交，故人之子有难，我也不能不帮着点。"

"母亲？"风笑颜敏锐地注意到这个词，"你和一个人类的女性有什么交情？多半是有点暧昧吧。"

云浩林更显得狼狈："越来越放肆了！过去的事就不提了，现在我担心的是，看他那副天都要塌下来了的表情，肯定遇到了极大的凶险。他要是死了，我找谁要钱去？"

"找他娘呗。"风笑颜坏笑一下。

"呸！找他娘个屁啊？他娘都死了二十年了，我到坟头里去要钱？"云浩林满脸苦相，就好像已经亲眼见到了独眼人横尸街头，手中执一纸条，上书"我死了，没法还你钱了"。风笑颜不再搭理他，转身向院子里走去。

"明明有钱，非要抠门儿；明明抠门儿，还非要充场面，"风笑颜一边走一边用整条街上的人都能听到的声音自言自语着，"贪便宜买下这么一个老宅，光收拾都得半年，我等得起，你那把老骨头等得起吗？"

云浩林气得浑身发抖，嘴里嘟囔着："逆徒！老子怎么收了这么一个煞星！"

云浩林是一个不太知名的秘术师，一直钻研火系秘术，如风笑颜所说，此人最大的特点就是吝啬贪财。他买下这座位于宁南城的废旧的大宅，其实并不是想自己住，而是希望把它收拾一新，再转手卖个好价钱。虽然人人都告诉他此乃凶宅，居之不吉，但云浩林只信金铢不信命，还是买了下来，只是要把那么大一座宅院收拾出来，实在是工程浩大，而他是绝对舍不得请小工的，于是所有的体力活儿都担到了女徒弟风笑颜的身上。

风笑颜边抱怨边弯腰拔着草。由于长期无人居住，院子里的野草一年年疯长，已经高过了人腰。她忙碌了一下午，也只清理出很小的一块，累得腰酸背痛。看着眼前向远处蔓延的野草随着微风轻摆向她示威，风笑颜觉得很难耐得住火气。

火气……火气……她忽然灵机一动：可以用火把这些野草统统烧掉嘛！虽然她跟随云浩林后，并没有把太多精力放在攻击性的秘术上，要和人打架多半是要吃亏的，但用来烧一烧这些不能还手的野草，总归没有太大问题吧？

说干就干，风笑颜双手一挥，赤红色的火焰燃起，席卷野草。哔哔剥剥的声响中，野草一片一片地烧得卷曲、焦黑，化为灰烬。而她对于火势的控制也相当细心，并没有让火势蔓延开去，酿成无法收拾的灾难。

风笑颜吃到了甜头，再接再厉，继续用秘术烧草，很快就把一小半的野草烧掉了。她满意地哼着小曲，一不小心没有控制住精神力，一个火头"嘭"的一声冒将起来，登时将周围一大片野草都点燃了。

坏了，要失控了！风笑颜手忙脚乱地扑打着火苗，但烈火已经顺着野草蔓延开去，更糟糕的是，起风了。假如不赶紧灭火的话，那么不只是这些生错了地方的野草，只怕整座老宅都要被点燃……风笑颜不敢想象假如自己把这座房子烧成灰烬，师父云浩林将会用怎样的眼光看自己。和这个可怕的结果相比，她宁肯现在挨师父一顿臭骂。

"师父！不得了了，着火啦！"风笑颜大呼小叫着，为了显出紧迫性，又补了一句，"你的房子要烧没啦！"

这句话简直如同召唤咒语，云浩林几乎是飞着出来的。他顾不上骂风笑颜一声，全力催动着削减火势的秘术。幸好野草很快烧光了，没有其他的助火物，加上风笑颜及时往即将被火苗舔上的一棵大树上足足泼上去两大桶水，没有让这棵枝叶繁盛的老树被点着，大火终于被扑灭了。

云浩林大口喘着气，在地上坐了好久，这才站起身来，狠狠地在风笑颜脑袋上拍了两巴掌。风笑颜知道自己差点闯了大祸，只能乖乖地挨上两巴掌。何况她一时也没力气闪躲了，作为一个女子，咬着牙提来两桶水，实在累得够呛。

"你差点把老子的棺材本儿都烧掉！"云浩林吼道。

风笑颜不敢大声反驳，只能小声嘀咕："这房子花的钱也就是你家产的四分之一，什么棺材值那么多钱……"

"还敢顶嘴！"云浩林更加生气，"身为一个火系秘术师，灭火竟然还要去提水，丢死人了！"

风笑颜愁眉苦脸，却又自知理亏，一边无聊地看着被火烧过的院子，一边听着云浩林絮絮叨叨。忽然，她的眼睛瞪圆了，叫道："师父，快看！"

"看个屁！又想转移话题？"

"不是，是真的，快看啊！"风笑颜的语声里充满了惶急，"那棵树，我刚刚浇了两桶水的那棵树！"

云浩林听出不对，连忙回身，不由得微微一愣。就在两人的眼前，那棵树的躯干开始不安分地颤动起来，树皮扑簌簌地往下掉，就像是树干里有什么东西想要出来。这是一棵已经活了几百年的老树，也是院子里最粗大的一棵。

"这是怎么回事？"风笑颜不明所以。

"你刚才的那两桶水，"云浩林毕竟多吃了那么多年的饭，遇事还很镇定，"注意到那个树洞了吗？你的两桶水刚好泼在那上面，其实有一半的水都灌进了树洞里。因为树干这一面朝外倾斜，平时即便是下雨，也很少有雨水能进去，而这个院子也已经几十年没住过人了。大概是你泼出的这些水让一个藏在树洞里的什么玩意儿终于喝到了足够的水，于是苏醒了。"

"那会是什么东西？"

"等它钻出来就知道了。"

不知不觉中，师徒两人都在手心里捏住了一团火焰，随时做好攻击的准备。而那棵树抖动得更加厉害了，一些脆弱的枝条被震断，落在了地上。

风笑颜死死地盯住不断拱起的树皮，紧张得背上都是汗水，不知道会有什么奇怪的东西从树干里面钻出来。云浩林似乎比她更加警惕，突然大喊一声："快跳开！在脚底下！"

风笑颜大吃一惊，几乎是连滚带爬地离开了刚才站着的位置。她刚刚逃开不足半秒钟，就在先前的落脚之地，地面突然裂开，从里面钻出一个足以让人心跳停止的东西。

一张小小的、皱皱巴巴的、沾满泥土的婴儿的脸。紧接着，地面不断裂开，更多的婴儿脸钻了出来，而它们的身体也慢慢扭动着破土而出，好多只细小的手乱抓乱挠，却没有脚。风笑颜看得分明，这些"婴儿"并不是完整的人形。除了那两只手完全就是带着钩的利爪外，它们的上半身基本是个人，下半身却没有双腿双脚，从腰部开始，连接着长长的、在土地里伸缩自如的藤蔓。它们张开嘴，发出刺耳的、乌鸦一般的怪叫声，露出嘴里两排尖利的牙齿。

"这是什么东西？"风笑颜的嗓音完全变了。她侧头看云浩林，发现云浩林的全身都在颤抖，脸上的表情怪异至极，注视着前方的地面。

那里有一个鸟巢，是刚才随着那株大树的抖动掉到地上的。鸟巢里，几只还不会飞行的雏鸟发出惊恐的鸣叫，而母鸟虽然也很害怕，却不忍离开雏鸟，试图用翅膀护住它们。

但显然母鸟的力量是微不足道的，离鸟巢最近的一个怪婴已经伸出两只爪子，一把抓住了母鸟。它用左爪紧紧掐住母鸟的身体，右爪轻轻一划，比刀更加锐利的指甲轻易划开了鸟腹。接着它大大张开自己满是利齿的嘴，迫不及待地把母鸟的全部内脏挤出来塞进了嘴里，发出一阵令人毛骨悚然的咀嚼声。

风笑颜急促地呼吸着，怪婴冷酷的虐杀让她感到胃部极度不适，奇怪的是，云浩林的眼睛却亮了起来，像是想明白了什么。

与此同时，另外几个怪婴齐齐扑向了剩余的雏鸟，它们的身躯撞在一起，发出恼怒的威胁声，竟然挥舞着爪子斗在一起，开始自相残杀。

忽然，一道明亮的火光亮起，怪婴惨叫一声，全身燃起了烈焰。它们的身躯剧烈挣扎起来，身下的藤蔓也感受到这种疼痛，像蛇一样扭动着。

风笑颜已经趁着这个时机冲上前去，熄灭手心的火焰，把装着雏鸟的鸟巢一把抢起，然后赶紧退了回去。她的行动引起了怪婴们的注意，它们齐刷刷地朝向师徒二人，眼中放射着贪婪的光芒，缓缓逼了过来。

"你可真有爱心，"云浩林叹息着，"反正有我老人家给你擦屁股，对不对？不过刚才那一下还挺漂亮的，出乎我的意料。"

"纯属意外，我都没想到我能烧得这么准，"风笑颜诚实地说，"接下来都得看您老的了。"

云浩林已经没法分心说话了，他全力催动着秘术，火焰在地面上飞舞，如同一条盘旋的火蛇，很快把所有的怪婴都点燃了。一时间火光冲天。

"会把邻居们都招来的，"云浩林疲惫地说，"你去负责编谎话解释。"

"就说我烧野草没控制住火头就行了，这也是半句真话，"风笑颜毫不犹豫地说，"可是，这些恶心的怪物究竟是什么玩意儿？"

云浩林摇摇头："我也不知道，但我明白了一件事……我终于明白了……"

"明白什么了？"

"明白过去这座院子里的人是怎么死掉的了！"

风笑颜看着那些慢慢停止挣扎的焦黑的怪物："你说什么？这座院子过去发生过什么事？"

"我一直没有告诉你，不过那件事你肯定听说过，"云浩林说，"五十年前，这里发生过一桩轰动一时的惨案，这座宅院当时的住户被人灭门了。一百多口人，一个都没有活下来。"

他顿了顿，又补充说："所有的死者，肚腹都被掏空了，内脏全部不见了，肚子上有一道像是被钝刀割开的伤口。当然现在我们知道了……"

他伸出手，指着火光中仍在微动的怪婴的爪子："大概就是它们干的。看它们怎么对付那只鸟就清楚了。"

第三章
不 归

1

铜柱就立在不归客栈大堂的正中央，在火光下泛着青铜光泽，分外醒目。但铜柱并非建筑用的梁柱，而是用来执行十分残酷的烙刑。铜柱内部中空，可以填入炭火烧得滚烫。在某些年代，每一天都有人被绑在铜柱上，随着炭火的逐渐加热而发出凄厉的惨呼，直到被烧成一具焦尸。

事实上，这里过去就是一间行刑室，是草原上骑马的部落与北方骑狼的部落发生战争时的遗物，后来战争结束了，此处被改成了客栈。当初的创建者刻意保留了一些废弃的刑具，比如立在大堂中央的那根铜柱。当年也不知道有多少不肯屈服的驰狼部落的战士在这种烙刑下丧生。而现在，这根铜柱仅仅是一个装饰品而已。

苦露镇位于寒冷的阴羽原的南端。从此处往北，人迹罕至，也没什么生意可做，只是偶尔会有旅行者来到此处，所以全镇也只有一家客栈，并且生意惨淡。只是在这种干冷苦寒之地，连蛀虫都没有，大帐篷也足够结实，没什么维护成本，所以不归客栈也一直可有可无地存活了下去，只是老板必须要靠兼做普通牧民的营生才能赚够钱养活自己。

三月的阴羽原仍然寒冷，天空始终阴沉沉的，不见阳光，草原上连零星的绿草都难以找到。一年中大部分时间这里都被白皑皑的冰雪覆盖，只有几个月的时间会有耐寒植物从冻土里钻出来，展现着生命的顽强，不归客栈的生意也大多来自那几个月。眼下刚刚三月中旬，正是昼短夜长的时节，居然就有人跑到这里来挨冻，还真是不容易。

不归客栈的现任老板、蛮族人图马这一天喂完了牲畜，正坐在柜台后面打盹儿，忽然门被拍响了。他本以为是哪个邻居过来借东西，把门打开，居然钻进来一个气喘吁吁的陌生人。过了好半天他才反应过来，这是个旅客，是来住店的。

　　不等他招呼，这位客人就径直奔向了帐篷中央的火塘，看那个架势，似乎恨不能一头钻进去。图马笑了笑，把一直用热水温着的一壶青阳魂取出来，倒了一碗递过去。客人抓起酒碗，咕嘟咕嘟一饮而尽，比雪还苍白的脸上终于有了一点血色。

　　"我过去总觉得青阳魂这样的酒太烈了，不好喝，现在才知道，这真是天底下最好的酒啊！"他一边赞美，一边摘下了头上的皮帽，露出一头的银发。图马知道，有着金色或者银色头发的，多半是来自宁州的羽人，在他这间生意惨淡的极北客栈里，也曾经来过几个羽族远游客，所以他见到羽人不会太吃惊。

　　"你来得不是时候嘛，"图马说，"三月份，你们宁州已经春暖花开了，瀚州大部分地方的草原也都绿了，但在我们阴羽原，仍然是冬天，牦牛都能冻死。你到苦露镇来，也是为了向北去探险吗？现在可不是好季节。"

　　"你这间客栈真不错，"羽人避而不答，环顾着这座巨大的帐篷，"我也跑过不少地方，可从来没见过这样的帐篷。"

　　"在我们的蛮语里，这种帐篷叫作'卡宏'，"图马说，"北边太冷了，普通的帐篷挡不住风，所以祖先们就发明了这种帐篷。你仔细看，它只是表面像帐篷，内部结构是先打地基、再铺圆木，然后糊上草泥，直到完全不透风为止，已经很接近东陆的房屋了。"

　　"在这种地方住着，可真不容易啊！"羽人在火塘边上搓着手，"给我来一个房间。需要登记情况向官家备案吗？"

　　"自从战争结束，这里就没有官家了，"图马回答，"进了卡宏的都是客人。"

　　会选择跑到苦露镇来受冻的旅客，多半不是常人，这是图马在多年的客栈营生中得出的结论。所以他也不过多询问来客的情况，既然对方不愿意说，那就算了。他很快整理出一个干净舒适的房间，让这位叫云湛的羽人住了进去，坐骑也带入了牲畜棚。

他一路跋涉到这里甚为辛苦，从东陆的宛州出发，走了快一个月才到达，浑身的骨架都快被马背颠散了。他大睡了半天加一夜，到天明的时候才醒来。

"已经很不错啦，看来现在的官道修得挺不错的，海运也很方便，一个月就能从宛州到阴羽原，"图马感慨地说，"换了过去，没有三五个月是走不完的。"

他为云湛送来了一碗羊杂煨面，把碗放到桌上后突然想起："哎呀，你们羽人好像是不吃肉的！稍等，我给你重下一碗……"

他话还没说完，就看见云湛抓起筷子，已经夹起一片厚厚的羊肚送进了嘴里。

"我不是一般的羽人，没那么多啰唆的忌讳，"云湛嘴里嚼着羊肚，含混不清地说，"再说这么冷的地方，不多吃点肉和油脂，肯定会冻死的。"

"我喜欢这样的羽人……"图马喃喃地说。

吃过了饭，云湛就把自己裹得像头熊，出门转悠去了。但苦露镇其实没有任何值得转悠的地方。整个镇上除了二十来座或大或小的卡宏外，什么都没有，卡宏里住着的全都是普通牧民。他们的收入依靠的是养牲畜，这些高寒地带的四角牦牛和羊肉质及毛质均属上佳，价格不菲，但稍微往南一点就会因为水土不服而养不好。所以住在这里的牧民固然不缺钱花，却也不能离开这片严寒的冻土。

云湛下午的时候回到不归客栈，图马正在准备喂牲畜的草料，在卡宏后方的牲畜棚里，牛羊们饥饿地等待着。

"对我们牧民来说，牛羊就是命根子，"图马说，"所以牲畜棚也圈在卡宏里，太冷的时候，甚至会把它们牵到火塘旁边。"

他顿了一顿，又赶紧补充说："当然现在已经是三月了，我不会把它们带到大堂来的。"

云湛微微一笑："带进来我也不会介意。我可没少过和牲畜挤在一起取暖的日子。"

图马也笑了："大家都有过艰难的日子。"

他收拾完草料，喂了牲畜，替云湛沏了一壶奶味很重的奶茶。云湛喝着奶茶，眼神有意无意地瞟向大堂中央那些挺能吓唬人的刑具。

图马很流利地向云湛讲述了一番这些刑具的由来，因为几乎所有来此的客人都会打听那些刑具，他已经不知道讲过多少遍了。

云湛很好奇："这些玩意儿，我可以用手摸摸吗？"

"当然可以，弄坏了都没事，"图马很随意地说，"本来就是没用的东西，放在那里我也懒得挪走而已。这间客栈从建成到现在，得有百余年了吧，每一位店主都未必喜欢这些东西，但谁都懒得动手去挪。"

他轻笑一声，接着说："其实客人们也未必愿意看着这些东西下饭，不过他们也没的挑，这里只有这一间客栈，不住进来，就得去睡雪地。"

云湛放下茶碗，走上前去，真的开始一一把玩那些不再能派上用场的刑具。最后他停留在那根铜柱前，伸手轻轻感受那冰凉坚硬的触感："这可真是残酷的刑具啊！"

图马说："这是从东陆华族那里学来的，他们就是乱七八糟的坏点子最多。"

云湛不答，神情怪异地继续看着铜柱，似乎对这根夺走了无数生命的铜柱特别感兴趣。他是联想到了点什么吗？图马想着，决定不去打扰他，先去打扫牲畜棚了。走进牲畜棚时，他却忽然一下子僵住了：地面上有几个人的新鲜脚印，但那鞋印既不是自己的，也不是云湛的。

有外人进过牲畜棚！

图马连忙清点了一下，发现从自家的牛羊到云湛骑来的马，一只也不少，这才松了口气。他蹲下来，打量着地上的脚印，心里琢磨着。苦露镇民风淳朴，绝不会有偷盗之类的事情发生，因此门闩起的作用只是防止大门被风吹开，稍微有点经验的人就能把门弄开，溜进来。

牧民们偶尔缺东西了会到邻居家里借，如果主人不在家，他们也会像进入自己家一样大模大样地走进去，但拿了东西一定会留下标记作为说明，而现在这里也没有什么标记留下来，说明来的并不是邻居。

他想了想，转身进入厨房，发现昨天自己和云湛吃剩下的食物也少了一些，心里更是一阵紧张——有苦露镇之外的陌生人潜入了不归客栈。他们想干什么？他们和云湛一前一后到达，仅仅是巧合吗？

蛮族人大多生性爽直，不是那种脸上能藏得住事的人，所以他刚刚回到大堂，云湛就看出了不妥："发生什么事儿了？"

图马犹豫了一下，把自己的发现告诉了云湛。云湛的神情陡然变得严肃："带我去看看！"

图马把他带到牲畜棚，云湛瞥了一眼脚印，闭上了眼睛，五官陡然扭曲起来，充满了极度的难以置信："这不可能……他还没死？"

"谁？谁没死？"图马连忙问。

云湛勉强镇定下来："我要杀……一直想要杀我的人。"

两人回到大堂，云湛手里已经握住了一张弓。图马曾经见过类似的弓箭，那是羽族特制的硬弓，射程比蛮族著名的青阳长弓还要远，配合羽族天生的神射技艺，足以令敌人胆寒。

"他们追了我一路，从南淮城开始，一直到北都城，"云湛说，"我以为我已经在北都摆脱掉了他们，但看来还是没能成功。"

"他们是什么人？你又是来做什么的？"图马终于发问。

云湛迟疑了一下，最后还是开了口："我是受人之托，来这里取一样东西的。"

"东西？什么东西？"

"我也不知道。只知道和苦露镇有关，和你的客栈有关。"云湛说着，从身上取出一个金属圆牌，递给了图马。

图马接过圆牌，脸上有些变色："这……这个圆牌，你怎么得来的？"

"从一个已经死了的人那里得到的，"云湛回答，"那上面的字，你都该清楚指的是什么吧？"

图马叹了口气："也许吧……既然这件信物到了你的手里，说明那个人已经死了。"看起来他早就做好了心理准备，但听到消息时，仍然难以掩饰悲伤。

"他的确死了，"云湛阴郁地点点头，"我是一个南淮城的游侠，接受了他的委托，要找到一件信物。我甚至连这样东西是什么都不知道，只知道要到这里来找，关键的信息是铜柱。而这些追踪我的人，我并不知道他们的身份，但多半就是杀死他的凶手。"

"铜柱……能先讲讲我兄弟是怎么死的吗？"图马似乎不大放心，接着问。

云湛正准备回答，图马忽然"嘘"了一声："有动静！在牲畜棚里！"

云湛用眼神示意图马小心，右手扣住了箭袋，图马也抄起一把弯刀，小心戒备。牲畜棚那边突然又安静了下来，两人面面相觑，云湛打个手势，正准备前去查看一下，突然之间，牲畜棚那边响声大作。

"糟糕！"图马喊了起来，"他把所有牲畜都赶出来了！"

阴羽原的牧民们为了保护牲畜，将它们都关在卡宏内以免冻死，没想到眼下变成了大麻烦。一群群牛羊不知道被施了什么手脚，发疯般冲了出来，顷刻间把不归客栈的大堂撞了个七零八落、一塌糊涂。图马大声呼喝，那些牲畜也不怎么听指挥，那些摆放了百年的历史遗物很快被撞折撞散，以后怕是再也没机会摆出来了。

云湛已经搭上了箭，一边躲闪着牲畜的冲撞践踏，一边搜寻着敌人的踪迹。这时一头四角牦牛冲到了他面前，长长的尖角对准了他的胸膛。他连忙一闪身，躲过这消受不起的一撞。然而刚刚躲开，从牦牛的腹部下方却"嗖"的一声飞出了一支箭。这支箭突如其来，而且力量、速度、精准度皆无懈可击。云湛猝不及防，被这支箭一箭射穿了肩膀，并被巨大的冲力带倒在地上。

云湛倒地后，那个藏在牦牛腹部射箭的人才翻身跳了出来。此人一身脏兮兮的，沾满了羊毛，脸脏得看不清面目，但两只眼睛闪烁着精光，手中的弓箭杀气毕露。

这一定就是那个暗藏在牲畜棚里并且偷吃了厨房东西的人，也是一路跟踪云湛来到苦露镇的人。看他出手的这一箭，绝对是个顶尖的弓术高手。

图马大吃一惊，也顾不得去管狂奔的牛羊了，举起弯刀就想上前拼命。他并没有经受过特别的武术训练，但马背上的蛮族人天生就是战士，不管面对什么样的敌人也敢于举刀。然而刀刚刚举到头顶，还没来得及劈下去，图马眼前出现了奇怪的一幕，让他硬生生地收住了手。

受了伤的云湛奋力把那支贯穿身体的箭拔了出来，伤口处登时血如泉涌。但他压根没有止血，反而用自己的食指和中指捅进伤口里，使伤口更加扩大，然后他将手指一拨，一股鲜血狂喷而出，飞溅在了地上。

接下来发生的事情更加不可思议，那些飞溅的血水溅落在地上后，迅速起了变化，从每一滴血中都爬出了一只血红色的小虫。这种虫子形状有点像苍蝇的蛆虫，身体不断扭动着，看上去十分恶心。它们看似漫无目的地在地上爬行着，但只要有牛羊不小心踏在了虫子身上，虫子的身体就会立刻爆裂，溅射出紫色的血，稍微沾到点这种紫血的牛羊，都立即瘫倒在地上，一时间不知是死是活。

这是一种秘术！图马惊呆了。他虽然并不懂秘术，但也曾听住店的客人聊起过，说是武术和秘术是很难兼修兼强的，因为二者的修炼方式有矛盾之处，没有办法同时做到两者都练得很好。但从眼前这种邪恶的秘术看来，云湛分明就是个秘术高手，而不像之前和他聊天时说的那样，是一个弓术很好的武士。他的那张弓无疑是个道具。

云湛一直在欺骗自己，这是为什么呢？这种秘术如此歹毒，修炼它的人，也多半不是什么好人吧？

不过已经没时间多想了，那种血红的毒虫在飞速生长着，背上渐渐长出了透明的翅膀，而且翅膀在不断变大，有些虫子已经可以借助着翅膀扇动产生的升力而离地了。看样子，再过一两分钟，这些虫子就能完全飞起来，那时候可真不知道该怎么办了。

千钧一发之际，那个一身肮脏的怪客冲着他大喊："逃到我这边来！快点！"

图马一看，那家伙不知什么时候已经躲到了还没被牲畜们完全拱塌的柜台后面，而且一只手里拿着一根燃烧着的木柴，大概是从火塘里抽出来的，另一只手拿了个大皮囊，那是他装青阳魂用的。虽然此人身份不明、敌我难辨，但相比那些蠕动的令人恶心的毒虫，图马显然更情愿和这个人靠得近点。于是他小心地避开毒虫，几个大步跳了过去。

"躲在我背后，当心点儿！"怪客又说。然后他用嘴咬掉了皮囊的塞子，左手执着点燃的木柴，右手拿着皮囊，向前跨出几步。在他的身前，毒虫们已经可以在低空飞翔，翅膀扇动的可怕的嗡嗡声足以让人手脚发软。

"这种东西喜欢血，麻烦你随便弄一块牲畜的肉下来。"怪客指挥说。

图马没有犹豫，立即照办。他从地上一只中毒的绵羊的背上割下来一块肉，把那血淋淋的肉高高举了起来。果然如怪客所说，这些毒虫一闻到鲜血的气息，立即像是没头苍蝇找到了目标，轰然而起，密密麻麻地飞了过来。

图马正在紧张，怪客抓起皮囊，猛灌了一口酒，然后竖起木柴，对着火头"噗"的一口喷出去。青阳魂的烈度之高，九州其他各地的好酒都难以比拟，把这种酒放在杯子里，可以轻松地点燃，烧到一滴也不剩。这一口酒喷出，怪客的身前立刻卷起一片烈焰，当先的毒虫被火焰带到，全被烧得焦黑落在地上，它们一死，身体很快就化为灰烬。图马眼见毒虫被克制，心里升起一阵同仇敌忾的快意之情，也暂时来不及想这位怪客究竟是什么人了。

怪客毫不停息，接连喷出了数口酒，一阵阵的火焰烧过，毒虫们应声而落，没有半分放毒还击的余地。只是这么蓄酒而喷，酒囊很快就瘪下去了，图马眼疾手快，又拿过来一皮囊酒。毒虫虽毒，火焰却是它们的天然克星，随着最后一道火光亮起，所有的毒虫都被烧得干干净净，只剩下地上一层白色的灰。

怪客长出了一口气，又灌了一口酒，这口酒不再往外喷，而是直接吞进了肚子里。

"痛快！"他嚷嚷着，"牲畜棚里又脏又臭，这一天一夜真是憋死我了！"

他又转向云湛："你也不必等你的同伙来救你了。他现在大概已经
冻得比铁还硬了。"

图马愣了愣神，小心翼翼地问："请问，你是……"

"我是他！"怪客伸手指向了云湛，后者流血过多，又拼尽全力使
出了暗黑秘术，已经元气大伤，只能瘫软在地。

"'你是他'，什么意思？"图马听不明白。

"这个人叫什么名字？"怪客问。

"他叫云湛。"图马老老实实地回答。

"可他并不是真正的云湛，"怪客说，"他只是假冒的，跑到这儿
来骗你的。"

他指了指自己脏得和羊蹄子差不多的鼻子："我才是货真价实、如
假包换的云湛。"

图马眨了眨眼睛，又眨了眨眼睛，很长时间都没想明白发生了什么。
这个"新云湛"又喝了好几口酒，心满意足地拍拍肚子，转过头来，却
发现图马正用弯刀对着他。

"你这是干什么？"他不禁眉头一皱。

"对不起，我现在暂时没法分辨清楚你们俩究竟谁才是真正的云湛，
所以请你们都不要轻举妄动。"图马用微微发颤的声音说。

倒在地上的"旧云湛"像是抓住了一根救命稻草，不顾伤情严重，
高声喊了起来："没错，我才是云湛！我修习这种秘术，不过是为了
保命以对付敌人，你不要因此就把我当成坏人，别忘了我给你的那枚
圆牌！"

图马想到圆牌，更是有点犹豫，那的确是他和那个人约定好的证物。
"新云湛"摇摇头："证物这种东西，是可以抢过来抢过去的，事实
上我就是故意让他们抢到手，才能一路追踪着过来，在暗中伏击他。
这帮人才是杀害圆牌主人的真凶。先把他捆起来，具体原因我慢慢向
你解释。"

这话倒也有道理，那枚圆牌固然是凭证，但你抢我夺的，易主也很正常。图马看看这前后两个云湛，不知道该相信谁才好，"旧云湛"很是焦急，声嘶力竭地叫道："他胡说，他才是凶手！不信我们对质，看谁能说出符合死者的特征！那个人临死前亲手把圆牌交给我，要我拿着圆牌到这里来找你，把藏在铜柱里的秘密取出来。"

图马一怔："你说什么？哪儿的秘密？"

"藏在铜柱里的秘密啊，""旧云湛"连声说，"'苦露，不归，铜柱'，难道不是吗？"

图马看了看那根已经被撞得歪歪斜斜的铜柱，点了点头，慢慢走到他跟前："的确，那个藏在铜柱里的秘密，完全就是……放屁！"

他突然吼了一声，转过刀背，在"旧云湛"的头上狠狠一拍。对方完全没料到他会出手，这一下正敲在头顶，两眼一翻白，昏死过去。

"你是怎么看出他是假货的？"站在一旁观望的"新云湛"问，"老实说，我甚至没能来得及和死者说上一句话，只见过他的尸体；而这帮追踪者，跟了他那么长时间，肯定会对他的言行举止有所了解。你要真比较我们谁和他更熟……显然这个冒牌货会取胜。"

"因为他说错了话，"图马收起刀，找出一根麻绳，一边捆住假云湛一边说，"我的那位兄弟，绝对不会告诉他什么藏在铜柱里的秘密。"

云湛蹲下身子，用手在冒牌货的眼睛上轻轻触摸着，然后突然一用力，竟然将整个左眼球挖了出来。不过图马看得分明，那只是一个假的眼珠子。原来这家伙是个独眼人。

"你为什么那么肯定你朋友不会告诉他那个秘密？"云湛问。

"因为压根就没有什么藏在铜柱里的秘密，那根铜柱没有任何秘密，"图马略有些得意地回答，"那个金属圆牌上刻着的'铜柱'，指的不是这根铜柱，而是一个人。"

"一个人？什么人？"

图马笑眯眯地学着云湛刚才的动作，指了指自己的鼻子："在我们蛮语里，'图马'就是铜柱的意思。"

2

对于任何一个没有自虐倾向的人而言，在阳春三月即将到来的时候离开温暖的南淮，去往北风怒号的阴羽原，都实在是有点从天堂到地狱的骤然下坠般的心境。

云湛就深深感受到这种无奈。不管有怎样正义的目的在背后驱使，去往被称为"北荒"的瀚州北部，也足够让人心里直打战。

从南淮到阴羽原，已经远远离开了衍国国境，幸好有佟童为他办的路引，跨越国境能省掉很多麻烦。回头想想，佟童毕竟只是个身份不高的捕头，能在一天之内为他拿到路引，没准还是石秋瞳帮了点忙。但他又不愿意多想，给自己徒添烦恼。

一则好消息是茶商艾森的女儿艾小姐终于痊愈了，一直骚扰她的厉鬼不翼而飞，使她可以很快恢复身体，能赶得上早就定好的婚期，嫁给南淮黎氏的三公子。千恩万谢的艾森加倍向除妖师付足了酬金，这样的话，刘厚荣的药费算是不愁了。这一点令云湛可以带着一身轻松离开南淮，一路取道向北。

来到中州北部的泉明港时，遇到了一点小小的耽搁，据说是当地驻军在缉拿斥候，闹得鸡飞狗跳，以至于每一位试图从泉明渡海去往瀚州的人都得遭受仔仔细细的搜身盘查，队伍一直排出去几里地。

云湛等得焦躁，眼看前方的队列好似一条蜿蜒长蛇，排到自己遥遥无期，灵机一动，伸手招来一个路边的闲汉，给了他一个银毫，让他替自己排队。然后他离开了队列，走进一间酒馆，要了点东西，自斟自饮。

大概过了两个对时，虽然一直克制着小口小口地喝，他也微微有一点醉意了。探头往外一看，差不多他雇用的闲汉快排到了，于是慢悠悠地走了过去。

果然快到了。闲汉见到云湛走过来，咧着嘴笑了起来："真没想到，这年头出门在外的人都挺有钱的，我们兄弟几个都有一样的钱可赚了。"

"我什么都不怕，就怕排队等候，实在没耐心，"云湛嘿嘿一笑，"看来也有人和我一样啊！"

"喏，那两位有钱的大爷也过来了，可是他们还至少得排小半个对时呢。"闲汉伸手一指。

云湛回头一看，眉头皱了起来。正在走向队伍的两个人很眼熟，就在刚才，他进入酒馆不久，他们也进去了，虽然坐得离自己很远，而且始终埋着头，但自己一向有观察周围环境的习惯，还是认出了他们。

也就是说，这两个人几乎和自己同时进入酒馆，又几乎和自己同时离开——但自己离开是因为队伍快要排到了，而他们还隔得远呢，很明显是跟随着自己而行动。

除此之外，还有一个非常重要的因素，使云湛立马有了确凿无疑的判断。

这两个怪客，都是独眼人。

上船之后，云湛小心观察，并没有发现这两个人的踪迹。下船之后，他故意放慢脚步，也并没有刻意地隐匿行迹，果然，没过多久，他们又出现在了身后，遥遥地跟着他。看来他们乘坐的是同时启航的另一条船，反正都是到同样的港口，也不必怕跟丢了。

云湛觉得一阵纳闷儿，他从十年前就开始被自己的老师和叔父云灭训练跟踪与反跟踪术，在甩掉敌人追踪这方面的能力，在全九州也找不出几个人比他更强。这一趟行程非同小可，从南淮城出发之后，他一直小心翼翼，不断使用各种障眼法，自信身边没有任何人能跟踪自己。但这两个人还是跟了上来，这实在有点不可思议。

云湛并不是一个死抱着自尊心不放的人，当然也不是一个轻易就会丧失信心的人。所以他首先排除了这是误打误撞的可能性，又排除了自己的常规反追踪手段使用不得力以至于被敌人钻了空子的可能性，那么剩下的结论是唯一的：追踪者使用了某种自己还没有掌握的非常规追踪手段，以至于自己根本没有办法防范。

在接下来的半天时间里，他花血本雇了一辆马车，大模大样地走着官道，不再去白费力气。他靠在车厢上，让身体得到最大限度的放松，脑子里不停地思索着，以便迎接可能接踵而至的恶战。

他们会用什么办法呢？巧妙的、不露痕迹的、让自己无计可施的追踪方法……他搜肠刮肚地思考着各种可能的诡计，手里无聊地把玩着那枚金属圆牌。圆牌上，丧乱之神墟渊正带着毁天灭地的凶戾之气狠狠瞪着他。云湛半开玩笑半认真地想，设计者估计是参考了九州历代知名暴君、戾将、凶犯外加悍妇的画像，才最终确定了墟渊他老人家这张能让小孩半夜睡不着的面容。

他凝视着墟渊那仅存的右眼，正想开一句刻薄的玩笑，忽然之间，他的笑容凝固了。

浮雕的右眼上好像出现了一点污渍。他伸手去擦，却怎么也擦不掉。在之前的数天里，他并没有像刚才那样仔细看过这枚圆牌，但在刚刚得到它的时候，云湛擦干净了圆牌上的血迹，对着光仔细看过。他很清楚地记得，当时右眼上并没有什么污渍，更不必提这样擦都擦不掉的印痕。

云湛不禁产生了一个有点荒诞的念头，他知道，同样的情况的确存在过，而且发生过不止一次。他需要确认。

"到北都城还有多远的路？"他问车夫。

车夫笑了起来："你才刚刚到瀚州，怎么就急着问起北都城了。还远着呢。"

蛮族人一直都是骑马、狩猎、放牧的民族，在浩瀚的大草原上游牧而居，哪里的牧草丰茂，他们就迁居到哪里，等到草被消耗得差不多了，他们会带着牲畜去寻找下一片草原，以免牲畜吃掉草根，影响下一季牧草的生长。所以他们少有数年乃至于数十年定居在一处的时候，城市也就没有任何意义。整个瀚州大陆上只有一座城市，那就是蛮族政权的象征——北都城。

近百来年，由于长时间没有大规模战争的表面和平，蛮族人也开始一点点吸收东陆华族的文化，在某些地方建起了零星的小城镇。但它们还不成气候，所以云湛懒得在这些地方停留，而是催促着车夫尽量快点赶路，以便早日到达北都城。

瀚州草原一望无际，视界比宛州的丘陵、山坡要宽阔许多，云湛留意观察，一路上追踪者都没有在他的视线里出现过，但他知道他们始终在跟踪着他。有一天清晨，他故意让车夫比平常晚半个对时出发，然后一直注视着后方的地平线。果然，没过多久，那里出现了两匹马，不过云湛能看见他们，他们也能看见云湛，所以他们立即勒马回去了。

果然是无论怎样都能找得到、追得上啊！一千只猎狗的鼻子也闻不到那么远，云湛有些恼火地想。

好在几天之后，北都城终于到了。这座气势雄浑的蛮族之城在历史上留下了无数可歌可泣的凝重痕迹，即便是现在，外族人进入北都城也都得小心翼翼，半点麻烦都不能惹。

云湛无心惹麻烦，也没有心思观光，他付了车夫的钱之后，立即开始向路人问路。不过蛮族人的东陆语普遍说得不怎么样，云湛自己又不会蛮语，花了好大工夫才找到地方。

他要找一家贩卖河络制品的商铺。河络是九州智慧种族中身材最矮小的，但同时也拥有最精湛的手工技艺，能制造许多令人瞠目结舌的制品与工具。眼下云湛要找的就是其中之一。

"我需要一面镜子，能把东西变大的那种。"云湛对老板说。老板是个典型的河络，个子矮小，只有常人的一半高，说话也十分严谨。

"想要把东西变大，应该找秘术师，"河络用生硬的东陆语说，"我们河络没有这种本事，可以制作一面镜子来把东西变大。"

"不，我的意思是说，看上去变大了，但实际上没有变大……"云湛意识到自己说错话了。

"那么你是需要千里镜了？"河络作恍悟状，"我们这里有各式各样的千里镜，最远可以看到……"

"也不是，"云湛哼哼着，"我要的是这么一样东西。我可以用它来看放在我面前的小玩意儿，然后能看得非常清楚，因为这种镜子可以把细节放大。"

河络这次终于明白了："我知道了，你需要的是一面凸光镜。和你说话真费劲。"

云湛很少受到此等羞辱，但的确是自己第一句话就说错了，所以他只能忍气吞声，心里回忆着自己历次和河络打交道的经过，认定河络真是这世上最可恶的种族。

十分钟后，云湛已经待在一间华族风格的客栈里。他拿起这面水晶磨制的凸光镜，通过镜面打量墟渊的右眼。没错，这个丧乱之神浮雕的右眼上，出现了两道小小的阴影，小到如果不借助凸光镜就根本没法看得到。但在凸光镜下，这些阴影被放大了，可以看得很清晰。

云湛长出一口气，果不出所料，就是这枚圆牌暴露了他的踪迹。这并不是单纯用来做标记或者印章的普通圆牌，里面在铸造过程中贯注了一种秘术，可以使圆牌间相互感应。只要两枚圆牌靠近到一定距离内，墟渊的右眼上就会出现这样的阴影,提醒圆牌的主人：有你的同类在附近。

这秘术用来跟踪不知情者——比如云湛这样的——也有意外的效果。当然了，光显示没有用，判定具体的方位一定还需要应用别的秘术，不然他们不会跟得那么紧，可惜自己不会。

只是云湛还有一点没想明白：这圆牌是他从倒在事务所里的尸体眼睛里找到的，但死者死亡之后的两天里，这两个追踪者并没有采取任何行动，等到自己找到圆牌后不到半天，他们就开始动手，阻止刘厚荣说出那个关键的秘密并跟踪自己。他们为什么不事先就把圆牌拿走，而非要让自己抓到了一点蛛丝马迹之后才动手？

除非是……当自己取出圆牌之后，他们才通过感应发现了圆牌的存在。这说明什么？

云湛心头一震，猜到了原因。这种秘术无法穿透血肉之躯！如果把圆牌藏在活生生的血肉里，彼此之间的感应就会被隔断。他们杀害死者之后，恐怕也曾在南淮城里四处寻找，想要找到这枚圆牌。但在那两天里，他们是没办法找到的，直到……直到自己把圆牌挖了出来，立刻让他们有了察觉。

这一路上的疑惑算是有了答案。接下来的问题是，应该如何摆脱他们？当然不能学那位死者在身上弄一个伤口把圆牌塞进去，云湛先生绝不是那样的亡命之徒。他向来不介意往身上添加各种各样的伤口，但必须是在敌人身上。

解决办法有很多，比如买一只羊或者一条狗，想来金属圆牌应该没有那么挑食。而在蛮族的地盘，买到一头牲畜真是太简单不过了。

他正在盘算着怎样在买到牲畜后迅速完成藏牌和易容改扮，心里却隐隐觉得有什么不对劲。这么做的确能甩掉敌人，这一点他毫不怀疑，但是会不会有别的什么不妥当呢？

他仔仔细细地梳理着思绪，最后终于想起来了，那是自己的叔叔兼老师、羽族第一箭神云灭当年给他的教诲："记住，追踪总是最艰难的，但被追踪却是最危险的。"

"废话，三岁小孩都知道的道理。"十多岁的云湛不屑地说。话一出口就知道要糟糕，果然云灭的指节伸出，不轻不重在他的头上凿了一下，让他头上凸起一个火辣辣的小肿块。

"道理三岁小孩也明白，"云灭若无其事地说，"但几乎所有人在运用的时候就会把道理忘得一干二净，这些道理往往只能留到坟墓里慢慢消化了。"

"危言耸听！"云湛小声嘀咕着，却不得不承认云灭说得有理。

"再高明的摆脱跟踪的专家，在被人跟踪的时候，都始终处于一个被动的位置，"云灭接着说，"尤其当你完全摸不清对方的底细时，被跟踪是非常危险的。"

"那也可以甩掉他们嘛！"云湛说。

云灭轻蔑地一笑："而当你自以为甩掉敌人的时候，也许他已经布置好圈套等着你去钻了。所以最好的应对方法，是变被动为主动，谁跟踪你，你就要想办法反跟踪他。"

"人家把你盯得死死的，你怎么反跟踪？"云湛追问。

"那就得看脑子了，"云灭拖长了腔调说，"这个本事是教不来的，只能自己琢磨。"

反跟踪？云湛算计着。甩掉这两个家伙，直接去找那个什么铜柱，当然是最稳妥的方法。但死者留下的暗示太少，找到了也未必明白。相比之下，跟住这两个家伙或许才能得到真正有用的信息。如果真的甩掉了他们，回过头来再要寻找可就不那么容易了。他做出了决定。

第二天一早，云湛打听到马市的所在，打算如同在宛州时那样，一人独骑继续向北进发。但北都城的马市清一色全是蛮族人，而他们看外族人的眼光始终让人相当不舒服。这很正常，战争结束后，蛮族人的生活水平并没有得到太大的提高，反倒是他们的牧场在不断地被异族一小块一小块地蚕食。

"如果是在几百年前，蛮族人没饭吃了就会骑上马、拿起刀去抢其他部落，抢光了自己人就去抢羽人、去抢华族，直到死掉一半的人粮食够吃了为止，"华族客栈的老板和他聊天时说，"但是现在不打仗了，在蛮族大君的强令下，大部分蛮族部落都不敢出去抢，反倒是多生了很多人口。瀚州是一个资源贫瘠的地方，能养活的人是有限的，不死人，反而多生了很多人，日子自然越来越难了。而蛮族人不去怪大君，反倒认为大君是被华族和羽族蛊惑的，所以排外之心更浓了。"

"那你还在这儿做生意？"云湛同情地看着他。

"没办法啊，在家乡更活不下去，"这位满脸皱纹的老人叹息着，"华族也有华族没饭吃的原因。"

云湛在四周刀一样的目光中，算是体会到了排外的感觉，直到一个华族人主动上前和他打招呼，才如释重负。华族和羽族历史上发生的战争一点也不少，但现在在蛮族的地盘，他们都有一个共同的身份：异族。

两个异族扭扭捏捏地靠边而行，一直走出马市才停下脚步。

"你一个羽人，大摇大摆跑到这儿来，还是小心点为好，"华族人说，"想要买马吗？"

云湛点点头，华族人微微一笑："外人要买马，得找黑市，不能进正经的马市。蛮族人要么不卖给你，卖也会给你劣马，还得漫天要价。"

"显然你就是黑市里的，"云湛笑了起来，"带我去看马吧。"

两人一前一后，慢慢离开热闹的街道，走到一条无人经过的小河边。云湛走了几步，忽然停住脚步。

"你们的马养在哪儿，在河里吗？"他一边说着，一边向后退了一步，握住自己的弓，"我不是来买河马的。"

"我们不打算卖给你河马，只是想把你变成河马，那一定很精彩，云湛。"华族人狞笑着摘下自己一直压得很低的皮帽，露出他空洞的左眼。

"看来你们已经在南淮打探过我的底细了。为什么会选这时候下手？"云湛问，"我以为你们会一直跟踪我到目的地呢。"

"我们的确是这么打算的，可惜的是，你已经发现了我们的跟踪，与其让你在旷野的草原上跑得没影，还不如就在这里截住你，直接逼问出你的目的地，拿回我们的东西。"独眼人伸出枯瘦的右手，一个绿莹莹的光球从他的手上升腾而起。

"你们的东西怎么会落到那个死人的手里？"云湛不紧不慢地问，"你们究竟是什么人？"

"轮不到你发问，"独眼人的左手手指摇晃了一下，"一会儿等你半死不活、求死不能的时候，你会有充足的时间来回答我们的提问，但恐怕是没有机会提问了。"

话音刚落，云湛揣在怀里的那枚金属圆牌忽然动了起来，没等他回过神来，圆牌已经从怀中跳出，直直向着独眼人飞去。云湛不由得愣住了。

"你还真是聪明，竟然能猜到我们追踪你的方法，但你却不懂得召唤它的密咒，"独眼人阴阴地一笑，"而你最大的失误在于，在用完了那面凸光镜之后，忘记把它妥善地藏起来，于是不小心被我们看到了。"

云湛"哼"了一声，脸上现出懊悔的神情："不小心看到？恐怕是趁我昨晚离开房间到大堂打听马市消息的时候，不小心搜到的吧？"

"都一样。"独眼人简短地回答，手中的绿色光球升腾起来，陡然间绿色光球幻化为一个巨大的骷髅头，从高处向着云湛猛扑下来，一股灼热的气浪扑面而来。

云湛一个闪身，躲过了绿光的笼罩，只见刚才站立的地方泥土已经瞬间被烧焦。而那绿焰形成的骷髅头并没有停留，立即又抬头而起，转一个方向，继续飞向云湛。这个骷髅头虽然飞行速度并不算太快，但体积庞大，所到之处空气立刻被烧得滚烫，体现出操纵者强大的精神力和深厚的秘术功底。

云湛被迫不停地左右闪避，以免被烧成焦炭，这是大多数武士面对秘术师时无可奈何的应对方式。但是秘术师也有弱点，那就是秘术的释放比较慢，转换间会留有一定的空隙以供精神力进行补充，被形象地俗称为"换气"，而换气的空隙就是有经验的武士格杀秘术师最好的时机。眼前的这个独眼人操纵的火焰骷髅头固然很庞大，但庞大的事物往往也能反映出一点别的什么。

比如说，在招式的释放转换之间一定会有一点破绽，这个骷髅头一定会在破绽出现时收回到独眼人的正面，以便掩护他换气。云湛留意观察着，果然，在连续几次令人喘不过气来的汹涌烈焰之后，骷髅头总会有一次全力的进击，紧接着回缩一次，大约有半秒钟暂停攻击。要击败他，这半秒钟就是最佳的机会。

他竭力做出狼狈不堪的动作与神态，甚至故意让绿焰擦过自己的衣角，燃起一小团火苗，以便让对方相信他已无力抵御。然后当那个丑陋、狰狞的骷髅头再一次猛扑过来时，他并没有再向四周躲闪，而是做了另一个动作。

他用尽全力，原地高高地跳了起来，火焰立刻烧焦了他之前站立的土地。而身在半空中的云湛，已经拉开了弓，稳稳瞄准了独眼人。他算准了，这正是独眼人招式切换的一瞬间，在那半秒内，他无力抵抗。

这原本是一个精确的算计，如果单对单的话，这个独眼人早已被他一箭穿心。但云湛似乎忽略了相当致命的一点：自己一共有两个跟踪者，眼前只有一个，必然还有一个藏在暗处。他算准了对方换气的一刹那试图全力击杀，却没有想到，那也是自己露出破绽的一刹那。

而这一刻，就是那个隐藏着的敌人现身的时刻。云湛的右手刚刚执箭搭到弓弦上，身边那条因为刚刚解冻没半个月而显得很安静的小河猛然间狂暴起来。河水如同利箭一样从河床里激射而出，一下子把云湛裹在其中。

更为诡异的是，河水仿佛有了生命，以一种违反自然规律的轨迹又重新回到了河里，某种程度上说，这些河水就像是一双柔软而充满力量的大手，把身在半空中完全无法闪避的云湛抓进了河里。他虽然仓促间射出了一箭，但由于受到河水的干扰，这一箭射偏了，没能命中目标。

"扑通"一声，云湛掉进了水里，只来得及冒了一下头，河水就迅速没顶。水面上卷起了一阵泛着泡沫的激烈漩涡。

河水很快恢复了平静，而云湛再也没有从水里出来。过了一会儿，"哗啦"一声，一个人影从水里钻了出来，那是另一名一直没有出现的跟踪者。这是一个羽人，云湛的同族。

"用水草捆住了，"他说，"以这个人的能力，大概还能撑几分钟不死，让他多喝几口水再把他弄上来审问吧。"

"我看不必了，"已经熄灭了绿焰的第一位跟踪者扬起手里的金属圆牌，冷酷地说，"我们所要的信息，都已经刻在这上面了。"

他回过身，看着还有残余波纹不断扩散的粼粼的河水："就让他永远待在水里做一只河马吧。"

3

"可是你并没有淹死，又活过来了，"图马上下打量着云湛，"你可真是命大，那几天的北都城还冷着呢。"

"我的老师从很多年前开始就不断培训我如何装死，"云湛看起来挺快活，"我在水里憋气的时间比任何人想象的都要长，而那些水草……怎么可能捆住我。说实话，装死骗人真是好玩极了，虽然练起来比什么都苦。"

"这么说来，其实你是故意被卷进河里去的？"图马问。

"没错，从那面凸光镜开始，就是我故意留给他们发现的，"云湛说，"我相信，这两个人如果没有笨到家，就一定能猜到我弄一面凸光镜是为了看什么，并且必然会立即采取措施，以免离开北都城后再也找不着我了。"

"不过你真够大胆的，装死也就罢了，还敢让他们抢走信物，"图马摇摇头，"我险些就上当了。"

"我从小赌钱赌到大，没什么不敢押的，"云湛很轻松地说，"何况我身上最不值钱的就是命了。"

图马的那一下打得不轻，他和云湛都已经说了好一会儿话了，假冒云湛的独眼人才慢慢醒过来。他仍然伤势很重，脸色灰败，脸上却没有任何表情，尤其是那一只独眼，流露出死人般的呆板木讷。

"最后你还是落到了我手里，"云湛叹口气，"我的老师以前教导我，被跟踪一点都不好玩，还是跟踪别人比较有意思。我虽然脑后生反骨，偶尔也会听听话的。"

他蹲下身来，充满怜悯地看着独眼人："告诉我，你们究竟是些什么人？那个死者为什么会被你们追杀？我建议你老老实实地说出来，不然你死得一定不会像你的同伴那么痛快。"

独眼人还是一脸的平静："云湛，这一次算你赢了，但我劝你还是早点罢手，回到宛州去，把这一切都忘掉了。你只是一个凡人，为什么要去和神对抗？在神的面前，你不过是一粒无足轻重的灰尘。"

"神？"云湛愣了愣，"你说的是丧乱之神，墟渊？"

"看来你了解的比我想象中还要多，"独眼人轻轻咳嗽一声，"但是知道得越多，就越是把你自己往死亡的道路上推。"

"墟渊到底是什么？你们究竟要做什么？"云湛咬牙切齿地问。

独眼人微微一笑，闭上了眼睛。云湛忽然感到一股正在迅速释放的热力。他心知不妙，一把拽过身边的图马，全速向着卡宏的大门跑去。

刚刚冲出门口，身后就传来一声怪响，云湛狠狠用力一带，两个人都连滚带爬地趴在了地上。回头看时，独眼人的全身都燃烧起了他曾经见过的那种绿色火焰，并且火焰在飞速地蔓延，几乎是眨眼工夫，整个卡宏内部都燃烧起来了。

图马一跃而起，就要往里面冲，云湛死命拉住他，但这蛮族人力气好大，作为一个骨质中空的羽人，云湛反而被他拽进了卡宏，令人窒息的高温扑面而来。

"别傻了，那么大的火救不了的！"云湛急得大喊，"烧掉多少东西，回头我照价全赔给你！"

"和钱没关系！"图马也嚷嚷起来，"要交给你的那样东西还在卡宏里呢！"

云湛一把甩开他的手："在哪儿？"

几分钟之后，整个卡宏都被烧成了灰烬，幸好此地地广人稀，卡宏都隔得很远，火势不至于蔓延到其他地方。苦露镇上的牧民们纷纷提着水桶跑过来救火，但那实在是杯水车薪，没有任何用处。这座整个镇上最大的、历史最悠久的卡宏，终于连带里面各种各样的历史遗物一起，彻底灰飞烟灭了。

好心的邻居们围住图马一通安慰，个个表示会出力帮他修一座新的卡宏。一位邻居把满身灰黑的两个人带进自己的卡宏，给他们送来酒、奶茶、清水、毛巾后，悄悄离开。甚至顾不得擦一把脸，云湛连忙把那个用自己的外袍包裹住的铁盒子打开，然后和图马一起，黑乎乎的脸上露出如丧考妣的表情。

可以看出盒子里面的东西曾经是厚厚的一沓纸，但已经在高温下完全烧焦了，其中大部分直接成了灰，绝不可能再从上面辨认出哪怕是半个字。云湛赶忙合上铁盒，狠狠喘了口气，骂了句娘。他冒着生命危险，从肆虐的绿焰中拼死抢出了这个铁盒，为此手上烫掉了一大块皮，没想到这一番辛苦都成了无用功。

图马也呆若木鸡，眼泪很快流了出来，在脸上冲刷出两道白印："我还是没能完成你的托付啊！兄弟。"

"这到底是什么内容，你知道吗？"云湛抱着万分之一的希望问。

图马摇摇头："我没有打开看过，也没有问。我只是答应了他，把这样东西交给持那枚金属圆牌来找我的人。"说完，他取出独眼人当时为取得他的信任而交给他的圆牌，递到云湛手里。

云湛叹了口气："这些东西，我再想想……也不是完全没有办法的，虽然希望确实并不大。我听说过，有一种火系秘术可以逆转燃烧的过程，修复被烧毁的物件，但是太过于高深艰难，要找到一个会这种秘术的人，得花费不少力气，不比我从南淮跑到这儿来容易……不提它了，烧都烧了，要头疼也是之后的事。说一说那位死者的事情吧，至少我能多了解一点背景。"

图马拿起茶杯，一口没喝又放下，抓起酒囊喝了两口烈酒，有点缓过劲来："我的这位兄弟是个东陆华族人，名叫崔松雪。"

一年以前。瀚州，朔方原。

图马和同伴们骑着马，顶着凛冽的寒风在冬日的荒原上疾奔。往年冬天的这个时候，他们应该在温暖的帐篷里烤着火，把一切风雪都关在外面，舒适地等待着严冬的离去。但今年冬天，意外发生了，一伙大概是饿疯了的马贼竟然冒着严寒袭击了苦露镇，抢走了不少的马匹，还杀害了六个人。男人们聚集在一起，公推图马为首领，前去追赶马贼，抢回属于自己的财产并为死者报仇。

他们从阴羽原开始一路追踪着马贼的踪迹往南边走，由于长时期在酷寒的室外奔波，即便是这些北荒汉子也都有不同程度的冻伤。但他们知道，自己不好受，马贼们必定更不好受，所以始终咬牙坚持着。牲畜就是草原人的性命，哪怕是自己的命不要，也必须把马匹夺回来。

但是追击到封冻的铁线河畔时，已经被追得精疲力竭的马贼们终于受不住，停止了逃跑，在铁线河边设伏袭击，决意与牧民们拼命。图马和他的伙伴们在河边陷入了包围，这些勇悍的北荒汉子挥舞起手中的弯刀，和马贼们缠斗在一起。

但马贼的人数略多，并且伏击打了个出其不意，一上来就先伤了好几个牧民。一小会儿工夫之后，已经有三个牧民丧命，其他人个个带伤，形势岌岌可危。

崔松雪就在那个时候出现，他本来是偶然路过那里，一看双方的装扮就已经知道发生了什么，于是挺身而出相助牧民。他是个秘术师，不必靠近，站得远远的催动着空气，那些无形无影的风在他的手中忽然变得比刀锋更加锐利，每一道风刃劈出，都能准确地刺中一名马贼。直到七八名马贼落马，他们才注意到崔松雪的存在，但是此时形势已经逆转。牧民们见到来了援军，更是奋起杀敌，在崔松雪的配合下，差点全歼了马贼，只有两个人落荒而逃。

牧民们充满感激地请崔松雪去苦露镇做客，他并没有推辞。一路上崔松雪介绍了自己，他是一个四处游历的秘术师，生平最大的志愿是踏遍九州山河。这一趟特意赶着冬天来感受一下瀚州的苍凉，没想到碰巧帮助了这些遇险的牧民。

崔松雪是一个性情豪迈的人，和直肠直肚的蛮族人很合得来。后来他就住在图马的不归客栈里，和牧民们喝了半个月的酒，天天喝到烂醉如泥。临走前，他和性情相投的图马按照蛮族人的风俗结拜了兄弟。所以一直到现在，图马都还称呼他为"我兄弟"。

"原来他是一个秘术师，"云湛若有所思，"那他交给你这样东西又是怎么回事？"

"大概是在今年初，冬天最冷的那段时间，有一天半夜里，风刮得好像要把地皮都卷起来一样，"图马回忆着，"我兄弟突然敲开了门，已经冻得像一个冰坨子，就和你来的时候……不对，就和那个假冒你的家伙来的时候差不多。幸好他能够用秘术护体，换成一般人早就冻僵了。我赶紧用雪替他搓手脚，给他涂抹活血抗冻的药膏——用烈酒调开的——才算是保住了他的四肢，不然只怕要冻得坏死了。而那时候我才发现，他竟然瞎了一只眼睛。"

“也就是说，这只眼睛在一年前还是完好的。”云湛点点头，同时心里明白死者身上的冻伤痕迹是怎么来的了。

图马继续说：“他稍微喘匀了气后，灌了两口酒，马上对我说，他不能久留，天亮就必须离开，以免敌人跟踪到此，那就糟糕了，但是有一样很重要的东西，必须交给我替他保管。他向我形容了那枚圆牌，告诉我，他被敌人追着几乎跑遍了大半个九州，终于发现圆牌是致使他始终无法隐匿行踪的关键。所以他把圆牌藏进了那只盲眼里，因为只有血肉之躯才能隔断圆牌与秘术的联系。尽管如此，敌人还是会想别的办法追踪到他。因为他发现了一个大秘密，敌人无论如何都不会放过他。”

“他到底是因为什么秘密而被追杀？”云湛急忙问。

“没有说，我问他，他什么都不肯说，”图马有些凄凉地摇着头，“他只是告诉我，敌人非常凶险，他很有可能性命不保，所以才要我保管这个铁盒，铁盒里藏着关键的秘密，必要时会有人来取。他临走前说，他会去往宛州，寻找一个很厉害的游侠帮忙——并非为了救他的命，他死与不死并不重要——他希望那位游侠能够阻止一场巨大的灾难发生。我一再追问他，到底是什么样的灾难，他却坚决不愿说，后来看我有些生气了，他才说了一句话。”

“什么话？”云湛紧盯着图马。

“沉睡的恶魔已经复苏了，但他还在寻找着他失去的力量，”图马的语气冷森森的，“必须要阻止他真正觉醒，否则九州大地将会陷入血光之灾。”

两个人陷入了沉默中。云湛接过金属圆牌，看着丧乱之神的面孔，心里想着：谁会复活？丧乱之神墟渊吗？难道丧乱之神并非一个虚妄的传说，而是真实存在的？

他把身体裹在温暖的毯子里，在胡思乱想中慢慢睡去。在睡梦中，他一遍又一遍地反复看见丧乱之神的身影。墟渊的左眼空洞如深潭，右眼喷射出席卷一切的烈焰。创世神的奴仆在执行着他的使命，大地在熊熊燃烧。

4

春天的到来并不能让石秋瞳的心情好多少。总体而言，冬季的结束反而意味着麻烦的一步步临近。她已经花费了一个月的时间努力，但现在看来，这样的努力成效甚微。所以她只能坐在花园里，看着渐渐蔓延的春色，无奈地发呆。

南淮城的春天永远是充满生机的。略带湿润的春风很快驱走了寒流，金粉的气息开始在空气里飘荡。丝竹的靡靡之音飘飘悠悠传入耳中，总能让石秋瞳这样的怨女自怜自伤、自怨自艾一番。但在这个春季，她甚至连思春悲秋的心情都没有，在花园里出了一阵子神，又起身赶往圣音阁。每一年春天，国主石之远都喜欢在那里休憩，欣赏各地特供的名贵花种。

守在阁外的御前侍卫见到石秋瞳，脸上的肌肉抽搐了一下，仍然恭谨地行礼："公主殿下，国主已经说过了，今天他暂不召见你。"他顿了顿，又补充了一句，"和过去一个月一样。"

"那你就再给我传话，传到他同意召见为止。"石秋瞳毫不让步。

这位倒霉的侍卫就像是嘴里被塞了一把黄连，瘪着嘴进了门。不久之后，他耷拉着脑袋出来了，向石秋瞳简短地说了两个字："照旧。"

石秋瞳哼了一声，眉毛一挑："那你就按意图行刺的罪名来砍了我吧。"她一把推开侍卫，就往里面硬闯。她武艺高强，力气本来就大，侍卫又不敢还手，被她推了一个趔趄。石秋瞳大步进了门，侍卫只能一脸苦相地在后面追着。

"父亲！"石秋瞳一边走一边高喊着，顺手推开沿路碍事的侍卫、太监、宫女。很快，一个沉稳的声音响了起来："白日喧嚷，成何体统？"

"我不喧嚷一下，您死活躲着不肯见我哪！"石秋瞳循声而去，在一个凉亭里找到了她的父亲，南淮城以及整个衍国的统治者，国主石之远。国主正和几位老臣坐在一起，看那悠闲的神情，多半是在讨论诗词。

石之远见到女儿，脸色微微一沉，似乎想要开口斥责，但又忍住了。几名老臣你看看我、我看看你，很识趣地告退了，凉亭里只剩下父女俩。

石秋瞳在父亲面前坐下，脸绷得紧紧的。国主苦笑一声："你已经磨了我一个月了，何必呢，我并没有说这一场仗一定要打的。"

"你当然没有说，任何事情不到最后一刻你是不会公布的，"石秋瞳针锋相对，"但是你早就下定了决心。你以为我没有注意到北部边界的兵力调动吗？而且那几个神秘的来客，最近仍然在频繁出入南淮。"

"既然你已经明白我心意已决，又何必多说什么呢？"国主的神情十分不悦，话语里多了几分怒意。

"因为战争不会给你带来任何好处，"石秋瞳毫不退让，"两年前那场叛变，差点席卷了整个九州，声势比你所能调用的兵力大多了，最后怎么样？还不是在攻打天启城失败后，很快就被平息了，而你不也是看穿了他们的外强中干，才中途退出联盟的吗？现在已经不是乱世时代，有那么多的热血可以被点燃，现在的人民只想吃饱饭，不想打仗，虽然我们兵精粮足，你想要……"

国主猛地一拍桌子："够了！"

他站起身来，来回走了几步，极力压制住自己的咆哮声："这是我的国家，我有权选择它的方向！至于你……虽然你是我的女儿，而且是我非常有用的女儿，我真的要让你闭嘴的时候，所需要的也不过是一把刀或者一根绳子！更何况……这些日子发生了些什么你也清楚，我不能为了你而舍弃国家大业。"

他挥了挥手，示意石秋瞳快快滚蛋。石秋瞳知道再说下去也不会有结果，摇了摇头，一声不吭地掉头向圣音阁外走去。走到半途，国主忽然又补了一句：

"这一次的结果，和之前的绝不一样，"国主的语气充满了自信，"你很快就会看到的。"

石秋瞳觉得父亲已经不可理喻，加快了步子赶紧走开。

这一个无所事事的夜晚，石秋瞳哪儿也不想去，一个人坐在寝宫里发呆。寝宫里照例有一张很大的梳妆台，有一面一人高的镜子，不过这个梳妆台的使用率肯定是整个皇宫里最低的，因为石秋瞳生性好武，不愿意浪费时间在无聊的事上。然而最近一两年来，向来不喜欢打扮的石秋瞳却越来越多地悄悄坐在镜子前，看着自己依然年轻美丽的容颜，眼角却开始悄然滋生细小的皱纹。她曾经一度以为年轻的时光还会很长，某些烦恼还可以假装抛诸脑后，不去多想，但时光如同涨潮的海水一般汹涌逼近，已经渐渐让她有呼吸不畅的压抑感。

心绪烦乱的时候，偶尔她也会溜出宫去，深夜在僻静的小巷找一个酒摊，独自一人喝点闷酒。但是所谓借酒浇愁，并不是"浇灭"的"浇"，而是"浇灌"的"浇"，忧愁的嫩芽只会在每次酒醒后越长越高。所以现在她也不大出去喝酒了，就是一个人坐在宫里，静静数着年华老去。

白天与国主的争吵让她更是情绪低落。她独自坐了大半个对时，几乎没有动过，直到蜡烛熄灭才恍然惊觉。此时月光从窗外照进来，清冽如水，她无心再招宫女点灯，打算就寝。但刚刚站起身来，她看到一个黑影从月色下一闪而过，虽然速度极快，还是被她捕捉到了。

她不动声色，轻轻拉开梳妆台最上层的抽屉，从里面抽出一把雪亮的短剑握在手里。然后她慢慢来到窗前，仰起头，假装欣赏月光的样子，人却在全神留意着刚才出现的那个黑影。她没有眼花，那果然是一个偷偷潜伏进来的人，现在已经闪身于一棵大树背后，正在朝这边窥伺。眼见着石秋瞳始终只是在赏月，而并没有其他动作，黑影又绕了一个方向，紧贴着墙边向窗户这边挪过来。

石秋瞳藏在窗格下的手握紧了短剑，算准黑影已经进入到适当的距离，她猛地跃窗而出，一剑向敌人刺去。与此同时，她发出的这一点动静立即惊动了附近的侍卫，马上有十多个侍卫从墙外跳进来，循声直扑那个黑影。

"别动手，是我！"黑影大喊了一声，石秋瞳听到那个熟悉的声音，立即硬生生稳住身形，赶紧对着侍卫们发令："没事儿了。你们都先退下。"

石秋瞳喘了口粗气："你还真对自己的身手有信心，就不怕我一失手在你身上捅个窟窿出来？"

黑影向前走了几步，站到月光下，露出了那张令石秋瞳又爱又恨、无可奈何的脸。

"我必须要做这个试验，"云湛的脸上很难得地收起了以往的嬉皮笑脸，"现在我知道为什么我们上次见面时，你那么不安了。没有人刺杀你老爹，但是有人在刺杀你。"

"是的，你说得对，"石秋瞳眉头微蹙，"我不告诉你是不想让你分心。我毕竟还有能力照料自己。"

"我当然相信你能照料自己，但你不告诉我显然是错误的，"云湛的声音像今夜的月色一样，明亮而慵懒，"你不说，我还是会分心，因为我会禁不住老是猜测到底发生了什么，脑子反而动得更多。所以你还是应该说出来。别忘了，那可是……你的事情。"

那可是你的事情。

在和父亲拉锯了一个月，并且随时绷紧了弦准备应付刺客之后，在这个春光明媚的夜晚，在这个男人的跟前，石秋瞳终于觉得有一股暖流从心头流淌而过，渐渐奔涌成无法抑制的激流。

"进去说话吧。"她极力克制着感情，淡淡地说，转身的一瞬间悄悄擦了一下眼睛。

宫女点上了灯后很快退下。两人对望了一眼，都想先开口询问对方的状况，最后还是云湛先说："我的事情简单点。跑了一大圈，杀了两个敌人，却什么也没能弄清楚，因为我的委托人留给我的资料全都被烧成了灰烬。"

"烧了？那岂不是线索全断了？"石秋瞳问。

"也未见得，还有一线希望，"云湛说，"如果我能找到一个水准足够高的火系秘术师，让他使用一种逆转术，就有可能把那些被烧毁的东西还原。"

石秋瞳问："什么人才能做到这一点？"

"我不知道，"云湛摇摇头，"但根据我的猜测，也许在我的老家宁州能够找到这样的人。"

"你怎么知道？"石秋瞳问。

"我叔叔云灭告诉我的，"云湛回答，"在他年轻的时候，云家的族长曾经给他看过一份文件，那份文件就曾经被烧毁，但是找秘术师还原了不少。那大概是羽族独有的高深秘术吧。"

"也就是说，你刚刚回来，就得再千里迢迢跑一趟宁州？"石秋瞳的话语里隐隐有点遗憾，云湛敏锐地捕捉到了这一丁点不舍。他笑了笑："放心，暂时用不着我亲自去跑。我叔叔这段时间正好在宁州陪老婆，我和他之间可以用迅雕传信，速度很快。我会先让他帮我查一下，现在还有没有这种秘术存在，如果有的话，我再过去，免得白跑一趟。"

"陪老婆？那就是你的婶婶啰？"石秋瞳好奇地问。

"没错，婶婶，也是师母。我叔叔虽然是个心狠手辣的大恶棍，但对我婶婶着实好，可惜我婶婶为人太温柔，什么事都听他的，不然我真的很想看看如果他们俩吵起架来会是什么样……"

"你就没安什么好心！"石秋瞳撇撇嘴，脸上却露出神往之色，"云灭可是那么大名鼎鼎的人物啊，羽族第一高手，比你这样没出息的小混混儿强多了，没想到也有这样的一面。"

云湛一脸悻悻之色："真伤自尊，其实我没觉得我比他差多少，你就是不放过任何一个羞辱我的机会……不过我觉得也没什么可奇怪的，再坚硬如铁的人，内心也会有柔软的角落吧。我叔叔再厉害，也是个凡人，凡人就会有情爱的牵绊，谁也不能免俗。"

这句话说出来，两人突然陷入了沉默中，这一番话虽然是在评价云灭，却无意间触动了他们的心事。一股淡淡的惆怅在两人的心中同时升起。在他们的面前，似乎总有一条路被堵得死死的，没有办法越过。

云湛定了定神，决定回到正题："行了，我的事情说得差不多了，该听听你的了。到底什么人要杀你？已经动过几次手了？"

"已经有两次了，"石秋瞳飞快地回答，似乎也想赶紧把话题转移开，"并不太清楚他们的身份，但可以推测，应该就是最近一直煽动我老爹向邻国开战的那伙人。"

"开战？"云湛一怔，"有人在煽动战争？"

"是的，一伙我到现在都还没查明身份的人，"石秋瞳说，"也不知道他们通过什么渠道，和我老爹进行了一次秘密的会晤。从那之后，他就像着了魔一样，一直在做着战备。我最近一两个月都在苦劝他，但他完全听不进去。而就在这时候，我遇到了第一次刺杀，那时候你还没走，几天后又是第二次。两次都非常惊险，但第一次他们低估了我的武功，第二次又低估了我的防备，这才没能成功。"

她说得轻描淡写，但云湛想到那千钧一发的凶险，还是忍不住心头一紧。看着石秋瞳一脸的憔悴，可想而知她最近几个月的日子很不好过，一阵怜惜之情油然而生。

"这几天我来给你做保镖吧，"他忽然说，"反正我得等着我叔叔回信，左右无事。而且如果真的有什么战争的苗头的话，那可是绝对大事，我不能袖手旁观。不过最重要的在于……"

"在于什么？"

"有我在外面守着，你至少能多睡几天安稳觉。"

石秋瞳眼前一亮，脸上微微一红，想了一会儿，没有拒绝："这可是你自己提出来的，我只管饭，不会付钱给你去胡乱花销的。"云湛是个从来不愿意存钱的人，大多数时候都处于没钱状态，而一旦手里有了点金铢，就会毫不吝惜地迅速花光，所以石秋瞳每次找他办事都会把报酬卡得死死的，一个铜锱也不多给。

云湛怪叫一声："还没过门呢，管起钱来倒厉害得很。"

5

"你都七老八十了，花起钱来还是那么吝啬，"风笑颜不满地说，"不怕有一天突然嗝屁了，所有钱都便宜我了？"

"那也比在老子活着的时候就便宜你好！"云浩林吹胡子瞪眼，把头转向一边的店小二："不要酒，也不要鲜果，就是两张烧饼……算了，汤也不要了，给我送一壶白开水来。"

"这日子过得比白开水还要没味道啊，"风笑颜看着小二充满不屑的表情哀叹一声，"再说了，你好歹也要个像样的房间啊，我们羽人去和人类挤大通铺，成何体统？这儿可是宛州，人类的地盘啊！再过两三天就能到南淮城了。"

"你懂个屁，这才叫安全呢，"云浩林做深谋远虑状，"那帮追杀我们的孙子，肯定猜不到我们会和人类一起挤大通铺！"

追杀开始于一个多月之前，就在老宅的地底钻出奇怪婴儿的那个晚上。当时云浩林千辛万苦将所有的怪婴都烧死了，两个人怔怔地闻着空气中飘散的焦臭味，心情复杂，尤其当他们紧接着发现，虽然怪婴都烧死了，连接身体的藤蔓却还没有死的时候。

"看，那些藤蔓……都缩回了地下。"风笑颜小声说。

"说明它们并没有死透，死掉的只是外面的爪牙而已，"云浩林说，"它们已经在地下蛰伏了五十年之久，根须从那棵百年老树的身体里往地下延伸。它们一直在等待着足够的水来唤醒自身的活力，而你刚才给予了它们。"

风笑颜耷拉着脑袋："我怎么能想得到……"

"我并没有责怪你，"云浩林说，"换了谁都不会想到的。但是一切总该有个源头，这些怪物毫无疑问就是五十年前那桩案子的真凶，那么，到底是谁第一次在这里播下了它们的种子呢？"

"你已经是第二次提到这个惨案了，"风笑颜厌恶地看着一地的焦尸，"我知道，你指的肯定是当年发生在宁南城的汤氏灭门案。但那个案子的经过不是严格保密的吗？你是怎么知道的？"她回想起云浩林刚才所说的话，不自禁地打了个寒战："所有的死者，肚腹都被掏空了，内脏全部不见了，肚子上有一道像是被钝刀割开的伤口。"

"因为我碰巧认识一个当时的仵作，而他向我求助过，"云浩林抬头望天，"那一年我只有十七岁，比你现在的年龄还小一点呢。羽族的两个大家族，雁都风氏长于秘术，宁南云氏长于武术，但云氏家族还是有些独门秘术要传下去，我就是那么被赶鸭子上架的，其实我从小就觉得手里握着弓箭更威风。"

风笑颜哧哧笑起来："就你那身板，还是别打这个主意了。"

云浩林不搭理她："不过我的确适合研习秘术，那一年虽然只有十七岁，已经学会了一些很高深的东西。虽然恪守着家族的规矩，没有出去炫耀显摆，但还是有一些亲近的朋友知道我的底细，那个仵作朋友就是其中之一。汤氏灭门案发生在一个冬天的夜晚，那一年冬天比往常都要冷，而我很怕冷，所以早上总是不愿意出被窝。"

那一天清晨寒风凛冽，年轻的云浩林缩在温暖的床上正在熟睡。这种时候突然响起急促的敲门声，无疑会让他相当不满。他翻了个身，用被子蒙住头，想接着睡下去。但敲门人很熟悉他的习惯，不屈不挠地继续敲下去，让他不得不起床开门。

门口站着他的朋友，宁南城的仵作翼池。翼池不由分说地抢进门来，抓起外衣就往云浩林身上披："快跟我走！"

"哎哟！你干什么？我自己有手！"云浩林很恼火，"什么事那么着急？你家房子被点了？"

"发生了无法解释的命案，"翼池看起来很着急，连玩笑话都顾不上说了，"上头已经找了各方面的行家去鉴定伤口，但还缺个秘术师。你先去帮我顶一下。"

"大哥，秘术也分很多种的好不好？"云浩林没好气地说，"光是自然元素的运用就得分成水、火、风、雷四大类，更不用提精神控制、操纵动植物、伤害人体……"

"行了，你别说了，"翼池不耐烦地打断他，"没吃过猪肉也该见过猪跑，你帮我看两眼又不会掉两斤肉，快穿衣服！"

云浩林万般无奈，只能磨磨蹭蹭地穿好衣服跟翼池出门，一边走一边问："什么命案？谁死了？"

翼池的回答让他立即睡意全无："汤则其全家，目前找到的尸体是一百三十七具。"

"一百三十七······我的天！"云浩林只觉得一阵腿软，"汤则其？做古董生意的那个有钱的汤则其？"

"废话，当然是他！"

两人匆匆来到停尸所，一推开门，映入眼帘的就是成排成排的用白布单掩盖着的尸体，空气中弥漫着挥之不去的血腥味，让云浩林浑身一颤。翼池带着云浩林来到一具尸体前，掀开白布，眼前的一幕让云浩林转头冲出门就开始呕吐。过了好一会儿，他才脸色惨白地走回来，翼池正面无表情地等着他。

尸体的胸腹之间有一道很长的不规则的伤口，从胸口一直延伸到小腹，胸腔和腹腔内，所有的内脏都被掏掉了。

"这你也叫我来！"好不容易从震惊中缓过来的云浩林咆哮起来，"这和秘术有半个铜锚的关系吗？分明就是恶性的虐杀！你消遣我呢？"

"当然有关系，"翼池立即说，"死者全都是在汤家的院子里发现的，所以我们的第一步工作就是调查清楚，死者究竟是先被杀再被转移到院子里，还是先集中到院子里再进行屠杀的。"

"那结论是什么？"云浩林忍着气问。

翼池回答："所有的血迹都集中在院子里，其他地方没有任何动手的痕迹，基本确定这些人是先被赶到院子里，然后再遭杀害。问题在于，凶手怎么能做到让每一个人都以完全相同的死法被害而没有出一点岔子？要知道他们身上连捆绑的痕迹都没有。"

云浩林明白翼池想要找什么了，他一言不发地走上前，强忍着恶心检查了一下死者的四肢。这是一个年轻的女性，看装束大概是个丫鬟，整张脸完全扭曲了，两只毫无生气的眼睛睁得大大的，可想而知死前经受了怎样的痛苦。

"看尸体手臂和腿部肌肉的僵硬程度，应该是中了某些限制行动的咒术，具体我说不好，因为我学习的方向主要是郁非系秘术，也就是火系。"

云浩林犹犹豫豫地说，"不过肚子上的伤口……恐怕和秘术无关，秘术当中有可以利用风刃来切割的，也有变化金属的，但伤口一定会很平滑。而这些……很像是什么凶残的猛兽硬生生撕开的。"

翼池阴沉着脸点点头："也就是说，凶手先把所有人都用秘术束缚起来，再驱赶到院子里，用一种残忍可怖的手法把他们开膛破肚。"

"这真是个疯子……"云浩林喃喃地说。

"后来听说，办案的人得出的结论和我差不多，"云浩林对风笑颜说，"那些人表面看起来像是被猛兽的利爪开膛破肚的，但有很多疑点都无法解释，比如谁能在那么短的时间里驱策猛兽杀害那么多人，猛兽怎么能乖乖听话，并且只针对内脏下手？所以最后他们认定，这是有人根据兽爪仿制了工具来混淆视线。

"凶手始终没有找到，宁南城全城宵禁了半个月，羽皇调派了虎翼司的好手调查，仍然一无所获。倒是那些死者的死状，如果流传出去难免会引发慌乱。所以整个事件被慢慢压了下去，大多数人并不知道真相。他们知道的只是在那个寒冷的冬夜，有一百三十七口人神秘地死于非命。"

风笑颜听完云浩林的讲述，思索了一阵儿："但是现在，至少我们俩清楚了，所谓的猛兽，其实就是这种怪婴，看来它们只吃内脏。但光凭这些怪婴是不可能作案的——看它们那副蠢相，一定是有人把它们……把它们……"她好半天才找到一个适当的词，"播种在这个地方，然后控制住所有的人，让他们全身不能动弹地聚集在院子里……"

风笑颜说不下去了，在头脑里无法遏止地想象着那时候的情景：幽暗的月光下，一个个鬼魅般的怪婴挥舞着利爪从地下钻出，发出饥饿难耐的刺耳尖笑，靠近那些惊恐万状却又无法逃跑的人们，切开他们的肚腹，贪婪地吞食掉所有的内脏。然后它们重新缩回到深深的地下，那个幕后的指挥者消除掉地面上留下的一切痕迹，悄然离去。一切完成得干净利落不留破绽，却又充满着极度残忍的深思熟虑。

"这样的虐杀，一定是一种报复，"风笑颜说，"只有怀着极大的恨意，才会使用这么血腥的手段杀人。"

她还想继续说下去，云浩林忽然说："不早了，快回房练习今天我教你的招数吧。"

风笑颜莫名其妙：今天一直在折腾这间要命的凶宅，哪儿学了什么东西了？但她一向足够机灵，听出云浩林话里有话，于是没有多问，跟着他回到上午刚刚整理出来的书房。云浩林随手关上门，立即脸色一沉，把嗓音压到最低："有人潜进来了，还不止一个，可能是被刚才的火光吸引过来的。我能觉察到一股精神力的震荡，那不是普通的邻居，而是水准相当不赖的秘术师。"

"秘术师？"风笑颜一惊，"跑我们这儿来干吗？"

"我不知道，"云浩林缓缓摇头，"但我能感觉得到，对方已经动了杀心。"

"那我们赶快逃吧！"

"没那么容易，"云浩林说，"现在逃的话，会正中他们的伏击。我们得想办法把他们诱进来，然后……"

房间里的声音越来越低，却又持续不断，可以听到师徒两人正在压低声音，激烈地探讨着些什么。他们不停地说着话，偶尔有一两个诸如"阴谋""真相""真凶"之类的词突然冒出来，而其他的内容完全听不到。如果房外真的有人监听的话，这大概是一件很让人恼火的事。

所以过了好一阵儿之后，终于有两个黑影慢慢靠近了书房。他们把耳朵贴在门外，仍然听不清师徒二人的对话。等了几分钟，房内争执的语气越来越激烈，却还是听不出大意，他们似乎有点着急了，两人相互点点头，猛一撞门，硬闯了进去。

两人刚刚冲进房里，忽然间火光耀眼，整个书房猛烈燃烧起来，而且火势迅猛，大团的烈焰一瞬间将两人吞噬。那是一种被称为"鬼火"的秘术，制造出的火焰不会轻易熄灭，必须用秘术才能抗衡。而就在他们全力抵抗鬼火的侵袭时，云浩林和风笑颜已经消失无踪了。

片刻之后，头发略带点焦煳味的师徒二人已经逃离了刚刚买下没两天的这座老宅，匆匆向着宁南城城门方向而去。

　　"城门早关了，出不了城的，"风笑颜说，"我们完全可以在城里找个地方先待一晚上。"

　　"大门关了，有偏门，"云浩林气喘吁吁，"只要有钱，就能想办法出去。"

　　"喂，我们有必要跑得如丧家之犬吗？"风笑颜还有点懵懵懂懂，"不过是几个看热闹的秘术师，没准儿就是觉得那些怪婴有用才想要抢夺，让给他们不就完了吗？还'只要有钱就能出去'，你什么时候变得那么……"

　　"钱再重要，也没有命重要，"云浩林打断他，"那两个人闯进来的时候，你没有注意到吗？他们都是独眼，和崔松雪一样的独眼！之前崔松雪怎么告诉我们的？追杀他的也是独眼人！"

　　"那不过是种巧合，"风笑颜不以为然地说，"怎么可能有那么巧的事情，崔松雪得罪了那些独眼人，崔松雪认识你，你买的宅子又恰好引起了他们的兴趣……你以为说书先生讲故事吗？"

　　云浩林一下子停住了脚步，风笑颜只好跟着停下，老大不耐烦地说："你到底怎么啦？那么疑神疑鬼的？"

　　云浩林一字一顿地说："这并不是什么巧合，这座宅子，就是他说动我买的。"

　　风笑颜愣了老半天，才明白过来其中的关键："你是说，这是崔松雪故意设计害我们的？"

　　"害我们倒未必，但故意设计是肯定的。他一定知道这宅子里藏了些什么东西，"云浩林脸上的肌肉一阵抽动，"这个王八蛋，他是想找个冤大头来替他看门，没想到你一把火烧出状况了，他娘的……就算老子欠他娘的，他也不至于那么可恶吧！"

　　风笑颜眼前一亮，听出了话里两个"他娘的"分别指代的不同，云浩林则知道自己说漏了嘴，一时间狼狈不堪。

"那我们现在到底去哪儿？"风笑颜问。

"去南淮城！"云浩林没好气地说。

"去南淮城干吗？"风笑颜刚刚问出口，就反应过来了，"对了，崔松雪说过，他要去南淮城，找一个叫云湛的游侠救命！"

第四章
复活的死者

1

又要打仗了吗？

云湛躺在宁清宫的一处房顶上，一边履行着他承诺的保镖的职责，一边脑子也没有闲着。他不由得又开始回想起白天和石秋瞳说的关于她父亲的话。

"你的老爹啊，我早就说过了，凝翠楼里当红姑的命，偏要梦想着做天下第一美人。"云湛对石之远的评价一向比较刻薄。

"我很明白你的意思，这一点我从来不反驳你，"石秋瞳叹口气，"他要治国守成绰绰有余，开疆拓土却还稍嫌不足，简而言之，胃口大，肚皮小，能力不够。"

"其实说起来，他倒也算是个聪明人，"云湛说，"但是性格里兼具刚愎自用、优柔寡断与自私贪婪，欠缺真正的帝王大气，这些年来衍国的不少麻烦其实也都是靠你在替他解决吧？"

石秋瞳默默点头。云湛接着说："虽然你们衍国占据着整个九州最富庶的宛州西部，多年来一直兵精粮足，但想要成为宛州乃至天下的霸主，恐怕不是石之远老头儿能够做得到的——他的女儿石秋瞳成功的把握或许更大一点，毕竟身边还有一个更厉害的幕僚嘛！"

石秋瞳"扑哧"一乐，但很快又正色道："但是我家老头子还是有一些长处的，比如说，善于审时度势，懂得见风使舵，两年前那次叛乱就是如此。眼下老爹那么有信心，绝对不是老糊涂了，而是得到了一些真金白银的承诺。"

两年前，曾发生过一次差点席卷九州的大叛乱，叛军联合了人族、羽族、河络族若干个国家与城邦的兵力，甚至收买了殇阳关的城守，兵不血刃地拿下了这个重中之重的战略要地，看起来声势浩大、势不可当。石之远本来也答应起兵相助，但在叛军围攻帝都天启城失败后，他很快看出了联军是一盘散沙的实质，退出了联盟，并在南淮城击退了围城的叛军，成为那场战争的重要转折点。

可见石之远也并不是一个傻子，云湛想。眼下石之远又开始蠢蠢欲动，必然是他的新盟友十分强硬。可是放眼九州，又有谁能那么容易就打动石之远呢？

他一时也想不出端倪，而与此同时，另一个谜题开始在脑海里浮现，那就是丧乱之神墟渊。被千里追杀的秘术师、被挖掉眼睛的众多死者、两个独眼杀手、三桩前后横跨三十多年的血案、藏在盲眼里的金属圆牌、正直不屈的提刑官、诡异血腥的魔神传说……这一大堆八竿子打不着的碎片，究竟是通过怎样的一条线联系到一起的？丧乱之神那只邪恶的右眼，究竟隐藏着怎样惊世骇俗的秘密？

还有那张纸条，"邪魔已经复苏，血灾即将降临"，邪魔指的就是丧乱之神吗？难道这些虚无缥缈的神明是真实存在的？而所谓的血灾，难道真如同那个奇怪的传说所言，墟渊将会用代表着惩罚的右眼来毁灭大地万物？那个没有写完的"尸"字又指的什么？是需要找到特殊的尸体吗？

如果一开始只是出于义愤而介入调查，那么现在单纯为了满足无法抑制的好奇心，云湛也想要把这件事追查到底。只是如今刘厚荣瘫痪在床，没有几个月时间无法恢复；秘术师崔松雪留给他的东西偏偏又被烧掉了，只能苦等云灭的回音。这是目前最有可能引导他接近真相的两条线索，却都陷入了停滞，使他不得不无奈地继续等待。否则，他只能去追寻那些早已被各地官府草草处理掉的连环杀人案，甚至是尘封多年的那三桩历史疑案，那比大海捞针也容易不了太多。

转眼之间，两个令人头大如斗的难题同时压到了云湛身上，换成一般人连气都喘不过来。好在经历了上一个冬天的魔女复生案后，云湛已经渐渐习惯了应对各种错综复杂的糟糕局面。

几天以后。

有了云湛为她守夜，当然也有可能仅仅是因为云湛回来了，石秋瞳的精神显然好了很多，想来是睡得不错。

"他们又进行了一次会晤，"石秋瞳告诉云湛，"联盟好像更加紧密了。看我老爹那张脸就知道，就像你每次骗到钱时的样子……"

"那到底是一帮什么人？你到现在还没查明身份？"云湛问。

"他们的手段太高明了，"石秋瞳恨恨地说，"我放出了好几组斥候，没有人能查到他们是什么时候进入南淮的。每次发现他们的行踪时，我老爹设置的秘密联络官就已经将他们从王宫外直接带到宫里了。招待他们的驿馆本来就戒备森严，他们又会搞一些古怪的法术，我的人每次去窥探都找不到他们的房间。"

云湛眉毛一挑："这么说来，这些人会秘术？"

"没错，而且还相当高明。"石秋瞳说。

"这可有点意思了，他们走了吗？"云湛问。

"还没有，明天才会离开。他们这次比往常多留了几天，和我老爹多商讨一些细节，恐怕战争的日子快到了。"石秋瞳忧心忡忡地说。

"放心吧，既然有那么多细节要商讨，说明还有周旋的余地，"云湛看来很乐观，"今天晚上你另外安排人手值夜吧，我去瞧瞧他们……不对，他们如果有足够的经验，夜里肯定防范得更紧，我最好是假扮成宫里的侍卫，大白天去溜达一圈。"

"你有把握破除他们的幻术？"石秋瞳问。

"当然没把握，"云湛耸耸肩，"但人生就是要不断地做各种没把握的事情。"

他真的换上侍卫的衣服，出宫来到驿馆外。南淮城的驿馆距离王宫不远，用以招待来自各国的贵宾，一向警卫森严。这批客人的待遇尤其好，国主调动了最精锐的猛虎卫担任保卫，一只苍蝇也难飞进去。按照石秋瞳的说法，这些客人自己还有很管用的幻术。

云湛在短短的几分钟时间内已经转过了七八个念头，但没有哪种方法可以确保他完全躲过那些猛虎卫的视线钻进驿馆去。不过他并不气馁，耐心地躲在远处注意着驿馆大门口的动向，并注意到一辆送菜的驴车驶了进去。猛虎卫对这辆菜车的检查有些敷衍了事，并不是太细致，云湛觉得自己有机会躲在车里混进去。

他等待驴车出来，直到驴车离开猛虎卫的视线后才追上去，很轻松地从车夫那里套出了话。车夫每天下午都会为驿馆送进去一大车新鲜蔬菜，时间是固定的。

等上一天，明天通过这辆不起眼的驴车把自己送进去，看起来是个办法，然而严酷的现实是，等到第二天这辆车再来的时候，吃到菜的已经是其他客人了。那批神秘来客到时候已经离开南淮。

云湛正盘算着，忽然看见一辆马车晃晃悠悠地向驿馆驶来——这位车主显然比刚才的车主更有钱——这是否意味着他更容易进驿馆呢？云湛当机立断跳上车，钻进了一堆看似无甚危害的稻草里。

刚一钻进去他就后悔了，那堆稻草原来是用来保持内部温度的，稻草里面塞满了冰块，从冰块里面又传出一阵阵刺鼻的鱼腥味——这是一辆给贵客们送鲜活鱼虾的冰车。

算我运气好，云湛郁闷地想着，不得不捏住鼻子，以免被那直贴到脸上的鱼腥味熏晕过去。春季刚到，正是不冷不热刚刚好的时节，却得和无数冰块亲密接触，那滋味是很难受的，他只能自我安慰：回去老子要找石秋瞳要点补偿费。

果然如他所料，这辆车并没有受到什么像样的检查，轻轻松松就被放进去了。他随着车子颠啊颠啊，好不容易等到车停下来。他侧耳倾听着身边的脚步声，人不算多，只有三四个人，估计是来交割货物的。他小心地将草堆扒开一条缝，看清楚身边的建筑位置与格局，掏出一个事先准备好的小圆筒，拧开盖子，扔了出去。一道刺眼的闪光之后，火焰飞溅，很快把周围的东西都点着了，人们慌慌张张地救火，云湛趁着这个机会敏捷地钻出来，躲到了一个大水缸的背后。

他脱去侍卫的外衣，露出里面的粗布衣衫，把身上沾着的稻草屑拍掉，正在发愁如何去掉那一身引得苍蝇嗡嗡嗡转的鱼腥味，转念一想，带着这身气味混迹于此或许反而更安全——至少可以冒充是从厨房跑出来的小工。

厨房里人多手杂，云湛很轻易地捞到一个盖着白布的大簸箕。簸箕里装的其实是一些削好的土豆，但盖着白布，谁也不知道里面是什么，因此他可以装作送餐食的样子，在不那么敏感的外围区域游荡一番。他注意到，这座驿馆里的猛虎卫数量竟然不比王宫里少，可见国主真的是下了血本。

云湛想到了一个问题：为什么不索性安排他们在宫里居住？那样可以集中精锐力量，护卫起来也会更方便一些，不至于出纰漏或者引外人注目。

云湛忽然冒出一个得意的笑容，有点明白了当中的缘由：国主对他的新盟友还并不是完全信任，或者说，他认为和他们过于接近是相当危险的。所以他可以同他们会谈，却不愿意把他们放在离自己太近的地方。

这样的同盟不会太牢固的，云湛毫不犹豫地做出了判断。这种彼此猜忌的利益关系是没法持久的，如果能进一步打探到有用的消息，想办法离间他们，以石之远多疑的性格，还是有机会瓦解掉这次同盟的。

云湛觉得自己的心情好一些了。他端着那一簸箕土豆四处逛，没能找到好机会，于是决定先回厨房，等到晚上再想办法。

两分钟后，他刚刚找回来的好心情猛然间跌落到了谷底，就像是刚点燃的火堆被泼上了一桶冰水。

当时他刚刚把土豆放回去，转过身发现一个鬼鬼祟祟的烧火工，一边烧火一边东张西望，好像唯恐别人注意到他。作为一个心怀鬼胎的人，云湛很容易就能发现别人的心怀鬼胎。这也是个来打探消息的人吗？会是谁派来的呢？其他王公大臣，还是忧心忡忡的敌国？

云湛始终没有正眼瞧这个烧火工，却一直留神注意着他。到了傍晚时分，烧火工终于在确认无人监视他之后，离开了厨房。云湛提起地上的一个空桶，从后门出去，然后迅速绕到前门，小心地盯住他。

烧火工在一棵树旁停住了脚步，云湛赶忙闪身到一座假山后。烧火工对着树后说话，树后面无疑就是准备和他接头的人。一阵晚风吹过，树后飘起一片黑色的衣角，云湛不由一怔。他听石秋瞳说过，关于石之远的新盟友，唯一能获得的信息就是，他们都穿着黑色长袍，遮住头脸。

这么说来，这个烧火工并非是打探这批人的消息的，相反是他们的奸细，极有可能是为他们传递宫里宫外的其他情报的。这可太有趣了，云湛想，石之远和他的盟友之间，果然是尔虞我诈、暗中算计着的。

对话很快结束了，烧火工匆匆离去，云湛仍然躲在假山后，注意着那棵树。烧火工离开几分钟后，树后的人才谨慎地走出来环顾四周，观察是否有人跟踪。就在那一瞬间，云湛看清楚了这个人的脸——一张充满童稚的小脸。他差点惊呼出声，连忙死死捂住自己的嘴。

竟然是那个人！云湛感受到了真正的危机。他太清楚眼前这个人的实力了，那是除了云灭之外，唯一一个能让他吃亏的人，也是他心目中九州大地上最危险的敌人之一，或许，应该把"之一"两个字拿掉。

虽然眼前这个人身材很高，但云湛知道，那只是一种巧妙的伪装，很可能是踩了高跷，在那件宽大的长袍之下，遮掩住的是一个身材只有他一半高的小小的矮人，一个河络。

两年前的夏天，这个河络带着一脸天真无邪的憨厚笑容来到南淮城，一副人畜无害、笨手笨脚的模样把云湛耍弄得够呛。到对方终于露出狰狞面孔时，已经牢牢占据了上风。虽然最后云湛也反戈一击，让此人的目的最终未能得逞，但那毕竟是云湛出道以来真正意义上的一次败局，足以令他终生难忘，更何况，还是败在一个女人手下。

木叶萝漪，云湛默念着这个女河络的名字，可怕的木叶萝漪，九州历史最悠久的黑暗组织——辰月教的教主。而这也许意味着，勾结衍国国主石之远的不是别人，正是让人一提起来就牙根发颤的辰月教，千百年来没有一刻不在惦记着发动战争的辰月教。

2

云湛一想到辰月教，两条眉毛就拧在了一起，这是可以理解的。一直以来，九州大地上都存在着一些超越国家和种族存在的古老组织。这些组织不为单一的国家或皇室服务，而是有着自己特定的信仰与目标，并且为了这样的信仰不惜牺牲生命。

这样的组织中，有许多很温和、不具备什么侵略性的。比如天然居、龙渊阁、长门修会等，总体上都没什么危险性。但也有许多组织，从诞生开始就有着刀锋般的锐利，在九州历史上一次次用无数的鲜血与尸体刻下自己的痕迹。这其中，势力最大、持续时间最久远、对九州的历史进程影响最深的有三个组织：天罗、天驱和辰月。

天罗的目标相对单纯，就是求财。这是一个杀手组织，有着几乎和身体本能融为一体的不可思议的暗杀技巧。天罗所培养出来的刺客，埋伏、跟踪、刺杀、潜逃、保密等各方面都无懈可击，曾经和云湛亦敌亦友的前任南淮捕头安学武就是一个隐藏的天罗。

云湛自己所属的天驱，全称叫"天驱武士团"，但这个名字其实并不精确，因为天驱的成员无所不包，并不局限于武士。天驱所信奉的宗旨是"守护安宁"，也就是说，他们立志消除战争，维护大陆的和平。

"当然了，这样的口号听来漂亮，实则遭人痛恨，所以你们天驱总是遭到君主们的剿杀，直到现在还在公开范围内被官方禁绝。"石秋瞳颇带一点幸灾乐祸地说。

云湛点点头："而辰月教，就是天驱的死敌了。因为辰月教所做的一切都是为了在九州挑动战争。不过辰月教的教义一向不为外人所知，流传下来的也大多是模糊的猜测，但可以肯定的一点是：辰月教追求一种混乱中的均衡。他们既不希望有一个足够强大的力量压倒一切一统九州，也不喜欢看到一潭死水般的和平——就像现在这样。在他们眼里，世界就像是一潭池水，众生则是池水中的鲇鱼。"

"鲇鱼？"

"是的，鲇鱼。如果鲇鱼们始终平和相处，就会渐渐失去力量变得瘦弱；如果出现一头过于粗壮霸道的鲇鱼，其他的同类又会竞争不过而死。所以辰月教一直所做的，就是维持九州世界力量的均衡与所谓'活力'。今天他们支持这个君主，明天又会改投下一位王侯。相当有意思的是，历次战争中，并非没有君王看穿辰月教的企图，但从战略到情报再到秘术，辰月教能提供的帮助实在太诱人，以至于君王们明知道这只是个甜蜜的陷阱，却仍然接二连三排着队往里跳——比如你老爹。"

"真是辰月教的话，可就不奇怪了，"听完云湛的汇报，石秋瞳也有了一种眉毛拧到一起的感觉，"怪不得我老爹那么有信心。我看过以前的史料，辰月教是每一次乱世之战的重要幕后推手，但他们从来都不会只帮助一家，假如谁的力量过于强大了，他们就会反过来制约。老头子不会没有听说过这些。"

"但是谁都想赌一把啊！"云湛说，"谁都觉得自己可以先获取辰月教的帮助，然后再把他们一脚踢开，可是谁的动作都快不过辰月教。"

石秋瞳悲哀地点点头："你说得没错。"

"也就是说，试图刺杀你的也是辰月教了。你一力阻止这场战争，毫无疑问是他们的眼中钉。为了那个可笑无比的信仰，他们可是连自己的亲儿子都愿意牺牲的，"云湛说到这里"哼"了一声，"显然你那野心勃勃的老头子也被传染了一点他们的狠毒。"

石秋瞳眼中隐隐闪过一丝恨意。云湛接着说："而且我们这次面对的，是我生平遇到过的最危险的敌人，辰月教教主木叶萝漪。她是个心机深沉、诡计多端的角色，尤其擅长伪装自己的真面目，连我这样阅人无数的老手都曾被她蒙蔽。现在萝漪出现在了南淮城，可真是一个要命的威胁。"

"更要命的在于，上一次你们两人之间不过是个人的对抗，现在却牵扯上了国家战争，"石秋瞳忧郁地说，"看来，在沉寂了几百年之后，辰月教终于又开始出动了，想到这一点我就禁不住冷汗直冒。"

"我出的汗比你还多，"云湛说，"因为我真的想不出办法保证战胜木叶萝漪。"

两个人坐下又站起来，站起来又坐下，思绪如潮。虽然辰月教已经很长时间没有出现在人们的视野中了，但一旦重新出现，带来的必然是席卷整块大陆的浩劫。

"看起来……你是不是需要向其他天驱求助了？如果辰月教倾巢而出，那就已经不是你一个人能应付得了的了，"石秋瞳小心翼翼地说，"这样下去……难保不会演变成辰月和天驱的正面对抗，这可是几百年都没有出现过的热闹场面了。"

"找他们干吗？我虽然只有一个人，保护你还是没问题的。"云湛想都没想，信口回答。

"你是猪脑子啊？"石秋瞳很恼火，"我说的是阻止战争的事，不是保护我的事！你那么大人了怎么分不清轻重……"说到这里，她忽然住口不说，低下头去，耳根子有些发红。

云湛也一下明白过来了，嘟囔了一句："你说得对，阻止战争。我回去想想，多调查一些情况，然后再决定。我回去想想……顺便看看我叔叔给我回信了没……"

他逃似的离开了宁清宫，心里一阵翻腾：在自己心中，究竟是即将到来的战争重要，还是石秋瞳的性命重要呢？如果仔细思考，自己应该是会选择前者的吧，毕竟自己是一个手中持有天驱指环的天驱武士，脑子里应该想的是九州、天下、大势、生民……可是，为什么不经思考的下意识选择会是那样的呢？

他是在清晨的时候入宫的，现在出来已经是正午了。春天的正午，阳光虽然耀眼，却并不算太热。在经过了一个寒冬的阴郁后，南淮城的人们对阳光有一种特别的渴望。街上已经有了许多行人，他们中有的行色匆匆，大部分却都是在优哉游哉地溜达，享受着春日的温暖与惬意。

云湛却一脑门子的官司，丧乱之神和木叶萝漪仿佛两根尖针，扎在他的背上，让他只觉得有一肚子的气要叹，眼前根本没有看路，已经不知走到哪儿了。云湛骂了一句，辨别身边的道路与建筑，发现原来自己一路向着南淮城东而行，前方不远处就是衙门了。想到衙门，一个名字蹦了出来，那就是总是和他作对的新捕头盛怀山。

说起来，崔松雪的案子，盛怀山必然还没有结论呢，因为他手里的线索是云湛随手捏造的假货。假如他还没有傻透的话，这么长的时间，足够他看出那是假货了。想象头发根根直立的盛怀山来找自己麻烦的样子，倒是一件蛮令人开心的事，但真的被他把麻烦糊到脑门上，可就未必开心了。想到这里，云湛明智地停住脚步，打算离开这里，别不小心触到盛怀山的霉头。

然而世事往往如此，你越害怕的事情，就越有可能当着你的面发生。云湛不想碰上盛怀山，却偏偏就见到他出现在自己的眼前，吓得赶忙闪到路边。

幸运的是，盛怀山并没有注意到他，因为他正押着一个看来刚刚落网的犯人往前走。这名犯人并没有做任何反抗，两手被反绑在背后，温驯得像头绵羊，盛怀山却一脸的如临大敌，死死盯着这名犯人，无暇他顾。他身边还跟了十多个捕快，都用同样如临大敌的目光看着那个犯人，手牢牢握住腰刀。有趣的是，包括盛怀山在内，所有的捕快都是满面燎泡，衣衫褴褛，就像是刚刚从火场里逃出来的。

云湛暗道一声"幸运"，侧身装作正在看路边摊出售的做工粗糙的泥人，然后用余光带点幸灾乐祸地注意着盛怀山的举动。忽然间，云湛的笑容有点僵，因为这时候他看清楚了，盛怀山押着的犯人是一个女性羽人。那个人有着羽族特有的瘦而修长的体形，以及一头金色的长发。

云湛冒着被盛怀山发现的危险，稍微扭了扭头，看得更清楚。这的确是个羽人，看样子二十岁出头的样子，生得很清秀，但左手的袖子被扯掉了，露出手臂上一块醒目的陈旧伤疤。那里好像曾有一大块肉被挖掉了，雪白的小臂上留下一个浅坑。看这个羽人的表情，倒是相当有意思：她的面庞上还残留着泪痕，似乎是刚刚哭过，但却并没有显得很悲伤，甚至于有点满不在乎。她虽然双手被捆得连走路都不舒服，却犹带笑容，那含着笑意的懒洋洋的目光让云湛有些被触动。他想起自己的少年时代，也总是用这样的目光向世界表达他的倔强不屈，这个年轻羽人的眼神，竟然与他曾在镜子里见到的那么相似。

那一瞬间云湛产生了一种冲动，想要上前去从盛怀山手里把这个羽人救出来，幸好这也就是转瞬即逝的念头而已。管那么多闲事干什么？云湛苦笑着，仅仅为了似曾相识的眼神吗？看这个羽人被那么多捕快如临大敌地围起来的样子，多半是什么杀人不眨眼的重犯——这年头的女魔头普遍都长着一张我见犹怜的漂亮脸蛋。他心安理得地这么想着，等到盛怀山的身影消失在视线中后，转身向城南走去，那是他的事务所所在的方向，城南的贫民区。但走了几步后，他又改变了主意，转向了西边。这一趟回来之后就急着去见石秋瞳，此后又一直为了调查石之远的盟友而忙活，还没来得及探望正在缓慢治疗中的刘厚荣。牵连无辜的刘厚荣中毒受伤，云湛心里始终是觉得内疚的。

3

这段日子以来，盛怀山的心情一直相当不好。他本来自信满满地要破掉那桩无头案，但是找来了最好的研究暗记密码的专家，也没能查出一丁点头绪。盛怀山不甘心，一直磨着几位专家，结果当中的一位终于发火了。

"要我说，这就是一枚普普通通的银毫，上面不知道被哪个顽皮小孩随便刻了点没意义的东西，"他怒吼道，"所以别再来浪费我们的时间啦！"

这一声吼有如当头棒喝，盛怀山一下子意识过来：这的确就是一枚普普通通的银毫，只不过在上面刻字的不是什么顽皮小孩，而是云湛。一定是那孙子在研究那个自己都没看清楚的小玩意儿时，悄悄掉了包，真货已经被揣走了。

他怒冲冲地带上人去抓云湛，云湛却已经消失无踪了，哪儿也找不着。盛怀山更加恼火，想要以"盗窃关键证物潜逃"一类的罪名申请对云湛进行全城搜捕，结果申请提交后没几天，一盆冷水泼到了头上：证据不足，不予采纳。盛怀山悄悄找熟人打听，听说是有按察司邪教署的人偷偷捣鬼，这固然让他愈加生气，却也无可奈何。因为同为捕头，邪教署专设捕房的捕头比他要高一级，他能够去云湛面前耀武扬威，却轻易不敢惹到佟童等人头上去。

盛怀山是一个笑面虎，此人哪怕在算计着如何扒你祖坟的时候，脸上都带着似乎下一秒就会向你提亲的笑容。成天在脸上憋着假笑的人，内心往往比常人更加容易积郁邪火，因为他们不能随意发泄。

正在这个微妙的时刻，案情出现了意想不到的重大转折。盛怀山咬紧牙关，准备把怒气都倾泻到那个突然冒出来的嫌疑犯身上。他没有料到，这给他带来了更加意想不到的重大灾难。

这个时隔一个多月才浮出水面的证人，是南淮城南的一个知名地痞。这一天，他因为犯了一点小事，落到了盛怀山手里。盛怀山向来是没有兴趣亲自照料这些小虾米的，但近来心情不佳，正好需要发泄，于是亲自提审，二话不说先把他打了二十大板，打得他皮开肉绽、涕泪横流。这个地痞相当懂得察言观色，知道盛怀山这是在找出气筒呢，可绝不愿意再挨二十、四十甚至更多的板子："盛大人！您饶了我，我有很重要的情报要告诉您！"

"哦，说来听听。"盛怀山笑眯眯地说，显然并不相信他说的话。

"您不是在找游侠云湛吗？我知道云湛和谁有勾结，就在他失踪前几天，我亲眼在城南的久盛客栈见到过他！他鬼鬼祟祟地去找那里的一个店伙计，不知道在密谋些什么！"地痞一口气说完。

盛怀山的眼睛眯了起来，走到他跟前，托起他的下巴："说仔细点！"

地痞明白有了生机，连忙竹筒倒豆子一般往下说："我是在那一带讨生活的，经常会到客栈里顺手牵羊。那一天早上，我看到老板往柜台里扔了一个包袱，嘴里骂骂咧咧，说是有客人没付房钱就跑了，要拿这个包袱抵债。于是我动了念头，想要顺走这包袱，没想到还没等我下手，包袱就被调包了。"

"调包？"

"是的，我已经盯着那玩意儿好久了，两个包袱的布料和颜色几乎一模一样，但花纹是有区别的，被我看出来了。我很纳闷儿，四处寻找，结果发现云湛躲在一个角落里，正在翻看那个包袱！"地痞说。

"那是哪一天？"盛怀山一把抓住地痞的胳膊。地痞吃痛，连忙说了时间，盛怀山的眉毛拧到了一起，过了好一会儿才问："你说他和别人有勾结，又是怎么回事？"

"是店里一个叫卢保根的伙计帮他换的！"地痞力求使自己看起来是和盛怀山站在同一条战线上的，"我经常发现云湛出现在久盛客栈，每次碰巧都是卢保根伺候他，这里面绝对有文章！"

盛怀山强压住心头的狂喜，脸上仍然带着高深莫测的阴笑，不咸不淡地恫吓了地痞几句，问明白卢保根的长相，把他放走了。接着他调派人手，立即赶往城南，准备把卢保根带回来严加拷问。

捕快们被盛怀山的怒火挟持着奔城南而去。久盛客栈本身没什么了不起，但此地专门藏污纳垢，人们都猜测它背后有强硬的势力，连官府也不愿意在这种地方找麻烦。幸好盛怀山还不糊涂，来到久盛客栈外面后，及时地停了下来。

"进去抓人吗？"一名捕快问。卢保根正在大堂里来来去去地忙碌着，半点也想不到已经有一群捕快对他虎视眈眈了。

盛怀山成竹在胸地摆摆手："不能明着动手，得在客栈外面解决。刘夙去准备马车；李广益，马车备好后，你去找他谈话，就说云湛让你去给他传话的，把他引到客栈背后，那里有一条小巷；其他人在那里埋伏，抓住了就马上堵住嘴塞进车里。"

这是一个看似周密的计划，行动起来好像也没有遇到什么障碍。名叫李广益的捕快用花言巧语很快把卢保根骗了出来，并且把他带到了久盛客栈背后的小巷里，而名叫刘夙的捕快那时候也已经准备好了马车。

捕快们扑将上去，一切按计划进行，然而……意外就在这时候发生。

卢保根正在拼命挣扎，从身后久盛客栈的某个客房窗户突然飞出两件尖锐的物品。在捕快们反应过来之前，那两个尖锐物一个插入了一名捕快的胸口，一个击中了另一名捕快的后脑，两人哼都没哼一声，就倒地毙命了。

"散开！"盛怀山低呼一声，捕快们急忙散开，卢保根借机挣脱，快步逃走了。盛怀山点出两名捕快，让他们去追赶卢保根，自己忙去检查两名死者，发现那两枚在一瞬间夺走他们性命的暗器，赫然是两根尚未完全融化的冰锥。

紧接着，房间的墙面上出现了一道裂缝，接着是许多道，并在不断扩大，这堵老旧脆弱的墙已经不堪重负。

"要塌啦！躲开！"这一回他甚至没能控制住音量，刚刚狼狈不堪地闪开，墙就真的发出一声巨响崩裂了。

"盛大人，快看！"一个捕快伸手指着墙内，两只眼睛都瞪圆了。

顺着盛怀山等人的视线看去，这间普普通通的客房像是被分割成了两块。左侧是一片白茫茫的雾气，散发出刺骨的寒意；右侧的空气中则弥漫着蒸腾的赤红色，汹涌的热力扑面而来。白气与红气以房间的中部为分界线此消彼长，谁也压制不住谁。

盛怀山再仔细看去，发现左侧的白气里站着三个人，都是长袍加身，看不清楚相貌；右边则只有两人，一个老人一个少女，身材瘦高，形似羽人。双方正在胶着地对峙着。

稍微有点常识的人就能看出，这是几名秘术师正在较技，而如果常识更多一点，则可以分辨出，这已经是一场用尽全力的性命之搏。捕快们不知所措，都回头看着盛怀山。

"等他们拼到两败俱伤，我们再去捡便宜！"盛怀山的话音里充满了气恼，"不能让老子的两个人白死！"

"你就不怕我们也跟着白死吗？"捕快们心里都有这个念头，却不敢说出来，因为这位平时满脸堆笑的捕头从来容不得旁人质疑。他们只能硬着头皮埋伏在一旁，看着双方斗法。

这场比拼很快走到了尽头，那刚出笼的馒头一般散发着热气的一老一少看来顶不住了，老头儿嘴里喷出一口鲜血，冰冷的白气趁此机会越过界限，一下子把两人包裹起来。

"稍微靠近一点，"盛怀山下令说，"等两边分出胜负，马上动手拿人。"

话音刚落，忽然一声震耳欲聋的爆响，红光暴涨，白色的雾气竟然在一瞬间被完全驱散。一阵灼热的气浪以房间为中心，向着四面猛烈地席卷而来。这间客栈的三面都有墙壁阻挡，剩下那面却在刚刚被摧毁了——碰巧就是盛怀山等人所在的那一面。

捕快们几乎全被卷入热浪，烫得皮肤红肿，狼狈不堪。等到热气稍微消减，盛怀山举起腰刀就冲入房间。那三个长袍人已经消失无踪，只剩下一老一少两个羽人。老的躺在地上，已经奄奄一息，年轻女子则跪在地上，耳朵贴在老头儿的嘴边，似乎是在听临终遗言，不管盛怀山怎么呵斥，她都毫不搭理，一直等到老头儿脑袋一歪不动了，她才缓缓站起身来。

"说，你们是干什么的，那三个人呢？你们刚才在捣什么鬼？"盛怀山被烫伤的皮肤又痛又痒，愤怒地问道。听到巨响，很多人跑来看热闹，但见到捕快在场，又不敢靠近，只能远远观望。

年轻的羽人女子并没有马上理睬他，站在原地流了一会儿眼泪，接着擦拭掉泪水，走向了盛怀山。盛怀山警惕地向后退了一步，扬起刀："站住别动！"

羽人脸上浮现出一丝不怀好意的笑容，低声对盛怀山说："你们当捕快的都不长脑子吗？刚才那一招的威力你没有看清楚？居然还想抓我。"

盛怀山额头上渗出了汗珠，他这才从愤怒中醒过神来：自己恐怕根本就不是眼前这位秘术师的对手。虽然他主观愿望是想要拿人，但客观事实是自己没准儿会丢掉小命。就在短短几分钟的时间里，自己已经损失了两个手下，剩下的也个个带伤。若自己盛怒之下失去理智贸然动手，恐怕反要送性命。

他正在心里犹豫着，是仗着人多硬上还是识时务地带着手下走为上策，羽人又开口了："不过我正需要一个清静的地方休息一会儿，所以不妨卖你一个面子，到你们的衙门里去待着。带路吧，这位捕快大人。"

"别犹豫了，"她又补上一句，"我要是反悔，你脸上就不怎么好看了。"

4

"他的情况已经比两个月前好多了，"佟童说，"虽然仍然不能说话也不能写字，但手指头已经勉强可以动了，意识也恢复了一些，知道渴和饿。不过恢复的进度仍然比那位大夫预估的要慢得多，现在看来，别说三个月，五六个月也未必能恢复如初。"

云湛轻叹一声，看着病床上仍然双目呆滞的刘厚荣，默然无语，过了好一会儿才问："关于丧乱之神，你们找到什么相关消息了吗？"

"什么都没有，"佟童摇着头，"这真让人难以相信。如果这个丧乱之神墟渊——不管他是真神还是骗子——真的存在过，并且曾经有过活动，那无论如何不可能完全没有记录留下来。"

"我怀疑，可能是有人抹去了与墟渊相关的记录，"陈智说，"如果他的活动一直很隐秘，那么本来就只会有极少数人知道他的存在，相关记录会更少，所以要完全抹掉这些记录并非无法做到。"

"但也绝不容易，对吗？"云湛说，"比如我知道，衍国一向有专门的官员搜罗各种野史逸闻、奇谈怪论，甚至做得比皇室还到位。如果连你们这些内部人士都找不到，那就说明，抹掉这些记录的人手伸得足够长。"

陈智神色黯然："可不是。刘厚荣好不容易找到重要的记录，可他现在又说不出来。"

云湛讲了自己去北荒时的遭遇，佟童一拍脑袋："崔松雪，这个人我听说过，几年前他曾经帮助我们破过一起案子，只是他始终只传书不露面，所以不知道他的长相。"

"只传书不露面……我还指望能多了解他一点呢，"云湛有些失望，"我那位豪爽过头的蛮族客栈老板当真是只问风月不谈国事，和他喝了半个月的酒，可说了半天也说不明白他究竟做过些什么。"

"这个人的确行踪飘忽，不过他在信里提到过，他一生寄情山水，喜欢四处游走，特别爱去人烟稀少的荒僻所在，所以经常能遇到很多常人不知道的新鲜东西。"佟童说。

这话的前半截仍然是图马说过的，但最后半句却让云湛隐隐有些领悟："经常能遇到很多新鲜的东西……也就是说，他之所以招惹到那些一只眼睛的凶神，多半也是因为他闯入了不该踏足的地方，看到了不该见到的东西。"

那一刹那云湛想到了几个月前的魔女复生案，假如从崔松雪的角度切入，还真有点相似之处——闯入不该闯入的禁地以及杀人灭口。只不过魔女复生案的所谓灭口只是个幌子，所谓禁地早已成为空城，而崔松雪被人天南海北追杀的遭遇，却并不像是假的。

"你也想到了魔女复生，对吗？"佟童忽然问。

"没错，但仔细想想，又不大像，"云湛说，"我见识过他们的秘术，非常古怪而邪恶，闻所未闻。而这三枚金属圆牌也绝不像是骗局。"

这话提醒了佟童："对了，你把这三个圆牌带在身上，他们岂不是能借此找到你？"

"你应该反过来说：我能借此等到他们，"云湛回答，"何况我已经知道圆牌的特性了，谁找谁都是公平的。我需要亲手再抓住一个独眼人，并且制止他忠诚过头的自杀行为，那样才能真正开始审问。"

"你真是我所见过的最不要命的人，"佟童感慨起来，"单身汉就是好啊，无牵无挂，无拘无束，想做什么都可以。"

背后传来陈智等同为单身汉的年轻人的抗议声，云湛却完全没有听进去。他仿佛是被佟童这句话噎住了。

我真的无牵无挂吗？他想着，我可以骗别人，却骗不了自己。

佟童的话竟然真的给云湛带来了一点心理阴影，令他不自禁地想到，如果自己长时间地待在王宫里，会不会把那些杀气甚重的独眼人也引到石秋瞳身边，给她带来意外的麻烦？而假如自己不去宫里，又不知道那些吃白饭的大内侍卫能否应付得了辰月教的杀手。辰月教和未知身份的独眼人……无论哪边都难以对付。

他先回到事务所，因为近一两个月一直在外奔波，事务所完全没有生意，他又穷得请不起助手，以至于开门之后，扑面而来一股灰尘的味道。他叹了口气，摸摸空瘪的钱袋，心里盘算着要不要找个地方蹭顿晚饭。不过在此之前，最好是先把事务所打扫一下，不然连椅子都没法坐。

他正准备去拿门后的笤帚，忽然顿住了，视线落到了地上：虽然天色已经不早，但他还是能看出，覆盖着薄薄灰尘的地板上，有几个淡淡的脚印，那脚印从门口延伸进去，一直指向了一个杂物柜。以云湛的收入状况而言，实在没什么杂物能存得下来，所以这个柜子实际上基本是空的，藏进个把人那是半点问题都没有。

他冷笑一下，故意脚步沉重地在屋里走来走去，做出收拾屋子的假象，等走到最适当的距离和角度时，他突然站定，闪电般搭好了箭："滚出来！不然我在你身上射出一串窟窿来！"

柜子震动了一下，柜子里的人似乎很害怕，紧接着一个熟悉的声音响起："云大爷，千万别发箭，是我！"

云湛听到这个声音，愣了愣，收起弓箭，拉开了柜门，把里面的人揪了出来。他打量着眼前这个满脸惊惶的柜中人，哼了一声："卢保根，你躲到我这里做什么？"

久盛客栈的小伙计卢保根声音颤抖地说："云大爷，我没地儿去了，盛捕头要抓我，我觉得他肯定是想逼问你的下落！"

云湛轻叹一声："看来老子走到哪儿都是连累别人的命……你先坐下吧，说说怎么回事。"

卢保根也不顾椅子上全是积灰，一屁股坐下来，把自己半天前差点被盛怀山捉住的事情讲述了一遍："幸好遇上那些秘术师打架，把他们的注意力全都吸引过去了，我才能逮着机会跑掉。"

"秘术师打架？多少人？"

"一共五个，有一边是三个穿着长袍子的看不到脸的人，另一边是一个老头儿，带着一个年轻人。我也就瞥了一眼，没看得太仔细，"卢保根回答，"不过那个老头儿和年轻人都是住在久盛客栈的，已经有两天了。"

他又补充了一句："他们俩都是羽人。"

羽人？云湛愣了愣，想起之前在路上看到的那一幕。这么说来，那个被盛怀山押着的年轻羽人，多半就是卢保根看到的那一个，至于遮住头脸的长袍人……他们一定是想挡住自己的眼睛吧！云湛想。

他匆匆写了一张纸条交给卢保根："城西宴宾楼对面有一个常年坐在那里的老乞丐，你去找他，把纸条给他看，他会安顿你的。盛怀山那边，我一定尽快解决。"

"我怎么样没关系，"卢保根接过纸条，"您可千万得当心，今天那场架，死了几个捕快，我看盛捕头火气很大。"

云湛苦笑一声："盛捕头火气再大也不是什么问题……你先去吧，小心点。"

卢保根走后，云湛立即点上灯，拿出随身带着的一枚金属圆牌，放在凸光镜下观看。果不其然，丧乱之神的右眼上出现了五个小小的黑斑，代表附近有五枚圆牌，其中两个是云湛在阴羽原抢来的，已经被他妥善地藏在南淮城的两个地点，用以迷惑敌人；而剩下的三个，无疑就是那三名秘术师身上的了。

既然我能看到他们，毫无疑问，他们也很快就会注意到我，云湛想。自己只能判断出有圆牌持有者接近，对方却懂得如何较为准确地定位，主动与被动之分明显。现在判断出敌人接近，就已经足够了，需要找到某种新鲜血肉把圆牌藏进去，眼下周围的事情一团乱麻，还是先别把那些底细未知的独眼人引到身边为好。

转眼已到黄昏。他妥善藏起圆牌，正准备熄灯去王宫里继续为石秋瞳值夜，天空中传来一阵禽类振翅的声音。那声音他非常熟悉，一时间忍不住握紧了拳头：那是师父云灭和他联系所用的迅雕，一种特产于西陆云州的猛禽，飞行速度比寻常的信鸽快得多，尖锐的喙和爪也使它不易遭受天敌侵害。云灭曾经出于机缘巧合，深入过云州腹地，学会了驯养之法。

云湛一声呼哨，一只灰色的大雕从窗外扑了进来，直直落到他的肩头，撞了他一个趔趄。他伸出手，抚摸着这只不断用翅膀拂过他面庞的大鸟："好啦好啦，先别闹啦！现在没你吃的，等会儿我出去买……先把信留下。"

他从迅雕的爪上取下一封捆在上面的信，然后挥挥手。迅雕似乎明白了云湛这穷鬼没什么好东西犒劳它，委屈地鸣叫一声飞走了。

云湛嘟囔了一句"抱歉"，展开卷起的字条，上面娟秀的字体说明此信并非出自云灭之手，而是由师母风亦雨代笔。云灭此人向来怪癖多多，比如不喜欢留下自己的字迹，身边有人能指使的时候就绝不动笔。好在云湛知道，这世上比自己师母更加好脾气的人只怕找不出几个，代笔写封信这种事，她是不会有半点意见的。

信并不太长，因为云灭是一个不喜欢废话的家伙，假如嘘寒问暖之类的词句从他的嘴里蹦出来，那一定是别有用心，足以令人毛骨悚然。不过这一次执笔的是风亦雨，她先花了大量篇幅絮絮叨叨地询问云湛的生活近况：有没有还像过去那样三天花光一个月的钱？是不是还经常拿了别人的预付款然后赖账？找到对象了没有？你的年纪也老大不小啦！

这些话很让云湛感到温暖，他的亲生父母早亡，自从十六岁那年跟随云灭学艺以来，云灭和风亦雨在他的心目中就和父母无异，虽然云灭的脾气经常让人忍不住想上吊。风亦雨最后写道："你师父又在一旁嘀嘀咕咕了，说反正迅雕身强力壮，你就是写上十斤重的纸它也驮得动。所以就到这儿吧，你自己照顾好自己，该说正事儿了。"

云湛笑了笑，接着往下看"正事儿"，然后他露出了一脸不敢相信的表情。他又重新读了一下那段简短的来自于云灭的话，确认了上面的内容，嘴角歪了歪，似乎有点哭笑不得。在他的手中，那张信纸上明白无误地写着："云氏家族最后一位会使用逆火修复术的秘术师叫云浩林，一直居住在宁南城。但在半个月之前，他已经带着自己的徒弟离开宁州，我找到一个听到过他们谈话的茶博士，确认他们的目的地是南淮城。这师徒两人的相貌特征是……"

"盛怀山会杀了我的，"云湛喃喃自语，"衙门快成客栈了。"

"你以为衙门是客栈吗？想来就来，想走就走？"盛怀山端着胳膊，带着充满自信的笑容说。然而坐在刑讯室里的羽人女子却镇定自若，仿佛是看穿了盛怀山的色厉内荏："这话你用不着对着我说，得对那些准备来杀我的人说。你这个小小的衙门在他们面前到底像不像客栈，我说了又不算。"

天色已晚，盛怀山却一直没有离开，始终留在衙门里审问那个叫风笑颜的羽人女子。他既想要从风笑颜嘴里掏出点东西来，以便弄清楚杀死自己两名手下的真凶，又被刚才秘术师斗法的声势所震慑，不敢在风笑颜面前太过强横。这让审讯变得十分艰难。这个居心不良的羽人还在不断地刺激他，告诉他三个逃走了的冰系秘术师更加厉害，他们随时会追到这个衙门里来。

"他们要是杀起人来，可顾不得什么误伤不误伤了。"风笑颜轻描淡写地说。

这让盛怀山的心情更加复杂，生气中还带上些恐惧。最后他挥挥手，命令捕快把风笑颜锁起来，声称自己出门吃饭去了。但他其实只是从正门出去，然后迅速从后门绕回去，一边啃着干硬的烧饼，一边坐在靠刑讯室最近的一间房子里，从窗口监视着那边的动向。他对那三名不知去向的秘术师心怀戒备，不敢轻易把自己放在危险之地，成为不幸被殃及的池鱼。

两个对时过去了，盛怀山觉得自己浑身僵硬，肩膀酸疼难忍，他站起身来，在屋里走了两圈伸展一下筋骨。就在转身的一刹那，他隐隐觉得有人影晃过，急忙扭头后，却又什么都没看见。但他仍然不放心，连忙走了过去。

来到门口，他猛地停住脚步，抽出刀来。他几乎不敢相信自己的眼睛，身前竟然站着让他恨之入骨的游侠云湛，而云湛背后跟着的，正是风笑颜。在两人身后不远处，东倒西歪地躺着盛怀山的手下们，看来都是被云湛解决掉的。

"云……云湛！你来这里捣什么乱？"一向喜欢在脸上堆出虚伪笑容的盛怀山，这一刻也忍不住怒吼起来，"为什么什么乱七八糟的事情你都要来插一脚！"

"因为我闲得发慌。"云湛反倒是笑容可掬地回答，然后以迅雷不及掩耳之势猛地挥拳，正中盛怀山的鼻梁。在盛怀山的后脑勺儿撞到地板之前，他已经拽上风笑颜消失了。

"这个人大小也是个捕头，你这么揍他就不怕他报复？"风笑颜好奇地问，同时打量着云湛这间简陋的事务所，"而且你居然就大模大样回到这里，他岂不是很快就能追过来？"

"我冒犯他的次数已经足够他杀死我二十多遍了，"云湛嘻嘻一笑，"所以再多几遍也无所谓。至于回到这里……这叫作'虚者实之，实者虚之'。"

"好吧，看来你在南淮城混得也不咋地，"风笑颜说，"我们进入下一个问题：你为什么要把我从衙门里弄出来？难道你认识我师父？"

她说起师父时，神情有点黯然，云湛拍拍她肩膀："死者已去，节哀顺变。我把你弄出来，是因为有事情需要求你师父帮忙，但你师父已经去世了，我只能寄希望于你了。"

"是和我们修习的秘术有关吧？"风笑颜问，"老头儿一辈子都喜欢研究各种冷僻少见的秘术，偶尔能帮人解决大问题。"

"没错，眼下就有一个极大的问题需要你帮我解决，"云湛说，"我有一些写了字的纸张，暂时不知道上面的内容，需要用一种很特殊的秘术来逆转燃烧过程，把纸张复原。根据我的调查，全九州仅剩的会使用这种秘术的人，就是你师父了。结果我还是晚了一步，没能保住你师父的性命。"

"算你运气，"风笑颜咧嘴一笑，"我和我师父一样，专门喜欢各种看来没什么用的冷门法术。逆火修复术我碰巧会一点。不过我不能白帮忙，你得付报酬。"

云湛一阵头皮发麻："好吧，你只管开条件，我砸锅卖铁也付给你，只要你能替我修复那些纸页。"

"别误会，我不要钱，也不要别的什么宝物，"风笑颜说，"我帮你忙，只需要你也帮我一个忙就行了。"

"什么忙？"

"我和我师父招惹了一些不该招惹的人，他们想要杀我们灭口，所以你得保护我，"年轻的羽人女子笑得颇为妩媚，"事实上，我师父之所以千里迢迢跑到南淮城来，就是想要找你，云湛先生。现在既然你也有求于我，那我们的酬金就算两清啦！"

修复的笔记（一）

我不得不把此事记录下来，因为它的怪异程度超乎寻常，并且令我陷入了极度危险之中。我不能确认，也许哪一天我就会被那股神秘的力量杀害，从此在世上消失得无影无踪。因此在我死之前，我必须把这些事情写下来，然后交给我最值得信任的朋友保管。我只希望在被那些可怕的邪魔追上之前，能够完成这份手记，把恐怖的真相公之于众，让世人有所警醒。

关于这一系列事件的开端，我首先要记述的，是一个复活的死者。这么说挺奇怪的，但却很贴切。因为那一天，我见到了一个本应该早就死去的人。

当时我正经过澜州的庆贤城，那是一座弹丸小城，破败而乏味。我到那里的唯一目的只是取道庆贤去往澜州中部的夜沼，观赏某个沼泽部落的独具原始风情的祭祀，这是一个旅行者不容错过的。我在夜幕降临后才到达庆贤，把行李扔进脏兮兮的客栈后，到街上随便走走，顺便觅食。庆贤实在是一个小得让人伤心的小城，脚快的人小半个时辰就能走完，也没什么值得一看的。

后来我看到一些在路边摆摊的小贩，想看看有没有什么可以充饥的。这时，在昏暗的灯光下，我注意到了一个卖水果的小贩，感觉隐隐有些面熟，像是在哪里见过，却一时想不起。我好奇心起，走上前两步仔细打量，却意外地发现他的左脸颊上微微闪动着一种常人无法注意到的淡淡的荧光。我一下子冲口而出："连衡！你不是早就死了吗？"

小贩身子一震，随即换出一脸惊讶的神情："这位大爷，你认错人了吧？我叫郭凯。"

"是啊，他叫郭凯，一直在这儿做小生意的，您一定是认错人了。"身旁的小贩也帮腔。

我仔细看着这个叫"郭凯"的人，没有认错，就是我所认识的连衡，一位很少在外走动但其实秘术功底很深厚的秘术师。在一次尝试炼制特殊药物时，原料失去了控制，把他的脸炸伤了。一种特殊的金属颗粒钻进了他的面部肌肉，甚至附在了颊骨上，一般人看不出来，但秘术师能在黑暗中看到他脸上有微弱的光。虽然他的面庞发生了很大变化，只能依稀辨认出轮廓，但这种光就是连衡的标记。

我和连衡不算太熟，但多年前也在某些场合见过一两次面，不会认错的。后来我听说他死了，这条消息绝非谣言。但他为什么还活着，而且"一直在这儿做小生意"？我觉得当中一定有文章，一时好奇心起，想要一探究竟，但转念一想，这本来和我没关系，连衡装死总有他的理由，我何必多事？

我装作认错人了，买了两个烧饼后转身走开，回到客栈休息。几天之后，我在沼泽边缘的一个小村落里会合了我的向导，我的一位老朋友，并向他讲述了我在庆贤的经历。我们一起做了一些事不关己的猜测，最后一笑了之。但我注意到，在那间乡村小酒舍里，有一个独眼人似乎对我们的谈话很感兴趣。他发现我把视线投向他，立刻扭过头，招呼店家再给他上酒。

当时我并没有留意，此后我的行程也无须赘述。但半个月后，当我结束旅程又回到庆贤这座由于太小而流言传得飞快的小城里时，我听到了一个让我震惊的消息：水果贩郭凯死了，被人杀害了。有人在现场发现了独眼陌生人的行迹，地方官根本懒得调查，直接认定独眼人就是凶手，并且已经逃窜，于是草草结案。

我立刻回想起了那个听我们谈话的独眼人。一定是我暴露了连衡的真实身份，给他惹来了杀身之祸。虽然连衡和我非亲非故，但他因为我的多嘴而死，我就得对死者有所交代。

我开始追查上一次连衡假死时的情形。根据多方打探得来的信息，连衡"死"于五年前的一次帮会内斗。照这种说法，连衡应该是属于某个帮会，但我一直以为他是独来独往的一个人。

"那是一个很奇怪的组织，"一位朋友告诉我，"几乎没有任何声势，也从来不进行公开活动，但是有人无意中撞见过他们的聚会——人数虽然少，却全都是最顶尖的秘术师。连衡就是那个组织中的一员。外人也对这个组织有过一些猜测，但都不明所以。"

"也就是说，只知道有那么一个秘术师构成的组织，却没人知道它的宗旨是什么、目的是什么？"我问。

"是这样的，但这个组织恐怕也不存在了，"这位朋友说，"就在那次被人撞见的集会后第二天，他们似乎内讧了，死了不少人，其中就有连衡。此外还有十来个人失踪了——直到现在都没有重新现身。"

"听起来真够离奇的，"我说，"但有一点我没想明白，既然这些都是一流的秘术师，又是在搞不能为外人所知的秘密聚会，怎么就被人'无意中'撞见了呢？"

他有些尴尬，支支吾吾一阵才说出来，其实他弟弟就是该组织中的一员。他发现弟弟行为异常，于是一直留意跟踪，这才亲眼见到了那次聚会。而很不幸地，他弟弟在那起事件中丧生。

"我只知道，我弟弟是一个疯狂追求个人修炼的人，"他唉声叹气地说，"能让他感兴趣的，只能是和提升秘术能力之类有关的事情。我开始以为那次集会是一些秘术师聚集在一起探讨修炼精神力的方法，但是既然闹出命案，就肯定不会那么简单了。"

"提升秘术能力？"这让我想起了一些什么。

"那个可能是凶手的独眼人，就更说明连衡的死和这个组织有紧密联系了，"我的朋友犹豫了一阵儿后又补充说，"在那起内讧现场的某个角落里，我找到了一个小圆牌。"

他说着，摸出了那枚圆牌，上面是一个凶神恶煞的头像浮雕，却只有一只眼睛。

5

风笑颜一副快要累到吐血的样子，云湛知道她是在伪装，不去搭理。但他不得不佩服这个年纪轻轻的姑娘，居然对逆火修复术掌握得如此到位，不到两天工夫就复原了那么多内容，真是让人刮目相看。

"我还以为这个年纪的小姑娘个个游手好闲、不学无术呢，"他说，"没想到你还真有两下子。"

风笑颜"哑"了一声："你也就比我大那么几岁，别装出老头子的样子，和我师父似的……其实你说错了，本小姐还真就是不学无术，学了这么多年火系秘术，别说打架了，连灭火都费劲，但就是对这种小把戏很着迷。"

"这可不是小把戏，"云湛说，"但诚实地说，确实是用处不算太大的秘术，几十年也碰不到有人需要用一次。所以我一直担心找不到还会这种修复术的人。"

"别抱太大期望，"风笑颜说，"上面的纸张烧得不算太厉害，越往下损坏越大，必定有很多超出了可以修复的程度。"

"那也没办法，"云湛叹口气，"能修多少算多少。现在这些能帮助我弄明白不少问题了。"

　　他在心里拼凑着自己亲身经历的事件与这份手记上所讲述的内容，并迅速找到了二者最根本的共同点：秘术师，独眼人。手记上隐隐提到了极为关键的一点，那就是他们都和五年前的某个神秘组织相关。

　　云湛做着猜测，慢慢勾勒出大致的轮廓。五年之前，曾经存在着某个秘密的秘术师组织，其宗旨暂时不明，但可以肯定，加入这个组织会对秘术师的个人修炼大有帮助。秘术师们由于某些原因——比如分赃不均——引发了那起内讧，从此这个组织消失了，但五年后，出于某些原因，它又卷土重来。崔松雪出于好奇试图调查这个组织，结果反被追杀，丢了性命。

　　"只有你能挽救九州的命运了。邪魔已经复苏，血灾即将降临。"他又想起了这封信。这个神秘的组织一定是在做着某些耸人听闻的大事，甚至有可能产生相当严重、足以影响到九州命运的后果。

　　那么，"复苏"的是些什么人呢？云湛翻看着手记，注意到其中提到，有十余人在那场搏斗后失踪，此后一直下落不明。他忽然间有了答案：也许就是这十来个人，杀光自己的同伴并霸占了秘密，并且经过五年的准备后重新现世。去年发生在九州各地的那些惨案，很可能就是他们行动的第一步。

　　邪魔真的要复苏了，虽然暂时还不知道它的真面目究竟是什么，但它锋锐的爪牙已经开始射出寒光。

　　"不错的推测，"风笑颜点点头，"倒是把你遇到的事情勉强放入了一个基本框架里。"

　　"你的意思是，还有别的漏洞？"云湛听出她话里有话。

　　"不算漏洞，不过还应该想得更远一点，因为你忽略了我和我师父的经历。"风笑颜说，"别忘了，我师父那个破院子里藏着的怪婴，可都是有好几十年的历史了。"

　　这话提醒了云湛，厚荣昏迷前讲述过三件惨案。

"也就是说，这并不是个什么新兴的组织，而是至少存在五十年了？"

"所以这兴许是个无比可怕的组织，"风笑颜的表情活像大人在讲狼外婆的故事吓唬小孩，"我到现在也没想明白，为什么那些人都要挖掉一只眼睛？"

"也许是效忠的意思吧？"云湛说，"就像很多帮会要入会就得在身上烙下印记一样。"他看出风笑颜的神色有异，"怎么了？你想到什么了？"

"没事儿，"风笑颜摆摆手，迅速把话题岔开，"我们要什么时候才能离开王宫？住在这里，憋也憋死了。"

"保护你的安全，这可是你自己提出来的要求，"云湛站起身来，向门外走去，"现在独眼人在找你，盛怀山也在找你，我又没有三头六臂。除了王宫，哪儿也没法护你绝对安全。"

风笑颜噘起嘴："好歹也是男人哎，说起话来那么没志气。"

云湛推开门，轻笑一声："我早就过了把志气摆在嘴边当糖豆嚼的年岁了，你这一招对我没用，老实待着吧！好好睡一觉，晚上还得干活儿呢！"

"你就不怕那位漂亮的公主吃醋？"风笑颜阴阳怪气地说，"你带我进来的时候，她瞧着我的眼神可是相当警惕，就像我小时候养过的猫见到院子里跑进来野猫时的模样。我要是住久了，没准儿最想干掉我的人就会变成她了……"

"闭嘴！快滚去睡觉！"云湛没好气地大喝一声，重重撞上门，门里传来风笑颜故意放大的笑声。

风笑颜的话大半出自调侃，但落入云湛的耳中，却是相当的不受用。他走出门后，发了一会儿愣，决定去石秋瞳那里看看。

石秋瞳正一脸忧色，这让云湛难免有点做贼心虚，但他很快想到，就算石秋瞳真的对他收留风笑颜有什么意见，也不至于表露在外，一定是又发生别的事了。

"又一起刺杀未遂，"石秋瞳开门见山，"今天上午我去城东门巡视城防的时候，有一小块城墙突然坍塌，差点砸中我，死了两名侍卫，伤了六个。"

云湛不由得一阵怒意涌上心头："这未免玩得过分了吧，你老爹真的不管？"

"他？我和他提过，但他坚决否认，"石秋瞳回答，"我看他的表情，倒不像是假装，所以大概真的是他那些鬼鬼祟祟的盟友背着他干的。"

"也就是说，这些所谓的盟友已经完全不受他的控制了，"云湛眉头一皱，"看来我非得动手解决掉他们不可。"

石秋瞳摇摇头："我又不是见到耗子都会吓晕过去的大小姐，你已经为我折腾了那么多天了，还是顾着你自己的事情吧。我能照料好自己。"

"这些事情也和我有很大的关系，"云湛煞有介事地回应，"别忘了，我是个天驱，制止战争是我的使命。"

"这种时候你倒是想起你是个天驱了。"石秋瞳摇摇头，但眼神显得很柔和。

"或者我也可以直接找到木叶萝漪，和她谈谈，"云湛说，"虽然我在她手里吃了点小亏，但她也没能取胜，想来对我还是有些忌惮的。"

"我觉得还有一个你更应该忌惮的人。"石秋瞳说。

"是谁？"云湛已经反应过来石秋瞳想要说谁，还是明知故问。

"就是你带来的那个女孩，"石秋瞳的表情很平静，"我觉得她的身上有些古怪，而且有些事情瞒着你。虽然她能帮到你的忙，你还是得当心。"

云湛盯着石秋瞳的脸，想从上面看出一点嫉妒的影子来，但却什么也看不出来。他似乎很害怕石秋瞳不高兴，却又似乎很期待看到一点吃醋的表情，所以这个结果让他不知道是该满意还是遗憾。

"我会留意的，"最后他说，"反正这个姑娘凡是涉及战斗的秘术都不怎么在行，要想对我不利也不容易。"

"你这个人呢，是一个太容易对女人心软的家伙，"石秋瞳悠悠地说，"这可以算作你的优点，但也是你的缺点。木叶萝漪如果是个男性河络，你未必就会那么信任她。别忘了，这世上最擅于说谎的就是女人。"

"以后我会对女人心肠硬一点的，"云湛咬牙切齿道，"因为今天我算发现了，女人说话总喜欢戳别人的痛处。"

石秋瞳笑了笑："你打算怎么找到木叶萝漪呢？这些贵宾倒是意外地改变了行程，并没有离开，只是防卫又加强了。照我看是他们遇到了意外的麻烦，所以不敢轻易上路，索性利用我老爹的力量来保护自己。"

"他们还真是能占便宜呢，"云湛耸耸肩，"没关系，反正我已经有办法混进去了，进去之后再走一步看一步吧。"

往贵宾驿馆运货可真是个苦差事，梁小柱愤愤不平地想。那些当兵的一个个凶神恶煞，强横霸道，自己每次去送河鲜，非但得不到赏钱，倒是经常被赏几句喝斥甚至重重几脚。但是没办法，住在驿馆里的都是国家的贵客，国主总得让人家好吃好喝过得舒服吧？那就只能让下面的草民不舒服了。

梁小柱赶着马车，无精打采地驶向驿馆，车轮发出奇怪的吱嘎声，这让他心里一阵疑惑。除非是车上的鱼虾和冰块超重了，否则不应该有这种声音的，难道是车轴坏了？那就又得花钱去修了。想到这里，他赶紧勒住马，从驾座跳下来，走到后面准备查看一番。

刚刚走到车边，那些包裹着冰块的稻草忽然被什么力量冲散了，紧跟着一大一小两个人影从稻草堆里冲了出来。梁小柱吓得两腿发软，不管三七二十一，先滚到车底趴着再说。

从车底看出去，那两个一直躲在他车上的家伙是一男一女，男的一头银发，估计是羽人，女的身材只及常人一半高，原来是个河络。羽人手里握着一张弓，已经搭好箭瞄准河络，而河络两手空空，手掌上仿佛有黑气在流转。梁小柱别的不懂，只能看出一点：这两个人都相当能打。

两人相互对峙，足足有好几分钟都没有动弹一下，似乎是难以找到对方的破绽。可怜的梁小柱自然也不敢动，紧张得胃都要抽筋了。

等了好久，两个煞星并没有打起来，倒是女河络首先缓缓地放下手，脸上露出俏皮可爱的笑容："云湛，你还是像以前那样反应敏锐嘛！"

"你也不差，萝漪，"名叫云湛的羽人回答说，"不过我不太明白，你为什么也会藏到这辆车上，难道你早发现我了？"

"我又不是神，"萝漪摆摆手，"只是我的对头知道我对挖掘地道很在行，已经有所防范，所以我不得不选择其他的方法混进驿馆。我们俩是英雄所见略同。"

"混进驿馆？我不太明白，"云湛皱起了眉头，"你的意思是说，你其实并不是驿馆里的那些贵宾，相反还是他们的对头？"

萝漪肯定地点点头："看来你已经跟踪过我了，不过你跟错人了。"

云湛苦笑一声："没办法，你在我心目中地位太高，我一见到你，就把你和最终的敌人画上了等号。"

"可惜你画错了，"萝漪回答，"这一次，我们有共同的敌人了。"

云湛这时候才注意到仍然在车底下瑟瑟发抖的梁小柱："这位大哥，对不起，惊吓到你了，这点钱拿去喝酒吧。"然而他伸手在怀里掏了半天，什么都没掏出来。

萝漪微微一笑，往车下扔了一枚银毫："云湛啊，你还是老样子，一点都没变。"

第五章
最幸福的时光

1

使用逆火修复术极耗精神力，风笑颜强撑着和云湛贫嘴几句后，终于熬不住倒头大睡。醒来的时候，她发现居然还是白天，过了一会儿才回过神来：原来已经睡到第二天了。

云湛早已不知去向，她一个人待在屋子里百无聊赖，想要出去逛逛，又想到云湛的警告："王宫里守卫森严，最好不要随便乱跑，不然当心闯了禁地被当场砍掉脑袋。"

"危言耸听，净会吓唬人。"风笑颜自言自语着，还是溜出门去。没走出两步，她就被一名宫里的侍卫拦住了。

"请你待在屋里，"侍卫用生硬的语气说，"我们得到的命令是，你哪儿也不能去。"

"好的，没问题。"风笑颜笑眯眯地退了回去，刚一关上门，立即扑到窗前，施展了一个秘术，然后推开窗户跳了出去，动静很大，但前门的侍卫毫无反应。那是一种可以消除小范围内声音的音障术，乍听起来似乎是夜行大盗必备的秘术，其实修炼过程很是艰难。一般的武士通常只能掌握初级的秘术，要他们花费极大的精力去学习进阶秘术，还要耽搁练武的时间，倒真不如苦练飞檐走壁、踏地不发声的轻功更实惠。

风笑颜从后窗跳出，利用音障术躲躲闪闪地走了一段路后，就累得有点喘不上气了。一种秘术很少有人修习，或者被贴上"不实用"的标签，必然是有原因的。音障术别的还好，就是太费精神力了。好在她已经借助此术离开了石秋瞳替她安排的小院，而王宫内楼宇重重，找个地方休息一会儿并不太难。

风笑颜在攻击性秘术方面成就甚浅，这一点她从不否认，但正因为如此，她的警惕性比一般秘术师更高。这一路在王宫里穿行，不断借助音障术、消影术、幻声术、拟色术之类旁人不屑于去练的"不实用"咒术，她躲过了好几拨宫中侍卫，正在得意，却发现了一个大问题：自己迷路了。

这几乎是肯定会发生的，因为她从没来过衍国的王宫，根本就不识路。何况风笑颜别的方面还算不错，却天生不怎么有方向感，就算来过也铁定记不住。这下她茫然四顾，不知身处何方了。如果在其他地方迷路还好，可以问路，在王宫大内，稍微露下头搞不好就被人捅个透心凉，怎么敢现身？

风笑颜手足无措，原地发了一会儿呆，决定正视现实，慢慢寻找出路。她仔细打量周围的环境，发现自己来到了一片建筑更加规整华丽的宫殿区，而周围梭巡的侍卫也成倍增加。显然这是一个比较重要的区域，没准就是国主或者公主居住的地方，而风笑颜很不幸地闯进了这个核心区。

更糟糕的是，天色渐渐暗了下来，已经时近黄昏了。假如夜幕降临，要找路回去就几乎不可能了。风笑颜已经可以想象，当自己被侍卫们扭送回去后，云湛会摆出怎样一张发怒的驴子一样的脸，那可真让人不怎么愉快。

要不在这里躲藏一夜，明天再慢慢找路回去？云湛出去办事了，没准得到明天才能回宫呢！风笑颜脑子里刚刚蹦出这个念头，就立马否定了。宁可被云湛找着借口训一顿，也不能委屈自己挨饿受冻啊！她气鼓鼓地想着，决定从藏身之处钻出来，向侍卫们投降。

但她刚刚直起腰来，身后一阵劲风扑过，没等她做出反应，一把亮晃晃的长剑已经架在了她的脖子上。

"不许叫，不许乱动！不然割了你的喉咙！"长剑的主人低喝道。这是一个男人。

"带我们去找秋瞳公主，不许耍花招，不然宰了你！"另一个人声响起，却是个女子。

另一个坚硬冰冷的锐器抵在了她的后背上，一个苍老的声音说："你在前面带路，不许回头，不然把你的眼睛挖出来！"

你一个"不许"，他一个"不然"，这三个家伙还真是有默契！风笑颜愤愤地想着。事出突然，她也完全无力抵抗，但对方说的话让她听出了两层意思：其一，他们把她当成了开小差的宫女；其二，他们要找那个冷冰冰、凶巴巴的公主石秋瞳的晦气。

风笑颜真恨不得自己知道石秋瞳在哪里，以便可以幸灾乐祸地把敌人引过去。遗憾的是，她连自己住在什么位置都找不着，但这话不能说出口，不然就会被灭口。所以她只能做出快要吓晕了的样子，颤抖着点点头，然后胡乱领着他们向一个方向走去——走到哪儿算哪儿吧。

就在风笑颜卖弄着她的秘术小伎俩穿行于王宫中时，云湛和木叶萝漪也来到了适合他们谈话的地点。云湛打量着四周说："虽然你不敢用地道进入驿馆里，但躲在地下还是你的老本行。"

"猜猜现在我们头顶上是什么地方。"木叶萝漪一边亲手为云湛倒茶一边问，此时这个小小的身躯看起来真是温柔贤良，让人难以想象她的深沉心计。

云湛低下头，回想着在地下通道里的各种方向和距离："大概在城西北，距离驿馆四五里的地方，这条街聚集了不少的茶商，但是具体在哪位茶商的地板底下，我可就不知道了。"

"你的方向感还真好！"萝漪鼓起掌来，"居然能记得那么精确。我叫一个人来，你见见他，大概就能猜到现在的位置了。"

云湛莫名其妙，看着萝漪唤来一个相貌颇为英俊的年轻男人，他看着这个男人的脸，微微一愣，半天没有说话。

"想明白了吗？"萝漪问。

"想明白了，"云湛慢吞吞地说，"原来你们贪图的不仅是艾小姐的那一丁点私房钱，还有茶商艾森的巨大产业啊！"

眼前的这个男人叫崔明伦，是南淮知名茶商艾森的女儿艾薇小姐的前情人。云湛曾受艾薇所托，帮助她摆脱父母指定的婚姻，但云湛经过调查，发现崔明伦其实和艾薇的女伴有染，乃是动机不纯，一心只为了贪图艾小姐的钱财而已。但他万万没有料到，崔明伦这个油头粉面的小白脸，竟然是辰月教的人。

"他本来可以为教立功的，都被你搅黄啦，"萝漪说，"只要艾小姐跟他走了，我们自然有办法慢慢说服艾森接受现实，接受这个女婿，而艾家的财产，也就落入我们的掌控中了。"

崔明伦眼神里并没有什么恨意，始终神态自若，毕恭毕敬地说："云先生手段高明，小人很佩服。"

云湛摇摇头："我要真是手段高明，就不会揭不穿你的真实身份了。"

崔明伦退下后，云湛看着萝漪："我记得，你们辰月教一向都是对帝王诸侯下手的，现在怎么连世俗商人的家财也不放过了？未免太掉价了吧！"

萝漪"扑哧"一笑："掉价？有什么好掉价的？世易时移，天驱的骨干也可以当一个房租都付不起的小游侠，我们为什么不能放下架子？"

"我可不是什么骨干，"云湛说，"事实上，我比较喜欢独来独往，很少和我的同伴们联系，基本上就是个挂名天驱。"

"这就难怪不得了。"萝漪点点头。

"什么难怪不得？"云湛从她的语气里听出一点意味深长的味道。

"没什么，说说正事吧，"萝漪若无其事地岔开话题，"我知道你一定会怀疑那些正在挑动战争的人是我们辰月教的，但你错了，那些人不是辰月教的，而是我们辰月教的敌人。"

"敌人？"

"不错，他们要挑动的是衍国和邻国唐国的争斗。唐国的势力你应该大致清楚吧？那是毗邻宛州的中州大国，在整个东陆华族的国家里，国力仅次于衍国。除了这两国之外，东陆其他国家的实力都还差得远，不足以对他们构成威胁，"萝漪说，"如果衍国能一举击溃唐国，那么挥师中州也就指日可待了。"

"这一点我知道，但这件事对你们辰月教有什么影响呢？"

"因为我们的人近两年来一直都在唐国扶植他们的势力，而我们至少还需要一年的准备时间才能使唐国足够与衍国抗衡。这起战争如果真的在短期内爆发，对我们将是极为沉重的打击。"

云湛呼了口气："这么说我就明白了，所以你潜入驿馆，也是为了打探你这拨敌人的动向。那你能不能告诉我，他们究竟是些什么人？"

萝漪咬了咬嘴唇："很抱歉，恐怕不能告诉你，与你无关的事情，最好还是少问为妙。"

"他们是不是和丧乱之神墟渊有什么关系？那是一帮只有一只眼睛的家伙，对吗？"云湛突然说。

萝漪脸色一变："云湛，你所知道的比我想象中还要多。"

"所以你不妨直接告诉我，否则迟早我也会查出来的。"云湛盯着她的眼睛。

"但是……"

"但是什么？知道得越多对我越不利，是不是？我应该及早抽身，以图自保，对不对？"云湛一阵无名火起，"为了这帮王八蛋，已经死了不少人了，我还有一个朋友被他们弄得全身瘫痪、半死不活。你觉得我可能抽身离去吗？"

萝漪凝视着云湛的脸："你是个不怕死的人，这一点我当然清楚，但是你就不怕某些对你最重要的人也深陷危机吗？"

云湛的心跳突然加速："你在说什么？"

"秋瞳公主一心想要制止这场战争，其实算是帮了我们的忙，却又自然会引得别人不高兴，"萝漪轻声说，"不是辰月教，也不是煽动战争的那帮人。想要杀秋瞳公主的，另有其人。据我所知，今天又有一批杀手被派出去了。"

"公……公主就在那里。"风笑颜随手指向前方的一座宫殿，以无比害怕的语气颤巍巍地说。三个刺客低声商量了几句，仍旧押着她向宫殿走去。风笑颜暗暗叫苦，她本以为这些刺客会随手扔下她上前行刺，没想到他们如此谨慎，要是等他们发现公主不在里面，自己岂不是真的要被刺上几个窟窿？

再不行动就来不及了！风笑颜咬咬牙，悄悄催动了秘术，三个刺客的衣角都无声无息地燃起了火焰。布料烧焦的气味钻入鼻端，让三名刺客终于有所发觉。风笑颜趁着他们一刹那的惊疑，运足全身力气，撕心裂肺地大喊一声："有刺客！"

然后她使出了一个无比重要的秘术——金属变身术。这种秘术可以把一个物体在特定时间内变成金属，时限过后才能复原。而风笑颜这一次的施放对象，是她自己。

你们就冲着这铁疙瘩撒气吧，风笑颜在失去意识之前畅快地想着，剩下的事情就交给大内侍卫们了。

也不知过了多久，意识慢慢回来了。风笑颜勉强睁开双眼，发现自己正站在宫殿外的一座花园里。石秋瞳坐在一张椅子上，饶有兴味地打量着她。她下意识地想要逃走，但秘术效果刚刚消失，四肢还很僵硬，跑出两步就摔倒在地。这时候她才看清楚，花园四周站满了侍卫，就算化生双翼飞起来，也一定会被乱箭射成刺猬。

她打消了逃跑的念头，慢吞吞地爬起来，低着头等待挨训。石秋瞳不紧不慢地喝了一口茶："这一次算你立功啦！"

"立功？是因为我喊了一嗓子吗？"风笑颜问。

"不是，如果不是派人悄悄跟踪你，我也不会提前发现那三名刺客，也就很难布置好陷阱抓活的。"石秋瞳回答。

"你果然对我不放心。"风笑颜嘟囔了一声，想起自己在王宫里溜达时的诸般做作和自以为是的行为，只觉得耳根子都红透了。

"不过现在我不怀疑你了，"石秋瞳带点讥诮地说，"谁也不会派一个方向痴到王宫里来搞破坏的。"

"我完全同意你这种说法。"风笑颜如释重负。

"但是我仍然有些话要问你，"石秋瞳说，"云湛是个喜欢冒险的人，你不说，他就不会去打探你的来历，但我不同。所以我一直很想知道，逆火修复术这种费力不讨好的艰深秘术，为什么你一个年轻姑娘会耐得住寂寞修炼？我看得出来，你是一个很聪明的人，聪明人似乎很少会选择笨路子吧？"

没等对方回答，她又接着说下去："还有你今天展现出来的那一系列的秘术，照我看来，似乎都是为了秘密潜入、隐匿行踪这类事而准备的。我不知道你想要做什么，但如果你还需要我的保护，那我也应该像你对云湛那样，稍微收取点报酬，了解一下你究竟是什么人。"

风笑颜的笑容一下子僵住了。她呆了一阵子，低声说："你比云湛更心细啊！"

"要照料一个国家那么大的摊子，不细心也没办法，"石秋瞳平静地说，"怎么样，愿意回答我的问题吗？"

风笑颜支支吾吾了一会儿，终于垂下了头，似乎是石秋瞳不怒自威的气势让她无法招架："好吧，我说。我对云湛或者你都没有什么阴谋——以前我压根就不认识你们，但碰巧云湛正在调查的事情和我有点关系……"

她刚刚说到这儿，身后突然传来一阵喧嚷声，一名浑身浴血的侍卫冲了过来，嘴里高喊着："公主小心！刺客逃脱了！"刚刚喊完，他就一头栽倒在地上。

石秋瞳霍然站起，拔出剑来，把风笑颜拉到自己身后，其余侍卫们急忙排成队列，把她们护在后面。

那三名刺客果然挣脱了束缚。但他们并没有逃跑，而是仍然不肯放过机会，向着石秋瞳猛冲过来。风笑颜这回总算看清了三名刺客的长相，那个老者一脑门子愁眉苦脸的皱纹，武器是一根铁铸的烟斗；曾用剑抵住她咽喉的男人长得颇为英武，甚至堪称一身正气；而女子大约四十岁，相貌平庸，手里一对生满锯齿的钢轮倒是很引人注目。三人身上都布满了大大小小的伤口，可想而知捉住他们时经历了多么激烈的搏斗。

如此强悍的三个人能够逃脱倒也不足为奇，他们挥舞着兵器，只是护住要害，完全不顾其他部位受到的伤害，眨眼工夫就已经突破了二十来名侍卫的屏障，冲到距离石秋瞳只有几丈远的地方。石秋瞳临危不乱，横剑身前，准备迎敌。

风笑颜在脑子里回想着自己学习过的所有秘术，发现要找出一种来自保颇为艰难，只能缩在石秋瞳的背后了。可恨金属变身术一定时间内只能使用一次，不然再变一回倒能确保万无一失。

三十步、二十步、十步……伴随着侍卫们死伤时发出的惨号，三名刺客已经逼近了，不过他们也都遍体鳞伤。老者的左臂被砍断了，女子的左腿也几乎废掉。风笑颜禁不住想，到底他们能不能坚持到突进到石秋瞳的面前呢？或者说，等他们挣扎到石秋瞳面前后，还有没有力气攻击呢？

这些想法都只是一刹那的事情，三名刺客中的女子由于伤了腿而行动不便，已经倒在了地上，剩下的两人却都冲到了距离石秋瞳只有五步远的地方。石秋瞳仍然稳稳地握着手中剑，没有丝毫慌乱。

然而就在这时候，令人意料不到的怪事发生了。刚才第一个冲过来报讯、已经伤重昏倒在地的侍卫猛然从地上跳了起来。他的佩刀早已在奔跑过程中失落，此时手里却握住了一根短小锋利的钢锥，向着石秋瞳当胸刺去。

这才是这起刺杀真正的主角！之前的三名刺客，都不过是混淆视线的铺垫罢了。风笑颜在一瞬间想明白了这一点，但已经来不及了，心里直叫"糟糕"。

石秋瞳的反应却远比风笑颜想象的快。那枚突进的钢锥刺到距离她的身体还有几寸的地方，就无力地停了下来，因为石秋瞳已经抢先一剑，闪电般刺穿了这名假扮成侍卫的刺客的咽喉。他的喉咙发出一阵咯咯的怪响，眼睛瞪得圆圆的，随着石秋瞳利落地收剑，身子软软垂下，趴在了地上。

这时石秋瞳和风笑颜才发现，刺客的背上插着一支利箭，正射中心脏部位。

两人抬起头来，看见云湛带着一脸的忧郁，一边收弓一边从远处的夜色中走来。他和石秋瞳对望一眼，两人的眼神里闪动着许许多多复杂难言的情绪。

"你终于还是知道了，对吧？"石秋瞳的声音听起来很空洞，隐含着某种悲伤的预感，"我一直没告诉你，就是不愿意看到你为难。"

云湛没有正面回答："喏，你也看到了，我们天驱当起刺客来，危险程度不会比天罗低。"

修复的笔记（二）

我向我的朋友讨要了那个圆牌，开始细细地琢磨。我猜想，圆牌上面刻的可能是某种被崇拜的神明，而且这位神和我所见过的独眼人都没有左眼，这绝不会是巧合。于是我开始查阅文献，但令人失望的是，无论多么偏门的古籍怪谈，都从来没有记载过哪怕稍微类似一点的神明。毕竟所谓的神，在人们心目中都应该是超越凡人的完美存在，不给他们加上三头六臂四只眼睛似乎都对不住信徒，眼下这个独眼的残缺神，真是怪异非常。

我开始意识到，如果这真的代表着某种图腾和崇拜，也必然是新近产生并且流传范围并不甚广的，钻在过去的资料里肯定找不出什么线索。我似乎应当转换一下思路，把视线放到最近几年新发生的事件里，也许还能有所收获。

结果我还真遇到了一个能告诉我它的来历的人，但当他说到那些来历时，我还真不敢相信，因为那只是一个普普通通的老说书人。那么多秘术师、旅行家、游侠、捕快都没听说过的东西，一个说书人竟然会了解，说来真是匪夷所思。他的讲述更是让我迷糊。

"这个圆牌我没见过，但一模一样的图样我见过，"这位被称作施伯的老说书人说，"这不就是丧乱之神嘛！"

"丧乱之神？我从来没有听说过啊！"我很纳闷儿地说。

"你当然没有听说过，这个东西普天之下也只有两人知道，"施伯有点得意地说，"因为它根本就是我的一位朋友自己编造出来的。四十多年前，我还在中州一座小城里待着时，认识了一个叫曲江离的年轻人。他是当地一位小古董商家的大儿子，不过一贯游手好闲，喜欢琢磨各种新玩意儿。那时候他对评书产生了兴趣，经常找我聊天。有一天他忽然对我说，他想出了一个很好玩的创意，可以交给我编成一个系列故事，那个创意就是独眼的丧乱之神了。"

这个说法让我很是疑惑，但我还是耐心地听他继续讲了下去："他编造了一个独眼的神祇，称为丧乱之神，名叫墟渊，据说是奉创世大神之命来到人间扬善惩恶。但他觉得人世间充满了罪恶，所以挖去自己代表'善'的左眼，只剩下毁灭的右眼。他还专门画了一幅图，喏，就是这个圆牌上的，一模一样。这个创意本身倒还有点意思，但是我告诉他，百姓最喜欢听的还是人的故事，神这种东西，拿来作点缀就好了。他说不要紧，神是可以转世为凡人的，那样故事更加精彩。"

我听了这话，心头开始隐隐觉得事情有点眉目，基本猜到了几年前那些事件的根源。那枚金属圆牌，显然代表着这个丧乱之神，或者说丧乱之神的"转世"。那些参与神秘集会的一流秘术师们，也一定是为了墟渊的力量而集结起来的——虽然最后为什么酿成血案还不得而知，但多半和假死的连衡关系密切，而连衡假死的目的则是撇清自己，以免他人起疑。也就是说，或许这位不显山不露水的连衡会是那起死亡案件的主导者。

但还是有一个难以解释的疑团：既然可以吸引那么多的秘术师趋之若鹜地入伙，那么这个丧乱之神的真面目怎么可能出自一个毛头小伙子随口编造的传说故事？而且差点成了落魄说书人的素材。这也未免太荒谬了。那个叫曲江离的人，一定还隐瞒了什么真相没有说出口。

"这个曲江离，到底是什么人？后来他去哪儿了？"我追问说。

"他……不就是个古董商的儿子、吃饱了没事儿干的年轻人吗？我哪儿能说得出他到底是什么人？后来嘛，他们全家都被抓起来砍了脑袋，听说是私通敌国，可鬼知道当中的真相是什么。"

这是个重要信息。我敢打赌，他们全家被杀的原因绝不会是简简单单的通敌。施伯接下来的一句话更是让我精神一振："但他没有死，跑掉了，后来有捕快到我家搜查，可什么也没找到。一个月后，曲江离还专门跑回来警告过我呢。"

"警告你什么？"我急忙问。

"他告诉我，千万不要把丧乱之神的故事说出去，否则可能会有杀身之祸。从此我再没见到过他，也一直没提起过这事，要不是你来问，我怕是都想不起还有这么一茬儿。"

"那为什么你现在又敢说出来了？"

"我想着，事隔那么多年，再有什么危险也该过去了吧，"老说书人嘿嘿一笑，"再说我都这把年纪了，死了不过是种解脱。"

我看着他阴暗潮湿的房间和床边的木轮车，默默点了点头。

2

"为什么又是古董商？"云湛和风笑颜几乎同时开口。两人都想到了五十年前的汤家灭门案，而根据这份资料，在汤家的案件之后大约不到十年（老说书人嘴里的四十多年前），又有一家古董商被满门抄斩。这二者难道仅仅是巧合？

"不会是巧合，"风笑颜斩钉截铁地说，"它们之间必然有什么内在联系。想一想古董商的特性吧，为什么倒霉的都是古董商？"

"那是因为……因为……"云湛眼前一亮，"与丧乱之神有关的物件！这个物件一定是以古董的名义流传下来的，而这两家古董商都碰巧找到了这个物件，并且因此发掘出了墟渊带来的力量！"

他又想起了那枚被他藏起来的金属圆牌，心里猜测着，会不会就是这个圆牌呢？

"那可不是什么让人舒心的力量，"风笑颜喃喃地说，"到现在我都还在做噩梦，梦到那些从地底下钻出来的专吃内脏的怪婴。它们不像是属于这个世界的生物。而我的……”

她忽然住口不说，但云湛已经敏锐地捕捉到了她情绪的波动：“你的什么？”

“没什么。”风笑颜嘟囔一声。

云湛看她一眼：“其实有些话我一直想问你，你为什么会把逆火修复术这种鸡肋的秘术练得那么纯熟？而自从你处于我的保护之下，你对于丧乱之神的兴趣也过于浓厚了，只是出于年轻人的好奇心吗？”

“你和秋瞳公主还真是有默契，”风笑颜把头扭向一边，“她也刚刚问过和你一模一样的问题。”

“我们是多年的老搭档嘛！”云湛尽量说得若无其事。他正想再问，一名宫女匆匆走来，说是石秋瞳有请，他只能叹口气，跟着宫女离去了。

风笑颜没有回头，但身子在轻轻颤抖。

宫女把云湛直接带到了大内侍卫们轮值时用的房屋，云湛心里一声叹息，知道来这里的目的。果然，进屋之后，石秋瞳二话不说，领他走入了刑讯室。在那里，三名刺杀未遂的天驱都被绳索吊着，看来已经受过了一轮审讯，但并没有受刑，相反身上的伤口都得到了初步处理。

“谢谢你给我面子，”云湛低声说，“其实他们是来杀你的，你就算当场割了他们的脑袋，也在情理之中。”

“我当然可以直接杀了他们，但那样的话，只怕你对天驱就更不好交代了。”石秋瞳淡淡地撂下这句话，转身出去了。

云湛发了几秒钟呆，来到三个被吊起的天驱面前：“抱歉我不能把你们放下来，这种姿势说话稍微辛苦了点。”

老者苦笑一声：“这时候哪儿还顾得上舒服不舒服。没有猜错的话，你就是云湛吧？我听说，在东陆的天驱当中，你的本事至少可以排进前五位。”

“可惜不怎么识大体。”一旁的年轻人冷冷地说。

云湛平静地说：“到现在为止，我甚至都不明白你们目的何在，连所谓‘大体’放在哪儿都不知道，又怎么去识呢？”

"但你已经出手杀了自己人，"伤了腿的女子说，"天驱杀害天驱，你知道这样……"

"那怪不得他，"老者说，"那位公主的武功比我们想象中要高，他不发箭，迟疾也没法得手。"

这几句话说完，云湛已经明白，这三名天驱分别唱红脸、白脸，显然是对他有所期待。既然如此，自己正好把事态打听清楚。

"你们为什么要杀她？"他直截了当地问。

"因为她在阻止国主出兵，而这场战争原本会给辰月教带来巨大的打击，"老者回答，"以衍国现在的国力，足以击败唐国，令辰月教苦心经营的一切化为乌有。别忘了，辰月教是战争最大的挑动者。"

"以一场战争去制止另一场战争？"云湛斜眼看他。

老者微微一笑："更准确的说法是，以一场局部战争制止可能发生的全面战争。在历史上，我们天驱就从来不是以仁义道德去劝服敌人的，该拔剑的时候就必须要拔剑。"

"但是眼下，你们是在对一个本来打算制止战争的无辜的人下手，"云湛说，"这样也符合天驱的精神吗？"

老者迟疑了一下："既然流血是不可避免的，那么就应当以流最少的血作为目标。这是一个动摇辰月教势力的黄金机会，我们不能放弃这个机会。"

"为了这个黄金机会，就不管流出的是无辜的血，对吗？"云湛步步紧逼。

"恐怕是这样的。"老者坚定地回答。

"其实我们也未必一定要杀了公主，"那名女子说，"只要她不再阻碍出兵就行了。她是衍国举足轻重的人物，只要她顺应国主的意思，其他臣工的反对都不足为虑。"

云湛咧嘴一笑："这么说我就明白了，你们红脸、白脸地唱这么一出，无非想让我当说客。可你们为什么不在刺杀之前就找我呢？"

三人都显得有些犹豫，最后还是老者开了口："因为……因为我们觉得你……觉得你可能……"

"可能和你们的想法不一致？"云湛打断了他。

四个人一同陷入了沉默中。

风笑颜昏昏沉沉睡了一夜，醒来时又到中午了，只觉得肚子饿得咕咕直叫。云湛在外面敲门："起来没？别急着干活儿了，先吃点东西吧，跟着你那个抠门儿师父，想来你也吃不好。"

"抠门儿师父和没钱保镖之间，有很大区别吗？"风笑颜嘟囔了一句，但还是打开门。云湛拎来了两个食盒，里面装着的都是御厨做的有名的素菜，还有一些鲜果。但风笑颜一阵风卷残云填饱了肚子，却是食不知味。当她把最后一口汤喝进嘴里后，终于忍不住问："那三个刺客呢？怎么样了？"

"还能怎么样？放走了呗。"云湛漫不经心地回答。

风笑颜像被火烫了一样跳将起来："怎么能放走呢？"

"那怎么办？杀了他们，让更多的天驱赶过来？"云湛反问。

风笑颜一时答不出来，过了好半天才说："那也不能听之任之啊！你就不能收拾他们一下吗？"

云湛饶有兴味地瞧着风笑颜："你这个小姑娘，杀气怎么那么重，动不动就想收拾谁？"

"喂，他们想要杀的是你的女人哎，这样你都不反击？太不是男人了吧！"风笑颜气鼓鼓地说。

云湛哭笑不得："我简直觉得你才像是那个差点被杀的'我的女人'。"

他不再和风笑颜扯皮，扭头出去了，留下后者自个儿生着闷气。这一天她始终无心修复剩余的笔记，满脑子都在抱怨云湛的窝囊，到了傍晚才想起：云湛会不会只是表面上若无其事，其实暗中安排了什么报复的计划？以此人的性格，这种阴险勾当他完全做得出来。

这么一想，风笑颜又坐不住了，打定主意要看这场热闹。她很轻易就找到了云湛，因为云湛既没有躲藏起来防止别人找，也没有四处找别人。他居然一直在侍卫们的轮值房里呼呼大睡，据说从下午就开始睡，到现在还没醒呢！风笑颜掐指一算，云湛离开她的房间时不过中午，中间还有两个对时的空闲，不知道他干吗去了。她灵机一动，在附近躲藏起来，准备跟踪云湛。反正石秋瞳对她已经没有什么怀疑了，不会再次出现黄雀在后的窘境。

云湛这厮这一觉睡得足够沉，直到夜深才起。他不慌不忙地出宫，风笑颜小心跟上。她继续施展那些虽然不很流行却又效果不错的障眼、障耳秘术，外加强化夜视目力的秘术，远远跟在云湛的后面。

云湛并没有回到事务所，也并没有去往驿馆，而是先翻进了王宫附近的某个小宅院。半分钟后，几声惊天动地的狗叫声响起，搅碎了夜的静寂，而云湛已经在居民们的抱怨中飘然远去。这让风笑颜无比费解：他跳进这个院子，弄得看门狗汪汪大叫，究竟是干了些什么？

不容她多想，云湛已经离远了，她只能加快步伐跟上去。她发现云湛竟然一路向着南淮城的西门而去。这就更让人纳闷儿了。

云湛很快来到西门，并用手令要求卫兵开启侧门让他出去。风笑颜可没什么手令可以出城，她只能冒险快跑上前，使用了一个自己根本还没掌握纯熟的夜影术，在极短的一刹那让自己的身影与夜幕融为一体，然后抢在云湛之前出门而去。经过云湛身边的时候，她的头发末梢拂到了云湛的脸上。但云湛毫无反应，她不由得暗自庆幸。

刚钻出城门，夜影术就要失去效力，她只能先贴到城墙边，等云湛走远了再继续跟踪。再跟出两里地，云湛终于在一片小树林里停住了脚步。风笑颜左看右看，不敢跟进树林，只好钻进一片农田。

刚刚藏好，不远处的官道上传来一阵马蹄声，听起来至少有七八匹马从城内方向跑出。这些马匹在接近树林时明显减慢了速度，最后干脆停了下来，接着是下马的声音、分散的声音、分不同方向包抄进入林间的声音——好像这帮人早就知道树林里有人，并且已经提前做好了防范。风笑颜心头一紧，开始担心起云湛的安危。

她稍微探出点头，向树林那边瞧去，突然之间，一道耀眼的白光在树林里亮起，接着是绿光、红光、紫光……与之相随的还有各种古怪的声音，空气的爆裂、火焰的燃烧、旋风的咆哮、金属的撞击、来历不明的野兽……

风笑颜一颗心怦怦直跳，不大明白树林里发生了什么。她想去帮忙，但想到自己那点三脚猫的功夫，去了只怕也是帮倒忙，只好强行忍住，只觉得度日如年，心急如焚。也不知过了多久，声音渐渐平息下来，她瞪大了眼睛向重新回归黑暗的树林里张望，直到树林里再次传出声音。

"喂，那个偷偷摸摸盯梢的，出来吧！"云湛略带一点虚弱和疲惫，却显然并无大碍，"都解决了！"

风笑颜松了口气，三步并作两步跑进树林，只见地上横七竖八地躺了若干具尸体，而云湛正坐在地上，肩上有一道平滑的伤口，衣袖也被烧焦了，不过总体上伤势并不算严重。

风笑颜赶忙替他包扎伤口："到底发生了什么？你在和谁打架吗？"

"哦，没错，他们都被我干掉了。"云湛轻描淡写地回答。

"你也太狠了吧！"风笑颜惊呆了，"居然能下得了手！"

"有什么下不了手的？"云湛奇怪地看她一眼，"不是你死就是我活，我不动手，等着他们先动手？"

他顿了顿，又补充说："谦虚一点说，我一个人对付七个高手是不怎么现实的。虽然事先布置了陷阱，迅速占了先机，也没可能完胜。所以我的助手木叶萝漪有一定的小功劳……好吧，再诚实一点，虽然一对一我不会输给任何人，但要同时攻击这么多敌人，萝漪也许是世上最强。我杀了三个，她杀了四个……"

"你说什么？木叶萝漪，辰月教教主？"风笑颜叫了起来。

"我没踩到你的脚吧？"云湛的视线往下移。

"你疯得比我想象的还要厉害，你竟然和辰月教联手？"

"那有什么办法？事急从权嘛，"云湛说，"不抓紧今晚的机会，他们就离开南淮了，那麻烦就大了。"

"可是，带着辰月教的人去杀自己的同伴，也太过火了吧？"风笑颜说，"好歹你也是一个天驱，这么做的话，他们会不惜一切代价来铲除你的。"

云湛扭过头，瞪着风笑颜："你在胡说些什么？睡觉太多睡傻了吧？"

"啊？"

"你哪只眼睛看到我杀了天驱？做梦梦到的吗？"

"可是……这些尸体……不是天驱吗？"

"你居然把他们当成了天驱？"云湛怜悯地摇着头，就好像看到一个五岁了还说不出自己名字的儿童，"你应该走近一点，看看他们的眼睛。"

风笑颜走近一看，蹭地跳起来："他们是丧乱之神的信徒，也就是独眼人、国主的盟友！"

"他们的称号还真不少呢，"云湛龇牙咧嘴地按着自己的伤口，似乎是在赞赏风笑颜包扎手艺不错，"没错，就是他们，这样的话，不管有没有公主存在，他们的下一步行动都将大大推迟。我那些可爱的同伴们听到这个消息后，恐怕肺都要被气炸了。"

"我收回我之前的话，"风笑颜满脸崇拜之色，"这会儿我觉得你挺像一个男人了。"

"什么叫'挺像'！"

风笑颜蹲下身子，查看着地上的尸体。她甚至不必问云湛为什么不留活口，因为在这种必须全歼的战斗中，下手不能有丝毫留情，否则逃掉一两个就糟糕了。但她仍然要嘴硬："你应该留下一个不杀的，然后跟踪他，没准儿就能找到他们的老巢，弄清楚他们究竟是什么人……"

话还没说完，地上一具看似已经死透了的"尸体"突然轻轻动了一下。云湛知道不妙，大喊一声："快躲开！"

但已经太晚了，秘术师的右手陡然伸出，五指呈现出泥土的色泽，死死掐住了风笑颜的脖子，而他的整个身子也开始扭曲变化，软软的，好似一团烂泥。云湛大吃一惊，那是一种秘术，这个濒临死亡的凶徒会整个化为淤泥，包裹住风笑颜的身体，让她窒息而死。这是一种不可逆转的凶险秘术，此刻无论往上射多少箭都不管用，但云湛还是冲上前去，希望自己能急中生智。

掐着风笑颜脖子的手连同手臂都已经化为了泥浆，缠住她的躯体，逼近了她的口鼻。风笑颜使尽浑身解数，却没能找到一样有用的秘术可以对付这一招。眼看着这个多嘴多舌的姑娘再也说不出话来，千钧一发之际，奇怪的事情发生了。

杀人的泥浆停止了活动，而尚未变成泥浆的部位——头部，却动了起来。奄奄一息的独眼人圆睁着仅剩下的那只眼睛，用喑哑的声音挤出一句奇怪的话。

"你居然还没死！"他用尽最后的力气怒喝着，"你居然还没死，你……"

他停顿了很久，终于看清了风笑颜的脸："啊，不是，你是她的女儿吗？"

但他已经无法听到答案了。强行停止秘术之后，他已经不可能再次凝聚精神力，他的右眼慢慢闭上，身体有一半已化为烂泥，死状凄惨而怪异。

云湛松了口气，意味深长地看了风笑颜一眼，后者怔怔地半跪在地上，一言不发。

3

"你是怎么把他们引到陷阱里去的？"石秋瞳问，"按照斥候打探出的行程，他们的确应该从西门出去，但以他们的谨慎程度，即便是听到或者看到什么动静，也不应该半道下马去树林里看热闹的。"

"他们不是看热闹，而是去寻找失踪已久的两位同伴，或者说三位——我不知道崔松雪的那枚圆牌从哪儿来的，"云湛说，"我把它们都放在王宫附近一条恶犬的腿里，让它也尝尝腿疼是什么滋味，所以独眼人们无法发现。而昨天夜里，我把它们取出来带在了身边，我相信独眼人们会不顾一切过去看看究竟的。"

"而那里什么也没有，除了你和木叶萝漪，以及你们布置好的陷阱，"石秋瞳长出一口气，明白过来，"可这么一来，你简直就是摆明了和天驱作对，他们一定会很恼火。要知道，虽然你并没有直接杀死天驱，但你仍然在做和天驱的利益相违背的事情。他们一定会把你当成叛逆来处理，也许会用天驱的规矩逼你伏法，到时候你该怎么办？"

"他们是一定会把我当成叛逆的，但我已经不用听他们的规矩了，"云湛一脸的无所谓，"反正我已经决定退出天驱。"

"你说什么？"石秋瞳霍地站起身来，好半天才勉强说出话来："你……你不是天驱了？"

"以战止战这种事，不是我的信仰，"云湛懒洋洋地说，"其实我比谁都更想击败萝漪。不过如果要为此搭上很多人的性命，我宁可被她打败。天驱想要维护一场战争，就凭这一点，我就不能与他们为伍——不管那背后是多么漂亮而伟大的理由。但是我不喜欢摆出一副灰溜溜的被人赶走的姿态，所以在离开之前，我完成了这件事，以后哪怕和他们性命相搏，我也能昂起头来。"

他正准备再继续说下去，声音却越来越低。石秋瞳的目光让他没办法滔滔不绝，他有些心虚地把目光移开，但石秋瞳走到了他身前。

云湛看起来很像是个打碎了家里花瓶的顽童，石秋瞳凝视着他的眼睛："其实我很明白你的想法。你杀了这些人，就能大大延后他们结成同盟的时间，那样的话，天驱刺杀我也没什么用处了。你一定还会继续追查丧乱之神，继续与之作对，迫使天驱把矛头对准你。你只不过是想把所有的危险都扛在你自己身上，那样我就会轻松很多。"

"这话说得好像我的信仰半点都不值钱似的。"云湛无力地抗议。

"你从来不是一个没有信仰的人，正相反，你的信仰十分坚定。但你也从来不是一个喜欢把它们挂在嘴边的人。"石秋瞳缓缓地说，"当你张口闭口说出一大堆道学先生般冠冕堂皇的话时，你一定是在掩饰什么。"

"这么说也有一定的道理……"云湛低声嘟囔着，"你果然是最了解我的人。"

"这是一件极度危险的事，天驱这样的组织，对维护自身纯洁的偏执，恐怕要更胜于对铲除辰月教的渴望。你其实是把自己扔进了一个跳不出来的大旋涡。"

"那有什么关系呢？"云湛疲惫地揉着额头，"总比站在一旁看着你在旋涡里挣扎好。"

"可是你还是想错了一件事，"石秋瞳说，"还记得你从北荒回来之后对我说过什么吗？"

"我说过很多话，哪儿记得全？"云湛心里再明白不过，石秋瞳想要说的是什么。

那时候云湛发现有人试图行刺石秋瞳，而她对云湛说："我不告诉你是不想让你分心。"

云湛当时的回答是："但你不告诉我显然是错误的，你不说，我还是会分心，因为我会禁不住老是猜测到底发生了什么，脑子反而动得更多。所以你还是应该说出来。别忘了，那可是……你的事情。"

那段话就发生在数天前，现在回想起来，却不知怎么的让云湛的内心如同夜风拂过的湖面，无法遏止地波动起来。他闻到一股淡雅的香气靠近身边，石秋瞳温柔的话语仿佛贴着耳朵响起："我想说的话也是一样的。把你放置在危险里，和我自己置身其中，这二者没有区别。没有任何区别。"

他感到石秋瞳的双臂环住了他的身体。几乎来不及去想任何事情，他伸出手臂，把眼前的女子搂入了怀里。柔软而温暖的躯体让云湛心里一阵战栗，觉得这一个简单的拥抱仿佛已经花去了一生去等待，以至于他没有办法抗拒。他一辈子都没做过比这更自然的动作。

纵使头上还有浓重的阴云笼罩，至少在这一刻，当石秋瞳柔顺的长发轻拂在他面颊上时，云湛想，这大概就是所谓最幸福的时光吧。

"后来呢？后来呢？"风笑颜兴奋得满面红光，"你抱了她，然后呢？还有没有什么事发生？"

"有个屁的事，"云湛情绪很低落，"从现在开始，我基本就算半个死人了，怎么能去拖累她？你放心，你待在这里还是安全的，但我必须离开了。"暮春的风从窗外吹进来，吹得他一头银发飘扬起来，更显得有些忧郁气质。

风笑颜睁大了眼睛："你这话什么意思？过去因为你是天驱，你不能娶她；现在因为你叛离了天驱，你仍然不能和她在一起？"

"恐怕是这样的。"云湛艰难地吐出这几个字。

"这算什么事？我觉得如果两个人相爱了，就应该抛开身边的一切，死活都要在一起，那才叫相爱！"风笑颜一副气急败坏的模样，"你这样拖泥带水、瞻前顾后的，究竟算什么？"

"我也不知道算什么，"云湛一脸的迷茫，"可我知道，我不能看着她死，看着我自己死倒是无所谓。"

"好吧，假设你也不死，她也不死，你们俩都活了下去，可是天驱也始终不放过你，"风笑颜不依不饶，"于是你成天东躲西藏，她成天在这个见鬼的王宫里牵肠挂肚，直到你们变成老头子和老太婆……你觉得那样的活法开心吗？成天生活在痛苦和牵挂之中，活下去又有多大的意义呢？"

风笑颜越说越激动，忽然间眼里流出了泪水，同时又现出一点骄傲的表情，这让云湛大为诧异："你不只是在说我，其实也在说你自己吗？"

"不是我，是我的父母！"风笑颜哽咽着说，"你不是想知道我是个什么人吗？不是想知道我为什么回去钻研那些没用的秘术吗？我现在就告诉你！"

"你的父母？"云湛一愣。

"没错，我的父母，"风笑颜飞快地擦干泪水，"我从小就无父无母，在一个大家族里孤独地长大，好像混进麦田里的野草。我的舅父告诉我，他们俩早就死了。但是有一天晚上，我却见到了我的母亲，我本以为已经死掉的母亲……"

4

十七年前的那个夜晚。

那个鬼魅一样的女人被拖了出去，但风笑颜已经睡意全无。她再也不想在这间屋子里待着，于是爬了起来，连袜子都没穿，套上鞋子跑了出去。没有谁在意她的行踪，因此她很轻松地溜到了院子里。

风笑颜在风家的大宅院中是孤独的，没有人陪她玩，甚至没有人乐意和她多说半句话。她的年龄也不过只有三岁多，只对极少数经常逗留的地方比较熟悉，风家对她而言，像是一座庞大而复杂的迷宫。风笑颜没走出几步就后悔了，只觉得身边鬼影幢幢，似乎每一棵树都变成了张牙舞爪的妖怪。

她吓得尿都要出来了，想要回到自己的房间，却根本记不得该走哪条路。正在瑟瑟发抖，不远处忽然亮起几点飘忽的灯火，她好像遇到了救星，拼命迈着两条小短腿，吭哧吭哧跑向前方微弱的光明，然而刚刚靠近，她却一下子呆住了，下意识地把身体藏到了一棵大树后。

她又看到了那个女人，但此时的女人已经被牢牢捆绑起来，嘴也堵住了，只能勉强挤出一点呜呜咽咽的声音。女人的身躯拼命地颤动着，却无法摆脱束缚，被几个强壮的男人抬着向前行进。风长青走在队伍的最后，不断催促着，声音里有一种令人不寒而栗的狂怒。

不知道为什么，这个形容可怖的女人却让风笑颜产生了一种奇特的熟悉感。她像着了魔一样，悄悄挪动步伐跟在后面。她踏入巨大的风氏宅院的一个偏僻死角，那里有着好些废弃了的旧屋，据说有很多亡魂在此徘徊，所以平时她从来不敢靠近。但现在，在一种莫名冲动的驱使下，她以自己从来不曾有过的勇气跟了上去。

女人被抬到一间歪歪斜斜的旧屋外，一个男人一脚踹开了门，大概是想要把女人扔进去。风笑颜目不转睛地望着这一切，不小心忽略了脚下，一块断砖绊倒了她，令她猝不及防地发出了一声惊叫。

这一声惊叫清晰地传入女人的耳中，她立刻拼命挣扎，咽喉里发出的呜咽声也愈发急促。突然之间，女人身上闪烁出一阵淡淡的白光，并慢慢分化为七彩的光芒，许多年后风笑颜才知道，那是秘术师精神力失控的征兆。这是任何一个秘术师都最不愿意面对的绝境，因为失去控制的精神力将会疯狂反噬，将秘术师的肉体彻底消灭。

几声脆响后，所有的绳子都断裂开来，一股无形的力量将男人们撞出去数丈远。女人跌倒在地上，很快爬起来，摇晃着身躯，一步步走向风笑颜，浑身的骨骼发出"噼噼啪啪"的爆响，身上的光芒绚烂夺目，而包括风长青在内的旁人都不敢去拦她。

风笑颜吓呆了，眼睁睁看着女人向自己走来。女人的面孔已经扭曲得不像样，显然是在承受着极大的痛苦，浑身上下忽而发出狂风呼啸的声响，忽而冒出红色的烈焰，忽而跳跃着幽蓝的电火花，那是已经完全失控的秘术力量。但她还是坚持着走向风笑颜，嘴上堵住的布片不知何时已经掉了，口中不断发出奇怪的叫喊。

仿佛是一道闪电劈开长夜，风笑颜发现自己听懂了那不断重复的叫喊声。

"女儿……女儿……"女人用尽自己最后的生命力凄然长呼，身体化作碎片，飞溅的血雨令整个空气中都弥漫起血的气味。

那一夜，风笑颜完全不知道自己是怎么回到房间的，或许是被别人抱回去的。

第二天，风长青很难得地主动来看她。更加难得的是，他脸色相当温和，牵起风笑颜的小手，带着她重新走上了昨晚那条惊心动魄的偏僻小路。他带着风笑颜走到那间小屋，刚刚打开门，呛人的臭味让风笑颜立即咳嗽起来。

"愿意的话，自己进去看看吧，"风长青叹息着，"你的母亲发疯了，但她是咎由自取，所托非人，已经成为家族的耻辱。你年纪还小，根本无法想象你父亲究竟做过些什么……但我还是让你随了母姓，不管父母有多大的罪孽，你终究还是我们风氏的血脉。去吧，看一眼，然后我会让人把这间屋子烧掉。从此以后，不许你再提到她半个字。否则的话……"

他的眼睛眯缝起来，透露着一种明白无误的威胁。风笑颜脑子里晕晕乎乎的，也顾不得想那么多，钻了进去。进门之后，那种黑暗与压抑的感觉更加令人窒息。这时候她才发现，那扇门其实一直是用钉子钉死的，整间屋子只有一个小小的、狗洞一样的开口，大概是用来往里面送食水，往外运出便溺之物。所以昨天夜里，人们才用抬脚猛踹的方式打开那扇门。

这是一间外面的人无法进入、里面的人无法出来的囚牢。风笑颜很难想象，在那个惊悚的深夜，女人是怎么硬生生从那个狗洞大小的缺口钻出去，只为了看她一眼的。

她就那样盯着自己，用仅剩的右眼死死盯着自己，好像要记住自己脸上的每一处细节。

"她在这里关了三年，从来不能出去，因为她疯得太厉害了，身上又有秘术，放出去会非常危险，就像昨晚一样，"风长青的声音从外面飘了进来，"我也不知道是谁把你的居所告诉了她，也许是某些同情心过度的仆妇。她们不知道，那样其实是在把你推向极度危险的境地，她随时可能失去理智杀了你。"

风笑颜没有搭腔，打量着她母亲拥有的一切，全是些污秽破败的杂碎垃圾，根本不值一提。等她的眼睛逐渐适应了小屋的黑暗，她惊奇地发现，整座小屋的墙壁上密密麻麻刻满了字。其时风笑颜只有三岁，刚刚学会写"一、二、三"，连"四"都还没开始学，所以完全看不懂那些字究竟写的是什么。但出于对形象的出色的辨识能力，她还是看出来，那些字是重复的。

一共只有六个字，反反复复地不断出现，从床边开始，延伸到墙壁的每一处角落。三年时间，一千多个日日夜夜，女人就关在这间黑暗脏乱的、从来不点灯也没有镜子的小屋里，用偷偷藏起的小石块一笔一画地写着那六个字。

女人走向自己，不顾一切地走向自己，哪怕马上就会粉身碎骨。

风笑颜几乎是不假思索地决定：不把这个发现告诉风长青。她在地上摸到一块小瓷片，然后卷起袖子，以最快的速度强忍着疼痛，依葫芦画瓢在自己左臂的肌肤上划下了那六个字。然后她卷好袖子，若无其事地出了门。

风长青牵着风笑颜的手快步离开，风笑颜几乎要一路小跑才能跟上他。没过多久，火光熊熊亮起，与母亲有关的一切都化为灰烬。

除了胳膊上那六个正在浸出血来的字。

风笑颜默不作声地养好了伤，然后突然开始对念书识字无比热衷。据说她是风家有史以来主动要求念书的族人里最年轻的一个——同时也是最浅尝辄止的。因为很快她就学会并牢牢记住了那六个字，就算割了她的头也不会忘。在以后的日子里，那六个字时时刻刻在她脑海里盘旋，重复的次数远远超过了她的母亲曾经刻画过的。

母亲刻满了整个房间的六个字，其实只是两个人的名字："龙斯跃，风宿云。"

5

"风长青？你的舅父是风长青？"云湛问。

"我觉得我的故事讲得还蛮吸引人的，结果你最先注意到这个最没有用的角色，"风笑颜有点不满，"看来雁都风氏的族长的确很出名。"

"我不是那个意思，"云湛忙说，"我之所以对这个名字特别关注，是因为十七八年前，我曾以'风蔚然'的名字在风家寄住过，那时候收留我的就是风长青。不过风氏实在是个大家族，想来即便我曾见过你，也不会留意的。"

"我也没留意到过你的存在。"风笑颜像是赌气般说。

"好吧，我们回到正题，"云湛打断她说，"原来你对那些独眼人如此关注是因为你母亲的缘故。而你在逆火修复术上的造诣，也是你试图还原母亲被烧掉的遗物的结果吗？"

风笑颜耸耸肩："是啊，那时候年纪太小，好不容易认识了我师父，就死缠着他要学，后来慢慢知道，这个修复术也不是万能的，除了文字和图案，很难修复其他东西。我偷偷从火场抢出来的那些东西，基本上都不能复原。"

她说得很平淡，云湛却能想象到，一个三岁的小女孩儿躲着旁人到废墟里寻找母亲被烧焦的遗物，那会是一个怎样令人心酸的场景。风笑颜人如其名，什么时候都喜欢笑闹，和沉静稳重的石秋瞳完全不同。但她心里却藏着比别人都重的负担。而云湛也明白了风笑颜藏在衣袖里的伤疤是怎么来的——一个三岁的小孩在自己的手臂上刻字，很难保证伤口不感染，那样的话，就不得不刮掉腐肉，留下终身的疤痕。

"任何有价值的东西都没找到吗？"他问。

"完全没有，"风笑颜用手托着下巴，"看起来，在我母亲被关起来之前，所有能显示她过往的东西都被带走了，连张纸片都没有留下来。幸好从来没人进过那间屋子，我才能在最后一天进去，看到墙上的那两个名字。"

"那两个名字代表什么，是你的父母吗？"云湛已经隐隐猜到了，"龙斯跃、风宿云？"

风笑颜点点头："风长青不许我发问，我只能偷偷打听，倒是听到了一些十分耸人听闻的说法，怪不得风长青对我的父母那么忌惮呢！"

"听你的描述就知道，你父母一定干过什么让很多人都忌惮的事情。"

"还好，只不过是在他们成亲之后、我出生之前，我父亲龙斯跃一口气杀死了十三个风家子弟，并且就在风家的宅院里。风家和宁南云家打一场架，也得死掉这个数吧？"

云湛来了兴趣："好家伙，他为什么要杀那么多人？"

"这好像是风家很禁忌的话题，偷偷告诉我的那个人也语焉不详，但我听他的口气，似乎是当时我父亲带着母亲回到风家省亲，总之本来是一次没有恶意的行程。结果没过两天就出事了，我父亲和一些风家的年轻人激烈争吵了起来，最后演变到动手。谁也不知道他为什么会出手那么重，居然把他们都杀了，一个也没放过。然后他就带着我母亲消失了。"

"可你是怎么回到风家的？"云湛问。

"听说是二十年前的某一个晚上，我母亲突然出现在风家附近，而且已经临盆。被人发现时，她刚好生下了我，但整个人已经变得疯疯癫癫，就像……我后来看到的那样。我试图打听关于我母亲的情况，也没有人敢告诉我，所以到现在，除了父母的名字之外，我仍然没有弄明白自己的身世。"

"这当中肯定有隐情，"云湛皱着眉头，"在羽族内部，雁都风氏与宁南云氏争斗了上百年，早不知死了多少人。被龙斯跃杀掉十来个人并不是特别了不得的大事，为什么他们绝口不让提？又为什么要刻意隐瞒关于你母亲的一切？"

"而且她只有一只眼睛，同样也是个秘术师，"风笑颜说，"虽然没有证据，但我很难不把她和丧乱之神联系起来。昨天晚上的遭遇终于让我确认了这一点，那个家伙一定在临死时把我认成了我母亲，所以才会那么惊讶。也就是说，我母亲过去和这帮人肯定有很深的联系，说不定就是他们的同伙。"

"丧乱之神究竟是个什么玩意儿呢？"云湛一脸的苦恼，种种纷繁杂乱的线索快要把他的脑子搅成糨糊了。风笑颜显然是嫌他的脑袋不够乱，于是又往里面添了点料。

"对了，我差点忘了，关于我母亲，还有一点信息，"她忽然一拍脑袋，"我母亲有一个孪生妹妹，叫风栖云。不过她似乎和我母亲一样，不怎么和家族亲近，很早以前就离开了风家。我想要打探她的下落，也没人知道。"

"孪生妹妹？"云湛若有所思，"这就更有意思了。"

时近五月。

由于独眼人离奇被杀，他们本来答应为国主提供的援助一时间无法实现了，而双方显然是单线联系，以至于国主完全没办法找到他们的同党。

他很恼怒，并且高度怀疑是一直反战的女儿石秋瞳暗中捣鬼，却又拿不出证据来。要他硬起心肠把石秋瞳一斩了之，又舍不得下手，毕竟这个女儿还是挺有用的。另一方面，唐国显然也听到了风声，开始积极备战，令国主之前设想的大举突袭、速战速决的战术化为泡影。总而言之，战争计划不得不暂时搁置，几家欢喜几家愁。

在云湛的强烈要求下，石秋瞳不得已同意他和风笑颜搬出王宫，住到城里一个僻静的小院，但还是不许两人离开南淮，并且不顾云湛的反对在附近安插了斥候。风笑颜修复笔记的进度也变得异常缓慢，因为一些纸页损毁得相当厉害，一天也弄不出几十个字来。她的情绪开始有点不好，云湛只能想方设法安慰她，劝她不必着急。

不过也有好消息，那就是云湛委托邪教司做的调查有了令人振奋的结果。在此之前，趁着国主还不知道偷袭之事，他先把尸体弄到了按察司，半夜三更将佟童、陈智等人叫起来辨认尸体。他们没有认出任何一个独眼人，却当场迅速为他们画了像。几天之后，佟童派人把云湛叫到了捕房。

"还记得你第一次为丧乱之神的事情来找我们时，我曾告诉过你的连环杀人案吗？"佟童开门见山地问。

"记得，你们讲过的，就在去年夏秋之交，"云湛回忆着，"光是被发现的就有七起，多半还有没有被注意到的，死者都被挖掉了左眼。"

"其实同时还发生了一些其他事情，我们开始并没有联想到一起，"佟童说，"那段时间，九州各地有一些人失踪了，其中一些还算是有身份的角色。他们大都是在众目睽睽之下突然间就像着了魔一样，抛开手边的一切，立马离开，而且从此再也没有现身。"

云湛看上去像是要杀人："这么说，又多了一种和墟渊他老人家有关的事件了？"

"本来是无关的，但你制造的那些尸体把它们关联到了一起，"佟童举起手里的一张画像，画像上是一个瘦削的老人，"这是那天夜里的一位死者，从年龄来看，很有可能是这群人的带队者。我们很快就查到了他的资料，因为有人在全九州寻找他。"

"他是谁？"

"他叫纬天宁，羽人，是宁州扶风城一位德高望重的老贵族，"佟童说，"去年夏天，他在主持一次祭祀的时候突然间起身离去。据说现场很多人都听到了一阵奇怪的吟唱声，他们怀疑纬天宁是被吟唱声勾走的。我们已经在联络各地正在调查失踪案的同行，看看是不是有类似的事件发生。"

云湛想了想，从椅子上站起身来，开始拿起石灰笔写写画画。佟童也凑过去，发现他在罗列一个时间表，一个把到目前为止所有乱七八糟的线索都容纳在其中的时间表。

五十年前：宁南城汤氏灭门案。怀疑与可在地下生存的半植物怪婴有关。

四十多年前：曲家通敌案。曲江离自称编造出丧乱之神的传说，可能因此导致被满门抄斩。

三十八年前：毕钵罗大火。详情未知。

至少二十年前：风笑颜的父亲杀死十三名风氏子弟。

十七年前：风笑颜的母亲去世，怀疑此人与独眼人曾为同伙。

十五年前：皇子篡位案，公孙蠹被杀。详情未知。

五年前：秘术师们内讧引发多人死亡，连衡假死并化名郭凯。

去年夏秋之交：若干人失踪，独眼人开始现身制造血案。失踪者中有人加入了独眼人行列。

去年秋天：崔松雪卷入案件，连衡被杀。

今年二月：崔松雪来到南淮求助，被杀害。

"好复杂……"佟童叹息着，"这么多的事件，没有一个有确切的答案。"

"但是它们都能通过丧乱之神联系到一起，"云湛说，"丧乱之神就像是一根长线，把这些乱七八糟的线索全都串联到了一起。如果我们能抓紧这根线，也许珠子就能一点一点被串联起来了。"

"你的意思是说，你想要找到丧乱之神的源头？"佟童皱着眉，"那可不容易。到现在为止，除了这个名字，我们手里只有一个个孤立的事件，以及意外卷入事件的不明真相的人。"

"我觉得有一个人是知道真相的，不然独眼人们也不会试图煽动国主去消灭她的组织。"

"你是说，那位辰月教教主？"

云湛点点头："丧乱之神的信徒不会无缘无故一定要消灭辰月教，而萝漪在我面前始终语焉不详，闭口不谈此事。我感觉，她可能是唯一知道真相的人，所以我必须找她聊聊。"

"可她已经离开了，你怎么找她呢？"佟童问，"辰月教教主是那么好找的吗？"

"按理说她应该藏在一个类似辰月教总坛的地方，我绝对没可能找到，但现在情况危急，为了保住辰月教最重要的一部分势力，短期内她一定会待在唐国运筹帷幄，"云湛说，"只要去唐国，大概就有办法找到她了，总得试试运气。"

"那我有什么可以帮你做的？"佟童问。

"帮我调查一下毕钵罗大火案和皇子篡位案的详情，"云湛说，"这虽然是两件悬案，但还是会有一定的资料留下来。如果可能的话，公孙蠡的侄儿也麻烦留意一下。虽然我知道，要找这个侄儿几乎就是大海捞针，但他也是一条重要线索。"

"我会的。"佟童简短地说。

第六章
错　误

1

　　云湛离开南淮城之后的若干天，在唐国都城平阳的一家客栈里，住进了一个长袍遮身的男人。这个人的眼睛被帽子遮盖，让人看不清面目。他好像很不喜欢和人接近，成天躲在房间里不怎么露面，连三餐也是叫店小二直接送进房里。按理说他应当毫不引人注目才对，但他的食谱没法让人不注意：基本都是生的和带血的东西，比如新鲜片下来的生牛肉，不加一点烹调，实在让大厨和小二目瞪口呆。一两天之后，人们都开始谈论着他的怪癖，猜测他的身份。但这位怪客却神秘消失了，只在桌上留下了房钱。

　　当天，另一家客栈里又出现了一个把自己紧紧裹在长袍里的怪人，由于都看不清面目，没有人知道他和上一位怪客是否同一人。到了这位开饭的时候，伙计们再次被惊呆了，这位和上一位怪客的癖好相比，更加让人匪夷所思：他根本就什么都不吃，却要求伙计给他捡了很多石头送去——难道他靠吃石头维生？

　　过了一天，第三位长袍怪客出现在第三家客栈，同样的扮相，却有了新的爱好：这一位不喜欢自个儿待在房间里发霉，而是成天坐在大堂里，不停地吹着笛子。那与众不同的装扮让他在大堂里很扎眼，加上笛声刺耳，吓跑了不知道多少客人。客栈掌柜知道江湖水深，压根儿不敢去招惹他。

　　好在他仍旧在一天后消失，第四天、第五天……平阳城的坊间流言像长了翅膀一样四处乱飞，甚至有人慕名而来参观这些古里古怪的长袍客。

第六天，第六家客栈也受到了长袍人的骚扰。这一次，怪客进入房间后还不到半个对时，没来得及展现任何怪癖，就有一个不速之客硬闯入他房里，关上门后站到他面前，毫不退让地与他对视起来。这样的对视对双方而言都有些艰难，因为他们的身高差距不少，这位闯入的访客身材只有常人的一半高。这是一个河络，而且是女性河络。

"你不是云湛？"她忽然开口说，"云湛呢？他在哪儿？"

长袍人没有答话，向后退了一步，似乎是有点为难。接着他推开窗户，扔了一张绿得刺眼的手巾下去。过了一会儿，一声轻响，一个人影从楼下蹿到窗边，跳窗进来，笑容可掬地向河络打招呼。

"萝漪，我们又见面了，"他说，"谢谢你这么给面子。"

进入唐国国境是一项颇费周折的工程，不仅仅是因为需要渡江。两国虽然还没有正式兵戎相见，但彼此都知根知底，所以从衍国出来的人毫无疑问会成为唐国重点盘查的对象。云湛找到一个做镖头的朋友，混在他的镖队里装成一个普通的镖师，这才曲折地来到唐国的都城平阳城。

他一路上隐瞒着自己的身份，甚至遇到劫道的都装作武功不济的样子，相信不会引起任何人的注意。但抵达平阳后，夸下的海口却必须兑现：怎么找到木叶萝漪呢？

别说萝漪，就算是一个普普通通的教徒，又该怎么找？教徒们不会在脸上刻字，不会在背上插草标。"找到一个辰月教教徒，就能找出萝漪"，说起来倒是轻巧，具体应该如何实现呢？

相比九州最有钱的南淮，平阳的繁华程度显然不足，街头华族以外的外族人更少。这让云湛加倍小心，一直躲在客栈里不敢出去。两天下来，除了吃吃喝喝了一肚子，却没想出办法如何去勾搭出一个辰月教的教徒来。天驱和辰月千百年来相互看不顺眼，谁都不愿意见到对方，此刻一个前天驱却眼巴巴地盼望着自己眼前掉下来一个人见人惧的辰月教教徒。

云湛并非没有懒散的时候，但当他发懒时总会在自家屋子里躺着睡觉，像这样关在陌生城市的客栈里发上两天呆，心急火燎地等待着行动，实在是度日如年。这时候他不禁想起：崔松雪在南淮的客栈等待着寻找他的机会时，又会是怎样的心态呢？无疑他会比云湛更加着急，因为他的头顶上还飘浮着死亡的阴云，有一群独眼人在等着取他性命……

云湛的眼珠子骨碌碌一转，一个鬼点子冒了出来。教徒的脸上没有贴标签，独眼人可是足够醒目。我云湛要找的是辰月教的教徒，但教徒们高度警惕的是独眼人。假如能在城里人为"制造"出几个独眼人，辰月教不可能不知道。

说干就干，他花钱雇了一个身材高大的闲汉，让他打扮得像模像样，然后选择一个客栈住进去。客栈这种地方，永远是最重要的消息集散地，有什么新闻很快就能传出去。云湛并不指望这个冒牌货能以假乱真，正相反，他设计的那些夸张的行为，就是要明目张胆地告诉辰月教：这是个假货，我只是用这个假货吸引你们注意，邀你们相见。他相信，以木叶萝漪的聪明才智，肯定能够猜到他的用意。

木叶萝漪"哼"了一声："你这一手其实并不高明。我要是一直不愿意出来见你，你再怎么耍花样也没用。"

"可是我相信你会出来见我，"云湛付钱打发走那个闲汉，回过身来说，"我相信一个优秀的人才愿意和你联手，你一定会认真考虑。"

"我倒是不怀疑这个优秀人才能给我提供帮助，"萝漪斜眼瞥他，"只不过世上没有免费的午餐，得看这位人才需要什么报酬，尤其是他会不会背着我再多拿一点走。"

"就像你我上一次联手时你对我所做的那样吗？"云湛尖锐地反问。

萝漪没有回答。云湛看得出来，她眉头紧锁，显然正在担忧着什么事。而她不断咬着自己的嘴唇，也说明她要做决定，却始终犹豫不决。他也不去打扰，舒舒服服坐了下来看着窗外。

过了很久，萝漪终于开口了："你先告诉我，你和这些独眼人交手几次了？"

云湛想了想："没几次。我第一次追踪他们到瀚州的时候，曾经和他们前后交过两次手；前些日子，你我曾经一起杀了他们几个人。此外我的朋友风笑颜的师父也和他们动过手，以一敌二，被杀了。"

"那你觉得他们的秘术能力怎么样？"

云湛呆了呆："怎么说呢，相当不错吧！而且也足够怪异，但是……没有我想象中那么神。说实话，这一点我一直都觉得奇怪，如果这位丧乱之神真的足够吸引那么多优秀的秘术师为他送命的话，为什么这些信徒并没有表现出超越常人的力量？不是说他们不厉害，而是没有厉害到与他们付出的代价相等。不用说和你相比了，这些人就算要和我认识的一些其他的秘术高手较量，也充其量半斤八两，未必一定有胜算。"

"所以你觉得丧乱之神也只是个骗人的噱头了？"萝漪问。

"我不会这么说。首先他们仍然是极其难缠的角色；其次，骗到一两个呆头鹅并不难，要骗到那么多有见识、有智慧的高手却不太可能，所以里面必然会有隐情。我不知道你怎样才肯原原本本告诉我实情。"

萝漪像是下了很大的决心："今天晚上，陪我去赴一个盛宴。之后我会告诉你一切。"

"盛宴？和独眼人的约会？"云湛问，"他们正式向你下战书了？"

"恐怕比那个还要糟糕。"萝漪说。

云湛化妆成木叶萝漪的随从，耐心地等待夜晚降临。他一直在猜测，这个晚上将会发生一场怎样的战斗。但当他跟随着萝漪步入唐国的王宫并且坐在了宴厅里时，他才明白过来，原来这一次萝漪所说的"盛宴"，竟然不包含任何修辞手法，就是货真价实的一次宴会。唐国国主设了一个小型宴会，用以款待他的现任国师：木叶萝漪。

唐国国主是一个慵懒肥胖的中年人，似乎连眼睛都懒得睁开，和一副精明强悍模样的衍国国主石之远形成了鲜明对照。但云湛知道，越是这样表面看起来平庸而毫无锋芒的人，越有可能扮猪吃老虎，胸怀莫大的才干和野心，否则以木叶萝漪的精明，也不至于放弃国力更强的衍国而挑选了他。

果然如云湛所料，国主一开口说话就显得礼貌热情、思路清晰，宴会的气氛也一直不错。国主特意为萝漪准备了不少河络的美食，还有河络最喜欢喝的黑菰酒。但云湛却能分辨出，国主说的都是些冠冕堂皇的祝词和闲话，没有半句涉及他和辰月教的合作关系。

人生真是奇妙，云湛再一次确认了这一点：谁能想象得到，他这个半个月前还在与辰月教作对的天驱武士，此刻居然已经站在辰月教的立场上去思考问题了呢？

酒过三巡，国主忽然咳嗽一声，宴厅里一下子静了下来，众人都知道他闲话说完了，要说一些正事了。萝漪更是双目炯炯有神地注视着他。

"尊敬的国师，"国主声音洪亮地说，"您为我们提供的帮助，难以用言语尽述。但是现在，我遇到了一点小小的难题。"

"国主，请直言。"萝漪做了个"请"的手势。

"那我就直言了。有请黎先生。"国主点点头，脸上表情不变，没有丝毫为难的模样。云湛想，这果然是个人杰，光凭这一点就比石之远更强。

黎先生步履沉稳地走入宴厅，光是那高大的身躯就足够引人注目了，那张始终蒙着一张惨白面具的脸更是骇人。云湛想要努力看清此人是否独眼，但他那张特制的面具上，眼睛部分都镶嵌了特殊的透明水晶，从外向内看只能看到反光，无法辨识。而萝漪虽然仍带着轻松的微笑，云湛却可以感受到她的紧张。

"这位是黎先生，"国主介绍说，"最近他告诉我，说他有一些更好的方案，我是指，相比国师你的方案而言。"

国主说得很简略，但云湛可以抓住他的核心意思，所谓的"方案"，显然指的是推动唐国向外扩张的方案。国主将萝漪立为国师，不是为了保境安民，而是为了侵略与抢占土地。而现在冒出一个黎先生来，是否说明萝漪为他提供的帮助已经无法让他满意了呢？

云湛渐渐有些明白过来，这位黎先生代表着的势力，和辰月教水火不容。萝漪成为唐国的国师，他就推动与衍国的结盟，希望利用衍国强大的国力来遏制辰月教；一旦计划受阻，他索性抛下衍国，直接来到唐国，和辰月教进行正面冲突。

啧啧，简直比天驱和辰月之间的对立还要尖锐和激烈啊！云湛颇有些幸灾乐祸，同时却又禁不住开始想：假如石秋瞳不去阻止这场战争，两边真的掐起来了，其实也挺好看的吧……

他晃晃脑袋，停止了胡思乱想，注意着萝漪和黎先生的对峙。两人也省去了一切的客套话，张口就直奔主题而去。

"这么说，现在的教主是你了，苏玄月呢？死了？"声音嘶哑异常的黎先生看来并不认识萝漪，但却知道辰月教的事情。他所说的苏玄月，大概就是上一任的辰月教教主。

果然萝漪淡淡地回答："我把他赶下了位子，他算是死在我的手上吧。"

"我看得出来，你比他更强，"黎先生说，"所以我才有点纳闷儿，二十年的时间，竟然还不够他变得更强。"

萝漪笑了笑，不置可否："我也有点纳闷儿，国主是怎么相信你的话的。也许他并不知道你已经失败过那么多次。"

由于戴着面具，没人能看清黎先生的表情，但他的声音听起来很镇静："不，他知道，他同时也知道，我的每一次失败会以多少敌人的生命作为代价。所以国主能判断出，如果我有足够的兵力可以调用，将会给他带来怎样的奇迹。"

"国主怎么相信你说的都是真话呢？"

"所以才会有今天这个宴会。我将用你的血来证明。"

总算要开打了，云湛想着，这大概是我第一次完全站在一边旁观木叶萝漪动手吧！两位顶级秘术师的较量，他心里还是隐隐有些期待的，何况萝漪现在只是和他暂时合作，他也需要观察萝漪的全部实力究竟如何。回头看看国主，脸上却稍带点紧张，毕竟这样的神仙打架，谁也不能确保是否会有凡人遭殃。

黎先生不动声色，突然挥手，一个半径大约一丈的淡蓝色光环出现在地上，接着光环升起，形成半球状的光罩，把黎先生和萝漪都笼罩其中。云湛一惊，但看萝漪竟然没有半点躲闪抵抗的动作，立刻明白了双方的意思。

果然黎先生说："国主请放心，我们秘术师比拼，用的都是精神力。有时候为了防止误伤，我们会有一些不那么激烈却很有效的交手方式。这是一个'安眠之境'，我们的身体不动，而纯粹用精神进行较量，一切效果都会被双方的契约束缚在安眠之境内，而不会溢出伤人。"

"那我今天算是大开眼界了！"国主赞叹着，举起了酒杯，仿佛眼前只是一场寻常的献艺，和他没有半点干系。

2

云湛离开了南淮城，风笑颜连个说话斗嘴的对象都没有了，觉得日子更加难过。关在这座小院里，和关在王宫里，似乎并没有太大区别。

她继续努力修复着那沓笔记，虽然云湛临行前一再嘱咐她无论如何不要硬来，但她心里总有股气，想要证明自己能行。在这股气的支持下，她坚持了两天两夜几乎没有合眼，终于又修复出了一段内容。

她兴奋地阅读着，发现笔记内容讲的是此人由于持有圆牌而遭到敌人追击，而他巧妙地甩掉了敌人，反而开始跟踪对方。这一过程倒也跌宕起伏，但风笑颜已经听云湛讲过类似的事迹，所以半点也不觉得新鲜了。再往下看，下面的几页纸——或者说几层灰——又是严重损毁的，只怕还要花更多的工夫。她一下子有些气馁，把铁盒放到一边，一种百无聊赖的情绪又开始占据了她的心。

与此同时，对父母的好奇心更加汹涌地滋长起来。她过去只是单纯地以为父亲是一个由于脾气暴躁而杀害风氏子弟的风家仇人，母亲则是死心塌地跟随父亲以至于宁可背叛亲情的痴情女人，并在心底里很为这样的感情而骄傲。但现在看来，事情显然没那么简单，父母很可能与那个神秘的丧乱之神有关系，那他们的背景就会相当的复杂。

我的父母究竟是什么人……她反反复复地想着这件事，想得她睡不好觉、吃不好饭，简直要犯胃疼了。终于有一天早上，当她再次从烦躁不安的睡梦里挣扎起身后，她对自己说："我怒了，我要回宁州。"

于是风笑颜用秘术保持住铁盒里纸灰的排列，然后选择了一个不引人注目的深夜悄悄溜掉了。至于离开斥候的保护后会不会再遇到追杀她的独眼人——管他呢！

走了几天，正遇上月圆的日子，那是羽族的起飞日。这一夜碰巧满天乌云，让地面上的人很难看清天空的状况——但明月的月力可不会被阻挡。于是她飞了整整一夜，算算真是节省了不少时间。

很快到了澜州。澜州南部是人类的势力，而北部仍然由羽人控制，这使得一个羽人出现在澜州土地上并不如出现在宛州那么突兀。随着一天天接近宁州，她的心情也渐渐好了一点。已经到了六月，再过一个月就是羽人一年一度的七夕了，她倒是没心没肺，并无思乡之情，只是由七夕又联想到无法在一起的父母，止不住地一阵难过。

母亲为什么要在墙上刻画那么多遍夫妻俩的名字？也许只有一种解释，发疯之后，那是她仅剩的还能记起的两个名字。风笑颜无法想象那当中包含了多少刻骨的思念和遗憾，她只希望，自己能把这一连串谜题的答案找出来：自己的父母究竟是什么人？当年发生了什么以至于父亲不知所踪、母亲发疯？母亲为什么只剩下一只右眼，而他们两人又和丧乱之神有什么关系？

此外，母亲的孪生姐妹也成了家族不愿提及的人，会不会和母亲的经历有什么关系呢？

这一切种种，都需要综合多方面的线索去寻找答案，而自己包袱里的铁盒，就是最重要的线索。她清点了一下钱财，师父云浩林生前无比吝啬，在他去世后体现出了好处：风笑颜颇有一笔钱财可以动用。所以她白天在马车里昏睡，夜晚在清净的客栈房里使用逆火修复术，继续着艰难的进程。但接下来的那一段的确已经没办法复原了，她考虑了一阵子，决定跳过这一段，继续往下。

接下来的一段状况比较好，加上她刚刚睡了一天，头脑正好清醒，用了半晚上工夫就弄出来了好几页。没想到复原出来的这段话吓了她一大跳。她反反复复把这一段看了好几遍，心里想：这个崔松雪，没准儿是个疯子。要么就是他继承了施惊木的衣钵，变成了一个胡言乱语的说书人。

修复的笔记（三）

（之前大量内容残损）

我累得瘫软在地上，内心却充满了兴奋，几乎要高声喊叫起来。虽然反跟踪的过程艰辛而充满危险，但我还是咬着牙坚持了下来，一路跟到了这里。之前我不断猜测着，这些怪人的老巢究竟会在什么地方：神秘的山洞？原始的密林？充满毒气的沼泽？甚至河络那样的地下城市？但我没想到，它竟然会藏在一个海岛上。由于一直藏在那个臭烘烘的木箱里，我只能在箱子里听着哗哗的水声，根本无从猜测船行进的方向。唯一可以肯定的是，这个岛距离海岸并不算远，因为我在海浪里摇晃的时间并不是很长。虽然藏在木箱里，对时间的判断或许会出现偏差，但也绝不会超过一个对时。而我乘坐的船也并不是那种远航的大海船，几乎就是小渔船，当中那一次突如其来的剧烈颠簸让我以为遇上了把船掀翻的大风暴。在那之后，我藏身的箱子被装在车上又颠簸了一小会儿，不过时间不长，箱子这才被卸下。

虽然浑身酸疼，但环顾四周的时候，我还是很为这个小岛的宁静和美丽而感到震撼。我本来以为这里是一个阴暗的、充满杀机的所在，没想到眼前所见赫然是一片田园风光。这里是一个和东陆各地并无太大区别的山村，高低起伏的地面上开垦出一片片梯田，不远处的果林枝叶繁茂，许多农人正在辛勤地耕种。但我悄悄靠近观察，却发现那些植物形态奇异，而且颜色大都是暗红色，而非常见的绿色，我从来没有见过。至于那些农夫，基本都五官健全，不是独眼人。

我不敢贸然和他们搭话，只能躲藏在果林里，远远地观望。从他们的动作体态来看，也只是一群普通人，而且表面看起来很淳朴。

　　于是问题来了：这样一个村子，对独眼人来说有什么特殊的意义呢？

　　无论怎样，既然来了，我只能在这里继续探查下去。这一片谷地四面环山，十分险峻，天气也很奇怪，天色始终灰蒙蒙的，不见太阳，几乎和夜晚一样昏暗。我估计是山谷上空的云层过于浓厚的缘故。尽管如此，由于有很多人活动，白天去攀登山峰仍然容易被发现，所以我暂时无从观察岛的全貌，只能等到晚上再说了。好在村里人基本没有什么防范盗窃的意识，每一家的大门都大敞开着，让我可以很轻松地溜进村里取得食物，赶紧把肚子填饱。尽管如此，这种躲躲藏藏的生活依然很难熬。我需要尽早弄明白这个村子的秘密究竟是什么，然后离开。

　　我没有想到机会来得那么快。就在我正绕着村子附近思索晚上应该怎样行动时，村子里忽然传来了一阵喧嚣声，而且声音越来越大，渐渐响成一片。田地里劳作的村民循声跑了回去，并且很快汇入欢呼的人流。整个村子都为了独眼人的到来而沸腾起来，这真让人费解。在此之前，我曾经以为他们是被独眼人奴役的奴隶呢！

　　更骇人听闻的真相是以一种让我目瞪口呆的方式到来的。当天夜里，好像是为了庆祝独眼人的到来，村里举行了一个奇怪的祭祀，全村人都参与其中。他们都戴上了怪异的独眼人面具，聚集到村中一片集会用的空地上，那里已经搭好了一个高高的祭台。我灵机一动，偷偷打晕了一个和我身材差不多的年轻人，把他堵住嘴捆在谷仓里，然后穿上他的衣服，戴上了面具，混在人群中。

　　夜幕降临后，在祭台前点燃了一个巨大的火堆，村人们围着祭台站定，在火光照映下显得鬼影幢幢。我本来以为这样的祭典会由村长一类的老人主持，但我很快看见一个独眼人走到前面，这让我的心跳骤然加快。

我期待着独眼人说些什么，但他什么都没说，只是发出了一阵低低的吟唱声。那吟唱不但调子古怪，而且几乎没有词，但村里的人一听到吟唱声响起就跪在了地上，我可以猜想，那些面具遮盖下的面孔此刻一定如痴如醉，充满了狂热的崇拜。

　　我也跟着匍匐下来，不敢轻易抬头，直到吟唱声结束，村民们才抬起头来。所有人目不转睛地望向独眼人，我听到身边一片粗重的呼吸声，仿佛有什么令人紧张不安的大事情要发生。

　　独眼人一步步走下了祭台，这时候人群纷纷散开，退到一旁，却还有大约二十来个人留在场地中央。我正想跟着退去，身后却有一个人按住我，把我往前推，嘴里低声说着："不许胡闹！"

　　我明白对方根据衣服把我认成了那个被我捆起来的倒霉蛋，此刻不能露出破绽，只能硬着头皮留在原地。看着周围留下的人们的体形和衣着，我恍然大悟，他们全都是年轻人。我挑选一个年轻人来冒充，本来是为了形体相似，没想到反而弄巧成拙。

　　没办法，只能走一步算一步了。我无可奈何地和其他年轻人站在一起，那个独眼人走到了我们中间，先经过一个人，再经过第二个，并没有停留。最后他在第三个人面前站定了。

　　接下来发生的事情差点让我血液凝固。独眼人伸出手，摸了摸那个年轻人的头顶，人群中猛然爆发出震耳欲聋的欢呼声。年轻人也一把扯掉了面具，我看到他一脸快要晕过去的幸福。他跪在地上，五体投地地向独眼人做了一个膜拜的动作，紧接着站起身来，突然扬起右手，插向了自己的左眼！我几乎来不及反应，他已经生生地把自己的左眼抠了出来！

　　四周的欢呼声更响，年轻人痛得脸色惨白，却仍然抑制不住满脸的笑意。鲜血从血肉模糊的左眼里流出，顺着面庞淌下，加上人们疯狂的欢呼，实在让我浑身汗毛倒竖。而我也马上意识到：万一轮到我，我应当如何应对呢？

　　我浑身冰凉，就想要拔腿逃跑，但在那么多人的包围里，怎么可能逃得掉。我只能硬着头皮，看着又有两个人这样中魔一般挖去自己的左眼后，独眼人来到了我的跟前。

我觉得全身都僵硬了，心脏仿佛要从喉咙里跳出来一样，不断在心里想着，他如果也抚摩一下我的头顶，我该怎么办？那一刹那我无比后悔自己鲁莽的决定，只能祈祷自己好运气了。

独眼人看了我一会儿，似乎在审视我够不够资格，那几秒钟简直比我的一生还要漫长。但最终，他并没有伸出手来，而是从我面前走过，走向下一个人。人群里隐隐有些惋惜的叹息声，我却如释重负，并发现背脊已经完全湿透了。

我简直不知道我是怎么熬到那个可怕的祭祀结束的，只记得最后一共有四个年轻人被选中，自己挖掉了自己的左眼。他们年纪轻轻就失去了一只眼睛，却反而感到莫大的荣耀和幸福。

"神没有抛弃我们，"我听到身边一个村民喃喃地说，"他们终于回来了！妖魔会被驱走！"

妖魔？听到这两个字，我又愣住了，发现这个近乎世外桃源般的宁静小村庄，却隐藏着太多的秘密。如果这里有妖魔的话，独眼人算什么——真的是所谓的"神"？

答案很快就浮出水面。就在人们的欢乐达到顶点时，我听到了一阵若有若无的奇异声响，像是狂风钻过树林带来的啸叫，又像是暴风雨之夜远方海潮的咆哮。这声音刚开始很轻，后来渐渐变响，终于在人群的喧嚷中也清晰可闻。

整个村子一下子安静了。人们的视线都集中到独眼人身上。他冷笑一声，走出人群，面向着声音传来的北面的山峰。在那里，一片巨大的阴影正从山顶向下飞快地移动过来。

我难以置信地看着这个庞大的怪物。在熊熊火光的照耀下，它令人恐惧的身形展露无遗。这个怪物体长足有三丈，高约一丈，几乎相当于两头六角牦牛。它浑身覆盖着肮脏的长毛，体态近似于熊，有着铜铃一样的巨大双眼和满嘴尖锐的獠牙。它巨大的耳朵像翅膀一样拍打着，虽然不能令它的身体飞起来，却也能加速行进。它的四肢前端伸出利爪，向着独眼人猛扑过去。

独眼人并不慌张，随着他双手微张，身体忽然幻化为两个人，接着是四个、八个、十六个。一眨眼工夫，独眼人变出了十五个分身，而怪物显然被眼前的情景迷惑了，有些不知所措地停了下来。

我知道这是一种制造幻影的秘术，没有人可以造出真正的分身，那变化出来的十五个独眼人都只是虚假的影子。这一招对有经验的人并无太大作用，因为只要仔细观察，并不难看出幻影的破绽，并找出真人。但野兽并没有这种经验，所以它愣在了原地。

独眼人趁此机会发起攻击，他对着虚空推了一下掌，怪兽的身体骤然往下一沉，仿佛是被什么东西压了一下。它的背上分明什么都没有，却显得不堪重负，庞大的身躯滑稽地挣扎着，终于趴在了地上，四肢徒劳地在地上扒拉着，坚硬的地面也被抓出一道道又粗又深的痕迹，让人禁不住想象这些爪子要是拍到人身上会是怎样一种效果。

这个独眼人这次用的是操纵空气的秘术，令无数空气挤压在一起，形成岩石般的重压。看上去，怪兽已经无力破解了，只能乖乖被独眼人制服。

但这个夜晚注定充满一次又一次的惊悚和震撼，一次又一次的意想不到。

独眼人又变化出一些粗大的藤蔓，这些藤蔓从地下钻出，蟒蛇一样游动着卷向怪兽，眼看要把它捆绑起来。但就在村人们纷纷欢呼时，那些藤蔓陡然转向，就像长了眼睛一样，陡然间盘绕到了独眼人身上。

他甚至没来得及发出一声惨叫，比巨蟒更加粗大有力的藤蔓已经恶狠狠地一绞，骨头碎裂的声音清晰可闻。人们的欢呼瞬间凝滞了，眼睁睁看着独眼人几乎被挤压成一摊烂泥，然后软软地落在地上。那一刻我觉得自己听到了另外一种声音，那就是人们的希望在碎裂——虽然我甚至不明白这是个怎样的希望。

独眼人一死，藤蔓立刻化为乌有，怪兽挣脱了束缚，却并没有攻击村民们。它只是张开血盆大口，发出一声让人不知道究竟是欢悦还是愤怒的啸叫，然后摇晃着身体，向着远处奔去，慢慢隐没在夜色里。

这天晚上发生的最后一件怪事落到了我自己身上。在经历了这样惊心动魄的一天一夜后，我实在支撑不住，在树林里找到一处还算隐蔽的地方，靠在一棵大树的树干上就睡着了。但当我醒来后，我无比惊讶地发现自己躺在海边，身旁就是我偷偷混上船时的海港。

我是怎么被发现的？又是怎么毫无知觉地被从岛上运出来扔到这里的？我无从知晓答案。我只能回身望向遥远的天际，猜测那个小岛的方向，回味自己在岛上的遭遇。我回想着那些虔诚的村民，那些自己挖掉眼睛的年轻人，那只可怕的巨兽，以及被自己幻化的藤蔓绞杀的独眼人。我一时间心潮起伏，脑子里转过了无数种可能的解释和推测。后来我才明白过来，就是那短短一小会儿的迷糊，让我疏忽了藏匿，以至于被独眼人发现了……

3

和云湛之前的想象大不相同，盘膝坐在安眠之境里面的萝漪和黎先生显得很安静，没有什么多余的动作，不知道的看到这一幕场景，恐怕会以为这是两个长门修会的苦修士正在对坐苦修呢。

但云湛能够感受到精神力的剧烈波动，从这种波动能够想象到比拼的惨烈。令人欣慰的是，他觉得萝漪似乎还留了一定的余力，而对面的黎先生却好像已经在全力施为。萝漪的实力果然是深不可测，他禁不住想，可自己连萝漪究竟多大年龄都不知道。她看起来完全就是个天真未凿的小姑娘，但行事的奸猾老辣简直像个老妖精。他知道秘术界存在着一些帮助人驻颜的法术，虽然运用此类法术都需要付出相当代价，但对于一个时时需要伪装自己的人来说，这样的代价或许是值得的。

这么微一分心，回过神来时，云湛发现本来一脸严峻的萝漪脸上已经微微有了笑容，而黎先生的脸虽然藏在面具之下看不到表情，背后的衣服却已湿透，可见已经落了下风。国主也显得很紧张，那张胖脸上一直维持着的优雅的表情也不见了，竟然冒险走近观看。

眼看国主已经走到了距离安眠之境只有不到五步的距离了，云湛忽然生起了一个奇怪的念头。他感到一种极度的不安像毒蛇一样从他的心里爬出，游走于四肢百骸。他悄悄伸手去摸藏在袖子里的袖珍小弓，那是当年萝漪送给他的纪念物，在这种无法携带硬弓的场合，河络连弩也是不错的代用品。但手刚刚触及机括，背后响起了一连串金属摩擦的声音，接着每一个萝漪带来的人都被好几样武器抵住了颈背等要害，无法轻易动弹。云湛明白中了计，只能按兵不动，静观其变。

与此同时，肥肥胖胖的国主却做出了一个令人匪夷所思的动作：他左手按在自己的胸口，猛地伸出右手，径直探入了安眠之境形成的光罩，按在了木叶萝漪的头顶上！那一瞬间，萝漪的头顶立刻散发出一片纷乱而斑斓的光晕，形成了无数扭曲的光影。云湛惊讶地发现，那些光影赫然组成了许多有意义的图案。他当即明白过来，这是一种用于阅读他人记忆的读心术！

整个比拼其实都是一个圈套，他想，最终的目的就是偷袭萝漪，在她防范最弱的时候偷取她的记忆。人的精神本来就有相当强大的防御圈，再高明的秘术师也不可能轻易侵入一个普通人的精神，更不必提辰月教教主。但安眠之境却是一个例外，身在其中的秘术师都会将精神力尽力外化以便和对手抗衡。在这种情况下，精神的防御是最弱的。萝漪虽然也做了周密的防范，但显然没料到国主已经和黎先生串通好了对付她，这让她的防范显得微不足道。

这个出手施展读心术的人，毫无疑问也并不是真正的国主。云湛忽然心头一颤：这个假冒的唐国国主，恐怕才是真正的幕后主使。

这时，那些被强行阅读的记忆就像是一幅幅活动的图画，在萝漪的头顶飞快闪过。云湛可以看到许多场景交织在一起，其中大多数都与战斗和杀戮有关，甚至有地上密密麻麻躺着数百具河络尸体、血流成河的画面。

萝漪究竟有一个怎样的过去啊？云湛再一次禁不住想到。

遭到突袭的萝漪看上去全无反抗之力，只能让自己的头脑里的一切秘密飞泻而出。但假国主似乎一直都没有得到他想要的记忆，那张经过装扮的胖脸也因此绷得紧紧的。

就在此时，云湛突然看见萝漪的眼睛微微睁开，向他眨了一下眼。他并不能断定这究竟是暗示还是错觉，但他知道，这是唯一的反击机会，没有时间容他去仔细分析了。他当机立断，身体猛地向后一斜一错，用左胳膊夹住抵在他背后的长枪，同时右臂回伸，藏在其中的河络连弩瞬间发射出数支短箭。

背后传来一声惨叫，敌人已经被射中。云湛翻身跃起，抓住此人挡在身前作为肉盾，右手连弩激射，又杀伤了三四个人。而不可思议的事情随之发生在木叶萝漪身上。一直貌似无力反抗的她，猛然间抬起手来，扭住了假扮国主的手腕，一道黑气从她的指尖传到了假国主的手上。后者像是被火烫了一样，难以忍受地收回了手，萝漪趁势追击，一声清脆的爆裂声后，安眠之境化为乌有，两个人都站起身来。

云湛迅速站到萝漪身旁，其他几名辰月教徒也分别摆脱了敌手，同二人会合，可见这几人的确是萝漪精心挑选的高手。只是眼下寡不敌众，除了黎先生和假扮的国主之外，还有数十名武士在一旁虎视眈眈，而他们还能轻易召唤来更多的援军，让云湛这边区区七个人实在微不足道。

"这招'枯竭'用得很不错。"假国主第一句话居然是称赞。

"可惜只能伤到你的表皮，"萝漪叹了口气，"单纯以功力而言，你的确比我想象的还要强。"

"你是故意让我侵入你的精神的，对吗？"假国主问，声音沙哑刺耳，简直不像用人的嗓子发出来的，腔调也很呆板生硬。

"不然我怎么能弄明白你究竟在找什么呢？"萝漪微微一笑，"你可能没想到我脑子里藏了那么多对你来说毫无用场的记忆吧？但就在你翻找的时候，我也趁机看到了一丁点你的意图。"

"你已经明白我想要找什么了,你愿意把实话告诉我吗?"假国主说。

萝漪不置可否地耸耸肩:"曲先生,我好歹也是一教之主,你要听什么我就给你讲什么,在我的教众面前未免没法交代。"

"你如果死在这儿,那就永远也不必交代了,"被称之为"曲先生"的假国主说,"让你的信徒们去怀念你吧!"他挥挥手,宴厅的所有出口都马上被堵住。

云湛一边琢磨着能从什么地方找到破绽突破,一边思考着"曲先生"这三个字。姓曲?最近自己好像刚刚看到过一个姓曲的名字……

"他们不是我的信徒,而是神的信徒。他们和我一样,有着心目中共同的神明,"萝漪摇摇头,"这就是辰月教和你们的区别。"

"我的信徒都可以为了我而付出性命。"曲先生平静地说。

"而他们……"萝漪伸手指了指自己的随从们,"他们都会毫不犹豫地为了我们的信仰而付出生命。"

这一指仿佛就是一记暗号,除了云湛之外,剩下五名随从——货真价实的辰月教徒们——向着萝漪微微鞠了一躬。随即一名辰月教徒跨上前一步,虎吼一声,径直冲向了宴厅的大门,理所当然地被四根长矛同时穿透。萝漪往云湛手心塞了一枚药丸,低声说:"含在嘴里!"

云湛连忙照办,而那位教徒的身体就在那一刻爆裂开来,整个上半身赫然化为了紫红色的雾气,迅速在宴厅里弥漫开来。稍微沾到这种雾气的人立即栽倒在地,皮肤上出现黑色的斑纹。

而其余的四名随从也并没有闲着,其中两人顶着红雾猛扑上去。他们的身上闪动着一种古怪的色泽,好似古木,没有倒下的敌人向他们劈刺砍削,竟然都像砍在了木头上,发出沉闷的钝响,而两人也毫不客气地出手还击,顷刻间为萝漪和云湛清出了一条路。

云湛一把拦腰抱起萝漪,好像是在胳膊下面夹着一个七八岁的小孩,展开身法,几个纵跃间已经跑出了宴厅大门。他并没有回头去看,因为他知道,还剩下的那两名辰月教徒一定也会用这样亡命的方法为他们的教主挡住追兵。他们用五条性命换来了教主的脱身，眉头都没有皱一下。

他大步冲出了宴厅，抬手间用连弩放倒了几名挡路的宫中侍卫，眼见着就能突出重围，忽然之间，背后传来一阵虎啸龙吟般的长鸣声。稍微侧头一看，却是曲先生已经站到了宴厅门口。他以手抚膺，猛然一声长啸，那啸声无比高亢刺耳，竟然把跟随教主追出来的十多名侍卫震得昏倒在地。

更为可怕的是，啸声紧接着形成气浪，夹带着周围的空气波动，形成一股灼烫的气劲，直冲着云湛和萝漪而来。这股气劲带有一种无可阻挡的气势，仿佛空气都会随之燃烧起来。云湛虽然全力奔跑，却也跑不过这股比风还快的气浪，正在暗暗叫苦，臂下的萝漪手指连弹，两人的背后形成了一团橘黄色的光晕，有若一朵巨大的莲花。曲先生发出的气浪撞在这团莲花状的光晕上，发出一声炸裂般的巨响，云湛只觉得一股强大的推力推着自己不由自主地向前飞出去。他借着这股力道，加速转过一个弯，和萝漪一起钻入了王宫密布的楼宇中。

萝漪对唐国王宫熟门熟路，很快指点着云湛来到一处偏殿。云湛把她放下，却发现她面色惨白，嘴角还流着鲜血。

"放心，死不了的，"萝漪喘着粗气，"老怪物最后时刻收回了大半的力道，怕把我打死了。他毕竟还是想要抓住我，弄明白一些事情，所以不想就那么取走我的性命。"

"原来这还是留了大半力道的结果，"云湛下意识地挠挠头，"要是全力施为，我们俩还不得变成碎渣？"

萝漪左转右绕，来到一根雕龙的梁柱前，伸手在上面的龙头处点了两下，"喀喇"一声，梁柱下方出现一个黑洞。

"你还真是擅长在任何地方挖洞啊！"云湛不知是挖苦还是褒奖。

"过奖了，狡兔三窟而已，"萝漪展颜一笑，"快进去。"

这个用以临时避难的地道相当狭小粗陋，以至于云湛如果站着的话连腰都伸不直。所以他只能抱着膝坐在地上，用一种对方欠了他一千个金铢的眼神无辜地盯着木叶萝漪。后者足足用了半个对时才调息完毕，但仍然显得很虚弱。

"好了，别那么哀怨啦！让别人看见还以为我抛弃了你呢！"萝漪叹口气，"问吧，能告诉你的我都告诉你。"

"那你就从头说起吧，"云湛说，"从丧乱之神的真相开始。那位曲先生的力量毫无疑问来源于那个该死的丧乱之神，那究竟是什么东西？说真的，如果不是亲眼所见，我还真不敢相信，会有人能用一小半力气就把你打成这样，这简直不是人能拥有的力量。"

"这本来就不是人的力量，"萝漪说，"你有没有注意到，曲先生在破坏安眠之境、对我实施读心术和最后追击我们的时候，都做了同一个动作。"

云湛想了想："没错，他好像一直用左手按在自己的心口上，那是秘术的招式吗？"

萝漪摇摇头："不是。他之所以把手放在胸口，是因为他的脖子上挂了一个项坠，他只是在用手按着那个项坠而已。"

"那个项坠有什么特殊之处吗？"云湛一下子想起了些什么，"我记得我的叔叔也曾在年轻的时候遇上过力量远远超乎常人的怪物，那是一种直接使用星辰力的残酷的方法，代价是毁掉自己的身体。这项坠也是如此吗？"

"不是，正好相反，这项坠并不是用来提升力量的，而是用来压制某种力量的，否则的话，那力量将会完全无法控制。那力量来自于他的胸口，他在那里镶嵌了一个极其微小的小瓷片。这块瓷片并非什么从天而降的星流石，而是完全由人力制成的，"萝漪缓缓地说，"它是一件法器，被禁止出现在人间的法器。"

"法器？"云湛一愣，"谁造的？"

萝漪的表情很奇怪："我们辰月教制造的。这块瓷片来自一个一直被深藏的禁地，一个绝不亚于你们天驱武库的宝库，那就是辰月教历史上最大的秘密：辰月法器库。"

"你的意思是说……那位曲先生……"

"是的，他曾是辰月教的一员，却背叛了教派，亲手打开了那个禁忌之地，用法器赐给他的力量呼风唤雨，化身为丧乱之神，瓷片不过是其中普普通通的一件。那些独眼人都是追随他的力量而去的。但他们不明白，即便是当年制造它们的辰月教教宗们也不敢使用那些法器，它们带来的是无法控制的力量，是一个巨大的灾难。"

4

一个不知处于何方的孤岛……一座仿佛与世隔绝的村庄……一群淳朴中蕴藏着愚昧的乡民……凶猛的怪兽……离奇死亡的独眼人……

这究竟是怎样的一段经历？风笑颜抱着头，一点一点梳理着头绪。她慢慢地找到了一点眉目：在那个村子里，独眼人都是被当作神或者神的使者来崇拜的，而那里还存在着独眼人的死敌。这个死敌绝不是那只根据描述来看头脑并不聪明的怪兽，而是那个突然间扭转局势格杀独眼人的幕后敌人。

那个村子里一定还隐藏着什么，风笑颜想。以独眼人的行事做派来看，这是一群凶残嗜血的凶神恶煞，绝不会平白无故地操纵一群普通的农夫去崇拜他们。这些农夫一定还在暗中守护着某些东西，某些很合独眼人胃口的好东西……

风笑颜又开始觉得汗毛倒竖。尤为可恶的是，偏偏涉及小岛所在方位的关键内容一时间难以修复，这真像猫爪在挠她的心，让她痒痒得受不了。她很想一鼓作气继续修复接下来的内容，又想修复前面记载了小岛方位的几页，但这一夜已经消耗了过多的精神力，令她觉得头痛欲裂。她叹了口气，把铁盒子重新收好，缩在被子里打了一会儿盹儿。不久天亮了，她钻进马车，告诉车夫继续向前，然后又昏昏睡去。

醒来后发现头痛依旧，这已经不是使用精神力过度的表现，而是病了。她开始发烧，烧得很厉害。好在风笑颜从小就习惯了一个人照料自己，所以也不觉得有什么大不了的。这时她已经到了澜州北端，进入了羽族的地盘，寻找对羽人有用的药物变得容易。只是病中很难集中精力，而逆火修复术要的就是精神力的高度集中，所以修复这份笔记的工程只能暂时搁下。

随着一步步接近宁州，紧张的情绪也开始滋长。这次她铁了心要弄清楚自己父母的身份，但决心之下还藏着深深的担忧：任何一个为人儿女的，都希望父母清白光鲜。但万一父母并不是好人呢？万一他们都是那群独眼人的同伙呢？万一母亲的晚景凄凉真的只是咎由自取呢？

风笑颜惴惴不安了好几天，这让她在病中更加不好过。到达澜州最北的海边时，她看着眼前奔腾无际的海潮，才忽然间有点豁然开朗：管他呢，我又不能决定我的爹娘是什么人。他们是他们，我是我，不管真相最终怎样，也没法改变我。

她也不知道自己是真的想通了，还是只是在骗自己而已，索性不再多想。她晃晃脑袋，走上了通过海峡的渡船。

风笑颜出身于羽族皇都雁都城的风氏，当前羽族中数一数二的大家族，唯一能与其势力相抗衡的是新兴城市宁南城的云氏——那就是云湛的家族了。风云两家已经缠斗了上百年，谁也吞不下谁，只是给这表面和平的年月徒增一点血色。

风笑颜对这些可笑的冲突丝毫不感兴趣，但她不得不先回到宁南城。因为根据她之前打听出的那一丁点信息，她的父亲龙斯跃自称曾经在宁南城住过很长一段时间，而风家偷偷检查了他的行李，甚至还查了马蹄铁的钉法，通过各种零碎物件证实了这一点。因此风长青才老大不乐意。

"万一他是云家的奸细怎么办？你娘也太不谨慎了，难怪族长一直反对这门亲事呢。"那位知情人说。

但她再要多问，对方就打死也不肯多说了。所以后来她跟随师父云浩林来到宁南，试图自己去寻找父亲曾经留下的痕迹。只是在宁南待的时间太短，而她也并没有特别用心。但是现在她已经决定，哪怕磨掉一层皮，也非得弄清楚父亲的身份。

宁南是一座因和人类开展商贸往来而发展起来的城市——这一点素

来为正统羽族所鄙夷——所以带上了很多人类的烙印。这种说法不是言过其实，而是远远不够：宁南基本就和东陆的城市一模一样，唯一不同的在于这里的居民大多是羽人，这些羽人当中又至少有三分之一和云家有着直接或者间接的联系。每一个像雁都风氏和宁南云氏这样的大家族，都像是一只巨大的蜘蛛，一点一点吐丝结网，把周围的一切都卷入它的罗网之中。

龙斯跃在不在这张网里呢？风笑颜暂时不得而知。她能知道的是，这绝对不是个广为人知的名字，有点像丧乱之神，几乎没有任何人听说过。

她暂时把铁盒放到一边，开始在大街小巷奔走，打听这个叫龙斯跃的男人。结果不出意料地令人失望。也许这根本就是个假名字，她想着，却知道自己不能还没开始就先气馁，得想一点别的办法。

她仔细分析着，根据从那位知情者那里打探出来的屈指可数的几个细节，可以判断龙斯跃至少具有如下几个特征：首先是秘术很强，能够一个人干掉十三个风家的人；其次性格很张扬，不然也不会明知风家不喜欢他，还大模大样地上门求亲，这种性格的人，很难想象他会不显山不露水地在宁南城平静度日。同样，一个对风家都浑不在意的家伙，恐怕也很难为云家所驱策……

风笑颜眼前一亮，有了一个很大胆的猜测。龙斯跃待在宁南的时候，一定使用的是化名，但这个人绝对和云家有过节。因为云氏不会放过任何一个有可能网罗的人才，而一旦网罗不到，也不大会轻易放过。说不定龙斯跃就是因为这一点才离开宁南的。那样的话，查找一个二十年前曾经和云家对着干的秘术师，虽然也是大海捞针，但至少知道了针在海里。

要打听云家的过往逸事，那可容易多了，随便一个市井平民都能掰着指头给你数出来风云两家的十大战役。这既是好消息，同时也是坏消息，因为故事太多，很难辨别真假。于是风笑颜又经过了三天的努力，打听到至少有十五人曾在二十年前与云家发生过龃龉，而不同的市民对这十五人的描述各异，几乎没有什么可借鉴的价值。

晚上她找了一个小酒馆，郁闷地喝着酒。她并不是个很有酒量的酒客，几杯下肚已经浑身燥热，全身轻飘飘的，以至于有人靠近了她都没注意。等到反应过来的时候，这位陌生人已经坐到了她的桌子旁边。

"你在找一个二十年前曾和云家作对的人？"他开门见山地问。这是一个秃头的老人，半边脸像是被火烧过，皮肤皱皱巴巴的，看来有点恶心，眼神里隐隐带着掩饰不住的愤愤之色。

"你认识？"风笑颜略带醉意地反问。

"你先告诉我你是他什么人。"对方语气不善，带有一种深深的恨意。风笑颜一下子酒醒了，意识到自己可能遇到了一个真正有线索的人，而且看起来，他对龙斯跃相当不友好。她眼珠子骨碌一转，用一种很冲的口气说："我是他什么人？我是想要他命的人！"

她赌对了。眼前的这张丑脸上立刻出现了近乎志同道合的表情。风笑颜继续稍加挑拨，几分钟后，这个秃头老人开始滔滔不绝地讲述起来。

"你说他叫龙斯跃吗？也许吧。他那时候的化名我也记不清楚了，但他毁掉了我的后半生，那却是毫无疑问的。因为追捕他失败，我被当成了一个废物，从此不再受到家族的重视，慢慢变成了现在这个鬼样子。"

原来这个秃头老者也是云家的人，而且听起来年轻时还一度受到重用。风笑颜忙问："追捕他做什么？"

"他一口气杀死了十一个云家子弟，每一个姓云的都想把他千刀万剐了，但他偏偏就打败了我，在我眼皮子底下大模大样地走掉了。"老者恨恨地说。

风笑颜愣住了。父亲难道是个疯子？没想到他不仅明目张胆地杀了风家的人，在此之前，还对云家也做了同样的事。目的何在？

"那十一个人是怎么死的？"她接着问。

"谁也没能亲眼见到，当时他和那十一人待在一起，似乎是在喝酒，不久之后却发现只有他一个人离开，而剩下的人都成了尸体——每一个人都被切成残肢碎块。"

风笑颜觉得自己的脑袋快炸了。不可能有那么巧的事，不但同时杀了两家的人，连现场证据都几乎相同。她敏锐地直觉到，要弄清楚父亲的身份，就一定要死死抓住这两桩谋杀案。

她继续花言巧语套着老者的话，成功打听到了当年负责查探这件案子的云氏的人，等到老者被她灌到烂醉后，才离开了酒馆。

这个世界还能更幽默一点吗？她边走边苦笑，回想着和老者的最后几句对话：

"你想要找这个龙斯跃固然很难，要找当时追查的那个人，恐怕更难。"

"为什么？"

"那家伙是整个云家最叛逆的一个，谁都管不了他，谁都惹不起他。"

"喂，你说的不会是……"

"没错，就是那个被称作羽族第一高手的云灭。"

这下麻烦了，她想着，除了云湛，这世上大概不会有其他人能找到行踪飘忽不定的云灭了。显然重新见到云湛之前，她只能放弃这条线，仍然得通过风家的线索进行调查。不管怎样，这一趟虽然耗费了不少时间，却找到了龙斯跃与风云两家的神奇联系，总算是有点收获。

她是个执着的人，但从来不是固执的人。于她而言，目标永远不能放弃，但假如通往目标的路走不通，大可以换一条再来。她无心再在宁南逗留，立即启程去往雁都。那是一个让她想起来就心里堵得慌的地方，但她非去不可。

一路上不必再去四处打听什么，所以她又有了精力修复铁盒。紧接着"海岛见闻"那一段之后的纸张，损毁程度介于轻微与糟糕之间，也就是说，可以断断续续地恢复大量的文字，只有少部分无法被复原，恢复出的比例已经足够理解大意了。

到达雁都之前的那天夜里，她又整理出七八张纸，然后在烛光下阅读那些跳跃断裂的字词。她大致能读懂笔记中的意思，这个崔松雪在被莫名其妙地扔出那个海岛后，大概是过于震惊，一时疏忽，又被独眼人发现了。接着他开始逃亡，满世界地乱跑，但独眼人显然已经猜到他进入过那个海岛，为了保守住这个秘密，始终对他穷追不舍。他被追得心力交瘁，认为自己有必要向人求助。

说的就是云湛吧？风笑颜想着，翻过了这一页，然后她就傻住了。她揉了揉眼睛，仔细再看，没错，并不是自己眼花了。白纸黑字清清楚楚，这几行字好似一根大棒，狠狠砸在了风笑颜的头顶，打得她头晕眼花、不知所措。

闹了半天，我们之前的推测存在着巨大的偏差，她呆呆地想着，一个由想当然的结论而引发的该死的错误。很多推论不得不重新来了。

她长叹了一口气，低下头来，看着那几行仿佛在挤眉弄眼地嘲笑她的句子："……我已经走投无路了，必须向人求助……我只能想得起一个人，他既能得到我的信赖，又有足够的能力来帮助我……这些年来我东奔西走、四处游历，一半是出于我的兴趣，另一半也是把自己当成了他的眼睛，去替这位不便行动的可怜人观赏这个世界……立刻启程去往中州天启城……寻找我的朋友，三皇子齐王。"

三皇子？齐王？

这五个字显现了云湛之前推理的错误所在：被封为齐王的三皇子的确存在，却并不存在于现在这个时间点，而是——十五年以前。风笑颜回忆着云湛向她讲述过的那三件历史惨案，回忆着著名的皇子篡位案。那位在十五年前突然发动叛变并因此而被诛杀的皇子，排行老三，之前被封为齐王。

十五年前……十五年前……

——这本日记的作者并不是崔松雪，而是十五年前的一位旅行家！日记里所记述的事情，也全都发生于十五年前。也就是说，之前云湛所整理出的那条时间线，由于对这本日记的误读而出现了两个致命的偏差。有两个很重要的时间，必须再往前推十五年才能符合事实。

曲家通敌案并非发生在四十多年前，而是要往前再推十五年，发生于六十年前。

秘术师们的内讧和连衡的假死，也并非发生于五年前，而是二十年前。

这样的话，许多因果关系也会随之产生变化，比如说……

风笑颜浑身一震，觉得自己的胃正在痉挛，有一种想要呕吐的紧张感。如果秘术师们的自相残杀发生于二十年前，那不正好就是自己的父亲失踪、母亲发疯的时候吗？

5

这个地道虽然简陋狭窄，但麻雀虽小，五脏俱全，里面备好了干粮、清水，甚至还有必备的伤药。

"看来你是早就做好准备和国主翻脸了。"云湛喃喃地说。萝漪刚刚结束运气疗伤，慢慢睁开眼睛，脸上出现了少许红润。

"这世上没有永恒不变的坚固联盟，"萝漪回答，"我们辰月教把列国君主当作用过即弃的工具，但君主们未必没抱着同样的想法。"

"那么，接着讲吧，"云湛说，"你们的法器库是怎么回事，为什么从来不去开启？"

"那已经是千年以前的久远往事了，久远到除了历代教主和寥寥几位教长团的教宗外，没有任何人知道，"萝漪的眼神有些迷离，"那时候辰月教的先驱们在信仰的光芒下初聚在一起，都愿意为了这种信仰而献出自己的一切，但在如何实现信仰方面，却存在着巨大的分歧。有一些人希望自己隐藏在所有人的视线之外，用隐形之手推动九州各大力量的分合迎拒，另一些人却希望以更积极的姿态影响世界，为此必须要先把辰月教打造成举足轻重的势力。

"当时存在分歧的双方各自有若干种理由来支持自己的观点，始终针锋相对。其中一方认为，任何一个组织的实力都会经历高峰和低谷，不可能世世代代保持稳定。假如在树大招风后突然经历一个大滑坡，就有被摧毁的危险。而另一方坚持认为，只要能把实力的累积做好，掌握一些足以世代相传的、不因为人的变迁而变质的财富，就不必担心这个问题。"

云湛回忆着自己所知的辰月教历史："最后你们选择了前者。你们从不自己现身，只是藏在幕后操纵着一切，把战争变成自己的工具。"

萝潆点点头："但是另外一些人却未必甘心。所以他们开始暗中研究法器，希望能凭借着强大的法器横扫九州，证明他们的选择是正确的。这些人怀着坚定的信念，研究了九州历史上种种打造兵器的方法，一心只想要提高法器的威力。但他们在这条路上走得太远了，以至于只追求力量，而忽略了这种力量能否为自己所控制。最后他们成功地制作出了相当数量的法器，并且尝试着使用它们，却酿成了惨痛的灾难。"

"力量溢出了？爆炸了？"云湛问。

"真是那样倒也好了，全部毁掉，一了百了，"萝潆摇摇头，"你也不想想，无数辰月教秘术大师的心血，怎么可能做出那样的次品？何况即便做出来了，当时试用一下就能知道不妥，又怎么会一口气做出那么多？"

"那是怎么回事？"云湛有点糊涂了。

"正是由于制作过于精良、过于用心，那些法器制成后……可以这么说，拥有了自己的灵魂，"萝潆的表情看来很沉痛，"当你尝试着使用这些法器时，你会被它们拥有的惊人的威力感染，慢慢再也离不开法器。你的灵魂一点一点被法器吞噬，最终你会成为行尸走肉，你的生命完全被法器操纵。"

"这怎么可能？"云湛皱起了眉头，"死物怎么可能操纵活人的思想？"

"也许是因为每一件法器当中，都包含着人类灵魂的碎片，"萝潆说，"每制成一件法器，都会需要放入一点人类的血肉——一只眼睛。"

云湛怔住了。在此之前，他曾经多次猜想着丧乱之神缺失一只眼睛的含义，始终不得要领，到了这个时候，才终于得到了答案。

萝潆继续说："那是一种古老的秘术理论，甚至在辰月教出现之前就已经存在了。理论认为人们通过自己的眼睛去观察天地万物，所以眼睛是生命的精髓所在，那当中包含着一部分人的灵魂。这种理论没有办法进行验证，因为直到现在，都还没有人能解释清楚人是否有灵魂、灵魂究竟是什么。但在法器里放入人的眼睛，的确有异常惊人的效果。秘术师们渐渐沉迷其中，不断催动法器以试验其威力，直到有一天，有一位秘术师突然间发了疯。他使用自己打造的三件法器，在一次教长会议上突然发难，杀死了五名长老和二十余名教徒后自杀身亡。

"从那时起，人们才终于认识到这些法器的危险性。但打造这些法器的过程可谓殚精竭虑，耗费了无数人力、物力，包含了辰月教智慧的结晶，要把它们都摧毁，一时又有些舍不得。所以当时的教主做出了一个在现在看来犯了大错的决定：他并没有毁掉法器，只是把它们藏在了一个隐秘的地方，期待日后人们能有可靠的方法驾驭它们。法器库的所在被深藏起来，此后的上千年从来没有任何人知道，即便我身为辰月教教主，也不得而知。但只要有人愿意用心发掘，这世上没有什么东西能永远不见天日。"

"这就是祸根啊，"云湛一声叹息，"力量永远是一种让人无法抗拒的诱惑，就算你把它全身上下都贴上'危险'的标签，还是会有人铤而走险。"

"曲先生就是这么一个人，"萝漪说，"他曾经是辰月教最年轻的长老，甚至有很多人认为，他极可能成为日后的下一任教主。但辰月教并不是一个唯教主马首是瞻的寻常组织，任何教主都不可能以教派的力量为自己牟取私利。他肯定也看出了这点，所以把目标放在寻找早已湮没在历史尘埃中的法器库上。更为不幸的是，他成功了。"

"可你不是刚刚跟我说，法器的使用不可持久，否则就会吞噬人的心智吗？"云湛问，"那他找到了法器库，又有什么意义呢？"

"他是一个绝顶聪明的人，在第一次开启法器库后，取出了几件法器，却并没有使用，而是不断钻研其特性，"萝漪说，"他挑选瓷片作为自己使用的法器，并非单纯为了其中的力量。他恰好找到了可以克制那种吞噬之力的另一件法器，就是那个吊坠了。从概率上说，每一千件法器里才能找到两件相克的，他的运气实在是非常好。而除了这一对之外，他也再没找到第二对。"

"可是……他的手下们呢？用久了岂不是都得发疯？"

"用久了之前……是可以换人的嘛！法器恒在，而人可以不断更换。"萝漪轻描淡写地说，但其中蕴含的残酷意味让云湛禁不住心里一阵翻腾。

"怪不得他要不断招纳秘术师呢，"云湛点点头，"这回我算明白了。他用法器的威力不断吸引人加入，挑选对他最忠心的赐予法器，而在这些人发疯之前，他就会杀掉他们……"说到这里，他忽然住口，想起了风笑颜发疯的母亲。她失去心智是否也与此有关呢？

他接着说："再说说这位曲先生的身份吧！我没有猜错的话，他是不是有个名字叫曲江离？"

"是的，就是曲江离，"萝漪点点头，"他二十岁出头加入我教，三年后被升为长老的时候，还不到二十五岁。可是他成为长老的目的显然就是为了窃取法器库的秘密，几个月后就叛变消失了。现在他应该有八十来岁了吧。"

云湛点点头，但突然觉得不对："等等！他今年八十岁了，而他加入辰月教的时候只有二十岁？那么他到底什么时候加入辰月教的？"

"六十年前嘛，"萝漪莫名其妙地看了他一眼，"这么简单的算术你都不会？"

"不是不会，而是这个时间和我之前的一些推测有些矛盾，"云湛把修复手记的相关事宜以及自己曾经列出过的时间表向萝漪重复了一遍，"按照那张表，曲江离因被满门抄斩而加入辰月教的时间，应当是四十五年前才对。"

"绝对不会，"萝漪很肯定地说，"满门抄斩什么的我不知道，但曲江离的确是六十年前加入本教的，并且在三年后叛教而出，又过了七年，他制造了宁南城的汤氏灭门案。"

"你说什么？"云湛叫出声来，"汤氏灭门案就是他干的？"

"不然我们还没办法找到他的行踪呢，"萝漪说，"汤家全家上下都是被地鬼童杀死的，而地鬼童正是由辰月法器库中的致命法器产生的，它能把普通的蚯蚓转变为婴儿状的怪物，这种怪物嗜食内脏……"

"不用说了，我知道这种怪物，"云湛摆摆手，心里一阵激动，"如果真是这样的，我明白这张时间表的错误在哪儿了！"

"错误的不是笔记，是你的先入为主，"萝漪缓缓地说，"只可能有一种解释，那就是写这份笔记的人并非崔松雪，而是十五六年前的另一个人，这样十五加上四十五等于六十，就正好对上号。"

"你不愧是我一生遇到的最聪明的对手，"云湛叹息着，"这正是我的想法。所以另一点你必然也能想到了，十五年前，九州发生过哪一件轰动一时的大事？"

两人对望一眼，同时说出了答案："皇子篡位！"

这样看来，公孙蠹留下的遗言中关于三大惨案的说法，至少有两件都是真的，而剩下的毕钵罗大火案也很可能是真的。云湛长出了一口气："一样一样地说。汤氏灭门案后，发生了什么？"

"当时的教宗和长老们都在全力寻找曲江离，没想到七年后他竟然会在宁南城现身。那时候他掌握了好几样法器，能力已经近乎非人，但运用还并不纯熟。当时他单枪匹马，还没有以丧乱之神为名网罗信徒。长老们在付出惨痛代价后，把他打成重伤，但没能擒住他，让他跑掉了。这之后他一直蛰伏，直到十九年之后又重新出现，制造了新的惨剧。"

"毕钵罗港大火案？"云湛问。

"没错，你知道的也挺不少啊！"萝漪有些惊奇地看了他一眼，"那是在三十八年前发生的事情，当时曲江离在十九年后重新现身，教长团立即全力追捕，并且在雷州毕钵罗港完成了包围。根据打探到的消息，曲江离已经选定了一个日子，准备上船出海。于是辰月教在每一条船上都安排了人手，彼此联系，只要某一条船发现了他，立即可以用信号召唤合围。到时候只要逼迫每条船的船长听令掉头，曲江离就插翅难飞了。"

"只需要逼迫那十四条船的船长都听令就行了，"云湛揶揄说，"真是好轻松的行动。"

萝漪接着说："可是谁也没想到，曲江离根本就没有上船，反而在船上布置了陷阱。事后推想，他或许是在每一条船上都安排了死士，船到海中就用火油点燃船只，并且用法器吸引鲨鱼，导致上船的近百名辰月教高手全军覆没。那是一次极为惨痛的沉重打击，辰月教元气大伤，短时间内根本没有秘术足够高的人选去对付曲江离了。"

"原来毕钵罗大火的真相是这样，"云湛恍然大悟，"但是毕竟辰月教绵延千年，根深蒂固，他能够杀死一批高手，却没有办法直接动摇辰月教的根基。所以在接下来的时间里，曲江离没有公开露面，暗中扩展他的势力，难怪丧乱之神的名头从来没有人听说过，想必都得是经过他甄选接收的信徒，才能知道这个名字。那么三皇子篡位的事件呢，你知道点底细吗？"

"这我就不知道了，因为并没有和辰月教发生联系。"萝漪摇摇头。

"可是，既然法器的制造已经是存在于过去的事情了，为什么曲江离招募的信徒都要挖掉眼睛呢？"云湛想到了这个重要的问题，"这难道不是毫无用处的举动吗？"

萝漪邪恶地一笑："不以一只眼睛的代价来作为考验，怎么能知道自己的信徒是不是足够虔诚、值不值得与之分享法器库的秘密呢？尤其对于曲江离这样经历过重大打击的人，对于跟随在自己身边的臂膀，肯定会严格挑选的。愿意失去一只眼睛的，才有资格被赐予法器，而等到灵魂被法器吞噬之后，自然有新来者接替。"

"的确是足够沉重的代价啊！"云湛轻叹一声。

萝漪毕竟伤未愈，说得有些累了，背靠在洞壁上闭目养神。云湛也不去打扰她，开始重新梳理整个事件的时间线。萝漪讲述的历史让他终于明白了事件的源头，虽然对于在曲江离身上发生过什么还不大清楚，但大致的因果关系已经可以推测一下了。

曲江离在六十年前失去了家人，因此加入了辰月教。几年后，他大概是从一些古旧的秘密卷宗里找到线索，时隔千百年后开启了一直被封闭的辰月法器库。他也许花了七年的时间钻研如何运用那些法器而不会残损自身，并且最终找到了一对可以相互克制的法器——至少可以保证自己的使用了。因此他带着法器回归人间，制造了五十年前的汤氏灭门案。

可是为什么他第一次出手是杀害富商满门呢？云湛苦苦思索着，并且很快再次想起了之前注意到过的疑点：汤则其是做古董生意的富豪，而曲江离的父亲也是小古董商。所谓同行是冤家，会不会两家曾发生过一些纠纷？

他忽然眼前一亮：曲家是被官府满门抄斩的，这很有可能出自汤则其的陷害！假定两家曾因为生意上的事成为死对头，以汤则其遍布九州各地的关系网，想要设套陷害一个没什么背景的小古董商绝对不难。

在这之后，被辰月教众长老联手击败的事实，让曲江离明白即便拥有法器，也不可能单靠自己一个人与敌人对抗。但那些威力巨大的法器足以让他赢得任何人的敬畏，所以他干脆自命为丧乱之神，编造了一个神话，为自己聚集了许多信徒。那些圆牌多半也是法器库中的，成了曲江离手下信徒们的标志和彼此联系的工具。信徒们拼命为曲江离卖命，甚至愿意付出失去一只眼睛的残酷代价，换来的却是被临时驱策、用过作废的凄惨下场。

比较久远一些的往事大致可以这样推断，但最近二十年发生的一切仍然还没有数。二十年前的秘术师们是怎么死的？化名郭凯的连衡为什么会假死？皇子篡位的真相是什么？消失已久的曲江离又为什么会选在去年突然出现？这些问题也许只能等到刘厚荣苏醒以及风笑颜修复完那本笔记后才能有答案了。都是那帮该死的独眼人……

想到独眼人，他忽然浑身一激灵，全身的冷汗都出来了。那枚圆牌！那枚可以相互感应的圆牌还在自己身上！离开南淮城的一路上，他一直小心注意着圆牌上墟渊肖像的眼睛，始终没有异状，但在进入平阳城后，因为始终苦思着找到木叶萝漪的方法，把这件事给忘记了。圆牌放在身上，就等于将他的位置完全暴露给了独眼人。

　　他充满侥幸地想，现在曲江离身边应该有不少手下，他未必能从那么多的细小黑斑中发现多出来一个点。但此时已经传来一阵急促的脚步声。完蛋了。云湛悲愤地想，所谓失败的人生，最大的特色就是怕什么偏偏来什么。

第七章
迷 宫

1

　　仗打不成了，或者说暂时打不成了。衍国国主石之远虽然不具备雄才大略，但总体而言还算是个聪明人，也知道这种形势下贸然出兵肯定没好果子吃。他的心情不怎么好，对石秋瞳更是态度恶劣。石秋瞳则泰然处之，父亲的冷脸在她眼里就像是一场无关紧要的大风，吹过了就算了。

　　她还有很多事要做。虽然国主不去主动侵略别国了，但不能保证别国不会先发制人，所以她丝毫没有松懈，一直在整备军务，通过斥候密切关注邻国的动向。另一方面，国境西面的海域近期连续发生货船被劫的事件，民间传言又开始闹海盗了，她也不能不防。

　　忙忙碌碌有一个好处，就是手里总有事儿做，不容易分心。令石秋瞳牵肠挂肚的人不言而喻，不过她也从不表露在外，只是不停歇地四处奔波忙碌。

　　这一天她来到宛州西部的黄金港口淮安城，观看水军的操练。几天之前，特别请来的几位鲛人训练师刚刚抵达，开始为水军训练水鬼。鲛人生于海洋长于海洋，水性的精熟以及对大海的了解不是其他任何种族可以比拟的。任用鲛人来训练水鬼，就是石秋瞳想出的办法。她费了很大劲儿才终于找到几个愿意为人类效力的鲛人，此刻当然要去亲眼见识一下效果如何。

　　她坐在海船上，看着鲛人在波浪中灵活自如地游动，而精挑细选出来的水鬼们虽然比起鲛人明显笨拙，但至少列队进退之间已经有了点感觉。她心里颇为欣慰，不顾侍卫的阻拦，亲自跳上了一艘和舢板差不多的小冲锋舟，想要近距离观看。

许多年没有上过舢板，虽然她身手敏捷，还是在波涛的颠簸中稍微趔趄了一下。她左手扶住船舷，以免摔倒，就在这一瞬间，海中的一名鲛人猛地跃出水面，挥舞着手中的分水刺，直取石秋瞳而来。

身边的侍卫不顾一切地挡在她身前，与这名鲛人交手。但突然之间，冲锋舟的底部一声钝响，另一名鲛人已经凿破船底，带着喷涌而出的海水冲了上来，眨眼间制住了石秋瞳。但奇怪的是，武艺高强的石秋瞳并没有做任何反抗，相反看起来很镇定。

"换条船慢慢谈吧，"她悠悠地说，"这里已经快沉啦！"

"你好像已经知道我是谁了？"鲛人说。

"本来是不知道的，换谁也很难想象，鲛人这样不愿意和陆地通声气的种族里也会出现天驱，"石秋瞳回答，"但你不应该那么急切，到了东陆就和你的同伴联络。发生在这片国土上的事情，我不知道的只怕还不多。拿好你的叉子，别露出破绽，以防侍卫们抓住机会把你切成鱼片。"

两人上了坚固的海船，坐在船头。石秋瞳的侍卫们担心她的安危，在一丈之外盯着鲛人，不敢靠近。而那名伴攻的鲛人早已利用自己在海中的天然优势逃得无影无踪。

"看来他一点也不在意你的生死嘛，溜得倒是挺快。这就是你们天驱的义气吗？"石秋瞳说。

"他只是我雇来帮忙的，并不是天驱的人，"鲛人回答，"何况即便都是天驱，如果有必要牺牲我，他也应当眉头都不皱一下地迅速离开。"

"果然为了所谓的理想就不顾一切啊！"石秋瞳耸耸肩，"这一次来找我为了什么？开始我以为你的目的是暗杀我，但你从船底冲上来的时候并没有杀气。"

"你也没有当场干掉我啊！"鲛人微微一笑，"我还以为你已经再也不用对天驱客气了呢！"

石秋瞳叹口气："你以为维系一个国家的稳定，光靠着高兴不高兴、客气不客气就可以决定吗？如果以我个人感情的话……"她略微顿了顿，脸上就像罩上了一层严霜，"我会恨不得把天驱斩尽杀绝，一个不留。可惜的是，历史上试图这么做的君王，没有一个成功的。我也没有必要摧毁这样一个能够制衡辰月教的势力。哪怕你们真的要了我的命，在我临死前，我也会阻止衍国对你们的报复。"

鲛人目光炯炯地看着她："你果然如同传言所说的那样，是一个了不起的女人。"

"我不是，"石秋瞳飞快地摇摇头，"我只是一个总是向命运妥协的人而已。别再说这些了，我相信你冒险来见我不是为了拉家常。"

鲛人沉默了一会儿，回头看看周围严阵以待的侍卫们："我这次是为了云湛的事情来找你的。"

"你想要怎么样？要我协助你们缉拿这个叛徒吗？"石秋瞳毫不客气地挖苦说。

鲛人没有立即回答，而是从身上一个鲨鱼皮缝制的防水革囊里取出了一个小东西，递给石秋瞳。石秋瞳接过来一看，微微一愣："这好像是一枚天驱指环？"

"事实上，这是云湛交还回来的天驱指环，"鲛人说，"我们希望你能替我们把这枚指环再交给云湛。"

石秋瞳思索了一下："你们想要他回去？为什么？"

鲛人苦笑一声："我倒是很想说一点好听的，比如为了正义，比如为了纠正滥杀无辜的错误，比如舍不得云湛这样的优秀人才。但是即便天驱在你的心目中一文不值，至少我们还应当做到诚实。"

石秋瞳一笑："没关系，我喜欢听实话，这样反倒能消除一点我对你们的恶感。"

鲛人叹了口气："事实上，我刚才说的那些也都是我们想让云湛回来的原因，但是最根本的原因在于，我们重新审视了当时的决定，并且得出了新的结论。从战略上来说，我们试图推动这场战争以便限制辰月教的做法是大错而特错的。"

石秋瞳眉头微蹙："为什么？"

"因为我们也许可以重重打击辰月教，却会因此而助长另一股更加危险的势力，也就是和你父亲结盟的那帮人。"鲛人说，"我们经过比较，认为那是得不偿失的。从我们掌握的情况看，他们比辰月教更不择手段，也更不计后果。"

"你们总算做出了正确的选择。"石秋瞳懒洋洋地说。

"幸好云湛及时阻止了这场战争，所以他非但无过，反而有功。杀死一名天驱个体这样的事也就显得微不足道了。"鲛人指了指石秋瞳手里的指环，"我们不会强迫云湛回归天驱，但这枚指环可以表明我们的态度：不管他以后还是不是天驱，我们会全力支持他，以扼杀那股危险的势力。"

石秋瞳把指环像小石子一样抛起来又接住："你知道吗？你们天驱的确是一个自以为是到令人讨厌的组织，在某些地方甚至和辰月教异曲同工。但是我不得不承认，你们总还是有优点的。你的请求，等我见到了云湛，会向他转达的，他听不听我可就管不了了。"

"你能帮我们传话，就已经帮了大忙了，"鲛人微微鞠躬以表谢意，"那么，我是不是可以说再见了？"

石秋瞳似乎是有点吃惊地看着他："再见？军中克扣了你的薪俸吗？"

鲛人一怔："那个……没有，事实上我刚来，还没到领军饷的时候呢。但是你还认为我……"

"那就等到他们扣你军饷时再走吧，"石秋瞳轻松地说，"在此之前，你应该完成你的承诺，替我训练好那些水鬼。你们伟大而正义的天驱总不能说话不算话吧？"

鲛人目瞪口呆，缓缓收回了一直装模作样抵在石秋瞳身上的分水刺。石秋瞳站起身来，中气十足地喊道："没事儿啦！这不是真的行刺挟持，只是演习而已！"

一直绷紧了弦的侍卫与水军军官们这才松了口气，忙迎了上来。鲛人不声不响地跃进水里，游到了水鬼们中间。

"刚才只是我和教头早就策划好的一次演习，想要看看水鬼的应急能力，"石秋瞳严肃地说，"事实证明，结果让我很失望。刚才我和教头详细商量过了，还得加大训练的强度！"

2

从宁南到雁都，同样是宁州的城市，却有着截然不同的风格。在很多羽人心中，雁都才是真正的羽人之城。这是一座构建在森林之上的城市，即便历经时代变迁，仍然有超过一半的建筑物按照羽族传统的树屋形式建造，令城市和森林浑然一体，拥有一种天然的雄浑气势。这种气势让一向大大咧咧的风笑颜感到很不自在，当然也可能是孤寂的童年生活给她留下的阴影。

她犹豫了很久住在哪里，最后不知出于什么心态，毅然决定大摇大摆地回到十多岁时就不告而别的风家。她做好了各种各样的心理准备：可能因为当年的出走被责骂甚至惩戒，可能因为离开风家仍然没混出什么头而被嘲讽挖苦，可能会被当作叛逆子弟直接扫地出门。

但结果大大出乎她的意料。门口的守卫听她报出"风笑颜"三个字后，没有任何反应，只是检查完她的族徽后，礼貌地要求她在门口稍候片刻，然后进入风宅询问去了。不久之后守卫来了，告诉风笑颜："管家说，你的房间还在老地方，没有人住，你可以住在那里。"

本来鼓足了气势的风笑颜愣了半天神，终于忍不住问："这就完啦？"

守卫大惑不解："什么完了？"

"我是说……没有别的手续了？也不需要盘问我点什么？"

守卫笑了起来："风家光在雁都就有好几千的子弟，每一个人都盘查，人手哪儿够用？你有族徽，名字也对上号了，当然可以进去。"

风笑颜不再多说，灰溜溜地进了门，深感挫折。她发现自己过去太过自我感觉良好了，总以为自己很重要，别人都会注意提防她。现在看来，风笑颜对于风家而言，终究只是一个普通到不能再普通的小虾米而已。自己小时候能被风长青或其他家族长辈多看两眼，只不过是因为自己母亲的缘故，母亲死后，也就没有人对自己感兴趣了。

其实我只是一个一事无成的废物，她忧郁地想着，眼前闪过了死去的母亲和师父，想起了这两个最亲近的人死去时自己的无能为力。在这种黏稠的思绪的影响下，再加上多年没有回风家，她走着走着差点撞到一棵树上，抬眼一看才发现：又迷路了。

该死的，她在心里咒骂着，多年过去了，自己的方向感还是那么差。风家的宅院固然很大，住了十来年还不认识路，却怎么也说不过去。她仔细分辨着四周的景物，慢慢回忆起来，这似乎是族长风长青的居所附近。她还隐隐记得，风长青的住处外面有一座小桥，桥下流水潺潺，颇有几分诗意。

眼下她就看见了这座桥以及桥下的溪流，还算眼熟，但又好像缺少了点什么。她想啊想啊，终于想起来了，在自己离开风家前，风长青的住所附近总有不少的风氏子弟轮流护卫，而眼下……连个鬼影子都看不到。

这可有些奇怪了。风长青一向是个谨慎周密的人，在风云两家争斗不休的大背景下，从他当上族长的那一天起，就一直小心防范着可能遭受的袭击。他也许在房内藏了不少重要文档，即便离开风宅的时候，也会安排守卫。这几乎是风笑颜第一次看到风长青的屋外无人看守，简直就像一只乌龟没有壳一样别扭。

她不禁对这只剥了壳的乌龟产生了强烈的好奇心。考虑到自己今非昔比，已经具备了不少隐匿行踪的潜入手段，她突发奇想，想要去探一探究竟。

进去的过程比她想象中还要顺利，因为根本就没有任何人拦阻她，说得确切一点，直到走进那座小院子，来到风长青的树屋下，都没有看到其他人——简直就像是一个拙劣的陷阱。她踌躇了一会儿，还是决定管他陷阱不陷阱的，到树屋里去看看再说。

风笑颜轻快地顺着粗枝搭成的阶梯攀上了树屋，先从窗户外小心地朝内窥探一番。这一眼看进去，她立即知道了怪事发生的原因。

"人生真是大起大落啊！"风笑颜低声自言自语着。

在她的视线内，风长青正躺在一张床上。但这已经不是她记忆里的风长青了。昔日威严沉稳、气度不凡的风氏族长，此刻满面病容，脸颊深深地凹陷下去。他的头发脱落了一大半，呼吸时发出"嘶嘶"的怪声，失神的双目直直地瞪着天花板。曾经的枭雄已经垂死。

怪不得没人替他看护了呢！风笑颜想。他是这种状况，自然没办法再承担族长的职责，这个位置上想必另有其人了。而风长青一向是个喜欢以威严压人、以家规治人的角色，一旦失去了族长之位，受到的待遇可想而知。

风笑颜忽然之间对这位并不亲近的舅父生起了一股同情之意。不管怎么样，他过去也是个叱咤风云的重要人物，如今境况如此凄凉，难免令人唏嘘不已。

她正在发呆，不知道要不要进去打个招呼，背后的阶梯上传来了脚步声。转头一看，一个相貌朴素的少女正端着一个托盘走上来，托盘里放着一只碗，散发出刺鼻的药味。风笑颜一眼就能看出，这个少女就是风氏这个大姓家族中很典型的远房子弟，靠着非常勉强的血缘关系来到雁都投靠风家混口饭吃。等级森严的风家也不会给这类远房子弟太多机会——除非是特别优秀的人才——他们中的大多数都只能干打杂的活计。一般而言，这种远房子弟对风家的上上下下都不熟悉，为了混出头，也绝对不敢去惹那些血统较纯的嫡系族人。对风笑颜来说，这就意味着他们很容易被恐吓，也很容易被糊弄。

风笑颜几乎瞬间就做出了决定。她昂首挺胸，矜持地看着眼前这个少女，少女似乎被她的气势所震慑，不由得垂下了头。

"你是从哪儿来的？"风笑颜淡淡地问。她甚至没有问对方的名字，只是问来历，这是很典型的高傲的上层子弟问远房客的方式。少女脸上微微一红，连忙回答："我是从多兰斯城邦的远湖镇来的，今年三月到的雁都。"

太好了，风笑颜很高兴，今年三月才来，那你就更没可能知道我究竟是谁啦！她点了点头："几年没回来，这里多了很多新面孔呢。风长青怎么回事？弄成现在这模样。"

少女听见风笑颜直呼其名，显得更慌张，端盘子的手都开始轻微颤抖起来，几滴药水从碗里溅了出去。风笑颜挥挥手："先把药送进去吧，出来我再找你问话。"

少女如蒙大赦，连忙推门进屋。风笑颜站在门口，利用放大声音的秘术监听着屋里的动静。不过根本用不着这个秘术，因为屋里很快传来一声碗碟摔碎的脆响，在秘术的放大效果下，差点把她的耳朵震聋。她赶紧收了秘术，听到风长青虚弱的咒骂声已经响起来了："我说过我不吃药！账本和地契也交给他了，族长令也交给他了，老四要保住我的命，无非是想要继续羞辱我！我偏不要活下去，我偏要死，变成死人我也不放过他！"

风笑颜长叹一声，不知道是不是所有权力更替时都会有这样的场景，这简直就是小说里的经典桥段，真是半点不新鲜。她无心再去听风长青絮絮叨叨的抱怨与诅咒，站到一旁呼吸着没有药味的新鲜空气，直到少女端着一盘子碎片木然地走出来。看来她也习惯了。

"他怎么弄成这样的？"风笑颜又问。

"已经是我来雁都之前的事情了，"少女怯怯地回答，"就在去年冬天。我听……我听下人们讲过，听说是冬天的时候，有几个独眼人夜闯风家，好像是要找些什么。风长老和他们动手，追出去很远，结果中了暗算，伤势很重，就成了现在这样，每天都疯疯癫癫、神志不清。其他的我就不知道啦！"

风笑颜平静地点点头，示意对方可以离开了，少女逃也似的快步跑开。她这才长长地出了一口气。

可怜的风长青，她想着，那些独眼人当然不是来找他的，而是来找自己的母亲风宿云的。但他们大概并不知道母亲已经死去，结果让风长青做了冤大头。云湛告诉自己的那些事果然是真的：独眼人在四处寻找当年的知情者。只是自己暂时不知道母亲究竟算是同伴、敌人还是叛徒。

因为三岁时母亲的暴亡，她一直对风长青心怀怨恨，但现在对方已经快要死了，而且恰恰是因为母亲曾经做过的事情，这点怨恨似乎也算不得什么了。她听着风长青虚弱的恶毒咒骂，忽然想要索性帮他结束生命，因为从风长青现在的状况里，她隐隐看到了多年前被关在小屋里三年的母亲的影子。

就在这时，一个大胆的主意冒了出来。她猛然间想起了若干天前，当云湛和木叶萝漪伏击独眼人成功后，自己毛手毛脚跑上去检查尸体，差点遭暗算。但最后自己还是幸免于难，因为那个垂死的独眼者在意识混乱时把自己当成了母亲风宿云，犹豫了一下。这说明自己的相貌大概很接近母亲年轻时的形象，何不在这一点上做点文章？

风长青在这个夏夜感到如坠冰窟，全身上下的热度都在一点点消失。半年前被秘术攻击所受的伤虽然很重，慢慢养本来也是能够痊愈的，但随着他受伤而掀起的族长之争却让他心神大乱，大动肝火，使伤情不断加重。尤其让他难以忍受的是，第一个站出来抢夺族长之位的，居然是他一直信任并着力培养的亲侄儿。这位侄儿利用风长青的信任，早就摸清楚了账本、地契等重要文件的收藏地点，并趁着风长青受伤之际掌握了这些文件，为他最终接任族长奠定了基础。

他并没有杀死风长青，反而派大夫为风长青治伤，因为他清楚，这位前任族长的伤在一系列精神打击之下已经不可能治愈。他的故作姿态更让风长青觉得屈辱难耐。在这个闷热而蚊虫肆虐的夏季到来后，风长青觉得自己已经无法再忍受下去，所以他开始拒绝吃药，想要就此结束这无味的残生。

他已经连续两天没有喝药，也几乎没有进食，只觉得生命的力量正在一点点远离。他半睁着眼睛，躺在病榻上回顾着自己的一生，总觉得欢乐太少、忧患太多，连能安安稳稳睡觉的日子都没几个。而苦心经营一辈子的事业，到头来也被他人轻松地窃取——和自己当年夺位的经过异曲同工。可见人生不过是一次又一次的轮回而已，同一份剧本在更换演员后可以上演无数次。

正在有气无力地感伤着，他听见房门被推开。伴随着夜风卷进来的是一个婀娜的女性的身影。风长青努力睁大眼睛看去，然后忽然开始全身瑟瑟发抖。

"你已经死了！"他看着眼前这个只有一只眼睛的女人，"十七年前你就死了！我亲眼看见的！"

"我现在回来找你了。"假扮成母亲模样的风笑颜用阴森森的腔调说。

风长青脸上的肌肉抽搐着，模糊的视线里，好像只有那只残存的右眼在女人脸上闪着光。风笑颜很满意这种效果，正准备用之前准备好的台词继续吓唬风长青，逼迫他说出一点与母亲相关的真相。当然她还是有些忐忑，风长青虽然已经处于离死不远的半昏迷状态，但他毕竟见多识广，自己的装神弄鬼也许很快就能被他识破。但她已经豁出去了，无论如何也要从这个半死人嘴里榨出点东西来。

但接下来风长青说出的话，是她之前无论如何也想不到的。不久之前，当她发现那本笔记的作者并非崔松雪，而是十五年前的人时，感觉就像是有一记闷棍狠狠砸在她的脑门上，砸得她晕晕乎乎、不知所措。现在，她觉得自己挨了第二棒，而这第二棒远比第一棒更为沉重有力。她就像是一直在迷宫里飞奔的小老鼠，眼看前方就是出口了，钻出去才发现，原来自己不过是进入了一座更庞大、更复杂的新迷宫。

"你不是风栖云！你是风宿云！"本来已经虚弱至极的风长青此刻却爆发出相当响亮的嗓音，"你是来给你的孪生妹妹报仇的！"

风笑颜正在飞快地分析这句话中包含的意思，风长青又喊了起来："不对，你不是替她报仇来的，你恨她恨到入骨！你是来报复我的！"

风长青总共就说了这么几个字，但每个字都仿佛一盆冰水，浇得风笑颜浑身颤抖。之前所有人都告诉风笑颜，她的母亲，也就是那个疯女人叫风宿云，而风宿云有一个孪生妹妹叫风栖云，这也是她一直接受的事实。但在风长青这两句垂死之际的话语当中，包含了如下几层意思：

首先，他确认了旁人的说法，的确存在这么一对孪生姐妹；其次，其他人都认为那个疯女人是姐姐风宿云，但风长青和"其他人"不同，他认为这个疯女人是妹妹风栖云，而非姐姐，但他始终没有说出去，而是保藏着这个秘密，所以他开口的第一句话会是"你不是风栖云！你是风宿云！"；其三，他提到了他和两姐妹之间复杂的仇恨关系，姐姐风宿云似乎既和妹妹有仇，也和风长青有仇。

这是怎么回事？风笑颜的脑子里乱成了一锅粥。在此之前，她虽然对那些尘封的往事有着种种猜测，但也从来没有怀疑过疯女人就是风宿云，而风宿云就是她的母亲。但现在，这最基本的两点事实似乎也要被动摇了。

——如果她真的不是风宿云，而是风栖云呢？

——那她还是我的母亲吗？

——我的母亲究竟是谁？父亲究竟是谁？我又是谁？

她近乎失去理智地一把抓住风长青的肩膀，用力摇晃着："她是谁，风宿云还是风栖云？我呢，我是谁的女儿？"

风长青仿佛完全听不到她说的话，仍然只是自顾自地唠叨着："你何必那么恨她？他们两个人的确对不起你，还生了个孩子，但她自己也遭受到了报应。更何况……他们原本就应该是一对，是你生生拆散了他们，你这是何苦……"

3

什么叫瓮中捉鳖？云湛想着，这就是了，最典型的瓮中捉鳖。尤为可悲的是，两只鳖是自己兴高采烈地钻进这个死地的。但是事已至此，后悔、懊丧也没用了，唯一的选择就是抛开杂念，全力应战。

他看了一眼刚刚恢复了一些元气的木叶萝漪，握紧了手里的弓，上前几步，守在了入口处。萝漪轻笑一声："你果然是一个有风度的人啊！谁能想到一个曾经是天驱的人会保护辰月教教主呢？"

"我犯的错，我负责，"云湛说，"虽然似乎总把'我负责'这三个字放在嘴边也没什么用。你要是死了，我负什么责都是空话。"

短短几句话的工夫，脚步声移到了头顶，地道的暗门上响起一阵有规律的敲击声。云湛屏住呼吸，准备给第一个钻进来的敌人来个一箭穿心，萝漪却忽然阻止了他："别放箭！那声音是我手下的暗号。"

云湛引而不发，却仍然做好随时开弓的准备，直到看清楚来者的脸才稍微松口气。来人也算半个熟人，是和他打过不止一次交道的崔明伦——那个差点成功勾引艾小姐的小白脸。不过眼下他穿着禁军的制服，显得有些奇怪。云湛稍一思考，明白过来，显然崔明伦又混入唐国宫中做了斥候。看来此人虽然长相让人心生鄙夷，却也是个精明强干的角色。

"他们很快就会找到这里，"崔明伦连向萝漪行礼都省略了，急匆匆地直扑主题，"我冒险偷听到他们谈话，据说有一件工具可以找到这里的方位。"

"就是这个该死的破玩意儿了。"云湛一脸沮丧地取出金属圆牌。崔明伦一把抢了过来，转身就要出去，云湛忙拉住他："你干什么？"

"用这个把他们引开。"崔明伦简洁地回答。

"那你怎么办？"

"大概会被他们杀死吧。"崔明伦抛下这句话，关上门快步离开。云湛愣了一会儿，想着他论及生死时的轻描淡写，忽然间觉得自己对他生起了一些由衷的佩服。他发现，自己似乎真的不大适合待在天驱或是辰月教这样的组织里，无论他们的信仰是正义的还是邪恶的。因为那种信仰的力量可以驱使崔明伦这样的人毫不犹豫地放弃自己的生命，但换成是自己，不可能那么果敢。

"我真的是一个不可能有信仰的人吗？"他问萝漪。

"那要看你怎么定义'信仰'了，"萝漪回答，"很多时候信仰会和'神圣'之类的字眼捆绑在一起，但那并不意味着平凡的信仰就不值得尊敬。"

"平凡的信仰？"云湛苦笑，"你越说我越觉得糊涂了。"

"现在不是糊涂的时候，我们得赶快离开，"萝漪撑起身来，"他并不能替我们掩饰多久，对方还是会察觉的。"

云湛犹豫了一下："我建议还是再等一下，等你稍微恢复一些后再出去。"

"怕我拖累你吗？放心好了，你以为我在王宫里只有崔明伦一个内线？咱俩谁拖累谁还不一定呢！"

"最烦你们这种人多势众的黑势力了。"云湛很不服气地哼唧着。

两个人有惊无险地溜出王宫，发现宫外也并不太平，大批军队被调动起来，无疑是为了搜捕他们。但辰月教的手段的确不一般，早已针对各种可能的情况进行了周密布置，沿路有人接应。云湛跟着萝漪，上车下车，乘轿下轿，进屋出屋，最后上了一条相当舒适的大船。云湛一头雾水，但在那些辰月教徒面前又要做矜持状，所以一直没有开口发问。

船行大概半个对时后，萝漪对云湛说："行了，我们已经离开平阳城的搜捕范围了。"

云湛终于忍不住了："在这种情况下，恐怕平阳城陆路、水路都会被封锁起来吧？我们怎么能大摇大摆坐船出来呢？"

"所谓的封锁，从来不可能做到滴水不漏，"萝漪拿起自己从不离身的小茶水筒，"比如某个将军、王爷要出城，你不能拦着不让出；比如国主的儿子要出城，你也不敢多说什么。"

"那我们现在坐的船，是高官的还是皇亲国戚的？"

"都不是，是宛州商会的船，"萝漪回答，"某些时候，财神爷可比皇亲国戚还重要。"

"既然这样，我就好好睡一觉再说吧。"云湛往身后软软的床铺上一躺。

"你就不怕我把你弄去卖掉？"萝漪带着笑意问。

"精明的生意人都不会拿我去卖，"云湛闭上眼睛，"我这么能折腾，又这么不守规矩，谁买了都得找你退货。我觉得我脱离天驱之后，他们未必没有大大地松上一口气。"

萝漪沉默了一会儿，突然说："我不怕折腾，也不会在不需要规矩的人身上使规矩。"

"哦？你的意思是？"云湛用疲倦不堪的声音随口问。

"你已经知道了，天驱没有你想象中那么正义，而以后你也会知道，辰月教并不像你想象中那样就是吃人的邪魔，"萝漪轻声说，"这些年来，辰月教人才凋零，我其实比任何人都累，很希望有个真正有能力的人来帮我……"

她没有再说下去，因为云湛已经四肢摊开，发出了响亮的鼾声。萝漪叹了口气，帮云湛脱掉鞋，替他拉上被子，然后走出了船舱。

几天后，船在运河水路上驶出唐国国界，进入了皇室属地。跳板搭到岸上，云湛轻快地跳了下去。

"你下一步打算去哪儿？"萝漪在船上问。

"既然已经到了这里，我不如干脆去一趟天启城，"云湛回答，"我们不是一直还不知道毕钵罗大火案之后的这几十年里，曲江离究竟做了些什么吗？公孙蠹留下的笔记里曾提到，十五年前的三皇子篡位案和丧乱之神有着紧密的联系，我想去调查一下这方面的蛛丝马迹。此外我还想打探一下公孙蠹那个侄子的下落。"

萝漪点点头："抱歉我不能陪你去了。我必须首先压倒曲江离。唐国现在暂时倒向曲江离，是受了辰月教法器的诱惑，但如果唐国知道那些威力无穷的法器其实是把双刃剑，一定会犹豫的。"

"关于辰月教的法器库，还有没有其他可以告诉我的？"云湛突然问，"虽然这是一个失传的秘密，但身为教主，你总应该知道得稍微多一点。当然了，如果你觉得不足为外人道，我也不多问了。"

萝漪咬着嘴唇，看起来很犹豫，但最后她还是轻巧地跳下船，示意云湛俯下身来。她低声在云湛耳边说："我所知道的其实都告诉你了，我也确实严格遵守着教规，从来没有去查看过法器库的方位。不过有一点我忘了说：法器库的大门是依据星辰力的原理设计的，只有当太阳距离大地最远，而谷玄距离大地最近的时刻，才能够短暂开启。那个周期大约在十九年左右。"

"十九年？"云湛在心里计算了一下，立即醒悟过来，"我明白了！他第一次开启法器库，是在五十七年前，正好是十九的倍数！而三十八年前再度现身在毕钵罗港，肯定是时间将至，可以再度开启法器库。"

"那些追随他的信徒，一定就是从三十八年前开始的，因为那一次他成功了，取得了不少的法器，包括那些圆牌，"萝漪接口说，"到了二十年前，正好是临近下一次开启的时候，却出现了一些意外的事故。"

云湛兴奋地握着拳："没错！那本日记里所提到的'五年前'发生的秘术师们自相残杀的事情，正发生在二十年前，而且很可能就是那个隐姓埋名的连衡搞的鬼。所以我没有猜错的话，由于这些事故，曲江离没能成功地赶上那一次法器库开启的时机，所以他不得不多等十九年……"

两人对望了一眼，对从去年开始所发生的种种事件有了答案。又一个十九年之期到了，年事已高的曲江离必须抓住这次机会，否则再过十九年，他也许已经不存在了。

"难道法器库里藏着延寿、长生的秘诀？"云湛忽然想到。

"那倒不会，永生是违反天地万物的运行法则的，"萝漪摇摇头，"据我所知，即便有长生的方法，也是以承受极大的痛苦甚至放弃身体为代价。那样其实生不如死。"

云湛回忆起叔叔云灭曾有过的一些经历，深有感触地点点头："我想也是。那我走了。"

"你多小心。"萝漪淡淡地说。

这句话从过去的死敌嘴里说出来，还真是奇怪，但云湛感到更奇怪的是，听到这句话的时候，他的眼前闪过了石秋瞳的影子——似乎每一次要去玩命的时候，石秋瞳都会用这种平淡的语气看似不经意地叮嘱一句。

他呆呆地站在运河边，对石秋瞳的思念比身边的河水更加汹涌泛滥，萝漪的船什么时候离开的他都没注意到。

天启城是万年帝都，这一半出自它优越的地理位置，一半出自后世星相学家们的不断吹捧：帝王之气、吉星之兆、九州的正中央，诸如此类。这些吹捧带来的后果是，历代能登上皇位的皇帝们，就算并不喜欢天启，也非得在这儿扎根不可。

"其实啊，天启城真没什么好的，"大车店里同住一个大通铺的行商对云湛说，"他们都说中州天气好，但是我去过一次宛州，啧啧，那才真的叫漂亮地方呢！宛州女人也美……"

云湛看着房里横七竖八躺着的各色人等，把一只肥大的胳膊从自己身上挪开，泰然自若地说："没错，我也觉得天启城一点都不好。"

由于离别时心绪不宁，云湛忘记了一件很重要的事：在萝漪那里打点秋风。于是等到萝漪的船已经远去，他才发现自己钱袋瘪瘪，所剩不多。没有办法，接下来一路上只能尽量节省，靠步行走了三天才到达天启城。他选择了最便宜的大车店，啃着窝头睡四个铜锱一天的大通铺。好在他从小到大没少吃苦，对这样的环境也并不陌生。这种大车店里满是闲杂人等，反倒利于打听一些陈年旧事。他谎称是前来投亲戚却没找到人的倒霉蛋，很快和大车店里的人们混熟了。他见识很广，每天晚上和旁人滔滔不绝地谈天说地，然后见缝插针地询问一些需要打探的内容。

这天晚上，他以旅行为话头，和身边这帮走南闯北惯了的旅客聊得热火朝天。最后，他漫不经心地问："说起来，当年试图谋反篡位的三皇子，也是个很喜欢四处游历的人？"

"那可不，可惜就是没机会啊！"一个常年进出天启城卖牲畜的马贩子说，"他是皇子，一举一动都得有人盯着，很不自由，能出去玩玩走走的时候实在太少了。"

"他篡位不会就是因为没有自由吧？"云湛坏笑着，"他要是当了皇帝，那就乐意去哪儿就去哪儿啦！"

大家哄堂大笑起来。对于这些终日被生活折磨的劳苦人们而言，嘲弄一下"上头的人"总是很解气的，虽然这样的嘲弄并不能给他们的生活境况带来任何微末的提升。

云湛非常了解这些人的心态。在生活的重压下，他们对于更高的社会阶层普遍怀有敌意，一方面很乐意讲相关的笑话，另一方面也很喜欢用"知情者"的身份透露稗官野史。他们不像那些有身份的人，随时担心着被告密、被打击报复，他们愿意很痛快地把自己听说过的一切荒诞不经的传闻都说出来——这当中有时候就会包含着真相。

话题转到了三皇子头上，气氛更热烈起来，这些一辈子也未必见过皇帝长啥样的底层人士开始滔滔不绝地讲述三皇子的生活趣闻，连他爱吃什么菜、爱穿什么衣服都讲得煞有介事。云湛从他们的描述中大致勾勒出这位皇子的形象：多才多艺，温文尔雅，对权谋、财富毫不感兴趣，喜欢结交才子佳人，对旅行有着近乎痴迷的兴趣，却总是难以如愿。在兄弟们的权位斗争中，从来没有谁把他当回事，正因为如此，后来他的突然行动才会有那么惊人的轰动性。

"你们都是见多识广的人，知不知道当时那场篡位的详情啊？"云湛一副无知群众求助知情者的模样，"我很难想象，这么一个文人样子的家伙怎么能扛起刀枪去造反？"

"嘿嘿，那可是皇室的秘密，外人一般很难知道，"一个四处打短工赚点饭钱的老头儿神神秘秘地说，"但是我以前认识一个朋友，曾经在天启城做过御医。篡位事件发生的时候，我朋友就是协助治疗的御医之一。"

这也是底层人物们最喜欢的谈话方式。他们自己也许什么都没有接触过，但总是能从角落里挖掘出几个亲戚、朋友、邻居或者亲戚的朋友的邻居之类的认识的人，通过讲述别人的经历显得自己比听众多一点见识。

"真是了不起！"云湛也不知道是在夸奖那位御医还是在夸奖认识御医的老头儿，"那他发现了什么有意思的东西呢？"

"后来外面都传言，说皇子为了这一次行动训练了大批军队，要不是皇帝圣明提前做了准备，搞不好就被他吃掉了，其实根本不是那么回事！"老头儿得意地说，"我那位朋友告诉我，皇子根本没有什么特殊的军队，带在身边的不过只有一两百人，但是杀伤力却很大。当时与皇子的叛军交手的大内侍卫和后来迅速调来的御林军都损失惨重，虽然人数上占了绝对优势，伤亡却三倍于敌人。”

“那是为什么呢？难道是皇子并不求数量，一直在偷偷训练少量的精锐死士，以方便控制？”云湛问。

“不是，是更可怕的真相！”老头儿以一种夸张的姿势压低了声音，“那些叛军的力气大得不正常，用一把普通的腰刀就能把特制的钢甲劈成碎片，根本就不像是正常人。后来他们检查了叛军的尸体，发现了一个极为恐怖的事实：那些叛军并不是被御前侍卫杀死的。他们在反叛之前就已经是死人了！”

“尸舞者的御尸术！”云湛脱口而出。

老头儿赞许地看了他一眼：“真不错嘛！你这么个年轻人也听说过。没错，就是这种法子，所以皇子的叛军才会那么厉害，因为用的都是死而复生的僵尸！后来皇帝为什么那么生气？不只是因为反叛，还因为一向看起来老实风雅的三皇子居然会使用这种邪术。”

“那三皇子到底是怎么死的？”云湛眼珠子一转，“都说他被活捉之后处斩了，但是又没有公开行刑。您知道点内幕吗？”

老头儿脸上的肌肉抽搐了一下：“这我就不能确定了，但是听说，他实际上并没有被绞死，而是在篡位失败后举火自焚了，没有留给皇帝绞死他或者车裂他的机会。就算是我那位朋友，也没办法了解皇子这种身份的人物。不过后来天启城里有不少关于他的流言，比如说他的家小全部被皇帝赐死，连两岁的小女儿都没能幸免。”

“这也是个可怜的人哪！”马贩子评价说。

“可不是，身在帝王家里，别看绫罗绸缎过得光鲜，但天天提心吊胆的，未必比我们活得舒心。最可怜的还是他那个替身，本来不是皇家的人，也为了这桩事件丢了命。”

云湛一怔：“替身？什么意思？”

老头儿很得意：“嘿嘿，天启城里好多人都知道啊！三皇子喜欢旅行，又没有机会旅行，所以他总是委派一位好朋友替他四处走走，然后把各种见闻告诉他。对他而言，这个朋友就是他放在外面的眼睛了。"

大车店里"嗡嗡嗡"响作一团，人们尽情谈论着这桩十五年前的奇案，挑起话头的云湛却已经靠在隐隐散发出臭味的被褥上，默不作声地思考起来。刚才的一番谈话让他掌握了两点重要的信息：其一，三皇子竟然是率领一群死尸叛乱的，难道他真的是早有图谋，只可惜功亏一篑？其二，皇子有一个同样爱好游历的好朋友，皇子把他当作自己的替身，以弥补难以出行的缺憾。爱好游历……

云湛想起那份修复的日记。已经可以证明这份日记并非出自崔松雪之手，而是十五年前的另一个人所写。他之所以把这份日记当成是崔松雪所写，除了思维惯性的误导外，还有一点原因，就是日记里有这么一句话："我到那里的唯一目的只是取道庆贤去往澜州中部的夜沼，观赏某个沼泽部落的独具原始风情的祭祀，这是一个旅行者不容错过的。"

这也是一个喜欢旅行的人，恰好和崔松雪一样。于是这个巧合让他彻底判断错误。而眼下出现的这个人，云湛却不愿意相信仅仅是巧合了：同样在十五年前，同样寄情山水，同样和丧乱之神有着千丝万缕的联系。只是不弄清楚公孙蠹的遗言，就无法确切知道皇子篡位与独眼人具体有什么关系。当然，也可以凭借云湛天才的头脑推测……

根据之前看过的风笑颜修复出来的两段笔记，这位旅行爱好者一直在追查独眼人的下落。虽然不知道之后发生了什么，但可以假定此人与独眼人遭遇了，说不定还发现了他们的惊人秘密。从修复出来的两段内容来看，这个人思路清晰、头脑敏捷，完全可能获得进一步的线索。

那么就沿着这个假定往下走吧！云湛搓搓手。假定他惹上了独眼人，遭到了他们的追杀。那么接下来他应该怎么办？就算有再强的实力，他也不可能独自应付这些视生命如无物的独眼杀手。于是他只能求援，可是他与那些好静的秘术师没有太多共通之处，恐怕很难得到他们的援助，而其他的旅行家能帮助他击退独眼人吗？显然更不可能。

所以只有一个人能够救他了，那就是三皇子！云湛兴奋地想。以皇子的势力，把他保护起来肯定不难，而独眼人面对的困境就不只是要杀死他灭口了——还得杀死三皇子才行。

可皇帝的儿子哪有那么好杀，或者说，杀人容易跑路难。虽然这位三皇子未必是皇帝喜欢的儿子，但身为皇帝，谁要在他的头上动土，他都会挺生气的吧？即便是辰月教或者天罗，也不会愿意公然在皇室头上动土。因此，要连旅行家带皇子一起做掉，也得做得隐秘一些，至少不能让皇帝一拍脑袋决定："原来是那帮独眼人干的，老子灭了他们！"

云湛舒了一口气，拉过被子，感觉刚刚涌上来的倦意消失得无影无踪，剩下的是一种仿佛被蚂蚁爬满全身般的恶心感觉。老头儿说得没错，那些"叛军"在被三皇子领着去袭击皇帝的时候，已经是死尸了。但他还是说漏了一点。

那时候只怕三皇子自己也已经是具死尸了，操纵着所有这些死尸的，正是追随旅行家而来的独眼人。"举火自焚"正好可以毁尸灭迹，让人查不出破绽来。所谓皇子篡位案的真相，其实用一句话就可以概括：

旅行家想要向皇子求助，结果却把皇子的性命一起搭进去了。

4

七夕快要到了。这是羽族一年一度的起飞日，也是青年男女借机表示爱慕的日子。用人类喜欢的形容方式，这是个吉日。

风氏家族的前任族长风长青在七夕前的某个夏夜心力交瘁而亡，不过这件事并没有给风家带来什么阴影。人走茶凉，"族长"两个字前面还要加上"前任"，那就一文不值了，所以他被草草入殓。新族长假惺惺地滴出几滴眼泪，送走了这位昔日的枭雄，然后迅速离开墓地，开始布置他担任族长后的第一次七夕庆典。

在一片闹哄哄的喜庆气氛中，风笑颜大概是风宅里唯一一个高兴不起来的人。这并不是因为她孤身一人没有红线可牵，而是她的身世问题突然比以前沉重了几十倍，压得她喘不过气来。风长青临死前不过说了短短几句话，却句句惊心，其中似乎包含了很多错综复杂的线索。可惜此人已死，肚子里藏着再多的秘密也已经没办法挖出来了。风笑颜把自己关在屋里，无心再去修复笔记，思考着除了死去的风长青之外，自己还能找谁盘问。

偏偏门外一直窸窸窣窣传来各种各样的噪音，吵得她无法集中注意力。她终于忍不住了，怒气冲冲地推开门："吵什么！吵什么！大白天的不让人睡觉啦！"

这话无疑说得有点奇怪，但门外正在往一棵棵大树上悬吊饰物的女仆还是很紧张。仆人的地位比远房子弟更低，任谁都可以将他们呼来喝去。她也并不知道风笑颜的底细，看这个年轻姑娘如此嚣张，保不齐是某个大人物的女儿或者姘头呢！所以她不声不响地搬起装着各种饰物的筐子，快步离开了。风笑颜反而有点内疚，但那个女仆畏缩的背影却一下子提醒了她一点。她回忆起许多年前，风长青在猜测为何她被囚禁的母亲会找到她时说过："我也不知道是谁把你的居所告诉了她，也许是某些同情心过度的仆妇。"

是应该存在着这么一个人，风笑颜想，这个人是给家族里秘密关押起来的疯女人送饭的仆妇。这个人似乎也在她的记忆里出现过。那是在母亲死后不久的一天，她再一次在深夜里出门，偷偷摸摸跑到母亲那间被烧掉的房屋外，默默地流泪。但没过一会儿，她听到一阵细碎的脚步声靠近，慌忙躲到一棵树后去。好在那时年纪尚幼，身量短小，躲起来不会被发现。

来的人出乎她意料，是一个仆人打扮的中年女子。这个仆妇跪在一片焦黑的废墟外，压低着声音哀伤地哭泣着，暗夜里听起来犹如鬼魅。风笑颜只觉得一阵阵背脊发凉，动也不敢动一下。好不容易等到仆妇离开了，她才赶紧溜回房去。

当时只有三岁的风笑颜，并没有过多地思考这个仆妇的身份，十七年后回想起来，才猛然醒悟：这一定就是那个暗中向母亲透露自己所在的人！

那个仆妇的左腿微跛，发色是羽族中较为少见的深褐色，倒也算是有可以辨认的特征。然而时隔将近二十年，她到底还在不在人世都很难讲，即便活着，也未必还在风家做事。

但这是最后一根救命稻草了，无论如何也得捞着，风笑颜咬牙切齿地想。她开始在风宅打探这个仆妇的下落。风长青的死去并非全无好处，再也没有人知道风笑颜究竟危险在哪儿，或者说风笑颜的父母究竟危险在哪儿，所以她大摇大摆地自由出入，也没人管她。

羽族是一个等级观念鲜明、等级制度森严的种族。贱民向来不受上等人的关注。所以风笑颜根本不打算找风氏同族，而是成天和一帮下等人混在一起。她倒是从小被冷落惯了，从来没把这种阶级的划分当回事，所以很容易就能和仆人、马夫、园丁、厨师们打成一片。两天之后，就在七夕的前夜，一个刚刚从外地为风府小姐们采买归来的老仆解答了风笑颜的问题。

"哦，那个是吕嫂嘛，"老仆的记性不错，"在风家待了一辈子，前年因为耳朵不好使了，这才告老不做了的。但是按照规矩，她一辈子都卖给了风家，风家会给她养老，死后也会有一块仆人的墓地的。"

"就是说她现在还没死？"风笑颜大喜过望，"我怎么才能找到她？"

"我也忘了她住在哪儿啦！不过她并没有离开雁都。"老仆想了想，"每年七夕的时候，她都会回到风家来，和我们一起热闹热闹。她虽然上了年纪，身子骨还挺硬朗的。"

那就好，不会像风长青那样话说到一半就断气，风笑颜舒了口气。她焦躁不安地熬过了一个夜晚和一个白天，终于等到了七夕之夜。

和人类恨不能把地皮都炸裂的各种喜庆节日不同，羽人们的节日仍然是宁静淡雅的。那些头一次感受飞翔的孩子聚集在空地上，紧张地等待着月力最强大的那一刻，以便展翅高飞。风笑颜看着孩子们生动的笑脸，不由得回想起自己当年试飞的时候。虽然自己很快就感应到了月力，凝聚出了一对相当漂亮的羽翼，飞得也很顺畅，却几乎没有换来任何喝彩。风长青看着自己飞翔的姿态时，表情更是复杂，似乎希望风笑颜的本事越差越好，以免日后像她母亲一样给他老人家惹麻烦。

这些事想起来就让人心酸，风笑颜"呸"了一声，从满脸欢愉的人群中穿过，找到了聚集在一起的仆从们。身份所限，他们不能和主人们一同庆祝，但这似乎更能让他们放得开。上等人有上等人的快乐，贱民有贱民的快乐，羽族在这方面的哲学是：各得其乐，互不干扰。

风笑颜出现在这里很奇怪，但她并不顾忌旁人略带惊奇的眼神，寻找着吕嫂。运气不错，她很快就找到了。吕嫂显然是个开朗的人，她虽然耳背，却仍然很高兴地和旁人交谈，而她唯恐旁人像她那样听不清楚，说话的嗓门儿尤其大。

"今晚的月亮真漂亮，"这位苍老而健壮的老妇人说，"所以我宁可做个聋子，也绝不做个瞎子。我要留着这双眼睛看月亮哪！"

刚说完这句话，她忽然住了口，呆呆地看着走到她眼前的风笑颜。风笑颜看着这张脸，不会错的，就是这个仆妇。在母亲去世之后，她也偶尔在风宅见到过这位吕嫂，但吕嫂从没主动和她说过话，甚至没有多看她一眼。

但此时此刻，风笑颜径直走向她的举动无疑是一个信号，让她意识到有什么事要发生。她盯着风笑颜看了很久，然后一言不发地向着僻静处走去，虽然腿有点跛，走得却不慢。风笑颜快步跟在她身后。

可是该怎么表述我的问题呢？风笑颜苦恼地想。对方听不见呀，我又不敢扯破了嗓子大声喊。而这些老年的仆妇，多半都是不识字的。她只能尝试着用手指着自己的脸，不断比画着面部的轮廓。

吕嫂看着她摇了摇头说："不用忙活啦，我知道你想问什么，"吕嫂也明白这是个秘密，所以极力压低声音，让她的嗓音显得很别扭，"我年轻的时候，就一直伺候你娘，还有你娘的姐姐。所以后来你娘发疯之后，舅爷一直让我给她送饭，因为别人送饭去她一定是不肯吃的。"

风笑颜听到"舅爷"的称呼微微一愣，但很快反应过来她是指的风长青，而她也意识到，吕嫂和风长青一样，也知道发疯的女人并非姐姐风宿云，而是妹妹风栖云。吕嫂接着说："你一定很奇怪为什么你娘会发疯吧？我也觉得奇怪，但他们三个人的事情我知道得并不多，只能瞎猜而已。我的耳朵不好使，你问什么我也听不见，干脆我就把她们姐妹俩和姑爷的事情都给你讲一遍。"

风笑颜点点头。吕嫂沉默了一小会儿，似乎是在思索应该从哪里讲起："大小姐和二小姐从生下来就长得比一般的孪生子更加相像，直到成年还经常被人错认。不过虽然从小一起长大，但她们之间的关系并不是太好。她们姐妹俩都是秘术师的体质，具体我也不懂，反正就是说当秘术师最好。她们也足够聪明，到了十多岁的时候，已经是风家排得上号的优秀秘术师了。在学习秘术方面，她们的方向也大不一样。我听说，大小姐学的是……'好的秘术'，而二小姐喜欢学'坏的秘术'，就像她们的性格一样。我不是说二小姐坏，她只是从来不爱守规矩，老喜欢和舅爷顶嘴，大小姐和她正相反，更像个大户人家的千金。"

什么好的秘术、坏的秘术，风笑颜有些麻木地想，只要都是用来杀人的，就无所谓什么好坏、正邪、光明和黑暗，但她并没有说什么。

吕嫂的神情变得凝重而哀伤："后来有一次，二小姐在外面和别人打了一架，她用秘术打死了两个人，回到家之后不久，别人找上门来寻仇。舅爷当然不会让旁人在风家讨到便宜，但赶走他们之后，舅爷却非常生气，要重罚二小姐。大小姐也很不高兴，说了她几句，结果他们就闹翻了。二小姐一怒之下离家出走，声称从此再也不和风家有任何瓜葛，临走前还放火烧了几间房子。舅爷更恼火了，所以后来风家人极少谈及她的事情。"

我娘好威风啊！风笑颜很不正义也很不光明地想，这种脾气我喜欢。吕嫂说到这里，叹了口气："其实二小姐稍微服一下软就没事了，但她就是脾气太倔。后来有那么一年半载的时间，她都没有回来过，再次回来的时候，是为了大小姐的婚事。那一年也是在七夕，不对，是七夕之后的第二天，姑爷突然登门拜访，而且一出现就直截了当地描述了大小姐的长相，声称在七夕之夜对她一见钟情，所以想要提亲。开始家里人以为是有什么小流氓捣乱，想要教训他，结果一动手发现他很厉害，知道不对劲，这才去请了舅爷来。"

"结果舅爷很客气地请他进屋，也不知道两人谈了什么。总之到最后，舅爷宣布，同意他求亲的请求，决定把大小姐嫁给他。这个决定让所有人都很吃惊，但是族长的话也没有人敢多说什么。几天之后，大小姐嫁给了姑爷。"

云家的云灭，风氏族长的女儿，风笑颜想象着云灭当年的威风模样，再想想穷小子云湛，禁不住撇撇嘴。吕嫂不明所以，以为她是在对这桩婚姻表示不满："唉，别说是你了，所有人都在奇怪。不过很快有人传说，新姑爷曾经给宁南云氏找过大麻烦，杀了他们不少人，大家这才有点明白了。云家的仇人，就是我们的朋友，何况姑爷的秘术那么厉害，让他替我们打架肯定很好用。对不起，我们下人不怎么会说话，但我想舅爷就是觉得他能帮我们打云家，才把大小姐嫁给他的。他那时候甚至连大小姐的名字都不知道呢，就一路跟到了风家。唉，大家都说，这是个靠不住的好色的家伙……"

"谁也没想到，这种说法后来居然被证实了。成亲之后，小两口到外面游山玩水去了，一个月后回到风家，没待多久，二小姐就回来了。她谁也不理，直接找到了大小姐和姑爷，三个人大吵了一架。虽然谁也不知道他们吵的是什么，但看着二小姐和姑爷像是早就认识，自然也有很多猜疑了。这一架吵完，二小姐就走了，但几天之后，发生了很可怕的事情，姑爷不知道怎么的发了疯，无缘无故杀死了十一个风家的人，然后带着大小姐走了，从此再也没有回来。"

看来吕嫂知道的三人之间的前事确实就这么多了。风笑颜靠在一棵树上，回想起风长青临死前说的话："更何况……他们原本就应该是一对，是你生生拆散了他们。"她越想越觉得这桩婚姻以及母亲风栖云的再度出现大有蹊跷，显然里面藏着很深的隐情。

一对孪生姐妹，她苦恼地揪着自己的头发，孪生姐妹的特点是什么？毫无疑问，最直观的一点就是长相近似。而吕嫂也说了，这姐妹两人长得比一般孪生子还像，多数时候难以辨别。那么……她有了一个疯狂的念头。

龙斯跃这个糊涂蛋，求亲的时候根本认错人了！他在七夕庆典上看到的是妹妹风栖云，而不是姐姐风宿云。想来风栖云当时不知为了什么，回到了雁都，并出现在欢快的庆典上，只是没有回过风家，所以风家人并不知道她回来过。龙斯跃事后找人打听，旁人一定会以为他找的是成长在雁都的风宿云，于是龙斯跃据此莽莽撞撞地打上门去求亲了。这真是一门稀里糊涂的亲事。

父亲这种情种无疑很会吸引年轻姑娘，何况综合各方面的说法，此人相貌英俊——风笑颜有些自恋地想，看我这么漂亮，也能想到我父亲绝不会丑。而他和宁南云家有仇，又身怀绝艺，简直是风长青梦寐以求的招揽对象。在那个时代，一直守护在云家的箭神云灭是风家的噩梦，风长青一定也很愿意找到一个连云灭都没能抓住的人才来与之相抗。对于一向听话的风宿云来说，羽族一贯有长辈指定婚姻的传统，家族安排的婚事她本来就不好抗拒，何况龙斯跃的长相和风度都不让她反感。所以风长青和风宿云得到的，是一个皆大欢喜的美妙结局；龙斯跃本来不了解那位令他一见倾心的美女，也很难发现自己认错了人。

最大的问题出在了风栖云身上。她本来就和家族的关系十分紧张，这时候听说这么一门亲事，很容易就可以猜到事实的真相。她的满腔妒火和愤恨，恐怕是压抑不住的。或者说，她其实未必就对龙斯跃真有什么放不下的情愫，仅仅是不能接受"一个看上了我的男人最后稀里糊涂娶了我姐姐"这一事实。她接下来会做些什么？

"我还有一个问题。"风笑颜刚说出口，想起吕嫂听不见。于是她伸手冲着自己一通比画，吕嫂很快明白了她想问什么："你想问你的身世，对不对？"

风笑颜点点头。吕嫂凝视着她的脸，眼神显得很柔和："你长得真像你娘啊！大概就在大小姐和姑爷离开之后九个月左右，有一天夜里，舅爷忽然带你娘回来了。那时候她浑身是血，即将临盆，一只眼睛刚刚被人弄瞎，而且脑子很不清醒。舅爷没有告诉别人，除了几个最亲近的随从，他就只叫了我去照顾你娘，而你……就是我接生下来的。"

风笑颜看出了吕嫂眼神里的怜爱之情，她也明白，对于这个风烛残年的半聋老人来说，在她身上或许还寄托了一些对风宿云、风栖云姐妹昔日的怀念。她抓住老人苍老的手，轻轻贴在自己脸上，老人的身体一震，双目中慢慢有了泪光。

"你娘疯了，再也好不了了，"吕嫂凄凉地说，"但是她还记得她有一个孩子，总是不停地念叨着要找她的女儿，还念叨着要找孩子的父亲龙斯跃。舅爷这才知道，这个孩子是龙斯跃的。他很生气，觉得你娘未嫁却和自己的姐夫私通生子，简直是家族的奇耻大辱。所以他把二小姐关起来了，如果有人发现她的存在，他就告诉他们这是大小姐——至少在生孩子这件事上算是名正言顺。后来我实在不忍心看她成天都想念着你，就偷偷告诉她你很好。她不相信，我就把你住在哪里说了出来，以便显得可信，没想到她真的会去找你……"

四周传来一阵欢呼声，这是今晚月力最强盛的时刻，即便是无翼民都会感到飘飘欲飞，因此羽人们的快乐达到了顶点，忘情地发出喧嚷之声。但对于风笑颜而言，此刻的心头充满混乱，无论如何与欢乐不沾边。趁着欢呼声响起，足以掩盖她的语声，她贴在吕嫂耳边，大声说："有一个问题我必须知道，你怎么认出我娘就是二小姐的？"

"她身上戴着她自己的饰物啊，"吕嫂说，"大小姐和二小姐打扮的风格是不一样的。"

"除了饰物呢，有没有任何肉体上的印记，比如痣、胎记、伤疤？"

吕嫂皱起眉头想了很久："还真是没有。不过从那天晚上开始有了，她瞎了一只眼睛啊！"

"你先别哭！"风笑颜比吕嫂更难受，但还是咬牙问道，"说到眼睛，我娘在离家之前，是不是曾和一些独眼人有过往来？"

"有，当然有，二小姐以前交了好多秘术师朋友，后来就跟着他们学坏了。她离家之前，的确被看到过和独眼人交朋友，让舅爷很生气，还骂她，说她干脆挖掉自己的眼珠子好了。舅爷真不该说那种话啊！坏话经常是要应验的，那天晚上见到二小姐时，她的眼睛也是那样血肉模糊的，真是可怕啊！"

"那你知道她是在什么地方被发现的吗？"风笑颜嗓子都快喊破了。她牢牢记住吕嫂告诉她的地点，快步离开了风家。

母亲死去那一夜的凄厉惨叫又开始在她心头盘旋，让她觉得在风家多待一小会儿都会憋闷得昏过去。在她身后，人们短暂的纵情欢唱结束了，一切似乎又回归到羽人们特有的秩序，只有天空上无数有着洁白羽翼的羽人还在幸福地翱翔。

第二天下午，风笑颜找到了当初发现她母亲的地方。那是一片叫作跑马溪的平坦林地，属于雁都城风家产业的一部分，过去通常被风家用来举行各种大型的集会或仪式。在风笑颜十岁的时候，风宅经过扩建，又吞并了大量土地，于是各种仪式可以直接在风家的院落里进行，不必再去跑马溪了。现在只有风家的老仆人康平及其家人住在这里，负责看管这片暂时没什么用的土地。

风笑颜来到那间简陋的树屋外，正打算敲门，想了想又把手缩了回去。既然风长青是在这里找到她母亲的，不对康平做一些警告与恐吓是不可能的。要是直截了当地盘问，以对方低微的身份肯定什么都不敢说，得采取一些特殊手段才行。当前最大的好处就在于，风长青死了。她换出一张严峻的脸，重重一脚，踢开了门。

"我真的不是老族长的人！"康平吓得浑身哆嗦，眼泪都要下来了，"我在风家做了一辈子，和老族长连话都没说过几句。再说了，我只是个贱民，无权无势也没学过武艺，就算想要给他卖命，也得有那个本事哪！"

"那可不见得，"风笑颜绷着脸，"正因为你太不起眼了，所以风长青才有可能把一些重大的秘密交给你保管，反正没人会注意你。"

康平"扑通"一声跪倒在地，老泪纵横："我真的冤枉啊！求求您放过我吧！"

康平的家人躲在门后，偷偷向外张望，一个个吓得脸色发白。风笑颜看看戏唱得差不多了，神情忽然转向柔和："其实我也觉得，你在风家勤勤恳恳干了这么多年，从来没有什么劣迹，并不像是会当风长青走狗的人。"

老仆人拼命点头，简直要扑地磕头了。风笑颜接着说："所以呢，你不妨把你过去和风长青有过的接触都告诉我。也许有些事情是风长青蛊惑你或者逼迫你做的，你自己也并不知道其中的秘密，这一点我当然会考虑，不会为难你。但前提是，你得把你知道的都讲出来，漏一个字都不行！"

最后一句话说得声色俱厉，康平又是浑身一颤，努力调动着自己的记忆："嗯……我想想，我想想。七年前的木神祭，他遇到了我，夸我多年来看守跑马溪有功，让人送了我一匹东陆的丝绸；三十年前，我生儿子的时候，他也给我送了点补品。哎呀！不对，三十年前的族长还是风贺老爷呢，我记混啦！"

上了年纪的老仆人东拉西扯，在自己的记忆深处挖掘着和风长青有关的零碎，还不时张冠李戴一番。风笑颜很耐心地等着，终于，在几乎把自己的人生轨迹重画了一遍之后，康平触及了二十年前的那件往事。

"对了，说到秘密，大概在二十年前的时候吧，我还真替他保守过一件秘密！"康平兴奋地说，"那一天晚上我正提着灯巡视，忽然听到林子里有什么人在争吵。我刚刚赶过去，还没看清楚人影，就亮起一大片闪光，闪得我眼睛都花了。"

风笑颜握紧了拳头，面无表情地点点头："接着说。"

"我被吓坏了，不知道是不是林子里闹鬼，不敢靠近，"康平继续说，"正站在原地不知道该怎么办，一个黑影一下子从林子里钻出来，速度很快，差点撞上我，吓得我摔了个跟头。等我爬起来，黑影已经不见了，但我能闻到一股香味。所以那个黑影可能也是女人。"

女人？风笑颜皱起眉头："你为什么要说'也是'？"

"因为树林里还有一个，"康平说，"是个大肚婆，满身满脸都是血，看起来很可怕。不知道谁在那里布置了一个机关，她胸口中了箭，但是运气很好，居然偏了一点，没有被射中心脏。我知道出事了，赶紧去府里报告。老族长亲自来了，把那个女人弄走了。他警告我，不许把这件事说出去，所以后来我谁也没说。"

"你做得很对，"风笑颜动作僵硬地放了一枚银毫在他手心，"记住，你今天没有见过我，而过去的秘密，今后仍然是秘密。"

感激涕零的康平不住点头哈腰，没有注意到眼前这位风家的斥候全身都在发抖，以至于走路时差点摔倒在地上。

刚刚离开康平的视线，风笑颜就一屁股坐在地上。她几乎要用尽全身的力气，才能控制住自己不放声哭出来。从最初听到风长青临死前的话开始起疑，到与吕嫂交谈后疑心更重，再到刚才听完康平的叙述，她觉得自己的猜测终于得到了大部分的证实。

疯女人的确是自己的母亲，但她并不像风长青和吕嫂所认为的那样，是与姐夫私通的妹妹风栖云。正相反，她就是龙斯跃的原配妻子风宿云，而这一切都是风栖云恶毒的布局！

愤怒和屈辱的眼泪一滴一滴溅落到地上，风笑颜还没有哭得那么厉害过。一开始她就在怀疑，以两姐妹的性格，风宿云怎么会把风栖云害到那么惨？在她听到的所有描述中，一步步滑向堕落深渊的，都应该是风栖云才对。而听了三个人不同角度的讲述后，她慢慢理清了思路。

风栖云痛恨姐姐夺走了龙斯跃，一直想要报复，而她最终想出来的方法竟然是——和自己的孪生姐姐对调身份！她要杀害风宿云，然后自己假扮成风宿云，从此和龙斯跃在一起。她不知道用什么方法把姐姐骗到了跑马溪的树林里，袭击了已经有身孕的她，然后和她对换了私人饰物。一定是在这个过程中，她想起了自己已经被刺瞎的左眼，因为拜在丧乱之神座下而失去的左眼，这是个容易露馅儿的环节，因为不能保证是否有人曾经见到过独眼的自己，并且告知风长青。所以她一不做二不休，狠毒地挖掉了风宿云的眼睛，以免被看穿。挖眼的目的只有一个，就是让旁人把姐姐认成她。

这个心狠手辣的女人！风笑颜想起风栖云的残忍就觉得不寒而栗。

幸好康平的出现让风栖云受惊逃走，并且偷袭的机关偏了一点，不然风宿云已经带着肚子里的孩子死去了，并且会被一直认成妹妹。

幸好事实并非那样，风笑颜觉得自己浑身都要燃烧起来了，母亲又在痛苦中多活了三年，却把复仇的火种留在了女儿的心里。我不知道风栖云现在躲到哪里去了，也许她已经死了，那我只能把仇恨之火烧向把风栖云变得如此邪恶的丧乱之神。

我要摧毁丧乱之神。风笑颜默默地立下誓言。

5

虽然还不知道具体的日期，但可以肯定的一点是，距离辰月法器库再度开启的时间已经不会太久。令云湛感到难以理解的是，曲江离他老人家为什么不抓紧时间赶到宝库所在之地静静等待，反而在外面四处招摇呢？

"比如你有一匹价值千金的好马，而很多人也知道你有一匹好马，想要抢走它，"他向大车店里的马贩子打着比方，"你会不会为了抓一头骡子成天在外面晃荡？"

"我有病吗？"马贩子反问。

这就是了，这是一个马贩子都能明白的道理，云湛想。他可以理解曲江离想要借助诸侯国的力量来为自己扩展势力的野心，毕竟法器不是万能的，有法器、有人才是正道。但问题在于，想要抱诸侯的粗腿，任何时候都行，不急于一时；万一耽搁了法器库开启的日子，就得再苦等十九年。孰轻孰重一目了然。但曲江离先是勾搭衍国，再去破坏唐国与辰月教的感情，表现得急不可耐。如果他没有做这两件事，而只是悄悄躲起来，云湛手里还真是很难凑齐那么多线索。

这是为什么呢？云湛纳闷地想，如果说五十七年前曲江离是年少轻狂不知深浅的话，经过了那一次的教训，他理应学乖了才对。他躺在七月的大车店连苍蝇都能闷死的空气里，苦苦猜测着曲江离这一反常行为的动机，直到夜深后才慢慢睡去。

他做了一个梦。在梦里，他似乎和自己的叔叔云灭变成了同一个人，并且沿着云灭曾经的生活轨迹，走向了早已离开的宁南云家。那时候云灭是个天不怕地不怕的独行客，面对再多的敌人也绝不会皱一下眉头，但却在他正当盛年的时候，选择了抛弃过去的生活，回到云家为家族效力。

"你居然肯回来？"云家当时的族长云栋影上上下下打量着他，似乎难以置信。

"我只有一个条件，"云湛说着，用下巴指向他抱在怀里的昏迷不醒的女子，在梦里，那个女子的脸和石秋瞳一模一样，"我要去做一件事，生死未卜，我需要你替我保护她。只要我能活着回来，就会为云家效力，直到你我二人有一个死掉为止。"

"成交。"云栋影淡淡地说，转过身打开了云家的大门。大门发出刺耳的"吱嘎"声，声音很响，云湛一下子从梦里醒来。原来是大车店通铺房那扇陈旧的木门响了，不知道谁半夜跑出去冲凉，拉开了门。

但云湛再也睡不着了，刚才梦里的情景历历在目。

怪不得总觉得曲江离的行为有文章呢！云湛回想起云灭颇不愿意提及但师母风亦雨最喜欢挂在嘴边的一段往事。那时候云灭正面对他生平遇到过的最危险的敌人，而风亦雨也被敌人袭击，身中血咒。云灭这个从来不会向谁低头的桀骜的人，为了风亦雨咬着牙关选择了向云栋影妥协，将风亦雨留在宁南云氏的保护之下，以便心无旁骛地击败敌人，消除血咒。

曲江离这件事也是同理啊！云湛坐了起来，兴奋地想到。他那么急切地和国主们接触，并不是着急捞取什么利益，而是有一些迫在眉睫的危机，必须要借助强大的兵力消解。简而言之，他并非贪得无厌，而是情非得已。但是以曲江离的实力以及他手下那些忠心耿耿的信徒，还有什么拔不掉的钉子呢？

云湛索性起身，跑到大车店简陋的浴房里，提起从井里打出来的凉水一桶一桶往身上冲。在凉水的刺激下，他一边打着喷嚏一边串联着线索。毫无疑问，曲江离最关心的事情一定是开启辰月教法器库，所以他求助于国家军队的力量，那么这一次开启法器库和过去有什么区别呢？

五十七年前，他成功了，但是高估了自己的力量，在屠灭汤家满门后被辰月教追杀，不得不躲起来；三十八年前，他已经很有心计，杀光了辰月教追兵，无疑再次取出了众多法器，并由此吸引了大批信徒；十九年前则没有任何与他有关的消息，云湛和木叶萝漪猜测，很可能是包括连衡在内的一些信徒背叛了他，阻挠了他的计划……

云湛猛地把一桶水兜头浇到身上。原来如此！他连手里拎着的空桶都忘了放下。十九年前发生的不为人知的事变，不只是阻挠了计划而已——叛徒们找到并开启了法器库！所以曲江离再度现身后，本来只打算做两件事：处置叛徒并召集一批忠实信徒。各地那些被挖掉眼睛的死者，多半是当年背叛他的人；而那些听到歌谣就从原有的生活中消失的人，则无疑是对丧乱之神忠心无二的虔诚追随者。但当他满怀渴望地来到法器库时，却发生了意外情况：法器库已经被当年的叛徒强占了，而且对方的实力已经超过了他。

人生就是一场莫大的悲剧，云湛幸灾乐祸地想。原来我一直以为潜在的敌人就是这位丧乱之神呢，没想到局势演变成了"狗咬狗"。这样的话，没准儿老子还能坐收渔利呢！

这时，另一点谜团又浮出水面：如果真的存在第二股势力，为什么他们从来没有露过面？到目前为止，作恶的都是笃信丧乱之神的独眼人，而背叛了曲江离的那帮人，既然已经开启过一次法器库，想必也会利用那段时间取得数目可观的法器，否则也不至于令曲江离束手无策。为什么他们没有现身过？

他正在出神，从浴房仅有的那扇破窗处传来一声轻响。云湛心头一紧。他满脑子都在投入地思考着谜题，加上自认为在天启城内躲得很隐蔽，跑过来沐浴的时候没有带武器。此时他能用的只有一条湿淋淋的毛巾和木桶之类的杂物，对付一般敌人倒是够了，万一来个高手，那可有些不妙。

"别挣扎了，"一个拼命憋住笑的女声传来，"你手里无弓无箭，是肯定打不过我的。"

"我现在相信你们河络是个女尊男卑的社会了，"云湛喃喃说，"偷看男人洗澡也这么泰然自若。"

"这个嘛，你理解的角度有误，"贵为辰月教教主，此刻却诡异地站在大车店窗外看男人洗澡的萝漪慢吞吞地说，"我们河络和人类、羽人都是不能通婚的。所以你在我眼里不是什么裸体男人，充其量是掉光了毛的猩猩罢了。"

"这个比喻非常贴切。"云湛刚穿好衣服，身材矮小的河络已经从窗口灵活地钻了进来。她环顾了一下这间比狗窝也强不到哪儿去的浴房，摇了摇头："幸好我神机妙算，早就猜到你这穷小子只会住这种店，不然要找遍天启城的客栈可得费点功夫呢！"

"你是特意来找我的？"云湛一怔。

"本来是为了别的事来的，"萝漪看起来口风甚紧，"可是现在，确实是为了找你。"

"发生什么了？"

萝漪本来的嬉皮笑脸消失了，取而代之的是深深的忧虑："曲江离消失了。他和他手下所有的独眼人都消失了，踪影全无。"

"没准儿他是和唐国国主闹崩了，又去换了下家……"云湛说到一半，忽然领悟过来，"糟糕！老怪物一定是去法器库了。这说明法器库马上就要开启了！"

"他肯定得到了唐国国主的强力支援，而且这一次打开法器库，也许会把所有的法器都搬出来，"萝漪满眼血丝，看来很久没有睡过好觉了，"那样的话，九州将会遭遇前所未有的巨大劫难。"

捕头佟童给云湛的信

云兄：

你托我调查的几件事，大致有了些眉目。

第一，我在各地的同行纷纷给我回函，确认了那些失踪案的细节。几乎所有的目击者都听到了一阵旋律古怪的吟唱声，而失踪者正是在听到吟唱声后就立即失魂落魄，循声而去，其中大部分人都展现了奇特的秘术。

　　第二，皇子篡逆案是高度机密，我没法取得详尽的档案，但是还是从知情者那里打听到了一些传言。

　　（以下与云湛在大车店所听到的内容大致相同，略。）

　　第三，公孙蠹的脾气之怪超乎旁人想象，所以获取和他有关的消息非常艰难。我寻访了一些昔日很有名望的老捕快和刑部的官员，他们告诉我，公孙蠹性格孤僻，工作之外从来不结交朋友。他入行三十多年，从来没有谁进过他的家门，因此人们对他的生活一无所知，更不知道他曾有过什么侄儿。我只能分析，那个侄儿也许是从乡下刚刚投奔他的，在天启城待的日子并不长，由于公孙蠹不与人交往，所以根本没有谁在意过这个人。

　　但我得到了一个比较可信的说法，那就是公孙蠹并不是死在皇帝手里的。据说皇帝当时对公孙蠹不依不饶一定要追查三皇子案的做法十分恼怒，确实下令要处死公孙蠹。但公孙蠹被捕之前，已经被另一批不明身份的人推下山崖杀害。那是他逃亡的路径上最危险的一段路，一边是悬崖，一边是近乎直立的绝壁，如果有人在那里居高临下地伏击，他完全无法躲避，只能被打落山谷。但他冒险挑选了这条近路，果然着了道。

　　事后只能找到一具摔得稀烂的尸体，容貌已经无法辨认，但身上有一处伤痕能证实死者身份——在出事前大约半个月，公孙蠹遭遇了一个向他报复的逃犯，左肩上被划了一刀，虽然伤势很轻，仍然留下了疤痕。此外，公孙蠹在最近的两三年里还有一些旧伤，都对上号了。凶手是谁并没能调查出来。

　　如果他的侄儿真的活了下来，也许会回到家乡避风头。我已经查明公孙蠹的老家距离天启城不算太远，随信附上简单的地图，你如果有空可以去看看。

第四，有一个非常重要的收获我必须要告诉你。关于去年秋季那些挖眼杀人的案子，我终于找到了第一份有人目击到杀人凶犯的报告。这起案件发生在某个荒僻的越州小城，被杀的是一个毫不起眼的当地小贩。但在他被杀的那个夜晚，一位更夫目睹一个独眼怪人从他家里离去。事后搜查这个小贩的家，意外发现了一个用以囚禁秘术师的地下密室，而且看起来已经存在很多年了。于是我的越州同行调查了那名小贩，发现他真名叫连衡，是一个二十年前就被认定死亡的秘术师。讽刺的是，我的同行继续追查他用的化名"郭凯"，发现郭凯在十五年前也曾在澜州死过一次。也就是说，这个连衡前后假死过两次，一定是有什么惹不起的对头逼得他那么做的。不过这一次，尸体确认无误，连衡的第三次死亡终于成真。

此外，从时间上来说，在去年秋天发生的这一系列的杀人案中，连衡之死的发生时间最早，那个从连衡的家里离去的独眼人，很有可能就是这些事件的主谋。

考虑到你的财务状况，随信附上一张银票。祝一切安好。

又及：

刘厚荣的伤情大有好转，虽然可能赶不上帮助你破案，但康复肯定没问题。

秋瞳公主曾两次召见我询问你的近况。

佟童

第八章
正 义

1

海盗头子宋奎终于从昏迷中醒来，一睁眼，就看见自己躺在床上，鼻子里闻到一股药味。头昏昏沉沉的，很重，让他花了好长时间才想起来这是怎么回事。在做上一笔生意的时候，对方的商船竟然配了防海盗的火炮。他的坐船被击中一炮，后脑勺吃了一块崩飞的碎木头，就此人事不省。

不久之后，宋奎的兄弟们进来，争先恐后地把宋奎搀扶起来。他一问才知道，原来自己已经躺了快一个月了，看来这条命真是捡回来的。

"最近生意怎么样？"在应付完海盗们的嘘寒问暖后，宋奎觉得自己脑子清醒了不少，可以直奔主题了。

大家却支支吾吾，面有难色。宋奎再三追问，师爷尴尬地说："最近大半个月根本没开张。不知道怎么回事，沿岸的海防力量突然大大增强了。我们第一次出手就损失了一条船、十几个兄弟，所以没人敢动了。"

"不做生意，那么多的兄弟吃什么？喝海水吗？"宋奎冷冷地四下环顾。海盗们噤若寒蝉，没人敢说话了。

"干我们这一行的，本来就是把脑袋拴在裤腰带上搏命，"宋奎慢悠悠地说，"多一点官兵就不敢动了的话，那就只能干坐着饿死。我的伤已经好了，今晚准备，明天出海。"

海盗们个个苦着脸，但都知道自己的老大凶悍绝伦、武艺高强，谁也不敢再多说。第二天正午，宋奎挑选了四艘快船，海盗们再次出动。

这一天风平浪静，天气晴好，虽然不利于掩护海盗们的行踪，但对于商船而言却更加不利。海盗船很快跟上了一艘行驶缓慢的大船。他们故意把距离拉得远远的，慢慢跟踪着，准备到了远离海岸的地方再动手。

一个对时之后，商船已经进入了一片宁静的海域，四周见不到其他船只。宋奎一挥手，海盗船扬帆提速，很快追了上来，呈三面合围之势朝着商船逼过去。他正准备命令手下放空炮示威，以便让商船乖乖减速，没想到商船上先传来一声炮响，接着一道耀眼的红光直冲天际，在蓝天中格外醒目。

"糟糕！这是个鱼饵！"宋奎大喊道，"快转舵！"

"我们该往哪儿转呢？"师爷的声音有气无力，就像刚被人痛殴了一顿，"一只螳螂捕蝉，一群黄雀跟在后面盯着螳螂。"

宋奎举目四望，那张原本在任何惊涛骇浪下都不会有丝毫畏缩的黑脸一下子拉长了："活见鬼！怎么会有那么多船！这哪儿是剿海盗，简直就是打仗！"

师爷听天由命地一摊手："至少我们这次死得很有面子。"

三天之后，宋奎已经被挑断脚筋扔进了死牢，等待秋后处斩。他武功虽废，海盗头子的余威尚在，很快成了牢里死囚犯们的头儿。他除了不断痴心妄想地试图鼓动囚犯们和他一起逃狱外，就是不断地回忆起自己阴沟里翻船的经历："见了鬼了！朝廷历来清剿海盗都是出工不出力，做点表面文章，这一回居然动真格的！而且那么多的军舰，灭我们十次都有余。他们难道疯了？"

"你的意思是说，过去从来没有过那么多军舰去打海盗的事情发生？"一个缩在角落里看不清面目的死囚突然问。这个死囚是这两天刚刚被投进来的，听说是被捕的敌国斥候。

"可不是，我们也就做点小本买卖，从来不去犯官船，他们何必费那么大劲？"宋奎充满怒气，"看那个架势，简直像是要打仗的样子。"

"简直像是要打仗的样子……"角落里的死囚重复了一遍，不再多问了。

　　与此同时，天启城中，云湛正大马金刀地坐着，眼前是一桌丰盛的菜肴。他握筷子的右手以惊人的敏捷度上下移动，简直比开弓还快。

　　"我很想知道，你在公主面前也是这样一副吃相吗？"萝漪几乎没吃什么，饶有兴味地看着云湛。

　　"不是，"云湛大摇其头，"比这个更夸张，因为她那里的菜更好。"

　　"我可没条件给你绑几个御厨来，"萝漪摇头，"你就先将就了吧！"

　　佟童给云湛寄来了一张银票，云湛这个厚颜无耻的家伙把银票揣进兜里后，若无其事地跟着木叶萝漪搬离了大车店，住进了一处相当不错的院子。午饭的时候，他把过去若干天只能啃窝头的苦闷都发泄了出来，看得萝漪乐不可支。但几句轻松的玩笑之后，该面对的危机总是无法回避的。

　　"也就是说，这个装死上瘾的连衡很有可能是二十年前背叛曲江离的人？"萝漪在房间里焦躁不安地走来走去，"而他布置的那间囚禁秘术师的密室里，也许关的就是曲江离本人？"

　　"这就解释了为什么唯独十九年前那一次法器库开启时，曲江离没有现身，"云湛说，"当时一定出现了叛变，有一部分人抢在曲江离之前开启了库门，而老怪物自己却被连衡关起来了。连衡是个有私心的人，他自己装死，把曲江离藏起来，肯定是想独占法器库的秘密。在这之后的二十年里，他一直用酷刑拷问曲江离，却始终没能如愿。"

　　萝漪接着说下去："但在去年，不知道发生了什么事，曲江离竟然逃掉了。他决心重整旗鼓，于是一一杀害了背叛者，召唤回忠诚的部下，开始以威力无比的法器作为诱饵，煽动有野心的君王。"

　　"我们必须破坏他的计划，不然九州恐怕真的没有宁日了。现在一共有四条线索能追寻到法器库的下落，不过其中两条已经断了，实际上只剩两条。"云湛做深思熟虑状。

　　"哪两条断掉了？"萝漪斜眼瞧他。

"一条是我的朋友、捕快刘厚荣，他是唯一一个完整读过公孙蠹遗书的人，可他现在仍然没有完全恢复意识；另一条是你们辰月教的机密记录，但曲江离不是傻子，看过之后必然已经把记录毁掉了。"

"你真是聪明，那么艰深的道理都能想得明白。"萝漪夸张地点头。

云湛瞪了她一眼："我还没说完呢，还有两条。有人虽然没有读过遗书，但却很有可能知道遗书的内容；同样，找不到曲江离和独眼人，未必不能通过其他人了解法器库的大致方位。"

"你是指……"

"公孙蠹的侄子负责为公孙蠹保存遗书，他应该会知道一些相关的内容，我尤其希望他没能够抑制住自己的好奇心，偷看了遗书；而曲江离虽然去了法器库，但是没有援兵也不能取胜，因此唐国的兵力调动情况也许会泄露一点线索。"

"你的意思是说，需要寻找公孙蠹的侄子，并且掌握唐国大大小小的兵力调动情况？"萝漪若有所思，"难度都够高的。我没有猜错的话，这段时间唐国一定会虚张声势地四处调遣兵力，让我们猜不到他们的真正目的地在哪儿。"

"如果不想让曲江离那么顺利地占据法器库的话，就非得去大海捞针不可，"云湛果断地说，"你手下人多，打探军情的事情就交给你了，我去捞一下公孙蠹的侄子吧。"

萝漪还没有答话，云湛忽然一拍大腿："我差点忘了！也许还有第三条路可以走！"

"是什么？"萝漪急忙问。

"我的朋友风笑颜正在用秘术修复十五年前的笔记。说不定我们运气足够好，那本笔记里会涉及法器库的位置。我给你留下一件信物，让你的人带着信物去找她。她也许是这个世界上仅剩下的会使用逆火修复术的人，可惜精神力不够强，你们辰月教最擅长秘术，也许能帮她一把。"

"她还在南淮城吗？"萝漪问。

"肯定不在了，"云湛一笑，"这个姑娘到哪里都待不住。我敢打赌，她一定会忍不住再回雁都城，查访她父母的过去。所以你的人直接去雁都就好啦！"

"那你呢？"

"我得翻山越岭，"云湛没精打采地回答，"从地图上看，公孙蠹的家乡离天启城并不远，但其实是一个山村，听说山路很难走。"

两天之后，云湛走进了锁河山脉西南麓的河西岭。此地虽然距离天启城不远，却半点也没沾到帝都的光，始终是片贫瘠之地。云湛跟着向导在弯弯曲曲的狭窄山路上不知转过了多少个弯，眼前才出现一个灰蒙蒙的村子。一群衣衫褴褛的小孩正在村口追逐打闹，扬起重重的尘土。

云湛捂着鼻子，穿过尘烟走进村里，心里略微有了点希望。在这样一个贫穷破败的山村里，公孙蠹这样的人绝对算是了不得的大人物了，随便拦住谁肯定都能打探得到相关的信息。

但出乎他意料，村里压根就没人听说过公孙蠹的存在。这个在九州各地都鼎鼎大名的铁血神捕、敢和皇帝对着干的提刑官，在他自己的家乡却籍籍无名，没有任何人知晓。事实上，整个村子上百年来都没有复姓公孙的家族。

"提刑官？名捕？"老眼昏花的村长哑着嗓子说，"离我们太远啦！我们连皇帝叫啥名字都不知道，不也一样过活吗？"

这话有理。云湛叹了口气，慢慢想明白其中的原委。公孙蠹原本只是个化名，当年那个从破落的家乡离开的倔强少年，一心想要出人头地，所以连自己的原有姓氏都抛弃了。虽然身入官家必须登录原籍，不得不暴露他的来处，但姓名还是更换了。这不过是人之常情，不过是那些想要扔掉过去、在繁华的城市中重新开启人生的人们的共有心态而已，只是在现在这个节骨眼上，给云湛带来了意外的麻烦。

他想了想，决定换一种思路。虽然公孙蠹是个化名，但就这个村子的状况看来，能到城市里讨生活的人应属凤毛麟角，何况公孙蠹还曾带了一个侄儿走，那就更少见了。他连忙向村长询问，是否有如此这般的一个被带走的人，村长立刻回答："这个嘛，还真有，得是在十七八年之前了吧？"

"十七八年？不是十五六年吗？"云湛问。

村长很肯定地说："绝对没错。他走的那一年，我儿媳刚刚给我生了个孙子。今年已经满十七岁啦！"

云湛忙追问："那个侄儿，后来回来了没有？"

村长的回答令他大失所望："没有。好不容易出去了，谁还会回来呢？"

如果公孙蠹的侄儿并没有回过村的话，只怕这条线索也只能断了。他很不甘心，又问："能详细说说他俩的情况吗？"

"还有什么好说的，无聊的陈年旧事，"村长嘴上这么嘟哝着，但云湛塞给他的银毫还是让他开了口，"那是个姓刘的小子，打小就不好好种地、打猎，非要跑到山外去。这一去就是好几十年，回来的时候已经是中年人了。他还是一副眼睛长在头顶上的德行，板着个脸，就像打发叫花子一样，扔下一笔钱就要走。"

"那你们接了那笔钱没有？"云湛好奇地看着这个颇有尊严的村长。对方显得很尴尬，支支吾吾地说："那个……呃……送上门来的钱，总不能不要是不？唉，总之当时村里人央求他带几个年轻人出去赚点钱，他一口回绝了，半点商量余地都没有。结果到了临走前，他却莫名其妙相中了他的侄儿，非要把他侄儿带走。他的名字我忘了，他侄儿好像叫刘有财。他侄儿倒不想走，说自己一把年纪了，不如把机会留给年轻后生，但他不肯，一定要带上……"

村长的絮絮叨叨听得云湛一阵烦闷，后面他再说些什么基本都没有留意，很快不耐烦地打断他："这么说来，没有任何人知道这个侄儿刘有财的消息了？"

老村长又仔细想了想，说出一番让云湛颇感意外的话："没准儿有个人会知道。就在他们离开后大概两三年吧，有一个女人跑到村里来，要找刘有财，说是他在天启城的邻居，也是他的相好，但他却抛下她不知道去哪儿了。那个女人还记得他提到过我们村，所以跑到这儿来找——

真是个多情的娘儿们。"

不只是多情的娘儿们，云湛终于稍微松了口气，这还是个可爱的娘儿们呢。总算抓住一根救命稻草了。

2

风笑颜没有想到，离开风家很多年后，自己居然能遇上一场风云两家的内战。在她的印象里，似乎小时候也曾经有过那么一两场争斗，但那时候自己对身外之事漠不关心，并没有在意。现在认识了云湛，对于风云两家的恩怨多了几分了解，这一战就显得格外有趣了。

当时夜色渐深，但她还没有睡意，正躺在风宅西院的一片草丛里发呆，至于一会儿能不能借着月光找回位于东院的寝室，她懒得去想。正在惬意，却忽然觉得眼前有几个白点飞快地掠过。定睛一看，漆黑的天幕里，的确有几个白色的影子在高高飞翔。雁都是羽族的城市，天空中飞过羽人原本正常，但不正常的在于，风氏家族的领空向来无人敢进，如果真有人闯入，多半就是敌人了。

"是云家的人！"

果然，轮值的岗哨迅速发出警报，整个大院的人都被惊醒了。她兴致盎然地看着风氏宅院里一片忙乱，连厨师和园丁都一副如临大敌的样子。其实战争和绝大多数人都没有太大关系。上位、下位的是家族掌权的人，丢掉性命的是殊死搏杀的战士，剩下的不过是在一旁摇旗呐喊的人。他们不由自主地把自己代入到血腥的氛围之中，一直到很久之后才会发现：无论风家占据上风，还是云家一时得利，生活总要在胆战心惊中继续。

风笑颜甚至有点幸灾乐祸，耳听得人们议论不休，在讲此战的起因。起因似乎是云家的宅院遭到了袭击，还被放了一把大火，烧掉不少房屋。他们坚决认为这是风家搞的鬼，于是发动这次夜袭，打上门来要个说法。如果是风云两家的纠纷，官府都不敢来管，一切交给两个大家族自行解决。

这样最好，她想着，没人管才能打得痛快。

等到云家战士们的利箭铺天盖地射下来时，她才真正感受到了恐慌，尤其是站在离自己只有几步远处的一名族人被一箭射穿了头颅。这个倒霉蛋怀着满腔热血，不顾家族的警告——"妇孺和练功五年之内的全部躲起来"——想要为抗击外敌出一份力，结果一个秘术还没有放出来，就丢了小命。风云两家各有千秋，云氏擅长弓术而风氏擅长秘术，当弓手们占据了先机时，秘术师最好还是先躲起来。

风笑颜捧着狂跳的心脏躲进离自己最近的一个堆放杂物的小屋里，回想着死亡从身边擦肩而过的那一幕，一阵后怕。但她还是压抑不住好奇心，在房里四处翻找，找到一块不知道从哪儿拆下来的铁皮，把铁皮顶在头上，趴在窗边向外张望。

黑色的夜空中，羽人洁白的身影上下翻飞，一支支利箭呼啸着从高处倾泻而下，不时掺杂着中箭者痛苦的喊叫声。而风氏的秘术师们也很聪明，没有贸然起飞变成活靶子，而是站在地面上，伺机释放秘术。几记音爆术在半空中炸响，火光与电光夹杂风刃，云家的弓手们也有七八个被击落在地。但总体而言，先发制人的云家占的便宜更多。

夜袭就像一场夏日的暴风雨，来得快去得也快。偷袭者们不会等到风家布置停当，在杀伤了数十名敌人后，挥动着羽翼向高处升去。但在离开之前，他们留下了一样礼物——使用郁非秘术加持的特制火箭。

五名飞翔技能最高超的射手高高飞起，分别向着风宅的不同方位射出了十余支火箭。转瞬之间，风宅各处升腾起熊熊火光。风家一向自诩羽族正宗，宅院内保留了大量树屋，这下子成了助燃的最好材料。

眼看这座千年老宅就要化为灰烬，连风笑颜都不由自主地从屋里奔出去协助救火。恍惚间，风笑颜回想起几个月前和老师云浩林一起救火的情景，不禁有些心酸。

想到老师，她猛地一激灵，立即回想起了那个噩梦一般的夜晚，以及从地底钻出的怪物们。一种强烈的不安突然涌上心头，不是为这场损失重大的火灾，而是为了某些比火灾本身还要恐怖许多的事物。

我到底在害怕些什么？风笑颜麻木地泼出自己手里的一盆水，连自己把盆子一起泼出去了都没发现。她失魂落魄地站在呛人的浓烟中，不断挤压着记忆：我到底想到了什么？为什么会忽然觉得连骨头都在发冷？

突然之间，风笑颜浑身一战，终于找到了自己不安的原因。不会那么巧吧？她冷汗直冒地想着，万一这不是巧合呢？

她先梳理了一下今晚这场战事的起因：有人吃了熊心豹子胆去偷袭宁南云家，云家认定是风氏所为。但如果风家并没有偷袭，那么会是谁假冒风家去袭击云家，目的又是什么？那一瞬间风笑颜转过了无数个念头，发现造成自己不安的源头其实是那四个字：丧乱之神。

在这个世界上，只有一件事能够把云浩林购买的汤家旧宅和风云两家的宅院联系起来。它们都曾经发生过至今无法解释的命案，其中汤氏灭门案已经被证实和丧乱之神有关，而风云两家的命案则指向了自己的父亲——同样与独眼人有重大联系。

令人战栗的联想产生了。汤氏灭门案的真凶是那些半人半植物的地下怪婴，那么发生在风云两家的杀人案呢？

正想到这里，一阵凄厉而充满惊惶的惨叫声从远处传来，并且很快就响成了一片，仿佛发生了什么特别惊悚的事件。她心里一动，想要跑过去看看，前方一个人影忽然狂奔而来。

那是一个有些肥胖的下人，风笑颜隐约记得此人好像是专门负责为嫡系的公子们准备武器的。他慢慢跑近，风笑颜奇怪地发现，他似乎在一点点变瘦。

等到这个人影跑到更近的距离，风笑颜猛地捂住嘴，强行压下自己的惊呼——这个人在融化！他一面向前狂奔，一面从肌肤到骨骼都在迅速融化！

转瞬之间，这个胖子已经面目不清，四肢失去了支撑的力道，摔倒在地上。他的咽喉已经无法发声，拼命在地上滚动，手在地上徒劳地扒拉着，很快就不再动弹。从他断气的那一刹那开始，他的躯体就停止了融化，整具残躯上布满颜色古怪的棕色液体，已经不似人形，看起来惨不忍睹。

她不敢再多看，抬起头来，发现在无数火把的映照下，漆黑的夜幕中掺杂进了一丝淡淡的青色，有一阵雾气正在飘动、扩散。她立即明白发生了什么。

　　"有毒雾！"她大声喊道，"快躲开！千万别沾上！"

　　但毒物扩散的势头相当迅猛，她正在束手无策，几名秘术师已经奔上前去。一股寒气从他们身体周围释放出来。他们是在用岁正的冰系魔法强行封冻毒气，阻止其扩散。另外几个长于驱风的亘白秘术师也开始操控风向，把那股毒雾慢慢集中到一起。

　　风笑颜松了口气，但紧接着，一个疯狂的念头冒了出来。她一弓身，在自己身上施加了一个秘术，猛地向毒雾里冲去。身后传来一阵呼喝声，但她已经顾不上了。

　　秘术师们制造的低温环境已经把毒雾凝成了细小的液体，所以这时候使用一个流体术护身恰到好处。那些细微的毒液都被流体术挡在一旁，风笑颜以最快的速度冲进了已经快要被烧光的屋子。

　　缺乏方向感的她之前猜测毒雾的源头可能是母亲曾住过的废屋，十七年前母亲在那间废屋的地下埋藏过某样法器，结果被一把大火激活，就像汤家凶宅地下的怪婴被水唤醒一样。

　　但跑到跟前风笑颜才傻了眼。没错，毒雾的源头是自己住的房间。

　　她也很快反应过来：母亲的囚室早就被火烧过一次了，现在那里是一片无人打理的瓦砾废墟，如果真有什么法器，当时放火烧房的时候就会出事。

　　她愣了好久，才想起身边遍布毒液，慌忙扭头逃了回去，离开毒液的范围，为此受到了一通训斥。这时，身畔响起一阵哭号，那是一个在夜袭与火灾中和父母走散了的小男孩，正在扯着嗓子喊："娘！你在哪儿啊？"

　　这一声喊击穿了尘封的记忆，让她仿佛再度回到了十七年前的那个夜晚。母亲就站在床头，用仅剩的右眼死死盯着她，浑浊不清的眼球露出一丝清澈。这一刻的记忆闪回让风笑颜终于明白了当时母亲冒险来探视她的深意。

——她也许早就预料到那间囚室不可能留存下任何东西，因而把某样法器藏在了女儿的屋里。

这样法器和当年父亲造成的两宗命案又有什么联系呢？谜团困扰着风笑颜，以至于等到毒雾完全被控制住之后，她才想起一个要命的问题：她的房子被烧了，放在房子里的东西呢？

她就像被人捅了一刀一样，想象着云湛发怒的脸，简直连自杀的心都有了。幸好在风长青去世那天遇到的那个旁系的姑娘向她跑过来，一身烟熏味地把她的包袱递给她，累得半句话也说不出来。

包袱里装着那个要命的铁盒子！要是再被火烧一次，天神他老人家降世也救不过来了。风笑颜二话不说，抱住那个可爱的姑娘，死命在她脸颊上亲了一口，亲得对方面红过耳、不知所措。

这一夜风宅里闹哄哄、乱纷纷，高层更是震怒不已，立即开始着手连夜策划报复行动，没有人管那些房子被烧掉了的族人应该安置到何处。风笑颜无所谓，反正风氏子弟常年出门在外的不少。她利用秘术弄坏了一把锁，随便找了个房间钻进去，拉过被子就沉入了梦乡。

梦里她好像和云湛吵架了。云湛不断羞辱她，说她没什么本事还总是脾气不好、爱耍小性子，比起石秋瞳来真是一个天上一个地下。说完这些话，云湛居然又若无其事地要风笑颜随着他一路同行，鬼知道是去什么地方。

"乖乖跟着我走就行了，"云湛慢吞吞地说，"不该问的不必问。"

这也太侮辱人了！风笑颜在梦里气得哭了出来，扭头要走，云湛却不知怎么地变出一根绳子，把她捆了起来，然后扛在肩上就走——见鬼，一个羽人怎么会有那么大的力气？

风笑颜被捆得不能动弹，只能在嘴里不停咒骂，直到醒来。接着她发现了真正见鬼的事情：醒来之后依然不能动弹，从头到脚只有眼皮子能眨、眼珠子能转。

她转动着眼珠打量周围，发觉自己似乎是被施了某种僵化咒，然后被放在一个漆黑的车厢里，随着车轱辘的转动不断摇晃。想了一会儿，她得出了谨慎的结论：自己被绑架了。

鉴于自己不能动、不能说话，唯一能动的眼睛也无法看穿车厢，风笑颜索性既来之则安之，闭上眼睛养神。大约过了一个多对时，就在她觉得自己快要憋不住尿的时候，嘴上的秘术消失了。她扯着嗓子大喊起来："放我出去！我要方便！"

马车停了下来。她听到开锁的声音，然后一阵白昼的阳光透了进来，让她觉得眼睛有些刺痛。紧接着身上的秘术也消失了，一个女声温和地说："请下车方便，风小姐，不过最好不要耍花样，我们本来没有恶意，被逼出恶意来就不好啦！"

风笑颜慢慢坐起来活动筋骨，发现这声音好不耳熟。等到眼睛适应光亮后，她睁眼一看，一时间有点发傻。

"怎么是你？"她叫出了声。

"为什么不是我？"对方嫣然一笑，"只是我们都认识那么长时间了，恐怕你连我叫什么名字都不知道吧？"

风笑颜呆呆地看着眼前这个曾经服侍过风长青又替她在火场里抢出包袱的风氏远房子弟，居然不知道该说点什么好。

"我叫何涟，在风家时化名风涟，"这个貌不惊人的小姑娘笑眯眯地说，"不过名字并不重要，你只要知道我是辰月教的人，并且是奉云湛先生的命令来找你的就行了。这里有他的亲笔字条。"

"不必了，"风笑颜摆摆手，"外人想要骗我的话，是绝对编造不出云湛和辰月教联手这种事情的。我相信你是这个王八蛋派来的。不过我很好奇，我是怎么中招的？"

她瞪起眼睛试图做凶悍状，但何涟笑容不变："我昨天才刚刚接到飞鸽传书。按照云先生的指示，你的包袱里有极重要的东西，他认为你一定照看不好，所以要我替你保管。我还没来得及行动，云家就发动了偷袭，倒是给了我趁乱的机会。现在你包袱里的铁盒是假的，我还顺手放了点迷药进去……"

风笑颜深感挫折，但也不得不承认云湛这孙子对自己的判断是正确的，她的确是一个大大咧咧的人。这一回如果不是何涟动作快，只怕那个宝贵的铁盒已经彻底完蛋了。

"你知道我为什么讨厌男人吗？"她忽然问何涟。

何涟一愣，摇了摇头。风笑颜咬着牙说："因为男人总喜欢做出一副对你了解得很透彻的样子。这真让人生气。"

她又用蚊子一样的声音补充了一句："尤其当他们碰运气说对了的时候……"

3

"也就是说，可以通过那个女人寻找公孙蠹的侄子？"萝漪问。

"是啊！我前两天刚刚去打听过了，那一片的房子都被拆了，十五年前的住户早不知道搬到哪儿去了，只能慢慢找，"云湛的眉头紧皱，"我已经让你的手下帮我打听去了，但要在几十万天启人里面找出一个无名无姓的、连年龄都只能大致猜测为中年的女人，可真够难的。"

萝漪点点头，很快想到点什么："对了，唐国最近有一批很有意思的兵力调动，在海上。"

"海上？"

"我的一名手下混入了天启城的死牢，本来是为了搭救一名教徒，却无意中听到一个被捕的海盗头子讲，最近唐国水师在中州西部海域调动频繁，简直一副要打仗的阵势。"

"意思是说，法器库的方位可能是在海上？"云湛一愣，"那样可就麻烦了。如果是在陆地上，我们还有法子秘密潜入，海上根本没有可以藏匿的地方，难道去和唐国水师硬拼？"

"拼十次，输十一次。"萝漪面无表情地说，但眼神里已经透出了愁苦。

"总还能想到办法的，"云湛安慰她，"大不了我们混进唐国的船，然后再见机行事。"

萝漪正准备回答，一名辰月教教徒匆匆赶过来，云湛知趣地走开。没过多一会儿，萝漪告诉他："喂，你的那个小朋友，被我们请回来了。"

风笑颜一路上倒是始终被以礼相待，但心里想到云湛，仍然难免充满恨意。她已经盘算好了，只要见到云湛，就二话不说上前一阵拳打脚踢，料想此人也不敢还手。

但当云湛贼兮兮的笑脸出现在她眼前时，她的一腔怒火不知怎么的化为了无处释放的软弱和哀伤。这些日子她一个人从遥远的宛州跑回了宁州，用尽各种坑蒙拐骗的手法探寻父母的真相，得到的却是一次次令人震惊的意外与打击，心弦绷得实在是太紧了。而她在世上举目无亲，就算想要找一个人倾诉，都没有对象。此刻见到云湛，见到这个从来没有正行的穷鬼，她却忽然有一种见到亲人的感觉。

没等云湛反应过来，风笑颜已经扑了过去，把头放在他的肩膀上，像丢了玩具的孩子一样哇哇大哭起来。云湛轻叹一口气，不忍心推开她，只能用左臂轻轻搂着她，拍着她的肩膀表示安慰。萝漪站在远处冲他挤眉弄眼，那意思是在说：没想到你还挺有女人缘的。

好不容易等到风笑颜哭够了，云湛带她在花园里坐下，看着她狼吞虎咽地吃点心，两人把这些日子各自的经历讲了一遍。风笑颜总算知道了丧乱之神的真实身份，想到这不过是个阴谋家故弄玄虚的把戏，而并非什么难以揣测的神秘力量，反而松了口气。

云湛沉默了许久，把风笑颜打探到的信息与自己已知的信息在脑子里过了一遍，最后开口说："独眼人不会无缘无故袭击云家。即便是为了他们做过的铲除叛徒的事，为此得罪一个势力庞大的羽人家族，也太不明智了。"

"你的意思是说，他们有非动手不可的重大理由？"风笑颜反应也很快，"这意味着我父亲龙斯跃是一个关键人物？"

云湛点点头："虽然还没能得到证实，但我们已经基本可以确定，二十年前曾经发生过一次叛乱，以至于曲江离他老人家没能如愿开启法器库，相反，法器库极有可能被他作乱的手下夺走了。现在看来，你父亲说不定就是叛乱的主使者，甚至是法器库的新主人。"

"那我还算是有点面子，"风笑颜耸耸肩，"可他为什么会在风家和云家杀死那么多人呢？"

"恐怕只有等我们见到他的面才能知道啦，"云湛看似很专注地看着石桌上一只正在奋力爬行的蚂蚁，"但愿他能看在你的面子上，别对我们下手那么狠。"

"这个笑话并不好笑。"风笑颜板着脸说。但时至今日，好像除了讲笑话也没有什么办法，所有的线索都看似存在着继续挖掘的可能，却又都断在了那些不可能接近甚至连是否活着都不知道的人身上：曲江离、公孙蠹、龙斯跃。

"没关系，至少你打听出我叔叔当年曾追查此事，"云湛安慰着有些沮丧的风笑颜，"我相信这个家伙，他即便没有抓住龙斯跃，也一定会得到很多重要信息。我已经派出了迅雕，很快就能得到他的答复。再说了，我们还有铁盒里的笔记呢！"

风笑颜依然没精打采："你最好不要抱过高的期望。笔记里面最重要的就是法器库的地址了，但那几页基本是完全损毁的，没可能修复了。就像一个脑袋被砍掉的人，再高明的大夫也救不活。"

风笑颜不幸一语成谶，在萝漪派出的三名秘术师的协助下，她仍然无法弄明白那个最关键的地点。不过记录笔记主人在离开海岛之后的动向的部分恢复了大半。过程基本如同云湛之前料想的那样，但笔记中增添了许多细节，尤其讲到了他向公孙蠹求助的过程，以及关于那天晚上叛乱的详情。此外还有一点很要紧的收获，那就是根据上下文的残文断章，虽然仍旧找不到海岛的具体方位，但是可以判断出，在登上海岛之前，旅行家最后到达的地点是中州西部的沿海一带。也就是说，这个岛极有可能在滁滁海中。

云灭的信也如期而至。或许是由于事关重大，这一次他并没有要风亦雨代笔，而是自己亲自写信，搞得风笑颜纠缠了云湛两天，试图收藏这张带有云灭笔迹的信纸："这是名人的笔迹，以后能卖钱的！"

修复的笔记（四）

齐王是我最信得过的朋友，某种程度上说，我的事就是他的事。他毫不迟疑地答应把我藏在齐王府里，并且破天荒向皇帝请求了更多的兵力来保护他，其实是保护我。

但我还是感到很不安，因为一切都太平静了，平静得近乎可怕。自从我进入齐王府后，他们就完全消失了，在长达一个月的时间里都没有露面。可他们是绝不会放过我的，他们追杀着我跑遍了大半个九州，绝不会因为区区一座皇子的宫殿而导致前功尽弃。他们必然是在计划什么巨大的阴谋，可惜我无法察知。

齐王毕竟不擅长阴谋权术，虽然贵为皇子，对身边事物的知觉并不强。而我受制于身份，没有办法做更多的调查，只是直觉不断地告诉我，这样的平静背后蕴藏着风暴般的危机，但还有谁能帮助我呢？

这时候一个名字出现在我的脑海中：公孙蠹。如果说天启城里还有谁既敢于挺身而出对付丧乱之神的信徒，又有足够的能力应对各种危险，那就只能是他了。

我在一个深夜叩响了公孙蠹的门。他过了很久才来开门，我猜他是通过某个暗孔先窥视我，这的确是个谨慎的人。我迅速地向他说明了来意，而公孙蠹显然是那种一遇到复杂罪案就相当兴奋的人，立即忘记了我是个素不相识的不速之客，把我带进屋里，接过我准备好的笔记，在灯火下阅读了很久。

"这是一个很危险的组织，"他掩卷之后说，"可能会牵涉一些相当大的秘密。皇子那里看起来防卫森严，但在专家看来，其实到处都是漏洞。我建议你马上离开，悄悄搬到我这里来，还更安全些。"

公孙蠹的话当然不无道理，但我很难相信以他一个人的力量能强过重重禁卫，所以我没有答应，只是把所有东西都交给他，由他去调查。

又过了大半个月，有一天正午时分，我正在房间里闷得发呆，门被推开了。我以为是送茶水的侍女，抬头一看，竟然是公孙蠹。他虽然化装成了仆从的模样，眼神里那种天生像狼一样的警觉却丝毫不减："今天日落之前，你必须赶紧离开，一刻都不要耽搁，他们要动手了。你一个人走，别告诉三皇子，因为他现在是被重点监视的对象，他一走就会露馅儿。"

说完这话，不容我发问，他就快速离开，留下我在那里发愣。他肯定没有说谎，但我不能离开齐王，因为把他陷于危险境地的人是我。我想要去警告他，他却恰恰在这一天受到皇帝召见，不在齐王府。

齐王在黄昏前回来，一回来就被几名手下迎进了书房，很久没有出来。我感到有些不妙，心急火燎地等待着，匆匆把之前发生的事情记录下来，连晚饭也没有心思吃，没想到这个举动使我逃过了一次劫难。

入夜之后，齐王府里渐渐开始充斥各种怪异的声响。我在屋里倾听着，觉得那像是垂死的人的呜咽声，又像是极度饥饿的野兽发现猎物时的咆哮。我悄悄把窗户推开了一点缝，顿时惊呆了。

我看到整个齐王府里的人都从自己的房间里出来，聚集在了院落里。但他们的走路姿势歪歪斜斜，脸上的表情僵直而诡异，好像丢了魂魄。我仔细观察，发现他们并不是完全散乱地站着，而是以大约每四五十个人为一队，分成数队聚在一起。我还注意到，每一队人当中，都会有一个行动自如的人，似乎是起到了操控的作用。

房门一个个打开，不断有这样恍如死尸的人走出来。想到死尸，我猛地反应过来：这是尸舞者的操尸之术！这些人全都已经死了，正在受到尸舞者的操纵！

我顾不得多想，先钻进了一口水缸里藏起来，然后才冷汗直冒地一点点分析清楚发生的事情。他们肯定是担心秘密外泄，认为光杀了我没用，必须除掉包括齐王在内的府里所有人，于是利用这几个月的时间一点点安排细作渗透进来。今晚就是下手的时机，他们利用晚餐下了毒，把齐王府里的人全都变成丧尸，我大概是唯一幸免的。

被驱赶的丧尸们封锁了所有可能的出路，并且开始被尸舞者驱策着四处搜索，以免出现漏网之鱼——比如我。事实上，我肯定是他们最重要的目标，即便逃跑了也马上会被发现。而我也并不打算逃跑，因为我已经看见了齐王。

齐王也成了一具丧尸，他神色木然，双目黯淡，再也不能像以往那样金樽美酒、纵琴而歌了，这都是我的错。他死了，我也决不能背负着良心的谴责苟活下去。但我会把新写的这篇笔记藏起来，并且留下我和公孙蠡约定好的记号，以便日后他能找到，获知齐王死亡的真相。而公孙蠡手里的我所有的笔记，也一定能帮助他查出那些独眼怪物们的真正面目，让我和齐王的牺牲变得有价值。我相信尸舞者们一定会驱赶着丧尸去制造某些骇人听闻的事件，但请公孙先生或者其他读到这份笔记的人相信：齐王是无辜的。

不能再多写了，丧尸已经来到了门口。

云灭给云湛的信

臭小子：

你要打听的那个龙斯跃，我的确曾和他交过手，他当然不是我的对手。但后来我放走了他，因为他向我亮出了他随身的一个物件：一枚天驱指环。

此事详情如下：

二十一年前，我还待在云家的时候，这个姓龙的以行商的身份，跟随几名在外常年经商的云氏成员回到宁南，要在云家暂住几天。云家是宁州最大的商业组织，招待几个生意伙伴原本天经地义，所以并没有人特别在意他。不过此人很擅长讨人欢喜，很快就和云宅里不少年轻人混得很熟。

大约住到第四天的时候，他和一些年轻人一起在房间里喝酒，连他在内总计有十二人。那一天碰巧客院里只有他一个客人居住，加上仆人们很害怕喝多了酒的年轻人撒疯打人——下人们被打了算白打——上好酒菜后就很快离开，所以没有人知道这次酒局的前后经过。人们知道的是，他们喝了一整夜，但到天明时，只有他一个人离开。

一个仆人很好奇，进房去一看吓得半死。那十一个年轻人不见了，化为散落一地的断肢残臂，现场血肉横飞，让后来收尸的人伤透了脑筋。而那十一个人的肢体最终也没能分清楚，只好草草合葬在一起。

龙斯跃自然成了最大的嫌疑人，云家当即派了一批人去追他，结果这批人全都被击败。族长云栋影只能央求我出马，我花了六天，追上了他，把他打倒了。

风笑颜读到这一段时悠悠神往："看看，这叫什么气势？我'追上了他，把他打倒了'，真正的高手才能说出这种轻描淡写的话，不像你，打翻一个小地痞都说不定要找说书的写段唱词表表功。"

云湛的表情好似被小地痞揍了一顿："首先，我一向谦虚而低调，没你说的那么不堪；其次，我叔叔说话口气就是这样，总是老子天下第一的德行，好像什么东西都不放在眼里，打败什么敌人都是理所应当，没准儿当时他其实也被揍得遍体鳞伤呢！"

我逼问他这起血案的详细经过，并警告他我会毫不犹豫地使用各种酷刑，直到他开口为止。这时候他忽然说，他知道我和天驱有来往，而他也是天驱中的一员，这一次的事件，其实是为了阻止一场灾难。我验看了他的指环，的确是真货。

他用天驱的规矩封住了我的嘴，让我不能过分打探具体细节，但他还是被迫告诉了我部分真相。他一直在追踪着一个神秘的秘术师组织，据说这个组织在制造一些邪恶的法器，可能造成很大危害。这个组织中有一个成员就是云氏子弟，所以他追着这条线索来到了云家，没想到那个人识破了他的身份，在那一晚上抢先下手，试图利用法器的力量诛杀他。幸好他反应及时，没有被害，但留下的残局无法向云家解释，所以只能逃离了。

他还让我看了一封密信的一部分，那上面的确是天驱宗主的指令，命令他在调查完云家后，去往雁都，和另一名天驱会合。信末的花押我一眼就能辨别出来是真的，旁人伪造不来。所以我最终放过了他。

不久之后我听到消息，风家也发生了类似的惨剧，我猜测和龙斯跃有关。但事不关己，我也没有费心打听。

我能告诉你的就这么多了。你师母嘱咐我捎上她的问候，但那些问候的词句千篇一律，你随便找个办喜事的铺子就能听个够，我就不多写了。把自己的小命看紧点，丢了要找回来可不容易。

4

云灭的书信明显让风笑颜的心情好多了。七月的天启城又闷又热，她居然也没有抱怨，这无疑归功于云灭在信中提到的关于他父亲的往事。

"其实他要真是个大坏蛋，听起来不是更厉害一点？"云湛给她泼冷水，"现在他不过是无数天驱中普普通通的一员罢了。"

"我乐意他是天驱！"风笑颜嚷嚷着，"老娘一想到那些独眼怪物就不舒服！再说他是个正直的天驱，也可以稍微抵消一点你给这个组织带来的负面影响。"

"我已经不是天驱了，关我什么事……"云湛像斗败的公鸡一样，灰溜溜走开。他借口睡午觉，躺在床上却连眼睛都没法合上，像玩拼图游戏一样拼凑着整个事件的轮廓。辰月教的法器库；试图霸占法器库的曲江离和他制造的几起惨案；二十年前背叛了曲江离的部分独眼人以及在此过程中起到关键作用的龙斯跃；重新回到人间的曲江离和他夺回法器库的野心……虽然还有很多谜团，但大体的主线已经清晰，总算不像自己最初收到崔松雪那张纸条时一样一头雾水了。

眼下还有三个关键的真相需要发掘：龙斯跃在二十年前的背叛事件

中起到了怎样的作用，他是否还活着？公孙蠹临死前是否掌握了很多信息，这些资料会存放在哪里？法器库的具体位置到底在哪儿？

第三点是重中之重，因为曲江离的突然消失说明法器库的再度开启已然临近，如果不能阻止这次开启，那么无论大量的法器落入曲江离手里还是背叛他的那群人手里，都会带来巨大的劫难。萝漪已经下令辰月教内的星相师和算学家们不分昼夜地进行演算，想要通过星相学演算出那个具体的日子，但由于计算涉及从来没有人能捕捉到其精确轨道的谷玄，因而困难重重，能否赶在那个日子之前算出来，谁也不能打包票。

云湛烦闷地喘了口气，正想合眼睡一小会儿，门却被敲响了："云先生，您要找的那个女人找到了。"

云湛差点连鞋都没穿就蹿出门去，顿时睡意全消。片刻之后，他已经来到辰月教设立在外的联络点，见到了眼前这个叫作倪小瑛的女人。一见之下他就吓了一大跳。

"请问您……今年贵庚？"他小心翼翼地问。

"到明年就满六十啦，不过身子骨还算硬朗。"这个满脸皱纹的白发老太太用一种漏风的声音回答说。之所以漏风，是因为她的门牙几乎全掉光了。

不对呀，云湛心里直纳闷，公孙蠹当年被杀害的时候只有四十来岁，按年龄算，他的侄儿应该在二三十岁啊！而这个老太太，十五年前就已经四十五岁了，难道这是一个老牛吃嫩草的故事？

这个侄子的口味还真独特，云湛摇着头，尽量装作对这种令人心理不适的反差无动于衷："那时候你们的关系很近吧？"

倪小瑛严肃地点点头："当然了，那时候我们已经在谈婚论嫁了。"

云湛再在心里叹口气，接着问："能讲讲他当时怎么失踪的吗？"

倪小瑛的脸上罩上了一层阴云："我也说不清楚。他那一天根本没搭理我，而是偷偷在屋里折腾，我隔着墙洞看过去，发现他一直在收拾东西，看起来像是要搬家。我过去追问他，他也什么都不肯说。第二天一大早，我在家门口亲眼看见，一辆马车从他家的大门里驶出，驾车的人不是他，但从此我再也没见过他。他当时一定就在车里。"

"他的叔叔没有走？"

"当时肯定没走，"倪小瑛很肯定地说，"因为他送那辆车出了门。不过那一眼之后，我同样也没再见过他，第二天他的房子就被查封了，我明白公孙克不会再回来了。"

说到这里，白发苍苍的老人略有些哽咽："唉，公孙克虽然来自乡下，又比我大上好几岁，但一直是个很可靠的男人……"

"等等！"云湛听得莫名其妙，立即打断她，"这个姓刘的，不，这个公孙克，当时多大岁数？"

"正好五十岁。"

"五十岁？可是他叔叔那一年不也差不多快五十岁了吗？"

倪小瑛奇怪地看他一眼："辈分哪！他侄儿还比他大一岁呢，但是按照家谱的排行，就是比他矮了一辈。这有什么想不明白的？难道你们羽人就从来不分辈分只按着年龄乱叫吗？那不是乱了套了！"

没什么想不明白的，云湛郁闷地想，不过是让我把寻找的目标从一个年轻人换成一个老头儿而已。他忽然回想起自己在公孙蠹的家乡时，村长说过的一句耐人寻味的话："他侄儿倒不想走，说自己一把年纪了，不如把机会留给年轻后生。"

当时他只觉得村长唠唠叨叨全是废话，所以很快打断了对方的啰唆，以至于忽略了这个明显有问题的句子。现在总算清楚了，公孙克只是在辈分上是公孙蠹的侄子，实际上竟然是个和公孙蠹同龄的老人。怪不得为了找这个倪小瑛费了那么多工夫呢。自己一直以为她应该是个中年女子，怎么想得到已经是个老太太了？而无论年轻人还是老头儿，其实没什么区别——反正都完全没有线索可言。

等等！云湛忽然感到一阵不安。这个侄子的年龄在过去完全没有引发过他的思考，现在陡然知道这是一个老人时，他却隐隐发现了其中的不妥之处。公孙克不是个年轻人，公孙克是个老人——仅仅只是无足轻重的误解吗？

他敷衍地听着倪小瑛讲述她与公孙克的那些往事，终于想起了自己想要问些什么："公孙克和他的叔叔，长相和身材是不是有点像？"

倪小瑛笑了起来："你一说我还真想起来了，他和他叔叔长得真像，身材也很接近，不知道他叔叔是不是因为他看起来觉得亲切，所以才把这个他带到天启城来。"

"完全有可能，"云湛礼貌地点点头，"非常感谢您的帮助，我派人送您回去。"

倪小瑛离开后，云湛摸了摸额头，发现汗水已干，反倒是一阵寒意从脚下升起。公孙克原来是个老人，这一点简单的小发现，却可能蕴含着一些令人毛骨悚然的阴谋。

他之前一直以为这个所谓的侄儿是个年轻小伙子，没想到和公孙蠹一样，都是老人。而且倪小瑛道破了一个重要的事实：这两人容貌和身材都很近似。

没那么简单，云湛想，公孙蠹这样冷漠的人，不大可能单单为了"亲切"而收容一个人。他又掏出佟童那封信，仔细琢磨着关于公孙蠹的那些字句，并很快注意到，公孙蠹的尸体被发现时已经血肉模糊，面目不辨。但当时根据此人身上的一些伤痕，确定了他的身份。但是这些伤疤的形成时间很耐人寻味——全都是在最近两三年之内的。也就是说，都是在他的侄子被他带到天启城后才形成的。

那为什么不能反过来推理呢？云湛忽然冒出这么一个怪异的念头：假如那些伤疤都是刻意为之，都是公孙蠹故意制造的呢？比如说，他把侄儿带到天启后，找机会击昏侄儿，看清楚对方身上所有的伤痕，然后在随后的日子里一点点利用机会在自己身上伪造……这一点在时间上是吻合的，因为综合村长的说法和佟童的调查，那个侄子在天启城大概待了两年时间，这段时间里，已经足够公孙蠹让他身边的同事们"发现"他身上的伤疤了。

公孙蠹为自己制造了一个替身！他早就想让侄儿替他送命！

得出这个结论后，云湛开始回想与公孙蠹有关的各种传闻。一个冷酷的、不近人情的、为达目的不择手段的提刑官，他一向的观点和自己刚刚脱离的天驱有些相似之处：为了达到大正义的目标，可以稍微牺牲一些小正义。

对于公孙蠹而言，所谓的"大正义"，当然就是他的性命了。因为只有他活着，才能继续追捕、审判各种罪犯，尤其是揭破害死了三皇子的丧乱之神的真相。而为此牺牲一个无足轻重的乡下老头儿，在他看来显然是可以接受的代价。

云湛禁不住打了个寒战，这都是些什么人啊？在这桩丧乱之神的案子里，无论邪派还是所谓的"正派"，都拥有一种让人在大夏天脊背发凉的精神力量。

"公孙蠹用他的侄子做替身？"风笑颜很吃惊，"就是说，死的很可能只是他的侄子，而他还活着？"

云湛点点头："我相信他一定还活着。我甚至怀疑……他侄子的死就是他一手造成的。"

风笑颜说不出话来，萝漪却神色自若，显然对于这种程度的阴谋诡计早就习惯了。她接着云湛的话头说下去："的确，如果我是公孙蠹，一定会选择，不对，是制造一个恰当的时机，杀死我的替身。然后毁掉他的面孔，让人们只能看到模糊的面孔。人们只能依据死者身上的印记来判断其身份，但我已经利用过去两年的时间，仿造了替身身上所有的伤疤，因此不费吹灰之力，他们就会认定我已经死了。"

"很有道理，"云湛说，"不过他怎么能料定公孙克就会在那段山崖出事呢？"

萝漪微微一笑："你不是说了吗？那段山路如果被伏击，基本就是必死。所以如果我没有猜错的话，那一天公孙克的逃亡路线，根本就是公孙蠹故意泄露出去的。他为自己的侄儿安排了这条死亡之路，又悄悄把消息告诉了独眼人，而他已经提前埋伏在了那段山崖下，只要马车摔下去，他立刻会赶过去，毁掉尸体的面容。"

"可是公孙蠹又会藏到哪儿去呢？"风笑颜低声说着。刚才那番话很贴近事实，如果是从云湛嘴里说出来，她说不定得挖苦两句，但不知怎么的，始终和蔼可亲的萝漪却让她不敢稍微有一丁点放肆，比面对公主石秋瞳还要紧张万倍。她能凭直觉感受到，这个外表看起来单纯可爱的矮个子河络，体内蕴藏着深不见底的黑暗力量。

"也许他也找到了法器库，"云湛沉吟着，"这是个足够精明的人，很难想像他在布置了那么大的骗局后会一无所获。"

三人又猜测了一阵，仍然不得要领。云湛心里充满了一种难以言说的烦闷，就好像是在夏夜里被蚊子叮了，但搔上很久都找不到痒处。现在他们如同抽丝剥茧一般，慢慢剥出了很多的真相，只是这些真相不痛不痒，反而引发出更多的难解之谜。而最要命的谜团——法器库的方位——始终无法解开。唐国水师就像在海上筑起了一道坚固的堤坝，让堤坝另一头的人们心急火燎而又无可奈何。

云湛总结的待解之谜

一、辰月教法器库的位置。

二、公孙蠹的下落。

三、二十年前曲江离遭到背叛的详情。

四、风笑颜扑朔迷离的身世，她的父亲龙斯跃的身份及在此事件中的作用。

五、曲江离遭到汤氏陷害灭门的真相，会否和法器库有关？

六、最早给我写信示警的崔松雪是如何卷入这起事件的？他字条上没写完的"找到尸"三个字，究竟指的是什么？

七、修复的笔记中提到有关法器库所在地的一些情况，那些"神的信徒"与独眼人以及另一股力量之间存在着错综复杂的关系，这种关系究竟是怎样产生的？那只奇特的怪兽背后隐藏着什么？

第九章

深 海

1

天启城的夏天和南淮城的夏天有着全然不同的光景。南淮城的夏天是湿润的，让你在任何时候都觉得皮肤黏黏的，好像呼出的空气都能滴下水来；而天启城的夏天是干燥的，让人总觉得自己是一条正在被晒干的鱼，吸进的每一口气都带着火星。

那些蒸腾的热空气让人昏昏欲睡，一向贪睡的云湛感到头脑发胀，眼皮子似有千斤重。他不明白自己现在留在天启城究竟能做什么，但离开天启城似乎也不能做什么。天启城是流言的中心，待在这里至少可以打探到各种各样的消息，还能随时调用辰月教徒为自己跑腿。他有时候忍不住想：我要是真的加入辰月教，好像也不赖……

这几天中，他寻访了当年奉命缉拿公孙蠹的大内侍卫，以确认他和萝潆对公孙蠹使用替身的怀疑。这位前任侍卫颇具江湖气，和云湛酒过三巡后，立即称兄道弟变得热乎起来。前大内侍卫反正已经不在其位，所以肆无忌惮地抖出了当时的一些细节。

"公孙蠹那个老小子，就是太倔，"面红耳赤的前侍卫喷着酒气说，"他和谁顶牛都不打紧，怎么能和皇帝对着干？皇帝说齐王是叛逆，那齐王就是叛逆，没得商量！他偏要说不是，还要调查真相，这不是自己把自己的脑袋割下来吗？"

云湛随声附和，前侍卫又仰脖倒进去一杯酒："后来我们去捉拿他的时候，他的房子已经空无一人了，但我们得到匿名的线报，得知了他的逃亡路线，所以我们立即追了过去。结果不知道怎么回事，他的马车在一处很险要的悬崖摔了下去。我们一看就知道，从那里摔下去肯定活不了啦，不过我还是亲自系上绳索爬下去看了一下。"

"看到尸体了吗？"云湛趁热打铁地问。

"看见了，惨啊！"这位前侍卫摇晃着脑袋，"车夫的尸体脑袋都从脖子上掉下来了，公孙蠹的脸更是被划得稀烂。而且他们好险没砸着山下的人。"

"山下有人吗？"云湛漫不经心地问，又为他倒上一杯酒。

"是啊，我发现附近的泥土上有人走过的足迹，而且还很新。估计是个打柴的樵夫。那人肯定被那辆从天而降的破车吓得尿裤子，然后落荒而逃啦！人一辈子能有多少机会看到一辆马车从天上掉下来？"

两人一起大笑起来。

回到住处时，天已经快亮了。云湛醉意微醺，慢吞吞走回房，享受着晨风的清凉。来到门口正要推门时，他忽然放缓了脚步。

头顶的大树郁郁葱葱，还有清晨的露水从树叶上滴落下来。但云湛却敏感地觉察到，露水的冰凉中带有一种别样的寒意。他懒洋洋地伸出手，做出醉态，笨拙地推开门，但就在踉踉跄跄跨进门槛的一刹那，他倏地回转身，向着树上连射三箭。

弓弦刚刚响过，树叶间一阵颤动，紧接着几根蛛丝般细微的金属丝从树顶飞出，悄无声息而又迅若闪电地疾卷向云湛的身体。云湛飞快地闪身入门，利用墙壁挡住了这几根细丝，捕捉着细丝收回的声响，利用这短暂的间隙扬弓准备再射。

然后他的动作停住了，眼看着一个魁梧敦实的身躯从树上轻快地跳下来，大摇大摆走到他跟前。云湛上下打量着眼前这个貌不惊人的刺客，终于忍不住破口大骂："夯货，你真的想干掉我吗？"

被称为夯货的男子耸耸肩："多日不见，我就是想试试你的身手有没有变坏。如果我用六成功力就能杀掉你的话，那你还真不如死了的好，省得活在世上丢人。"

这个人名叫安学武，曾经是南淮城的知名捕头，但实际上的身份却是知名杀手组织天罗的重要成员。他和云湛大半年前一起经历了血腥的南淮城魔女复生案，不过也因此暴露了身份，不得不离开南淮。两人是一对欢喜冤家，彼此不停地较劲，却又暗暗相互佩服。

云湛和他斗了几句嘴，招招手："进来喝杯茶吧。"

安学武摇摇头："没那个闲工夫，我来这里是有重要的事情告诉你，说完就走。"

云湛略有些疑惑地望了他一眼，心里渐渐升起某种不祥的预感。

"我到天启城来，是为了和某个国家的斥候头目进行谈判，替他完成几桩重要的刺杀，具体就不必说了，"安学武说，"不过我一向是个警惕的人，因为不放心这个人的信誉，所以监听了他和手下的谈话，并且偷阅了一些文书，结果让我发现了一件或许和你有关的秘密情报。我惦记着还欠你一个情，所以特地来和你说一声。"

云湛眼皮微微一跳："什么叫'或许和我有关'？"

"因为我和你许久不见了，现在你身边又多了一个年轻漂亮的姑娘，我不知道你和秋瞳公主的关系是不是还那么好。"安学武悠悠地说。

云湛心头一震："你说什么？她怎么了？"

"她并没有怎么，不过也快了，"安学武收起玩笑的口吻，似乎是知道石秋瞳对云湛的重要性，不敢在这个话题上胡扯，"那份绝密情报提到，在国主的命令之下，衍国的水师正在大规模调动，准备由滁潦海北上，行进到中州西部海域，也许是为了与唐国水师交锋。这支水师，将由公主率军亲征。"

云湛大惑不解："开什么玩笑？她不是一直阻止石之远那个老糊涂蛋对唐国用兵吗？为什么会突然改变主意了？"

"这我就不知道了，不过那份情报上还提到了其他事情，"安学武的表情很古怪，"情报里说，有一个名叫云湛的羽族游侠在那片海域招募了一些海盗，进行着秘密勾当。这大大触犯了唐国利益，唐国或许因此才大举出动水师的。你得知道，衍国虽然国力强于唐国，但水师远赴重洋，大老远地跑到别人家门口开战，赢面只怕不大，甚至有可能全军覆没……"

木叶萝漪又度过了一个忙忙碌碌的不眠之夜，这对她而言已经是家常便饭了。她小小的身躯里好像蕴藏着无穷的精力和韧劲，再加上与外貌不相符的智慧、老辣以及适当时候令人战栗的残忍，她获得了所有教众的敬畏与绝对服从。

萝漪处理完最后一项事务，喝光了壶里的浓茶，决定到屋外透透气，但刚一开门，她就怔住了。

门外负责警戒的四名教众全都倒在地上，人事不省，四肢关节被人用极利索的手法拧脱了臼。萝漪对这四个人的功力心知肚明，如果能有人在一瞬间解决掉他们四个，那一定是个绝顶高手。她不动声色，却暗中把精神力提到了顶点，随时准备发出致命一击。她所修炼的谷玄秘术"枯竭"，向来是令人色变的凶狠杀招。

但当袭击者露面时，萝漪并没有发招。对面的人原本很熟悉，却在这一刻忽然变得陌生，带着满脸的杀气，手中的弓箭指着她的胸口。和云湛认识了那么久，她从来没见到过这个温和随意、总是一脸坏笑的羽人有过如此可怕的冷酷表情。

"你怎么了？"她镇定地问。

"你怎么可以用我作诱饵引她出兵？"云湛的语声冷得就像殇州的万年冰雪，"你找不到突破水师封锁的方法，我们可以一起商量；你需要有人替你卖命，也尽可以利用我。但你怎么能把她置于那样的险境？"

萝漪淡淡地问："你所说的'她'，指的是石秋瞳吗？"

"明知故问！"云湛哼了一声，手里的弓弦绷得更紧。

萝漪没有避让，而是向前跨出一步，凝视着云湛的眼睛："你的意思是说，是我用你作诱饵，引诱石秋瞳出兵？"

"你用不着装无辜！"云湛凶狠地和她对视，那目光让她想起了曾在瀚州草原上见过的最嗜血的驰狼，"你曾经利用过我、欺骗过我，也许这次合作你的初衷也是想要利用我，我不会生气。但你不能动她。没有人可以在我面前伤害她，任何人都不行。"

"云湛，我知道你现在很激动，但你还是应该稍微冷静一点想想，"萝漪用柔和的语气说，"我们打过这么多交道，难道我还不明白你心里真正重要的是什么吗？就算我真的想利用你，你觉得我可不可能那么愚蠢地触碰你的底线，把你推向我的对立面？云湛，你一向是个很聪明的人，我就说这么多，其他废话说了也没用。如果你还不相信我，一定要动手的话，我只能奉陪。"

她摊开手心，"枯竭"的死亡黑气就在莹白如玉的手心里流转着。云湛视若无睹，只是思考着萝漪说的话。有那么一阵子，萝漪甚至觉得眼前的知名游侠会像一个十来岁的少年一样，把手里的弓箭往地上一抛，蹲下身来哇哇大哭。但当各种复杂的表情从云湛脸上交替闪过之后，剩下的是一种绝对的冷静。

萝漪又想起了那头驰狼，那头奇迹般逃过二十多骑猎手追杀的白色驰狼。当它被猎手们围追堵截，看来已经陷入绝境时，目光中流露出的就是这样令人不寒而栗的冷静。云湛的一生也遇到过无数的危险困境，但对于他而言，真正的绝境，并不是发生在他自己身上的。这样的绝境能促使他用尽自己的智慧与勇气。

"你是对的，很抱歉，我错怪了你，"云湛重新开口时已经恢复了平静，"现在我需要你的帮助，我必须以最快速度到达海边。对于这次衍国出兵的幕后推手，我突然有了一点猜测。"

"我马上叫人备马，"萝漪淡淡地说，"等到了海边，船也会备好了。"

"普通商船或者渔船都不够快，"云湛说，"我们需要海盗船。"

很久以后，当时一直借助秘术掩护悄悄躲在角落里的风笑颜对云湛说："认识你那么久，那一天我突然发现你很帅哎！"

云湛很不服气："凭什么其他时候我就不帅？"

风笑颜好像没有听到这句话，仍然自说自话下去："那时候我就在想，许多年之前，你叔叔一人一弓，孤身一人闯进强敌环伺的风家，向他岳父致意的时候，会不会也是那样的神情呢？"

"什么神情？"

"就是只要为了某一个人，天塌下来都能顶得住。"

"净胡扯！"

2

再往前进二十多海里，就将进入唐国的海上警戒线。到了那时候，想回头也已经晚了，战争一触即发。

石秋瞳默默坐在船头，看着夜空中细细的弯月。八月的滁潦海阴晴不定，刚刚送给了船队一次大风浪，紧接着又突然平静下来，平静得军舰划破海浪的声音好像一首悠扬的歌。

她一直觉得自己是一个理智的人，一个在任何时候都不会被感情冲昏头脑的人。但当听到云湛被困在海盗巢穴的时候，她忽然觉得心里一下子空了，某种烈酒般的激烈情绪支配了她的头脑。当国主再一次提出"唐国的水师调动摆明了是向我示威，我们的水师也必须压过去待命"时，她破天荒地没有提出任何反对意见，反而主动接下了任务。如今两国水师一边号称清剿海盗，一边号称"例行军演"，彼此虎视眈眈。

可是我真的要打过去吗？她一遍遍地反复问自己，为了一个男人，我可以发动一场战争吗？这不像是我的作风，但为什么我心底总有一个声音在唆使我这么做呢？

正在心乱如麻的时候，前方海域忽然有了一些不同寻常的动静。不久斥候前来报告："有一艘海盗船闯进了我们的警戒区域，船上打着白旗，炮也拆掉了，行驶速度很快。"

海盗船？石秋瞳有些纳闷儿，但她还是吩咐下去，截住那艘船，把船上的人都带到她的座船上来。当来人刚刚跳上座船的甲板，石秋瞳霍然站起，眼泪差一点夺眶而出。

那是云湛，活生生的云湛。他看起来有些睡眠不足，不过总体还算好，尤其标志性的歪嘴坏笑半点也没变。

"对不起，让你担惊受怕了，"云湛走到跟前，握住她的手，双手的温暖告诉了她，这的确是活人，不是幻象，"我没事。你千万别和唐国开战，不然就中敌人的计了。"

"你们的船和唐国的船都太难抢，"云湛说，"但是海盗总归脑子要笨点。这些日子你们双方大张旗鼓，大部分海域海盗船都不敢靠近，海盗们都快饿死了，不得已转到陆上去抢劫。我们稍微放点诱饵，他们就会中招，反倒丢了自己的船。"

他说得很轻松，但乌黑的眼圈说明他这几天几乎不眠不休，体力消耗到了极限，否则也不至于被海盗在手背上刮出一道伤口。石秋瞳替他包扎好伤口，轻声说："但不管怎么样，你赶到了。你想要做的事情，总是能做到的。"

云湛苦笑一声："也许我更像一匹狼，不到完全断气，就不肯把爪子和牙齿收回去。"他把自己中州之行的所有收获向石秋瞳说了一遍，石秋瞳恍悟："原来他们调动这些水师，是为了帮助那个老妖怪攻占辰月教的法器库？"

云湛摇摇头："如果真这么想，就上当了。"

石秋瞳不解地看着他，云湛大字摊开往椅子上一靠："我也是从听说你被诱出兵的时候开始想这个问题的。如果单纯只是想要打下法器库，也许这次唐国的水师出动还能讲得通，但再把衍国水师拉过去打一架，就不对劲了。如果是要积蓄足够的实力抢占法器库，为什么要以这场预谋中的海战来大幅削弱兵力呢？"

"确实有些奇怪，"石秋瞳点点头，"这一仗要是真打起来了，就算唐国能胜，也会是惨胜。我也想不明白他们的目的所在了。"

"我这一路上没法睡觉，一直都在琢磨着这回事，"云湛揉着眼角，"后来我终于想明白了，这是个一石二鸟的连环计。"

"怎么一石二鸟？"

"首先，法器库一定不在海上，曲江离那个老浑蛋被人骗多了，学坏了，自己也开始骗人了。他故意告诉唐国国主出动水师，以便转移我们的视线。所以我和萝漪是第一只鸟。另一方面，他一定也不信任唐国国主，如果能借这个机会挑唆你们两个国家大斗一场，对于他获得法器后的迅速崛起也会有帮助。唐国和衍国就是这第二只鸟。"

他补充说："曲江离最忌惮的，其实是辰月教，他向唐国求助，最想对付的也是辰月教，而不是当年的背叛者。"

"幸好你及时阻止了这场战争，"石秋瞳长舒一口气，"不过，法器库究竟在哪里呢？"

云湛一脸的苦恼："这就是现在最重要的问题。根据那份十五年前的笔记，那个胆子贼大的旅行家认定自己是在一个海岛上，而根据其他零星字句的提示，他在登岛前最后的方位是中州西海岸。如果法器库并没有藏在海里，那他为什么会感觉自己被装在船上颠簸了那么久呢？"

"难道那条船只是故意在海上兜了个圈子，最后又回到了岸上？"

"也不对，因为他的陆路行程很短，如果是在岸上，恐怕没办法隐藏。要知道水面上的颠簸和陆地上的颠簸完全是两回事，他不可能混淆的。"

石秋瞳说："我手下有一个鲛人水师教头，对海洋的一切都很熟悉，也许可以问问他。而且我本来也答应替他向你传话，现在，他可以自己找你说了。"

"传什么话？"

"这是个天驱，他奉宗主的命令，希望你能回归。"

于是云湛再一次和一个天驱武士面对面了，一个在船上一个在水里。这种感觉非常怪异，就像是一条离群的野狼又重新面对从前的首领，是应该上去蹭蹭脖子还是伸出爪牙呢？

名叫沉鲸的鲛人天驱先开了口："我们请你回归天驱的事情以后再说。现在是我们欠你的，如果能先补偿你，以后再谈会方便些。"

云湛不置可否："那么请问，你对于这样一个地方有什么见解？"他把风笑颜修复的笔记中与方位相关的部分复述了一遍。

"就是说，这个人是在海港上的船，此后绝大多数时间都在海上漂流？"沉鲸听完后，沉思了一阵子，"你能把原件给我看看吗？也许你遗漏了某些不大引人注目的细节。"

云湛犹豫了一下，回身入船舱，把装在行李里的纸页取出来。沉鲸跳上船，用秘术化生出双腿，盘膝坐了下来，仔细阅读着。最后他开口说："你有没有注意到这句话？'尤其当中那一次突如其来的剧烈颠簸让我以为遇上了把船掀翻的大风暴'。"

"你是说，你觉得那次突如其来的颠簸可能有问题？"云湛反应也很快。

"我们首先明确一个前提，必须假定这个人的描述完全真实可信，即便他自己出现了某些判断失误，但至少他的感觉都是真实的，这样才能展开推断。"沉鲸说。

"我们也没时间考虑另一个前提了，"云湛神情阴郁，"现在我们必须相信他。"

"所以我们就可以先排除掉那些不可能的，"沉鲸有条不紊地分析着，"第一，绝不可能是个海岛，就东滪潦海沿岸而言，来往渔船商船众多，早已经是成熟的航路，如果法器库真在海上，早就被人发现上百次了，不可能隐藏得住。同理，不会是任何一条沿岸已知的河道。而且他还提到了怪异的植物，但据我所知，西海岸附近也并没有什么特殊植物。"

"同样也不可能是陆路，"云湛说，"海浪的颠簸和车马的颠簸不一样。"

"问题就出在那一下巨震上，"沉鲸身上的鲛人鳞甲在星光下泛着银光，"刚开始的时候肯定是从海港出海，那一震之后却产生了变化。"

两人陷入了沉思中，石秋瞳一直静静地在旁边听着他们说话，现在见两人都有些卡壳，于是把沉鲸手里的笔记接了过去，也认真研读起来。她读得比沉鲸更细，而且反复读了三遍，读完之后把视线投到了沉鲸身上，看得对方有些发毛。

"云湛这小子有时候很细心，但他读书太少，所以某些时候又显得相当粗心。"她不紧不慢地说。云湛脸上白一阵红一阵，低声咕哝着："真伤自尊……你就是什么时候都不愿意给我留点面子。"

"而你，看得出来也很细心，"她又对沉鲸说，"但是某些时候，你对于那些每天出现在你面前的看惯了的事物，反而会出于习惯而忽略掉。"

沉鲸一愣，石秋瞳悠然一笑，忽然开始回忆起来："我和云湛认识，已经是在差不多十年前啦，那时候我们都还只有十六岁，年轻得要命。"

云湛和沉鲸对望一眼，不明白为什么她提起这一茬，但还是耐心地听下去。

石秋瞳眼望着海面倒映出的璀璨星光，嘴角带着含义不明的微笑："那时候我作为父亲的特使，满九州地四处出访，为他缔结盟友、扩展外交。在去到宁州访问羽族之前，我先去了越州，并且进入了河络的地下城。河络在地下的建筑技艺的确是举世无双，无论采光还是通气都做得无懈可击。而且他们告诉我，如果不是为了节省成本的需要，他们甚至完全可以用透明水晶做城市的顶棚，让河络们可以在地下就看到星空。"

云湛身子微微一抖，猜到了她的意思。石秋瞳接着说："离开越州后我去了宁州，认识了这个小子，再之后我去了涣海，被放在一个罐子里扔进海里，造访了鲛人的海底城市。我注意到，海底的植物大多数都并不是绿色，而是红的、紫的，各种古怪的颜色。后来有人告诉我，那是因为它们能照射到的阳光太少了，不得不靠其他方式获取养分……"

沉鲸站了起来，眼睛里闪动着兴奋的光芒："那些都是我看惯了的植物！所以我忽略掉了这个信息！"

"现在，那一次奇怪的震动可以得到解释了，"云湛打了个响指，"那恐怕是一艘结构特殊的船只，船行到半道上的某个地点时，货仓被整个卸了下来，通过某个水中的入口，被送进了一个能隔绝水流并且有空气可以呼吸的地方。那里生长着奇怪的植物，生活着特殊的居民，抬头始终只能看到一片灰暗，因为头顶上本来就不是蓝天白云。这是一座海底城市，一座用透明水晶做穹顶的海底城市。根据唐国水师在远海的行动分析，这座城市超乎很多人的想象，将会藏在一个距离海岸很近的地方，以方便秘术师们进出。"

一座海底城。这虽然是个令人震惊的结论，但也是个令人不得不接受的唯一可能的结论。三人相互对视，脸上的表情都复杂至极。

"可我有一个疑问，"石秋瞳的眉头又皱了起来，"就算这座城建成后有种种隐蔽措施，但兴建一座海底城是何等庞大的工程，怎么会建在近海的地方而不被人发现呢？"

"你错了。那里本来是一个绝对安全的地方，那些辰月教的先驱原本是挑选了一个根本没有人可以接近的秘密所在。只是他们的眼光还不够长远，没能预料到后世的变迁。"云湛说。

"这话怎么讲？"

云湛做无限沧桑状："一两千年前，这里的沿岸地带还是礁石密布的禁航区，再加上恶劣的气候，就好比蛮荒的雨林或者充满瘴气的大雷泽深处，把海底城建在这片海域，可以说是绝对安全的，没有绝顶秘术的支持没可能找到入口。可是世事难料，谁能想得到，后人发明了火药这种该死的东西，愣生生炸开礁石，把荒芜之海变成了黄金航道呢？"

3

两天后，萝漪和风笑颜也赶到了。云湛在沉鲸的帮助下泅渡到海岸与他们会合。岸上是唐国领土，现在一切行动都处在唐国的视线范围内，不得不万分小心。三人仔细分析了附近海域的洋流特征，结合笔记上所说的"不会超过一个对时"的航行时间，以及那些与环境有关的断断续续的描述，让萝漪的教徒们向渔民悄悄打听。

与此同时，辰月教中的星相师也终于把计算结果送了过来。根据他们的计算，下一次太阳远离大地、谷玄逼近大地的日子，是这一年的八月十一日清晨前后，由于谷玄的轨迹从来不为人知，只能以其他星曜受扰动的程度来进行粗略推算，所以具体的时辰没有办法算出来。

在那一天，大约有长达大半天的时间，由于谷玄的临近，其他天空诸星的星辰力都会受到极大的干扰。比如说，即便是随时能感应月力的体质最好的羽人，即俗称的鹤雪体质，到了那半天也没有办法起飞，其效果与明月被暗月遮蔽相当。

　　"八月十一日……那不就是后天吗？"风笑颜算算日子，大惊小怪地喊起来。

　　"后天清晨左右，其实也就是说，我们明晚就必须找到这座海底城，否则就来不及了。"云湛说，"到时候天知道会有什么样威力无穷的法器流出来，只怕神仙也挡不住。"

　　"现在我们手里有四处可疑的地点，"萝漪挥着手里的一张纸片，"这四处地点都比较古怪，经常发生离奇的事故，从隐蔽入口的角度来看，比较符合，其他特征也和笔记上所说比较接近。但我们没有时间去验证，必须选定一个碰碰运气。"

　　"为什么？"风笑颜不解。

　　"虽然水师都离得比较远，但唐国国主是个小心谨慎的人，在这一带布置了斥候，监视着往来的船只。"萝漪说，"如果我们要出海，就必须一次成功，否则一定会被他们发现。别忘了，那是在海上，无处遮蔽的海上，不像陆地上有各种各样的藏身之法。"

　　"所以我们一定得在四个地点中选一个。"云湛叹息着，看着那四处地点的详细描述。这四个地点，有两处在近海区域的航道或渔场附近，有一处靠近某个无人居住的荒凉海岛，还有一处靠近西北海岸的一座悬崖。这四个地方都在距离海港一个对时以内的航程里，都是海难多发地点，哪一处都有可能。

　　"我们来投票表决吧！"风笑颜忽然说，"哪一个地方同意的人多，就选哪个地方。"

　　"你以为这是小孩过家家吗？"云湛哭笑不得。

　　"要是到了明天下午还决定不了，可不只能过家家了？"风笑颜摊开手，"不然你告诉我一个更好的办法？"

云湛被噎住了，心里不得不承认，风笑颜说的也是实话。真到了那一步，唯一的办法就是瞎蒙一个，碰上了算赚，碰不上等死，生死竟然只能系于四分之一的随机选择，人生的悲剧莫过于此。但他仍然相当不甘心，想了想，决定把几名辰月教的细作叫进来，再仔细询问一番。

"那片海域离一条航道很近，但是有不少暗礁，也经常遇上风暴，所以船只都会绕道而行。最有意思的在于，如果没有船只进入，那里也许会大半个月都风平浪静，但每次有船进去，就会立马风雨大作。一般的水手们都把那一片称为暴风之眼，无论如何也不会抄近道通过那里。"第一名细作描述着第一个地点。

"那片海域非常奇怪，距离一片很丰饶的渔场不算太远，但却经常出没一些危险的海兽，据说还有人见到过小山一样大小的豪鱼。更加奇怪的是，明明附近就有鱼群，但那些海兽却对渔场秋毫无犯，就待在自己的地盘里，一旦有船只闯入则会毫不犹豫地袭击。当地渔民都在传言，那里的海底是一条深深的海沟，里面藏有创世之初天神留下的神器'海之渊'，而海兽们就是天神用来保护神器的。"第二个人如此形容第二片海域。

"从地理位置上来讲，灵荒岛本来应该成为一个重要的海上中转站，也可以成为渔民们的休憩之地。但奇怪的是，这座环境优美、登陆方便的小岛，不知怎么的，总是发生各种离奇的死亡事件。不管是来往商船的水手，还是打渔路过的渔民，还是闻风而至的探险者，在这座小岛上待久了必然会出事。死者往往在一夜之间暴毙身亡，却全身上下都找不到一点伤痕。久而久之，这座岛也就再也没人敢登上去了。"第三个细作报告说。

"海西崖一直以来都有闹鬼的传说，据说曾有被渔民们以通奸罪处以私刑的渔女化身厉鬼报复。虽然传说无根无据，但这里经常有人跳海自杀却是事实。他们往往会爬到山崖上一块突兀的巨石上往下跳，下方就是尖锐的礁石和汹涌的波涛，跳下去的人没有半点可能幸免。那块巨石形状长而弯曲，顶部尖细，所以被形象地称之为犀牛角。"这是第四个地点的描述。

"这四个听起来都挺像的，"风笑颜眨巴着眼睛，"不过第二个更像，兴许那个什么'海之渊'就是以前的辰月教先辈故意编出来吓唬人的谎话，实际上指的是法器库。"

云湛不答，仍然苦思着。诚如风笑颜所说，这四个地方都带有一些神秘色彩，一定要牵强地解释的话，每一处都能指向海底城。但每一处都像也就意味着每一处都不像。

一定有一点不一样的联系，他咬牙想着。我应该怎么把它揪出来呢？当前的问题在于，在所有能够找到的活人和死人里，只有这位不知名的旅行家曾经一个人混进过法器库。由于他的笔记残缺不全，注定了大家只能闷着头瞎猜……

想到"残缺"两个字，云湛忽然觉得脑子里有什么光亮闪过。他隐隐意识到，自己遗漏掉了一点特别重要的信息，但一时间又想不起来。但他明白，最关键的就在这个被忽略的点上。

暴风之眼、海之渊、灵荒岛、犀牛角，云湛不断把这四个名词翻来覆去地比较着，总觉得这些名字当中也许就隐藏着最后的那把钥匙。他下意识地用手指在桌面上画着。

"你在干什么，练书法吗？"风笑颜很奇怪，"这种时候装什么风雅？"

云湛的眼睛一下子瞪圆了，他猛地跳将起来，双手按住了风笑颜的肩膀："你说什么？练书法？"

"是啊，你这么一个粗人，装模作样写什么字……放手！疼死啦！"风笑颜觉得云湛的双手就像铁钩一样，简直要把肩上的肉都扯下来了。

"没错，我是粗人！"云湛大吼起来，"所以你来告诉我，犀牛角的'犀'字，该怎么写？东陆语！"

风笑颜被这一声大吼吓得一激灵，反应了好几秒钟，才伸手在桌子上写出了一个大大的"犀"字。

"首先要写出一个'尸'，对不对？"云湛继续像野牛一样地吼叫着，连萝漪都被他吓了一跳。

原来那并不是一个"尸"字，而是没有写完的"犀"字！云湛简直忍不住想要跳起来手舞足蹈着狂歌一曲了。几个月以来，他一直都在反复推想着崔松雪给他的那封没写完的信，想着那莫名其妙无法解释的三个字："找到尸"。之前他一直猜测那指的是某具特殊的尸体，但现在他终于明白了，那并不是要他寻找什么尸体，而是要他找到"犀牛角"。

　　崔松雪本来是从容地写那封信的，但在敌人突然临近的忙乱中，他什么也来不及写了，只能匆匆把最关键的这个地点写下来。这就是辰月法器库所在的位置，"犀牛角"下的无数人自杀的海域，那片曾经礁石密布、无比凶险、常人完全无法靠近，却由于火药的发明在千年后变成寻常航道的海域。

　　有沉鲸的帮助，制造一个能容纳三人在海里短暂潜行的浮漂并非难事。风笑颜更是拍着胸脯保证，她研究的那些"没什么用处"的秘术中，正好有可以帮助潜水的。

　　"可以把水转化为气泡，包住头脸，在一定时间内保持呼吸，"风笑颜说，"可是我没有办法抵抗水压。我们潜得过深的话，会被水的压力挤坏的。"

　　"这个可以交给我，"萝漪说，"我有适当的秘术让我们毫发无损地深潜。以你的精神力，大概能变化出多少个这样的气泡？"

　　风笑颜算计了一下，面有愧色："恐怕只能支撑我们三个的。"

　　"问题不大，"萝漪看来早有心理准备，"多一两个人的也没什么用处，人少反而不容易暴露。我们毕竟只能偷袭，不可能正面冲突。"

　　"但是万一……啊，没什么。"云湛说了半截又住口了。

　　"怎么了？"萝漪看他一眼。

　　"我本来想说，万一海底城的入口是被秘术封禁的怎么办？然后我想到了，这世上大概没有辰月教教主解不开的秘术。"

　　"过奖了。"萝漪嫣然一笑。

　　剩下的时间就是休息和等待。云湛睡了两个对时后，却怎么也睡不着了，走出门一看天，已经是八月十日的清晨。这时候他注意到还有另一个人影蜷在屋外的石沿上，是风笑颜正坐在那儿。

"怎么了？紧张到睡不着了？"云湛问。

"我是紧张，但紧张的不是怎么下去的问题。"风笑颜轻声说。云湛听出她的嗓子略有点沙哑，或许是刚刚哭过一场。

"我刚刚做了个噩梦，梦见我父亲和那个害了我母亲的女人。在梦里面，他们很幸福地生活在一起，而且完全忘记了我母亲的存在。我上去找他理论，他却跟我说，从来就没有过风宿云这个人，他从头到尾只有一个妻子，那就是风栖云。"她双手抱膝，身体缩成小小的一团。

云湛心里微微一痛，想要说点安慰的话，却又不知道该怎么说，总不能说"你放心，他们很有可能早都死了"这类话吧？但想想如果龙斯跃不知情地和假冒姐姐的风栖云待在一起，那对风笑颜真是沉重的打击。

"前几天听说我父亲是个天驱，其实一直在暗中调查辰月法器库的事，本来很开心，"风笑颜说，"可我很快想到了，当他成功利用曲江离的手下击败了曲江离之后，又去哪里了？如果他真的把剩下的敌人也解决了，为什么再也没有重新回来过呢？我想来想去，只有两个可能，要么他已经被其余的独眼人杀害了，要么……风栖云成功迷惑了他，假冒我母亲和他一起生活了。"

这种可能性相当大，云湛想着，却没有说出口。风笑颜接着说："然后我又进一步想到，风栖云陷害并假冒我母亲的手段那么毒辣，这个女人的目的究竟是什么，仅仅是为了和我父亲在一起吗？我还真不觉得爱情这玩意儿有那么大的动力。"

云湛一怔，忽然间明白了风笑颜真正的担忧是什么："你的意思是说，风栖云在背后利用你父亲替她抢占法器库？"

"这才是我最害怕的，"风笑颜两眼望天，"我害怕我们进入到那座海底的城市之后，发现我父亲早已死了，因为他的利用价值在推翻曲江离后已经完全消失；而风栖云，长相和我母亲一模一样的双胞胎妹妹风栖云，则成了法器库的主宰者。那她就会是同时杀害我父母的凶手，可我对她完全无能为力。"

"我们会帮你的。"云湛说。

风笑颜摇摇头："她拥有法器啊，在这一次的开启后还会拥有更多。你和萝漪都是很厉害的人，可是我担心，我们都无能为力。"

"别忘了，还有曲江离呢，"云湛眨眨眼睛，"等他们先狗咬狗，我们再坐收渔利，总会有机会的。"

风笑颜淡淡地一笑："你是不是遇到什么事情都会说'总会有机会的'，你就没有过绝望的时候吗？"

云湛翻着白眼想了很久："也不能说没有，但也可以说完全没有，就得看你怎么界定'绝望'了。"

"你觉得绝望是什么样？"风笑颜问。

"有一天，天塌下来了，大地崩塌了，海水倒灌了，连空气中都布满了毒气，无论躲到什么地方都是一个死，那大概就是绝望吧，"云湛说，"除此之外，无论什么境地下，都能找到希望的。"

"你还真是乐观。"风笑颜撇撇嘴。

"你得这么想，"云湛拍拍她的肩膀，"如果人真的被逼到无法翻身的绝境，那大概就只能选择死。可是连死都不怕的时候，还怕翻不了身？"

风笑颜想了想："听起来有点道理。"

"比如说今天夜里，也许我们找不到海底城的入口，也许我们进去了也无力阻止，那又能怎么样？最坏不过是曲江离他老人家一个人霸占了整个法器库，开始在九州掀起战争——很了不起吗？九州已经打了几千年的仗了，也不在乎现在再来一场。何况法器是人造出来的，照样也能有人找到摧毁它们的办法。"

"你还真会瞎胡扯，"风笑颜叹了口气，"但是说真的，每次听你瞎扯一阵，心情就会放松很多。她……真是个幸运的女人。"

"谁？"云湛一愣。风笑颜摆摆手："我困啦，回去补觉去。"

4

这一天的天色渐渐暗下来时，云湛、木叶萝漪、风笑颜三人已经做好了出发的准备。一艘伪装成渔船的冲锋舟将会很快把他们送到犀牛角下，然后利用加重的浮漂潜入水中，寻找海底城的入口。云湛本来不想让没什么战斗力的风笑颜涉险，但一来离不开风笑颜的气泡，二来她所修习的种种有利于秘密潜入的秘术，在这种环境下或许能发挥奇效。风笑颜则是撒泼打滚无论如何也要跟去，还反过来劝说萝漪。

"其实你可以让一个得力手下去办的，"她对萝漪说，"这些天我一直在观察，你手下有才能的人不少。你贵为教主，何必要亲自犯险？"

"我们辰月教的教主，从来不是高高在上的，"萝漪回答，"为了信仰，每一个教徒都不应该畏惧去往任何地方，不管是冰原、火山、毒沼还是深海……更何况……"

她看了一眼云湛和风笑颜："法器库属于辰月教。只有我才能决定，什么是你们可以知道的，什么是不可以的。"

风笑颜正准备反唇相讥，但出于对萝漪的惧怕，没敢说出口。

云湛扛起轻飘飘的没什么重量的浮漂，正准备登船，一名辰月教教徒急匆匆跑过来，说出的话简直让众人如五雷轰顶："海盗和渔民对砍起来了，唐国水师就近介入，通往犀牛角的水路已经被封锁，任何船只不得通过。"

事情很好解释。海盗们断了水上的财路，只好到陆路上混点饭吃，挨过艰难时期。但离开了武装精良的海盗船，到了陆地上的海盗们实力还不如山贼，三番四次的劫掠后，引起了渔民们的火气。在这一天午后的一场洗劫中，他们抄起渔叉、船桨、渔网之类的工具作为武器，开始了激烈的反抗，各自损伤都不小。闹事的渔村正好靠近犀牛角。

唐国水师一直在海上耀武扬威，却没找到什么实际的事可做，中下级军官们也都憋得慌。眼下听说有了这么场热闹，自然要去活动一下筋骨，封锁海路并借机敲诈的勾当，他们本来也玩熟了。

倒霉的就是云湛等三人了。人算不如天算，如今眼睁睁看着法器库近在咫尺，却又无法靠近，倒是法器库开启的时间一点点临近了，再不动手恐怕要错过时机。

萝漪和云湛还好，见惯各种困境，早就处变不惊，风笑颜却急得如热锅上的蚂蚁，在海滩上团团转："你说我们有没有可能用这个浮漂一直从水下走，直到绕过他们的封锁？"

"有可能，"云湛郑重地点点头，"我觉得再过一两千年，一定会有聪明人发明出可以在水下远距离行走的浮漂。"

风笑颜抬头看着越来越暗的天幕，忽然眼前一亮："对啦！我是羽人啊，今天是起飞日，我可以带着你们飞过去。"

云湛又点点头："好主意，以你的体力，带着我们两个，一定会飞在海船的视线之内，然后让他们用箭把我们射成刺猬。换了我也许还有可能，但是……"云湛是羽族中罕见的暗羽体质，无法感应明月之力，所以绝大多数时间都只能眼看着其他羽人展翅高飞，而自己无能为力。

"不试试怎么知道？其实我的力气挺大的！"风笑颜嚷嚷着，忽然一把揪住了云湛的衣领。没等云湛反应过来，她的背上闪出两道蓝色弧光，已经凝出了羽翼。云湛苦笑一声，也不挣扎，任由风笑颜的双翼拍打，带着自己飞了起来。

"你看，其实我也可以飞得很高的！"风笑颜挥着洁白的羽翼，极力向上爬升。其实她的力气也已经到了极限了，也很明白，再加上一个萝漪的话，她的高度还得降低，绝对躲不开海面上水师的目力范围。但她就是不甘心，近乎赌气地挣扎着。

但突然之间，她感到升力在急剧减小，高度也飞快地下降。她惊慌地扑打着羽翼，却发现自己很难感应到明月的月力了。一声轻响，由精神力凝成的双翼竟然也消失了。她惨叫着，紧紧抓着云湛，从数十丈的高空跌落下去。

好在下方站着的全都是辰月教一流的秘术师，他们第一时间反应过来，利用驱风术减缓下坠之势，再变幻出柔软的缓冲物，好歹把两人兜住了。云湛"扑通"一声摔在地上，立马跳将起来，顾不上斥责冒失的风笑颜，也顾不上揉揉摔疼的屁股，而是冲着萝漪大喊一声："谷玄已经接近了！"

没错，谷玄已经在接近。这颗从来无人能见的最神秘的九州主星，以它吞噬一切的可怕力量，把其他天空诸星的星辰力全遮蔽了。所以风笑颜飞到半空发现感应不到月力。时间已经很紧迫了。

"这下也好，至少我的计划破产了……"风笑颜揉着胳膊，已经完全没了想法。

"也许还有一个办法，"萝漪缓缓地说，"让我的教徒攻击水师，吸引他们的注意力，然后我们三个溜进去。"

"那得需要多少人才能在水师间制造一个缺口呢？"云湛问。

"寻常武士的话，至少一两千吧，"萝漪回答，"用我的人，有三百个就够了。"

"你要用三百条性命来给我们铺路？"风笑颜一颤。

"如果有必要的话，三千条也不足惜，"萝漪用毫无感情的语调说，"可惜现在的辰月教，未必能找到三千可用之人。"

风笑颜说不出话来，回想起她听说过的辰月教的种种传说，在心里感叹着：不愧是全九州最大的邪教，太可怕了。

侧头看看云湛，他却始终仰头看着黑漆漆的夜空，不知在沉思着些什么。风笑颜不敢打扰他，乖乖站在一旁。过了好一会儿，云湛忽然开口对萝漪说："你了解我吗？"

萝漪不明所以："你指的什么？哪方面的了解？"

"在我出生的那一天，你的前任，也就是被你杀掉的上一位辰月教教主苏玄月，曾在我身上做了一个实验，"云湛不知为何开始回忆往事，"这件事你应该有所了解。"

"我当然知道。"萝漪点点头。

云湛的身世颇为离奇，在他刚出生的那一天，就被辰月教教主苏玄月在体内运用古老的法术，借助暗月之力封印了一个邪魂，试图把他培育成辰月教的杀人武器。虽然未能如愿，但那个危险的邪魂一直留在他体内。两年前，云湛、萝漪和天罗安学武因为南淮城的夜宴奇案碰到一起，萝漪曾经趁着云湛不备，利用过他体内的这股力量。

"你能不能再帮我一次忙，把那些暗月的力量释放出来？"云湛问。

萝漪立即明白了："你……你想要借助那些用来封禁邪魂的暗月之力，让自己飞起来！"

"现在一切的星辰力都被谷玄遮蔽了，"云湛说，"我能想到的只有当年被苏玄月放在我体内的这些力量了。暗月之翼比明月之翼的力量大得多，应该足够支持我们从视线之外的高空飞越封锁。"

"可是那样的话，邪魂失去了封印，很有可能会被唤醒，"萝漪不无担忧地说，"谁也不知道它的威力有多大。失去了暗月之力，你也许再也无法压制它。那样的话，时间一长……"

"邪魂侵蚀我的精神，我会变成怪物？"云湛一笑，"那也不错啊，用邪魂对抗法器，用辰月教的发明对抗辰月教的发明，绝对是说书人的好素材。"

"不行，绝对不行！"风笑颜惊叫起来，"万一你控制不了怎么办？你真的会变成一个怪物的！这太危险了，根本就是玩命！"

"命就是拿来玩的，"云湛耸耸肩，"我这辈子玩命的次数多得很，不少这一次。"

"如果公主在这里，一定会不顾一切阻止你的！"风笑觉得自己已经快把嗓子喊破了，"现在你就把我当成她吧，我不许你这么做！"

"你错了，如果她在这里的话，她一定会同意的，"云湛温柔而坚决地说，"所以她才是她、我才是我。"

风笑颜沉默了许久，最后有些木然地说："那好吧。"

萝漪不再耽搁时间，利落地开始施术。几名教徒在她身边协助她，以便帮助她减少精神力的损耗。

在风笑颜的眼里，云湛的全身都被笼罩在淡紫色的光芒中。他咬紧了牙关，脸上的肌肉偶尔抽搐一下，看来痛苦非常。风笑颜心都抽紧了，却又不能阻止，只能眼睁睁看着紫光越来越亮，而云湛的全身骨骼都仿佛在咯咯作响。

也不知道云湛和风笑颜到底谁更煎熬，十多分钟后，萝漪停止施术，已经是满头大汗。云湛闭着双眼，一张脸就像雕塑一样高深莫测，让风笑颜一颗心提到了嗓子眼上，生怕他一开口已经变成了另外一个人。

似乎过了一整个纪元的时间后，云湛重新睁开眼，脸上带着他招牌式的懒洋洋的坏笑："还算好，看来神鬼怕恶人，这个邪魂也不能拿我怎么样。"

风笑颜捂着嘴，强忍住泪说："那我们快走。"

萝漪抱起浮漂，云湛左手抓住她，右手拎住风笑颜，微一凝神，背上蓝光闪烁，一对宽阔巨大的黑色羽翼在背后伸展开，在夜色里投下浓重的阴影。辰月教教徒们不由自主地后退了一步，目光中流露出敬畏。传说中，黑色的羽翼一旦出现，就会给人世间带来无穷无尽的灾祸，但这样的羽翼也是征服和力量的象征，是一种普通羽人无法企及的。

流淌着暗羽血液的羽人在这个谷玄笼罩一切的夜里振翅起飞。有力的黑翼带起强劲的风，把他的身体高高托了起来，一直飞向高远的云端。眼前没有星星，没有月亮，只有灰暗的云雾在不断向前方延展。脚下的大海怒涛翻涌，极力隐藏着深藏于海面下的秘密，但在这个谷玄迫近的夜晚，即便是大海也无法不敞开胸怀。绝对神秘的谷玄，象征着黑暗与终结的谷玄，会在这个暗夜里带来怎样的终结呢？

风笑颜紧紧抱住云湛的腰，在这个她从来也未能达到过的高度上，难免心中有些恐慌。她看看沉稳自若的萝漪，不由得一阵惭愧。此时云湛那对魔鬼般的黑色巨翼已经带着三个人穿越云层，轻松越过了唐国水师的阵营。前方就是被称为犀牛角的山崖，辰月教法器库就在水底，等待着即将到来的开启的时刻，而曲江离的信徒们一定也已经集结在那里，或许正在和二十年前的叛徒针锋相对。这么热闹的场面，现在又要多加三个不速之客了。

云湛逐渐降低了高度。飞翔的畅快和失去暗月束缚后体内邪灵的蠢蠢欲动让他的感觉分外灵敏。他以直觉选择了可能最接近海底城的地点，收拢双翼，开始笔直地向下俯冲。

一声巨响，海面上掀起一股突如其来的波浪，又随即隐没。

第十章
谜之渊

1

海水。

四面八方都是无穷无尽的幽暗海水，包围着，挤压着，冲击着，让风笑颜头晕目眩。对于一个习惯了在天空中自由驰骋的羽人而言，生平第一次入海，比人类更能感受到那种无能为力的恐惧和幽闭。

但她仍然努力坚持着完成自己的职责，用秘术制造出气泡，包住三人的头脸。除此之外，她始终注视着云湛。云湛的状况看来还不错，一直目光炯炯地寻找着海底城的踪迹。等到气泡耗尽，三人就返身回到海面，让风笑颜稍微休息，再继续寻找。这样高强度的秘术释放让她的头疼得快要炸开，但此时此刻，唯有拼命这一条路。

在第五次下潜并达到某一个深度时，一块黑黢黢的巨大岩石吸引了萝漪的注意。她用事先约定好的手势竖起三根指头，表示"这地方有问题"，云湛会意，操纵浮漂向着那个方向而去。果然，岩石的外表有斧凿痕迹。

萝漪脱离浮漂，围着岩石游了一圈，竖起了拇指。就是这里！云湛连忙拉住不会游水的风笑颜，带着她靠近。萝漪在这短短的时间里已经试验了七八种不同的秘术，终于，当她又换用了一种秘术后，岩石上的某一部分发出"咯噔"一声，接着一道隐蔽的石门开启了。

萝漪打个手势，云湛拽着风笑颜，紧跟在她身后游了进去。这之后是一条冗长的水道，长到让人怀疑根本没有尽头，但风笑颜却因此明白了那份笔记里后半段的水路颠簸从何而来。这就像是一条在多山多水的地方很常见的地下暗河。暗河的尽头会是什么样的呢？

当年的旅行家已经描绘过此地的大致风貌，风笑颜也一次次在心中勾画过。现在真正进入这座海底城，她反而有些失望。因为这里太静谧了，没有半分肃杀的场景，而她本来希望着看到一场两败俱伤的大血拼呢！

眼前真的就像一座寻常的山谷村庄，四周环"山"，谷地中央的平坦地带坐落着几十座房屋，附近的梯田里种植着各种作物。而抬起头来，头顶上宛若灰蒙蒙的天空，但风笑颜知道，那里没有天空，而只有天空色的穹顶和穹顶之上的海水。如果看久了，那样一成不变的天色的确很可疑，但如果生活在这里的人们从来没有见过真正的蓝天白云，那倒也不会露出破绽。

"你怎么了？"云湛问萝漪，"似乎因邪魂吞噬而全身发抖的人应该是我，为什么你会替我发抖？"

风笑颜一看，果然萝漪神情奇异，身子在微微颤抖。不过这是一刹那的事情，萝漪很快恢复了平静。

"我只是一下子想明白了这是什么地方而已，"萝漪说，"果然辰月教的先辈没有让人失望，竟然能找到这里。"

"这到底是什么地方？"

"这本来是一座河络的避难之地，"萝漪平淡地说，"就在那个河络被人类追赶得无处可逃的年代，有一批火山河络，利用这里天然形成的海底火山，经过了几代人的改造，建成了这座海底之城。我离开我的部落之前，曾在部落文献里看到过关于它的记载，但河络们都并不清楚这里的具体方位，只知道在滁潦海中。没想到，辰月教的先辈们竟然能把它发掘出来。"

"那原来居住在这里的河络呢？难道……"风笑颜没有继续说下去。她能够想象到，在辰月教面前，几百个河络的生命，原本是无足轻重的。而刚才萝漪那一瞬间的失态，大概也是因为想清楚了这些同族的命运吧。

我一直都把她当成危险的、最好不要接近的辰月教教主，风笑颜想，但其实她还是个河络，在某些微不足道的时刻，她还会想起自己的出身之地。

"可是后来的村民又是怎么回事呢？"云湛问，"既然这里是个绝密的地点，为什么会让一群不相干的人住在这里，而且还住了那么久？"

"因为海底城本身也是需要人工维护的，"萝漪出神地望着类似天空颜色的穹顶，"我虽然没能亲身经历，但可以猜测当时那些先辈们的想法。海底的城市是脆弱的，必须要有人在其中营建，一方面维护外壳，一方面照料内部的环境，尤其得让这座城能够经受得住法器库开启时的折腾。所以他们一定会抓来很多强壮的普通人，让他们一代代居住在这里。当然了，为了让他们不至于生起反叛之心，最好的方式是先消去他们的记忆，再给他们灌输另一种能让他们从此变得服服帖帖的东西……"

"原来丧乱之神是这么来的，"云湛长出了一口气，"那并不是曲江离自己编出来的故事，而是他无意中得到的由你们辰月教的那些迷恋法器的人捏造的谎言。因为他们都牺牲了自己的眼睛制作法器，所以全都成了独眼人，索性捏造出这样一个和眼睛有关的邪恶神话。"

萝漪轻声念诵着："天神以神力创世，而后陷入疲惫的安眠，一万年后醒来，大地已经万物繁荣。天神对奴仆墟渊说：我的仆人，天地已成，你当替我巡视大地，且看生灵是否值得沐浴神之恩泽。如是，可赐福于他们；如否，则可清除之，令大地恢复洁净。

"墟渊于是光降凡间。他的左眼带着慈悲的神光，右眼带着惩罚的火焰。

"墟渊说，吾眼所见，皆为渎神之罪恶，不可救赎。于是他毁去左眼之慈悲，仅余右眼之惩罚，将谨遵神主之命，以丧乱之名毁灭人世，澄清天地。"

"可怜的是后来的那些曲江离的信徒，以及这个村里被挑选为信徒的无辜的人。"风笑颜的腔调听来很不忍，"其实他们损毁自己的眼睛已经完全没有用了，所有的法器早已制作完毕。但他们仍然在愚昧的信仰下，白白残损肢体……"

风笑颜的声音低了下来，云湛知道她又想起了自己的母亲。他拍拍风笑颜的肩膀表示安慰，后者却大惊失色："你怎么了？怎么手掌又冷又热的？"

　　"说明我现在精神亢奋，"云湛飞快地岔开话题，伸手指向前方，"看，已经能看清楚村子了。我没有认错的话，那是曲江离和他的手下。好家伙，真带了不少人呢，快和出来迎接的村民差不多了。"

　　前方无疑就是笔记里提到过的那块"聚会用的空地"。从现在掌握的情况来看，这块空地一定是故意留出来的，专门用于"神使"们接受村中人的膜拜。这些村民世世代代居住在这里，按照神的旨意维护着这片小小的世界，并一代又一代地耐心等待着神的降临。过去的千年间，他们的祖祖辈辈一定都是在失望中闭上双眼的，但到了五十七年前，一切都发生了改变。神的子民并没有被神抛弃，他们又重新获得了神的恩宠。

　　所以他们都无比激动，黑压压跪成一片，而独眼人们以掌控者的姿态坦然接受着跪拜。这些人身上都带着强大的精神力量，或许已经是曲江离的全部精锐了。

　　"我们盼望神明回来已经很久了；我们世世代代都永远是神的子民；二十年前闯入的妖魔还在，我们无能为力，只能期望神能消灭他们。"风笑颜利用秘术监听着远处村民们七嘴八舌的谈话。

　　"所谓二十年前闯入的妖魔，应该就是背叛曲江离的那群人了，"萝漪思索着，"他们果真来到了这里，而且一直守护着。"

　　"我明白了，笔记里提到的那只怪物，一定就是他们驯养来对付这些独眼人的，而后来击杀独眼人的藤蔓，也是受到了他们的操控。"风笑颜恍然大悟。

　　"可是那只巨兽呢？"云湛左顾右盼，"既然敌人已经出现，它为什么还不过来袭击？"

　　"已经袭击过了，"萝漪伸手一指，"好像被某种看不见的细丝缠住了，正倒在树林边。"

　　这只怪兽的确长得非常奇特，如旅行家所形容的，长三丈高一丈，差不多和两头六角牦牛一样大小，而且形貌凶恶至极。不过现在它被秘术捆绑住，完全不能动弹了。但它仍然在竭力挣扎、咆哮，声音极有威势。

看来独眼人们的注意力大多放在这头怪兽身上，三个人借机悄悄靠近。他们看到了曲江离，也就是化身为"丧乱之神"的元凶。他仍然戴着那张惨白的面具，双眼也藏在面具上的水晶之中，看不清眼神。但可以想象，他的目光中一定燃烧着充满渴望的熊熊烈焰，等待着法器库的开启。

"法器库会在什么地方？"风笑颜问。

云湛观察着周围的地势，寻找着法器库可能的隐匿之处。不过还没等他找到，地面忽然开始轻微颤抖，接着颤抖不断加剧，连不远处的农房都有些摇晃起来。本来聚集在一起的人群迅速散开，把那块空地留了出来。云湛一下反应过来，原来这块空地并非只是为了集会而设，它就是法器库开启的位置！

"时间到了！"萝漪轻声说。

空地的地面上出现了细微的裂缝，随即猛然开裂，露出一个黑黢黢的四方大洞。独眼人们兴奋异常，曲江离却很镇定，轻轻摆摆手，阻止他们涌向那个大洞。

"为什么不进去？"风笑颜不解。

"因为妖魔还在这里呢，他怎么能轻举妄动，"云湛努努嘴，"喏，他们来了。"

风笑颜回头一看，两眼突然瞪得圆圆的，浑身的血液就像凝固了一样。她不敢相信地揉揉眼睛，忘情地想要站起来迎上去，幸好云湛手快，一把按住她，不让她动。

"现在先别露面！"他警告说。

"可是……那是我父亲啊！那是我父亲！"风笑颜用尽了全身的力气，才能强压住自己大声尖叫的冲动。

她看到了一个羽人。正当曲江离制止住手下冲进法器库的行动时，从不远处的民居中悄无声息地走出一个人。他并没有凝出羽翼，但却像没有重量一样，就那么轻飘飘地飞升而出，缓缓地升到半空中，再悠然落下。

虽然从来没有亲眼见到过自己的父亲，甚至连画像都没见过，但风笑颜只看一眼就认定，这一定是龙斯跃，她的父亲。他和自己的脸形很像，只是带有一种男性特有的潇洒气质，是一个相当英俊的羽人。而且可能是法器的作用，他看起来出奇年轻。风笑颜可以想象龙斯跃二十年前是怎样的风流倜傥，获得风家姐妹的青睐倒也不足为奇。

我的父亲，他还活着……我的亲生父亲！风笑颜不知不觉已经热泪盈眶。到了此时她才意识到，一个活着的父亲或母亲对自己有着多么重要的意义。童年时代的记忆再次涌上心头，瞎了一只眼有如老妇的母亲形象，早已给她刻下了抹不去的悲惨印痕。

"控制住自己的情绪，现在露头不是最佳时机。"云湛握住风笑颜的手。这只温暖有力的大手让风笑颜稍微镇定了一点。她艰难地点点头，不再乱动，这时候她又感到云湛的手好像在一瞬间变得冰凉，但后者已经及时松开了手。

她把注意力集中到焦点区域。不只是龙斯跃，在他的身后，紧跟着出现了另外十个人。风笑颜数了两遍，连父亲在内一共十一人，有男有女，然而——并没有任何一个长得和自己比较相似的，或者和十七年前那个有若鬼魅的老妇人有一丁点相像的女人。也就是说，孪生姐妹中的妹妹风栖云并不在这里。

村人们迅速退去，但在离开前，他们毫无保留地把自己仇恨的目光投向了那十一个人。曲江离纹丝不动，他的信徒们则迅速摆开阵势，和这十一个人对峙着。

风笑颜的呼吸急促起来，她知道，自己即将听到一场与二十年前的真相有关的对话，而这也是她最为关心的。父亲龙斯跃究竟是什么人，究竟做过些什么，答案就藏在二十年前那场惊心动魄的事件之中。

果然，曲江离看着龙斯跃飘然靠近，隔了很久才冷冰冰地开口说："龙斯跃，这二十年间，我最大的心愿就是你贵体无恙，能够好好地活着等到我回来。我很高兴，你没有让我失望。"

"可惜我很失望，虽然这也在意料之中，"龙斯跃摇摇头，"如果不是连衡那个叛徒贪欲作祟，半途上劫走了你，你现在尸体都化成灰了。但是连衡这个人，阴险毒辣、谨小慎微都不缺，唯独缺了成大事的气魄胆略，所以他迟早死在你手里。"不知道是否因为二十年来都守护着这座法器库的缘故，他的东陆语说得似乎并不纯熟，有些生硬，腔调也慢吞吞的。但令风笑颜陶醉的是，父亲的嗓音也十分好听。

曲江离哼了一声："我是辰月教的叛徒，你是我的叛徒，连衡又是你的叛徒，这一连串的背叛倒也足够精彩。不过连衡如你所说，是个过于谨小慎微的人，他虽然得到了法器库的位置，却忌惮着我的手下，一直想逼迫我教他召集信徒的方法，想要把他们全都杀死之后，再去独自占领法器库。正因为这种忌惮，他才始终没有杀我，最终让我找到了机会回到这里。"

说完这番话，曲江离背着手，慢慢踱到开裂的黑洞前。他挥了挥手，手下的信徒们纷纷点起火把扔进洞里。龙斯跃并没有阻拦。风笑颜很吃惊，萝漪对她说："放心吧，这点火烧不坏法器的。法器库十九年没有开启，这是熏里面的秽气呢。"

"秽气未散，半个对时内还进不去，"远处的曲江离对龙斯跃说，"我们还有一些时间叙叙旧。一别二十年，我真是很想念你呢。"

他嘴里说着，手上已经做出了动作。龙斯跃踩着的地面忽然泛出红光，一股灼热的岩浆从地下涌出。但龙斯跃并没有躲闪，眼看岩浆就要吞没他的足踝，风笑颜差点没尖叫出来，却看见岩浆的颜色已经迅速黯淡下去，而龙斯跃的双足隐隐冒出白气。原来在千钧一发之际，他使用冰系法术迅速冷凝岩浆，化解了这次攻势。

曲江离仍然只是手指轻弹，却已经骤然变招。一团紫气从他手里释放出去，把龙斯跃全身围住，那是一种吸取生命力的谷玄秘术，但龙斯跃不知使用了什么咒术，紫气很快被驱散。

曲江离冷笑一声，再度换招。龙斯跃头顶雷声炸响，几道电光凶猛

273 ·

地劈了下来。这次龙斯跃既没有闪避也没有阻挡，任由电光打在身上，但他却显得安然无恙，倒是脚下的土地迸裂开来，一片苔草被烧焦了。看来他是不动声色地借助脚下的土地把雷电化解了。

两人电光火石之间交换了三招，曲江离显然并没有用足全力，但龙斯跃化解起来却也轻松随意。云湛回想起萝漪在曲江离手下吃过的大亏，心里算计着，龙斯跃不应该有那么厉害，除非……

"看来你口口声声背叛我是为了阻止法器库的开启，有些像是放屁啊，"曲江离的语调充满嘲讽，还隐隐带着愤怒，"你的实力我还不清楚吗？不靠法器的提升，刚才我那三下，任何一下都能要了你的命。"

"如果我把命都让给你了，那还怎么守护法器库呢？"龙斯跃反唇相讥，"历代以来，君主们之所以觉得天驱危险，除了天驱对信仰的坚守之外，还在于他们为了信仰而不惜采取任何手段。"

曲江离并没有丝毫吃惊："你果然是个天驱武士。十九年前，其实你还是开启了法器库，取出了其中的部分法器。这些人也和你一样使用了法器吗？"

龙斯跃身后的十个人保持着沉默，表现出默认的姿态。龙斯跃说："所以我们这十一个人，就和你手下一百人没什么区别了。你觉得你会有胜算吗？"

"只要我一个人能胜过你们这十一人，就足够了。"曲江离淡淡地说。

2

"他真的能一个人对抗十一个人吗？"风笑颜紧张地问。

"他不能，法器或许能，"萝漪回答，"这十一个人没有完全控制法器的本事，不能完全发挥出法器的力量。而曲江离却找到了克制的办法，对抗二十二个人也不是不行。"

仿佛是为了印证萝漪刚说的话，曲江离运气许久后，摊开双掌，左掌心燃起一团颜色怪异的白色火焰，右掌心则是一个氤氲转动的气状黑色球体。与此同时，他一直挂在胸前的项坠开始发亮了。

"他开始催动法器的力量了，"萝漪说，"这个吊坠必须保护他的精神不被侵蚀。"

"到底为什么要用法器？"风笑颜又问，"如果连自己的精神都会被吞噬，那使用法器究竟有什么意义？"

"你看看曲江离的力量，就能明白了，"萝漪死死盯着场中，"任何人看了都很难不动心。"

说话时，双方的比拼已经开始。曲江离右掌的黑色球体不断扩大，忽然间扣到了左掌的白色火焰上。刹那间，火焰的颜色竟然变得乌黑。曲江离大喝一声，火光暴涨，十余道黑色烈焰激射而出，袭向龙斯跃和他的同伴们。

毒焰就像一条条扭动的黑蛇，瞬间将众人缠绕起来。奇怪的是，龙斯跃出现时显得身形飘逸，此时躲闪火焰却左支右绌，动作很是僵硬。其他人也是如此，轻易就被火焰烧到了身上。好在他们秘术功底都很深厚，很快以各种秘术隔绝了火焰，没有被烧伤。

曲江离以两种秘术混合出的黑焰始终无法被扑灭，一直在空中盘旋不止。龙斯跃等人就像全身抹了蛇药的人深入万蛇之窟，虽然暂时不会遭毒牙啃噬，但被群蛇环伺，想来也足够难受。但他们表现得还是相当镇静，一面与黑焰相抗，一面伺机反击。

一个中年女子首先发难。她以奇特的姿势跪伏在地上，十指发力，竟然深深插入了土地中。随着这一插，以她的十指为起点，十道波纹状的隆起出现在地表，就像是有钻地的动物紧贴着地皮，向曲江离高速移动。

曲江离伸出左足，在身前的地上画了一道直线。那些"波纹"刚刚钻到直线前方，似乎是受到了阻碍，立即钻破地面，激射而起。泥土和砂石像被赋予了生命，带着呼啸的声响直撞向曲江离的身体，每一粒都带着极大的破坏力，足以钻透一张牛皮。

但曲江离没有闪避，任由利箭一样的砂石击打在身上，砂石轻松地钻透了他的身体，却既没有声响，也不见血光。

"残影术！"萝漪低呼，"那只是一个幻影。"

话音未落，曲江离的真身已经出现在了中年女子身前。中年女子刚要抬手抵挡，曲江离的身形却再次移动，来到了她的背后。女子的脖子上慢慢现出一道淡淡的印痕，并且不断扩大，突然之间，印痕开始无法阻止地变成宽阔的裂缝。

女子的头颅落在了地上，黑色的血液从脖颈处汩汩流出。而曲江离的手上，一根细如蛛丝的透明丝线忽隐忽现，那是一根用秘术凝结的冰线。

"人的肉体总有极限，"萝漪说，"武士有速度和力度的极限，秘术师有精神力的极限。但人们总是要追求更大的力量，如果肉体不能承受，能否使用其他的东西来承受呢？这就是法器的起源了。法器能帮助凡人提升精神力，帮助他们施展出超越极限的强大秘术，但这一切也要视他们本身的秘术功底而定。打个比方说，有合适的地基，总能建好房子。但地基挖得深，房子才能盖得高。"

云湛点点头："我明白了。之前我一直在想，为什么我遇到的独眼人秘术虽强，却并没有强到超乎我见识的地步，而曲江离又强得那么离谱。法器能达到的效果也是由自身的精神力基础决定的。"

"曲江离还不一样，他已经疯狂到把法器嵌入自己的身体了，自然和旁人不同。他曾经有一些很强大的追随者，但我猜测，一部分由于使用法器过度，已经被废掉了，还有一部分则在二十年前的事变中被龙斯跃设计除掉了。"萝漪说，"而现在的这些独眼人水准未必够，一方面他们可能浪费本来数量很有限的法器，另一方面他们的精神力量很难保证不被迅速反噬，所以绝大多数人都没有获得曲江离赐予的法器。他需要更多的法器，以便吸引更强的追随者，把法器交给他们才能物尽其用。"

此时曲江离又击倒了两名当年的背叛者，而且都是痛下杀手、毫不留情。但正当他看着地上三具死尸，胸中充满复仇的快意时，无意中一回头，却发现自己带来的手下也已经倒下了一大半，在地上翻滚挣扎，痛苦不堪，身上的黑色火焰烧灼着肉体。剩下的则纷纷躲闪，显得狼狈不堪。

龙斯跃抄着手站在一旁，仍然被黑焰围绕着："你忘了一件事。如果我们对付不了这样的火焰，你的手下更加对付不了。你和二十年前还是没什么变化，作茧自缚。"

曲江离的脸藏在面具里看不见，但能听出来，他的声音依然镇定平稳："我说过了，只要我能清除你们所有人就足够了——马上进去！"

最后一句话是对还幸存的独眼人说的。得到命令的信徒们立即行动，但龙斯跃这一次并没有去阻止他们。他终于熄灭了身上的火焰，开始凝神准备应付曲江离新一轮的狂暴攻击。

云湛捏了一下萝漪的手心，意思是"看准时机，准备动手"，萝漪会意地点点头。

所有人都紧张地等待着，不知道曲江离接下来会有什么动作。九州的秘术通常对应于十二主星的星辰力，有着种种截然不同而威力奇大的效果。一般的秘术师一生能修炼一两种不同系的秘术已经很难得，但有了法器的支持，谁也无法预料曲江离会使用什么样的秘术。风笑颜更是紧张得满手心都是汗，生怕自己的父亲没办法应对。

然而这个戴着面具的怪人的选择还是出乎所有人的意料。他五指虚抓，一大块泥土从地上飞起，落入他的手心。风笑颜以为他是要效仿刚才那名中年女子的攻击方式，曲江离却催动秘术，把泥土揉在了一起。一道金光闪过，泥土呈现出金属的色泽，变成了一把长剑。

他扬起长剑，身形晃动间逼近了龙斯跃，挥剑向他劈去。剑气纵横中，云湛瞠目结舌地发现，曲江离的剑法精妙狠辣，不亚于任何九州第一流的剑术大师。

魔武双修？

风笑颜对此没什么见识，云湛和萝漪却相顾骇然。武术和秘术，有着几乎完全相悖的修炼方式，两者兼修难于登天，一般人最多不过是以某一项为主，另一项作为辅助。但已经展露过高深秘术的曲江离，此刻竟然能运剑如风，实在是过于诡异了。

显然龙斯跃也没有想到曲江离会玩这一招，而秘术师本来就应当远距离与人对战，一下子遇到近身搏击的武学招式，有些招架不及，勉强闪避了几下，身上已经连吃三剑，好在都没有伤及要害。

龙斯跃的同伴们赶忙上前助阵，曲江离大吼一声，长剑上泛出红光，竟然是把秘术贯注到了剑身上。宝剑挥过处，燃烧的火焰带起灼热气浪，让人更加难以防御。

激斗中，曲江离举剑向天，剑身上炽焰暴涨，一片流星般的火雨疾飞而出，逼得众人狼狈躲闪。他随即再回剑，在半空中划出一道圆弧，但这一次却并没有火焰飞出，取而代之的是——风刃。

尖锐的破空响声后，除了龙斯跃躲避及时外，其他人都被风刃击中。那些无形无色却又坚硬如刀的疾风，在他们的胸腹、头颈处割出致命的伤口。

只剩下龙斯跃一个敌人了。曲江离得意至极，双手握剑，开始聚集旋风，准备给龙斯跃避无可避的致命一击。他的胸中充满了即将胜利的取悦，在那短短的一刹那放松了警惕，正当他的风刃阵即将放出时，却忽然感到背心微微一痛。凭借着敏捷的身法，他在这一瞬间不可思议地做出了一个闪身的动作，躲开了后心要害，"咻"的一声，一支利箭穿透了他的左臂。

"是谁？"曲江离一声暴喝，恼怒地回过身来，眼前出现的赫然是两个老熟人：云湛和木叶萝漪。云湛的手里握着正在颤动的羽族强弓，这一箭正是他射出来的。曲江离不知道的是，这一箭能无声无息地射中他，除了他得意忘形之下疏于防范外，最重要的在于，还有一个至今没有露面的人，消去了云湛出箭时的声音。

"二位是？"龙斯跃看着这两个突然冒出来的陌生人问道。

"现在不适合做问答题，解决了老怪物再说，你知道我们是友非敌就好了。"云湛回答。

"我说过，你的命运就是不断地失败，"萝漪始终朝向曲江离，双手都已经准备好了"枯竭"，看来是决意以自己杀伤力最大的秘术和对手力拼，"你看，你的手下都已经完蛋了。"

曲江离悚然回头，只听见法器库里隐隐传出不断回响的惨叫声和呻吟声，却没有见到任何一个人出来。他突然明白过来，伸手指着龙斯跃："你……你……"

"上一次法器库开启之后，我就趁着关闭前在里面做了点布置，"龙斯跃微笑着说，"我希望确保里面的法器永远不会再被人占有。"

虽然看不到面具下的脸，但曲江离长袍下的身体却在微微颤抖，可想而知他已经愤怒到了极致。他一句话也不想说，以寒冰冻气冰冻住伤口，既能暂时止血又可以缓解疼痛，随即风刃狂卷，打算把眼前的三个敌人都绞成碎块。

但这样的选择其实正中云湛下怀。之前他一直担心曲江离使用的秘术无色无声难以防范，风刃虽然声势奇大，却存在着重大缺陷，那就是尖利的破空之声，这样的招式云湛丝毫也不陌生。许多年前云灭训练他的时候，会蒙上他的双眼，然后用没有掰掉箭头的利箭一箭一箭射过去。

"不要光躲，光躲没有用，"云灭一边射箭一边说，"我要求你每躲过十箭，至少还我一箭，否则今晚没饭吃。"

年少的云湛满头大汗，竭力用耳朵捕捉着云灭故意露出的破绽，然后开弓射去。

眼下可以用耳朵辨别肉眼看不到的风刃，但即便用双目捕捉，他也找不到曲江离身形上的破绽。曲江离近乎完美地诠释了魔武双修的真谛，一面秘术攻势凶猛，一面又像一个身法敏捷的武士一样不断走位，这让寻常武士面对秘术师时的优势荡然无存。

萝漪和龙斯跃身法不及云湛，只能不断利用秘术硬挡。但同时他们身上也体现出了秘术师远距离攻击的好处，能不断给曲江离制造麻烦。只是曲江离借助法器的支持，即便被秘术击中，也能轻松化解，并没有受到什么伤害。

还是需要射中他一箭……云湛一面躲闪风刃，一面努力寻找着可乘之机。如果曲江离能稍微再慢上一点，只需要慢一点……

但与云湛期望的相反，曲江离反而加快了攻势。云湛听到裂开的地穴里不断传出轰鸣声，忽然间明白过来，法器库的开启时间所剩不多了。曲江离再不抓紧时间，只怕又得等上十九年。他恍惚间想起了自己少年时，当时的辰月教教主苏玄月也是那样苦苦等待了十多年才等到时机，但由于云灭的出现而错过了。这一次，还会重演相同的一幕吗？

但曲江离不是苏玄月，他的执着似乎更甚。杀红了眼之后，他已经把自己的力量发挥到了极限，空气中仿佛有万箭齐发，云湛步伐再快，身上也留下了不少的擦伤。而萝漪和龙斯跃并不比他强到哪里。

突然之间，曲江离猛地变招，风刃消失无踪，而空气中好像出现了无形的墙壁。这是将空气挤压在一起的秘术，虽然没有风刃那么刚猛，但由于动作轻微，反而令人难以察觉。三个人还没反应过来，就和曲江离一起被无形而坚似铜铁的空气一起挤入了地穴中。

风笑颜大叫一声，不顾一切地跑了过去，也跟着跳进去。至于这一英勇举动到底是因为担心父亲更多一点，还是担心云湛更多一点，她已经没时间去掂量了。

3

首先看到的是遍地的焦尸，那是被龙斯跃十九年前布下的陷阱诱杀的独眼人。

法器库比云湛想象中还要大一些，它虽然并不甚宽，却像一条看不见止境的地下甬道，窄而长地向远处延伸出去，一件件的法器就安放在甬道的两侧。眼前的一切光怪陆离，让人恍如置身于一场噩梦中，其间的怪异程度超乎他的想象。

色彩。斑驳陆离的怪异色彩。法器库的四壁都用特殊的玉石筑成，可以吸收逸散的星辰力，这使得整个法器库笼罩在一团橘黄色的光晕中。每一样法器都在闪耀着不同的光泽，被不同的物质容纳其中。一个通体血红的玉镯被冰冻在一块巨大的寒冰中，闪动着灼灼的光芒，似乎要把冰块熔化；一个拳头大小的水晶酒樽中盛满了无色的液体，一根淡蓝色的丝带如同游鱼一般不安分地游动着；一个灼热的岩浆池中，某一样看不清形状的黑色物体上下沉浮；几十根细密的金属丝牢牢缠绕着一本看似寻常的书，从那些发黄的纸页间隐隐有令人毛骨悚然的呜咽声传出来……法器库就像是一个陈列馆，不同的法器在闪烁，在震动，在鸣叫，令这个并不十分大的地下石窟充满了嘈杂的嗡嗡声。

"法器是很难保持平静的，"萝漪低声说，"所以一定要用特殊的秘术束缚住。"

甚至还有相互制衡的法器。云湛看到一只碧绿的竹哨，被用一把锈迹斑斑的大锁牢牢锁住。竹哨和大锁都在剧烈震颤，好像两个比拼功力的绝顶高手，却又谁也制不住谁，只能陷入无止境的僵局。但它们无法像曲江离找到的两件法器那样平静地相互克制。如果将它们戴在身上，或许会两败俱伤，同时损毁。

云湛忽然产生了一个奇怪的联想：每一件法器都像是一个活生生的灵魂，虽然被束缚千年，却无时无刻不在努力挣脱。而这个法器库，与其称之为仓库，不如说是一个陈列噩梦的长廊。它就像孩子们经常做的那种恐怖的噩梦，一条在阴暗中无穷无尽的长廊，长廊两侧全都是阴森的乱舞的群魔，你根本无法知道你会在长廊的哪一段突然惊醒。

他还注意到，有很多用以压制法器的容器已经空了，里面曾放的无疑是被历次进入法器库的人们取走的法器。他看到一个极小的色泽暗淡的瓷瓶歪倒在一张石桌上，已经空了，但仔细辨识，这个不起眼的瓷瓶竟然是用整块星流石雕刻而成的，可想而知其中曾经镇压的是多么难以制服的法器。云湛立即想到萝漪曾告诉他的："曲江离在胸口镶嵌了一个极其微小的瓷片。"

看来曲江离也是个很有眼力的人，云湛想。

曲江离似乎也被这里的景象吸引。虽然这已经是他第三次进入法器库，他仍然流连着、陶醉着，几乎忘记了向三个敌人发起进攻。但这样的遗忘是短暂的，轰鸣的石窟在提醒着他抓紧时间。

"让你们死在这里，也算是便宜你们了，"他冷笑着，"和法器做伴去吧！"

他的面孔变成了深碧色，浑身骨骼咯咯作响，不知道又要施展怎样凶狠的秘术。云湛瞄准了他的咽喉，但曲江离站立的姿势毫无破绽，这一箭始终不敢射出去。

就在曲江离即将出手的刹那，变故发生了。之前他一直用秘术冻住的、被云湛所射穿的伤口，不知怎么的解冻了。非但如此，伤口处的血液开始加速流转，顷刻间血如泉涌，在地上流成一片。

曲江离惊怒交集，又想要止血，又想继续攻击，这瞬间的迟疑逃不过云湛的眼睛。他也不再使用连珠五箭、连珠七箭之类花巧的箭术，而是把全身的力量都贯注在手中那唯一的一支箭上。"嗖"的一声，弓满如月，利箭带着云湛孤注一掷的决心飞了出去，正中曲江离的胸口。

几乎是在同时，萝漪的杀招"枯竭"也击中了曲江离的身体。他被箭支和秘术的冲力打得横飞出去，脸上的面具片片碎裂，胸前的吊坠也"叮当"一声掉落在地上。

云湛却先回过头，往角落里看去。风笑颜轻巧地钻了出来，满脸得意。

"一点小秘术，可以促进液体的流动，"她笑嘻嘻地说，"这叫作四两拨千斤。"

"你这四两倒真是起大作用了，"云湛摸摸她的脑袋，"快出去吧，法器库快要关闭了，晚了出不去了。老怪物日思夜想着法器库，就让他永远待在这儿陪着这些法器吧！"

龙斯跃当先领头，萝漪和风笑颜赶忙紧随着出去，云湛断后。此时法器库的震动越来越剧烈，地面的洞口开始慢慢缩小。风笑颜气喘吁吁地爬到地面上，扭头一看，却不见云湛的身影。

"喂，那个傻小子干吗去了？"她急忙问萝漪。

萝漪也傻眼了："他不是跟在我们后面吗？"

两人忙回到洞口，法器库的入口在不断收缩，眼看只能容两三个人进出，再缩小的话，恐怕连一个人都出不来了。风笑颜冲着洞口喊了几嗓子，但在轰隆隆的声音中，即便云湛有回音也听不到。

会不会刚才曲江离是在装死，垂死挣扎伤了云湛？风笑颜被这个突如其来的念头吓坏了，她咬咬牙，想要跳下去看个究竟。龙斯跃赶忙拉住她："不能回去！洞口马上封闭了！"

这是父女两人见面以来，第一次发生接触，虽然龙斯跃还并不知道她的身份。风笑颜心里一热，脚步稍微犹豫了一下。就这么短暂的一迟疑，忽然一团黑影从地下疾冲出来，把她结结实实撞翻在地。紧接着，一声震天动地的巨响，法器库的入口完全合拢了。

这一撞力道不小，风笑颜被撞岔气了。她好半天才缓过来，一抬头，正看见气喘吁吁的云湛，登时满腔的关心化为怒火："你这个缺心眼的白痴！想要在地下装乌龟玩吗？"

云湛喘着粗气："不是，我本来紧跟在你们后面的，可是我突然看见了老怪物的脸……那就说什么也得把他弄上来了。"

原来云湛耽搁那么久，是为了把曲江离也拉上来。风笑颜慢慢站起来，看着曲江离，他已经身受重伤，无法动弹，面具也完全碎裂，露出了一张苍老的脸。

"不对啊，他不是为了装扮丧乱之神，挖掉了自己的一只眼睛吗？"风笑颜大惊小怪地叫起来，"可是现在他的两只眼睛都很完好啊！"

"是啊，我就是看到这两只眼睛，才过去仔细瞧了他两眼的，"云湛小心地替曲江离涂上伤药，显然是想要延缓他的死亡以便问话，"然后我就发觉这张脸非常熟悉。"

"熟悉？"

"接着我终于想明白我是在什么地方见到过这张脸了，"云湛说，"我在天启城里，曾经和一个当年追捕过公孙蠹的老御前侍卫聊过天。他给我看过他留下来的通缉访牒，访牒上有公孙蠹的画像。"

"啥？你说什么？"

"没错，说起来不可思议，但是货真价实的，这个成天戴着面具的老怪物，不是曲江离，而是公孙蠹。一直以来，都是他在冒充曲江离。

是他召集了那些失散的独眼人，是他策划了那一系列杀人挖眼的报复，是他回到了这里，企图霸占辰月教法器库。"

"这么说来，这是个满嘴正义公理，其实一肚子贪欲心机的家伙？"风笑颜喃喃地说。萝漪好像早有预感，并不太吃惊。龙斯跃则显得完全不知所措："我也听说过公孙蠹的名字，但是，他怎么会是曲江离呢？不可能啊！"他说，"我和他面对面打过不止一次交道。"

"这二十年发生了很多你想象不到的事，"风笑颜柔声对自己的父亲说，"我们让他自己亲口说吧。"

"你们说得对，也说得不对，"躺在地上的公孙蠹突然开口说，"我的确是公孙蠹，这一点不假，但我并没有冒充曲江离。"

云湛不解："我不大明白你的意思。"

"在这一年里，我既是公孙蠹，也是曲江离，"公孙蠹用低沉的声音说，"只不过是在公孙蠹的身体里，驻扎着曲江离的灵魂而已。"

"你在说什么？你要死了所以脑子糊涂了吧？"风笑颜忍不住说。

"我的脑子糊涂了很多很多年啦，到死的时候也该清醒清醒了，"公孙蠹嘿嘿一笑，"刚才这位羽人的一箭，把我胸口那个项坠射断了，曲江离的灵魂也因此离开了。这一年的时间里，我清醒地知道发生的一切事情，但却完全无法控制自己的身体，这还是第一次恢复自己的神志。"

"可是，真的存在灵魂这种东西吗？"萝漪皱起了眉头，"我们辰月教试图证明灵魂的存在或者不存在也已经有很长时间了，从来没有人成功过。"

"灵魂只是一种比喻的说法，"公孙蠹回答，"那其实是一种邪咒，一种在临死前封存自己的记忆和意识并扰乱他人精神的邪咒。中了这种邪咒后，我就始终带着曲江离的记忆，并以曲江离的方式思考。可以说，曲江离虽然死了，却利用我再造了他的灵魂。"

云湛有点明白了："你是说，曲江离在临死前算计了你？"

他忽然对公孙蠹生起一丝同情，慢慢扶起他，让他靠在一棵树上坐下。公孙蠹喘息一阵，开始讲述："你调查过我，对吗？那你也许对我的为人略有耳闻。很多时候，为了抓到我要抓的人，定到我想定的罪，我都是不择手段，为此受到了很多非议，却始终我行我素。"

"我早就听说过，"云湛点点头，"所以我才去调查了你的死亡事件，并且得出结论，你用你无辜的侄儿做了替死鬼。"

公孙蠹神色黯然，过了很久才说话："不错，我对不起他。但在那个时候，我只有一个想法，就是无论如何要留下这条命，把丧乱之神的真相彻底查出来。"

"是一位旅行家拜托你查的，是吗？"

"是的，他是齐王的朋友，"公孙蠹说，"我一听他说完事情经过，就知道这当中隐藏着极危险的组织，而当察觉他们把黑手伸向齐王时，更是惊诧于那种不顾生死的可怕力量。可惜我没能够救到他们，但按照事前约定，取得了全部的笔记手稿。我没有时间了，独眼人和皇帝，两股势力都想要我的命，我要想继续调查下去，唯一的选择就是假死。你必须清楚，我绝不是怕死……"

"你当然不是怕死，"云湛冷冷地说，"你不过是认为你的性命比别人的更有价值，所以要用别人的命给你铺路，以便完成你的伟大事业而已。"

公孙蠹叹了口气，继续说下去："自从卷入这件事，我就开始物色替身，后来找到我的侄子。他的辈分低，年龄和我相当，身材容貌近似，而且来自于深山，旁人要追查也不容易。所以我把他带回了天启城，暗中迷晕他，记住了他的所有伤疤。安排逃亡的那一天，路线是我选定的，但我却事先故意走漏了风声，并提前在悬崖下等候。当马车摔下来后，我迅速找到残骸和尸体，毁去了尸体的脸。从此以后，我作为一个死人，在这个世界上消失了。"

听到公孙蠹的这句"从此以后，我作为一个死人，在这个世界上消失了"，风笑颜忍不住偷眼向龙斯跃看去。进入海底城，她始终没机会和龙斯跃说上两句话。眼下公孙蠹讲的她其实并不感兴趣，但看龙斯跃听得专注，她只能无奈地叹口气跟着听下去。

"这之后的十五年中，我慢慢摸清了那些独眼人的动向，也基本掌握了之前发生过的事。在齐王遇害的五年前，也就是从现在开始往前数二十年，独眼人中产生了分化，据说是因为曲江离对下属过于严苛、毒辣，所以有人故意挑唆背叛，导致曲江离被伏击后失踪。但他们相信曲江离一定还活着，所以始终都在寻找他。"

"要论找人，谁能比得过你呢？"云湛不知道是在夸奖还是挖苦。

"我注意到手记里那个叫连衡的人大有问题，并且怀疑他既然能假死一次，就很可能再来第二次。于是我开始满九州地寻找他，这个过程持续了足足十多年，直到去年，我终于成功了，并且在连衡的藏身之处发现了一直被囚禁的曲江离。我在那里监视了好几天，发现连衡的目的是独霸法器库，为此用尽各种酷刑，持续不断地折磨曲江离。而曲江离很有心计，每隔一段时间就会透露一丁点信息，既保证连衡不会因为失去耐心而杀掉他，又始终不能让连衡窥得全貌。

"我本来打算出手把他们都杀死，但想到只要那个法器库存在一天，就始终是个巨大的威胁，何况还有很多曲江离的信徒活着，总得想个法子把他们一网打尽。于是我打定主意，按兵不动，等连衡一点点把所有信息都逼问出来之后，再来个黑吃黑。但我没有料到，曲江离在身体被束缚的情况下，精神游丝却异常敏感，早就注意到了我的存在，并且感受到了我头脑里疯狂的执着。虽然我年纪大了，但因为多年习武，体魄也非常强健，所以他决意利用我。"

"也就是控制你的头脑，换取你的身体，对吗？"云湛问。

公孙蠹咳嗽一声，嘴角咳出了鲜血："我上当了。曲江离的身体早就在长期的酷刑中被毁掉，一旦脱离那些穿过身体的尸魔线，很快就会因为流血过多衰竭而死。他虽然已经找到了摆脱尸魔线的方法，却没有急于逃跑，而一直都在物色替身，而我就是主动送上门的猎物。那一天夜里，他察觉我又在监视他们，于是突然发难，杀死了连衡，自己逃出去。在此之前，他已经悄悄运用邪术，把自己的精神力量储存在了那个吊坠里。"

"我悄悄跟踪他，自以为能抓住他，却不知他是故意让我跟上的，目的就是先发制人。当来到一片荒僻的坟坡时，他假装伤势过重倒在地上，当我上前查看时，被他用尽全部的力气偷袭成功。接着，他的精神就像烈性毒药，强行侵入我的头脑，并且控制了我的身体，把他胸口的法器取出嵌到我身上。曲江离死了，我就这样成为一个傀儡，成为新的丧乱之神，带着曲江离生前的思维和欲望，为他召唤信徒、诛杀叛逆，并为了重回法器库做准备，直到刚才……"

"这是一个绝妙的讽刺，不是吗？"风笑颜忽然插嘴说，"你费尽心机想要留下自己的命以完成你的正义事业，甚至不惜为此害死了你的亲人，但到了最后，正是因为你的存在，才让邪恶获得了新生。如果没有你的话，也许曲江离会直接死去，也许他只能随便找一个瘦弱的路人将就使唤，令他的力量大打折扣……但是你活着，你牺牲他人去维护你的正义，终于成全了曲江离。"

公孙蠹没有回答，但脸上的悔意一望而知。一阵剧烈的咳嗽后，他喃喃地说："不过，好在我自知行动非常危险，早就留好了后着，在大内仓库里偷藏了一份资料。更巧的是，就在我找到连衡之前，我遇上了一个曲江离的女信徒的后代。那位信徒在二十年前那场内讧中丧生，因此他也在寻找真相，寻找他母亲死亡的原因。"

"崔松雪！"风笑颜叫出了声，"我想起来了，我师父说过的，崔松雪的娘就是二十年前死去的！"

公孙蠹点点头："看来你们也找到崔松雪了，并且得到了我转交给他的笔记。我总算还没有把事情弄到完全不可收拾的地步。"

"崔松雪是个了不起的人，"云湛说，"他也循着笔记找到了法器库，我没有猜错的话，也许还挖掉了自己的眼睛以获取独眼人的信任。如果不是他冒死给我传书，我到现在也不会知道这件事，今天也就不会站在这里。"

"他和我一样坚定，但他却使用了正确的方式，"公孙蠹长叹一声，"所以他成为英雄，而我则是天大的罪人。"

公孙蠹已经很虚弱了。他的双眼疲惫地合上，在无法形容的痛悔中等待着死亡的降临。云湛叹息一声，不知道该怎么评价这个人。诚如风笑颜所言，如果不是他无比强烈的摧毁丧乱之神的意愿，曲江离反而无法延续他的欲望——至少不会得到这么一具武艺高强的躯体。但如果不是他，丧乱之神的真相也将会在十五年前就淹没在三皇子的鲜血中，永远不为世人所知。云湛定了定神，轻声发问："既然你承受了曲江离的记忆，能不能讲讲当年他全家被陷害是怎么回事？"

"曲家是被宁南汤氏勾结官府所构陷的，"公孙蠹的呼吸越来越微弱，也越来越急促，"他们无意中收到了一份古本书籍，在里面找到了夹带的笔记，是当年修建法器库的辰月教长老们编造丧乱之神神话的手记，同时还牵涉法器库的建造细节。这份手记的内容被汤氏安插的奸细看见了，他们敏锐地发现其中可能蕴藏的巨大价值，要求曲家转卖给他们。但曲家也觉得奇货可居，执意不肯，于是……"

云湛还有很多问题想问，比如让他非常好奇的一点：曲江离究竟是个什么人？他曾经那么快乐逍遥，将笔记上丧乱之神的故事讲给一个民间说书人，会不会原本也是个单纯可爱的年轻人呢？是不是一家老小的冤案、走投无路的绝境，激发出他灵魂深处的凶戾和残忍呢？他之所以加入辰月教，寻找法器库，仅仅是因为要完成他的复仇大业，还是一开始就存在贪欲和野心？

但这些问题永远不会有答案了。公孙蠹呼出了他生命中的最后一口气，带着无尽的悔恨离开了人世。这位世人心目中的正义化身，在他人生之路的最后一个驿站上却成了邪恶的傀儡，险些造成无法收拾的巨大灾难，功过是非还真是很难评价。

人们各怀心事，思索着公孙蠹给他们带来的震动，直到龙斯跃打破沉默："对不起，我一直都还没能顾得上问一下各位的身份。今天真是多亏你们相助。"

风笑颜慢慢走上前，和龙斯跃面对面站立。龙斯跃好像到现在才看清楚对方的脸，不由得惊呆了："你……你是……你是……"

"父亲！"风笑颜忽然双膝一软，跪在了地上。

4

父女久别重逢是什么样的？云湛想着，是不是应该很感人，让一头犀牛都能热泪盈眶？如果让小说家来描绘这一幕场景的话，怎么也得加上一些诸如撒腿狂奔、深情拥抱、泣不成声的激烈桥段，然后让龙斯跃用无比深情的口吻说："乖女儿，这些年你受苦了啊！"

而风笑颜也应当用更加深情的语调回应："不，只要能再见到爹爹的面，女儿受再多的苦也值得！"

云湛觉得自己光是这么想想都觉得鼻头发酸，但目光扫过去，真实世界中发生的一幕好像完全不是那么回事。此刻的情景非常怪异，这一对二十年来首次相逢的父女，就好像一艘船撞上了冰山，碰出的不是火花，而是冰碴子。

龙斯跃向后退出了一步："你……你是我的女儿？"他的表情很吃惊，却没有半点欢喜的意味，好像眼前跪着的并不是骨肉至亲，而是追了他几十年的债主。

"我……我是。"风笑颜也听出了龙斯跃语气里的惊疑和毫无欢愉，这让她有些不知所措。她顿了顿，小声补充了一句："我……我叫风笑颜。"

这时候龙斯跃似乎才意识过来，父女重逢应该是一个欢天喜地的场面，于是他的脸上挤出一个僵硬的笑容，扶起了风笑颜："太好了！没想到离开人间二十年，我……我已经有了一个女儿了。这真是……真是天大的喜事！"

"知道什么叫'笑得比哭还难看'吗？"萝漪悄声对云湛说。

"这对父女有点文章。情形不对。"云湛回答。

岂止是情形不对，简直是别扭到了极点。父女俩的手握在一起，龙斯跃却好像根本找不出什么话可说，而他本来应该有很多问题：你这些年怎么过的？你怎么会和这些怪客一起来到这里？而且最重要的一个问题在于，你娘在哪里？她还好吗？

但他一个都没有问。龙斯跃的冷漠让风笑颜有一肚子的问题也问不出来。这样尴尬的气氛甚至让她有扭头就走的冲动，可找了二十年的父亲就站在眼前，要走开又实在舍不得。也许是在这里待了二十年，所以不大会和人交流了？风笑颜这样安慰自己，决定无论如何也得找到点话头。看父亲失魂落魄的样子，也许先不要提敏感话题了，找点别的来说？

"您……您是个天驱？"她随口问。

龙斯跃点点头："没错。我当年假装追随曲江离，并不是贪图法器，而正是为了阻止这一切。二十年前那场内斗，就是我策动的，也因此保住了我的左眼。但即便要失去一只眼睛，我还是会那么做。那是我们天驱当有的风骨。"

这番话总算让风笑颜有了一丝安慰。无论怎样，父亲总是个好人。她还想再找点其他话题继续和父亲增进感情，背后突然传来"扑通"一声，回头看去，那是云湛摔倒在了地上。

"糟糕啦！"站在一旁的萝漪脸色煞白，"他体内的邪魂，怕是要发作了。"

云湛看来的确是无法忍耐了。事实上，从萝漪帮助他抽离体内的暗月月力之时起，被压制了二十多年的邪魂就开始蠢蠢欲动。此后，云湛一直都在运功强行压制，努力不让风笑颜看出来，只有萝漪察觉到了一点。但在法器库里的时候，当他用尽全部的精力射出那致命一箭后，邪魂找到了决堤而出的缺口。就在风笑颜努力想办法和父亲交流时，邪魂终于占据了上风。

风笑颜上前想要扶起云湛，萝漪一把拦住她："别碰！危险！"

云湛这时候已经抬起头来，那副尊容吓得风笑颜退回去几步。他的双眼呈血红色，脸上是狰狞的表情，喉咙里像野兽一样发出低低的咆哮声。而他的皮肤上已经开始布满流转的黑气，肌肉也可怖地鼓胀起来，让这个体形瘦削的羽人顿时像个人类壮汉一样巨大。

"快走开！走远点！"云湛用最后残存的神志大吼一声，接着他身上的黑气开始向外扩散。风笑颜无比惊恐地发现，云湛脚下踩着的土地也变成了黑色。

突然，距离风笑颜数步之遥的萝漪向风笑颜放出一个秘术，她的身体当即被震飞。就在她刚刚被震离的那个地方，云湛的身形已经移了过去，并且五指成爪，正抓在落脚之地。

风笑颜死里逃生，却还顾不上喘息，因为云湛身上的邪魂之力已经开始全面释放了。他就像一个无比危险的火药桶，谁也不敢稍微碰一下。风笑颜想起不久前和云湛的对话。

"你体内的邪魂，到底是怎么回事？"风笑颜问，"真的是死人的灵魂吗？"

"没什么，不过是个象征性的说法。所谓邪魂，其实是一种吸取的精神力量，"云湛看来很不想提这个话题，但他也知道风笑颜的性格，不说肯定会纠缠不休，"事情是这样的，辰月教曾经有一柄能吸人魂魄的魂印兵器，叫苍银之月，据说几百年间杀人无数，并且吸取的精神越多威力就越强大。

"但后来由于这柄法杖杀孽太重，被一位秘术师牺牲性命强行封印，杖上的魂印石被毁掉，里面的邪灵无法再发挥作用。于是当时的辰月教教主想到了一个主意。虽然无法再依附于物，但可以把邪灵转换到活人身上。他本来想将邪灵附到他已成年的儿子身上，没想到成人的精神已经成熟，无法与之共存。于是在紧要关头，他一下子想到，初生婴儿也许能行，而很碰巧，附近正好有一个初生的婴儿，那就是我了。"

风笑颜恍然大悟，过了一会儿又问："可是，如果有一天，暗月之力压制不住邪魂的力量了，该怎么办呢？"

"我大概会暴亡。"云湛轻松地说。

现在的情形一点也不让人轻松。云湛完全失去了神志，苍银之月数百年来吸取的精神力犹如决堤的洪水汹涌流出，使他浑身上下笼罩着奇异的光亮。萝漪和龙斯跃尝试了各种秘术，都完全不能让他平静下来。反倒是他偶尔一两次的无意识的攻击，展现出强大的威力，令人难以防范。

要是曲江离还活着说不定能挡住他，风笑颜甚至冒出这么一个莫名其妙的念头。

"现在我们该怎么办？"她带着哭腔问木叶萝漪。

萝漪抬眼望天，表示"听天由命"，眼看云湛的身体越来越鼓胀，恐怕在精神力释放光之前，肉体就会承受不住而炸裂了。风笑颜飞快地在头脑里搜索着她所会的那些极度偏门的秘术，其中诸如催眠术、致幻术之类的也许会有用，问题在于以她的那点功夫，根本不可能靠近施术。

云湛忽然间发出一声山呼海啸般的长嗥，身边围绕的光影晃动起来，一瞬间幻化为无数的人形。风笑颜看到一个白衣老者挥舞着手中的法杖，看到一个满身鲜血的年轻武士招式散乱地挥舞着刀，看见一个女人跪在地上哀叫着"求求你饶了我"，看到一个断了右臂的中年人用左手挥起长剑自刎……各种各样的幻影不断出现，接着又不断消失，仿佛一个个色彩斑斓的肥皂泡，升空后随即碎裂。

风笑颜猛然间意识到，那是被苍银之月夺去灵魂的人们的最后意识！现在，它们都被一一释放出来了，展示着辰月教曾经带给世间的罪恶。临死的人哭号着、挣扎着、哀求着、反抗着，发出嘈杂纷乱的声响，而邪魂的力量也渐渐到达了顶点。云湛每一次随意地挥手，都能带起一股强劲的气浪，其间竟然把全力施为的萝漪都震退了十来步。萝漪一口鲜血喷了出来，费力地就地一滚，躲开了下一击。

这更加激发了云湛的凶性。他的视线投向了下一个目标——风笑颜。风笑颜大惊失色，却无处躲藏，眼看云湛身形一晃，已经近到身前，青筋暴露的右手疾伸，竟然是要把她的喉咙生生捏碎。而萝漪此刻正被震得五脏六腑似乎都移位了，也没有能力再救她一次。

风笑颜别无退路，只能闭目等死。自从在宁南凶宅无意间唤醒了那些怪婴之后，她就做好了送命的准备，可怎么也没想到最后会死在云湛的手里。但不知怎么的，看着云湛伸出的五指，她却有一种说不出的平静，仿佛能被云湛杀死是一件值得欣慰的事。

反正人生终究是一场凄苦接着一场幻梦，她苦涩地想，就这么结束了也好。

"咔嚓"一声。

风笑颜以为这是脖子被扭断的声音，但很快发觉不对。她睁开眼睛，立刻觉得浑身的血液都要凝固了。

龙斯跃，她的父亲龙斯跃在间不容发的一瞬间挡在了她的身前。龙斯跃的身材比她高大，云湛的这一抓，直接穿透了龙斯跃的左胸，从心脏部位穿出。

龙斯跃舍命救了风笑颜。于是龙斯跃死了。和女儿分离二十年，到现在见面才不过一两个对时，连话都没说上几句。

云湛收回了沾满血迹的手，龙斯跃僵直地倒在地上。风笑颜一时间觉得头脑里一片空白，不知道是应该抱住父亲的尸体痛哭一场，还是不顾一切地去找云湛拼命。但她马上又想到，这两个举动似乎都没什么意义。

痛苦、哀伤、自责、愤怒……各种情绪在胸腔中搅在一起，好似一锅沸腾的油汤。风笑颜的身子摇摇晃晃，一口气喘不上来，眼前金星直冒，感到自己快要晕过去了。

然后她就真的晕了过去，不过晕倒的原因并非出自自身。她倒下后，身后露出了矮小的河络木叶萝漪。萝漪正举着一根手指头，显然是在风笑颜的身上施放了某种能令她昏倒的秘术。

"好了，她已经晕过去了，"萝漪很莫名其妙地对着身前的虚空说道，"我不知道你是谁，但我知道你有能力阻止这个发了疯的家伙。救他一命吧。"

萝漪话音未落，云湛的脚底陡然出现了一个陷坑。云湛的身子向下滑落，被卡在了陷坑的泥土里。接着几根粗大的绿色藤蔓从地底钻出，缠绕在了云湛身上。云湛在无意识中用力挣扎，藤蔓无法经受他的巨力，很快被扯断。但这些藤蔓十分奇特，扯断之后立即再生，并且从断口长出新的分支，被云湛打断的藤蔓越多，生长反而越密。云湛很快陷在丛生的藤蔓中，无法动弹了。

这时候又一根藤蔓钻了出来，但颜色却是深紫色，尖端还带有一朵白色的花朵，看来诡异非常。这根藤蔓像准备捕食的蛇一样，高高抬起尖端，盘绕到云湛的后脑，突然间向前疾伸，"扑"的一声，刺入了云湛的后脑。

萝漪"啊"的一声轻呼，场景更加恐怖，藤蔓的尖端赫然从云湛的前额钻了出来！鲜血从那朵白花上流淌下来，但花的颜色却还是洁白如新，看来并不会受到血液的沾染。

云湛停止了挣扎，慢慢安静下来，眼神里那种完全失去理智的狂暴在一点点减弱，皮肤上的黑气也开始变淡。与此同时，那朵白花的色泽却越来越深，那不是被鲜血所染，而是直接吸取某些东西到内部。萝漪松了口气，明白邪魂在慢慢被这朵白花吸干，这也就意味着，云湛得救了。

白花最终变成了黑色，藤蔓轻轻一抖，立即枯萎，化为无数碎片掉落下来。云湛被拖出陷坑，放在地上，呼吸平稳地陷入了沉睡中。奇怪的是，他从后脑到前额被刺出来两个洞，却并没有流太多的血，而且伤口以极快的速度在愈合。萝漪甚至不必使用秘术止血，就很轻松地替他包扎好了伤口。

"从此以后，你的身体里就应该没有什么隐患了吧？"她轻声对云湛说，"我们辰月教欠你的，总算能还一部分了。"

她又回过身，看着倒在地上的龙斯跃。他的胸口穿了一个大洞，却只流出少量发黑的血液，和那个最早被曲江离切掉头颅的中年女子的情形相仿。

"我一直都能感受到一股奇怪的精神力波动，"萝漪依旧对着身前的虚空，好似在自言自语，"通过那个女人的断头处流出来的黑血，我已经能基本作出判断了。同时操纵那么多尸体，难度可真够大的，难怪他们说话和动作都显得那么僵硬呢。龙斯跃和其他的人……在二十年前就已经死了吧？"

5

被钻了两个洞的脑袋虽然止住了血，还是疼得厉害，不过云湛强忍着疼痛，刚苏醒过来就来到龙斯跃的尸体旁，仔细查验。

"真的是早就死掉的尸体，"他长吁了一口气，"不然我就变成这小姑娘的杀父仇人了，还不得被她剁成肉渣啊……我说，她没什么事儿吧，怎么一直昏迷不醒？"

"我给她加了一个昏睡咒，"萝漪说，"我感觉，我们这位不愿意露面的朋友，好像很不喜欢面对风笑颜。虽然我不明白这是为什么，但如果想要和他谈谈，也许我们只能让风笑颜继续睡下去。"

云湛一面龇牙咧嘴地忍着疼，一面思索着眼前发生的奇变。自从进入海底城以来就和他们并肩作战对抗曲江离的龙斯跃，竟然会是一具被秘术操纵的死去多时的尸体，而他的所有同伴也和他一样。这无疑和当年的三皇子篡位一样，都是操纵尸体的御尸术在起作用。但操纵一群尸体列队并不难，要操纵十一个人各自做出各自的动作，把自己施放的秘术隐藏在尸体的动作中，尤其是还要对抗曲江离这样的高手，这位幕后操纵者的实力，恐怕不是一般的尸舞者可以比拟的。

"你为什么那么不喜欢风笑颜？"云湛推想了很久后，谨慎地开口，"她不大可能会做什么得罪你的事，那么，你排斥她，仅仅是因为她的身份了。你是和她父亲龙斯跃有仇，还是和她母亲风宿云有仇？"

对方始终没有开口说一句话，但云湛肯定这个人一直在听。他环顾四周，村民们都躲得远远的，偷偷向这边窥视，目光中充满切齿仇恨。他们目睹了救星的死亡，却也不敢上前进行报复，但他们的仇恨之火也许会像他们的虔诚信仰一样，一代代传下去。

现在也顾不上考虑那些人了，云湛站在空地中央，高声说："你是双胞胎姐妹中的妹妹风栖云是不是？风宿云抢了你老公，你就决意报复，暗害了自己已经怀孕的姐姐，却让风长青误认为她才是妹妹。"

对方并没有回答，但地面却开始轻微震动，似乎是一种愤怒的表达。云湛更坚定了自己的猜想："然后你顶替了姐姐的身份，假意协助自己的丈夫暗算了曲江离，获得法器库的藏匿地点。但你的目的并不是毁灭法器库，正相反，你其实和曲江离、连衡之流一样，充满了贪欲，你想要霸占法器为自己所用。"

不只是地面，周围的林地也仿佛有大风刮过，树叶开始轻抖。云湛叹了口气："被我说中了，对吗？你跟随着你骗来的或者说强抢来的丈夫，一路找到了这里，一直等到法器库开启的时候。到了这个时候，你才露出了你的真面目，你利用法器的力量杀害了他们所有人。

"但是和曲江离的问题一样，法器库每次开启的时间是很有限的，而每取出一件法器，都会耗费大量时间与精力。所以你并不满足，何况你也始终担心曲江离在十九年后会卷土重来。所以你留下了那些尸体，准备在十九年后利用他们的掩护，给曲江离致命一击。只不过，我们三个的到来帮你省了很多力气。

"曲江离、公孙蠹、龙斯跃、连衡……这些人各怀不同的目的，被命运牵扯到一起，彼此算计、争斗，但到了最后，唯一达到目的的却是你。比起他们，你真是太聪明了。"

林地里的树枝都摇曳起来，发出令人不安的声响。云湛的右手悬在箭壶上，随时准备开弓战斗，但郁闷的是，连敌人究竟藏身何处都不知道。他斜眼看着萝漪，却发现萝漪并没有进入临战状态，反而一脸沉思坐在地上，不由得有些纳闷。

他正准备给萝漪一个暗示，却忽然感到树木摇晃的姿态有些不正常。现在并没有什么风，树木却如同遭遇了大风一样，树干似乎都要断了。他意识到了些什么，但还没来得及逃开，离他最近的十余株大树猛然间被连根拔起，像投石车抛出的巨石一样向他横撞过来。

这些树干粗长，横飞过来的时候几乎挡住了所有的逃路，云湛别无选择，只能向上高高跃起。巨木从他脚底擦过，又飞出数丈才跌落到地上。

但这些树木仅仅是诱饵。眼看云湛跳在半空中，已经无力转换方向了，从地下骤然又伸出了几根藤蔓，并非先前那种粗藤，而是坚韧的细藤，迅若毒蛇。别说云湛已经没有暗月之力来凝出羽翼，就算有，也根本来不及反应。

几秒钟之后，云湛身上被这种比麻绳还结实的细藤捆得死死的。更多的藤蔓伸出，结成网状，将云湛吊在了半空中。而就在他悬吊之处的正下方，无数尖锐的石笋冒了出来。看得出来，只要那些藤蔓一松，云湛就只能摔下去穿在石笋上，好似蛮族人爱吃的肉串。

"云湛，你服不服？"一个冷冰冰的女人的声音响了起来，但让人无法判断方位。

好汉不吃眼前亏，云湛想着，郁郁地开了口："服了。"

"你要是再胡说八道，我就把你扔下去，"对方继续说，"好歹刚才也是我救了你的性命。"

云湛哼了一声："我哪里胡说八道了？我刚才说的错了吗？"

"你当然错了。"萝漪插嘴说。她仍然在一旁按兵不动，看见云湛身处险境也并不慌张。

"你不过来帮忙还净说风凉话！"云湛气不打一处来。

萝漪摇着头："云湛，你想想，被曲江离操纵的公孙蠹虽然厉害，但我们还能勉强相抗。刚才这几下，你有一丁点反抗的余地吗？人家有这么大的本事，还需要留下那些尸体做诱饵才能对付曲江离？"

云湛一愣，回想着那些大树连根拔起然后撞向自己的威势，回想着这些困住自己的灵活而坚韧的藤蔓，叹了口气："你说得对。我的猜测不成立，但她留下这些尸体，总还是有目的的吧？"

"当然有目的，但这世上并不是所有的目的都是坏的，"萝漪仍然悠闲地看着云湛吊在半空中摇来晃去的狼狈模样，"你是不是自从吃过我一次亏之后，就觉得天下的女人都是一肚子坏水？"

"我没有，"云湛摇头，"你早就说过，人类或羽人和你们河络不能通婚，所以在我眼里你不是女人，充其量把你看作一只狡诈的狐狸。"

"过奖了！"萝漪哈哈大笑，"可是我说这番话的意思，你明白了吗？"

云湛想了想，点点头，语气中有一种如释重负："我总算想通了。想要霸占法器库的不是她，而是她死去的老公龙斯跃。她所做的一切……其实一直都是为了维护丈夫的名誉而已啊！"

这句话刚一说出口，身下那些石笋立即缩回了地下。接着云湛全身一松，一下子掉了下去。他身手倒是灵活，半空中翻个筋斗，稳稳地双足落地。

"如果是这样的话，你当初又为什么要害你姐姐呢？"云湛问，"难道是你姐姐要做什么对你们不利的事情，逼得你不得不动手？"

对方又陷入了沉默，什么话都没有说，但云湛却发现，本来已经平静下来的树林又产生了波动——看来他的话又说错了。他的疑虑更深，把风笑颜向他讲过的一切在脑子里又重新过了一遍，试图寻找到其中的疑点。他原本一直纠结于曲江离、龙斯跃和公孙蠢这三个人，并没有把太多心思放在风笑颜的身世问题上。眼下陡然发现，原来那对孪生姐妹才是二十年前种种谜团的最终答案。这个始料未及的发现激发起云湛运用智慧揭穿真相的欲望。

他思索着这两姐妹的恩怨由来：姐姐风宿云是个温文尔雅的女子，妹妹风栖云则很不安分，专门结交邪道里的朋友，为此和家里闹翻了；龙斯跃打上门来要娶风宿云，但实际上，他认错人了，这个风流情种本来爱上的是风栖云；风栖云曾和独眼人交往甚密，她的姐夫龙斯跃也为了法器库的事而假意拜在曲江离堂下，实则是对天驱和曲江离两头欺骗……事情到了这里，都还算明朗。

但接下来发生的事情却始终没有一个明晰的答案。九个月后突然出现的怀孕女子，也就是风笑颜的母亲，究竟是谁？而到底是谁布置了森林里的机关，让她落到那样的境地？

后来这个发了疯的女人不断在墙上刻画名字："龙斯跃，风宿云。"她反复书写着夫妻俩的名字，又意味着什么呢？这代表一种怀念，还是一种刻骨的仇恨？似乎二者都讲得通。

云湛沉默着，推想着。他发现无论自己猜测是姐姐陷害了妹妹，还是妹妹陷害了姐姐，都会出现一些讲不通的情况，或者与姐妹俩的性格矛盾的情况。最关键的在于，一个能下毒手对付自己亲姐妹的人，和一个在法器库苦守了二十年并为了龙斯跃的声誉不惜忍辱负重的人，这二者很难画上等号。

那如果还有第三种情况呢？云湛忽然觉得心里有一道电光闪过，把一些过去一直没有看到的死角照亮了。他深吸一口气，高声说："你是姐姐风宿云，发疯的是妹妹风栖云。但她发疯并不是你的责任，因为她先设置机关陷害你，没想到最后算计到了她自己。"说完之后，云湛忐忑不安地等待着。

树林出奇平静，也不知对方听了他这番话究竟作何反应。过了良久，地面又是一阵轰隆隆的震动。云湛绝望地想：我又猜错了？

地面裂开了，出现了一个和方才的法器库入口差不多大小的黑洞，无数卷曲的藤蔓从地下涌出，在半空中妖异地舞动着。这些藤蔓乱糟糟地挤在一起，就像是放大了千倍的毒虫，让人看了不寒而栗。

几根最为粗大的长藤挤到了最前端，托起一个巨大的蚕茧一样的灰色物体。萝漪不知何时已经站到了云湛身边，带着古怪的预感看着那深灰色的茧。

一声轻响，巨茧从中间裂开了。云湛扬起头，死死盯着巨茧的中央。那里有一个人形的东西，它有着女人的头颅和躯干，却没有四肢。本来该生着手脚的地方，伸出了四根触手，和茧壳相连。那颗女人的头颅，有着一张堪称美丽的面容，而且很像风笑颜。把她的脸形和龙斯跃的眉目结合起来，基本上就是风笑颜的脸了。只是女人损了一目，左眼处是一个空洞，配着俏丽的脸，就有些让人不寒而栗了。

"你猜对了，"女人的头颅开口对云湛说，"我就是风宿云。你刚才说，我妹妹发疯了？"

"是的，在那个晚上之后，她生下了这个女孩，此后就发疯了，三年后死去。"云湛回答。

风宿云闭上双眼，云湛看到两行眼泪顺着她的脸颊流了下来。他拣着要紧的部分，把己方三人如何卷入这个事件，又如何一路找到法器库的方位大致向风宿云说了一番。说话时，风宿云一直看着昏迷在地上的风笑颜，表情很复杂，尤其听到风栖云凄惨的死状时，一脸的不忍。等云湛讲完，她又问："这个女孩子，一时半会儿不会醒过来吧？"

"我给她施加了昏睡咒，不到我唤醒她起不来，"萝漪说，"就是为了方便你说话。"

"那样最好，"风宿云的脸上写满酸楚，"宁可让她恨我、把我当成一个坏人，也不要让她在期盼了二十年后，才发现她的父母原来都是……"

她顿了顿，好像是在思考自己应该怎么措辞，最后对云湛说："刚才你应该听到了我丈夫和曲江离的对话。他告诉曲江离，他是一个天驱。而你过去也是个天驱，对于天驱的信仰，肯定很了解吧？"

"我了解，"云湛点点头，"因为我舍不得为了这个信仰而放弃一些其他的东西，所以我才退出了。"

"你是个聪明人，"风宿云叹息一声，"而我就是两样都舍不得放弃，才造成了今天的局面。"

云湛的心一下子抽紧了："你……你也是一个天驱？"

"没错，我是，"风宿云说，"二十年前，我丈夫来到雁都，寻找一个与他接头的人，但没有找到，因为那个人是个叛徒，已经被人除掉了。除奸者还肩负着监视我丈夫、弄清他底细的重任……那个除奸者就是我了。"

6

我和我妹妹，从小性格就南辕北辙。我比较温和，我妹妹却脾气暴躁，绝不安分。只是到了后来我也不比她好多少。她大张旗鼓地和丧乱之神的信徒们结交，误入歧途，以至于和家族闹翻，愤而出走；我却背着所有人偷偷加入天驱，而天驱在旁人的心目中，未必就比丧乱之神好得了多少。只是我妹妹被人责骂，我却还总是摆出一副温良贤淑的模样，有时想想，真是心中有愧。

唉，不提这些了，说正题吧。那一年，天驱察知有不少秘术师开始秘密集会，其中有部分人竟然挖去了自己的一只眼睛，听起来相当邪门。我们怀疑这可能是很久没有听到消息的辰月教在捣鬼，于是着手调查。这一查，查出了雁都的一名天驱是叛徒，背地里和独眼人相互勾结。

我奉命除掉了他，并在他身上发现了一封信，那是一个没有具名的人写给他的，但从称呼来看，此人也是天驱。信里并没有提任何具体事物，所以我无法判断此人到底是他的寻常之交还是与他一样都是叛徒，只能一直监视着死者的住所，等待接头人露面。

就是在那时候，我丈夫来到了雁都城，却在七夕之夜见到了我妹妹。那时候我妹妹有一个与丧乱之神信徒们的重要集会，也赶回了雁都城，无意中在街市上和他邂逅了。虽然只是一照面的工夫，我丈夫却对她一见倾心。

我丈夫龙斯跃……是一个天生的多情种子，立马找周围人打听她。但当时我妹妹离开雁都的事情很多人都知道，人们听了他的描述，把我妹妹当成了我。所以他就上门来提亲。

我族谱上的堂兄风长青，也就是那时候的风氏族长，听说了龙斯跃和云家的仇怨，对这个人十分看重，希望能招为己用，所以找我商量，希望我能答应。我完全手足无措，甚至连怎么拒绝都不知道，稀里糊涂就被堂兄拉着"先去见见人再说"。

结果那一见之下，我就忍不住心动了。他的眼睛很亮，就像能看到人的心里去。我本来准备了一些理由拒婚的，看到他的眼睛，不知怎么的就说不出口了。何况我们羽族的婚姻，本来也大多由长辈或家族主事人做主。最后我终于没能拒婚，答应了下来。我嫁给了龙斯跃，成为他的妻子。这桩婚姻虽然事出突然……但我从来没有后悔过。

啊，你想问风云两家分别发生的血案吧？这我还真知道，那也是我费了好大劲连打听带猜才弄明白的。我的丈夫之所以会卷进来，也是由云家的血案引起的。

我已经说过了，二十年前，正是法器库临近开启的时刻，曲江离自然要做好准备，网罗人才。我丈夫虽然并没有得到天驱的命令，却有一个在雁都的伙伴向他透露了一点情况。他敏感地觉察到其中有文章，所以也在悄悄注意，甚至偷窃了另一名天驱的密信。他这个人，表面上看起来潇洒倜傥，其实心里充满欲望，对高强的秘术有着无穷的渴求。一个能吸引那么多一流秘术师加盟的组织，不可能不让他心动。可是我当时半点都没能看出来，反而以为他是一个满怀信仰、不惜献身的天驱。

云家的惨案就是这么发生的。当时我丈夫急于加入到组织中去，和一个云家的秘术师打得火热，却被对方无意间看到了他的天驱指环，于是对方设计想要除掉他。

这位秘术师约他喝酒，他也隐约嗅到了点苗头，干脆拉了十多个云家子弟一块去，想让对方有所顾忌。但没想到秘术师不管不顾，还是下手了，杀人用的就是一件挺厉害的法器，一旦催动，可以把方圆一两丈内的东西都绞成碎块。

但论到反应和实战，他可不是我丈夫的对手。我丈夫在他法器发动的一瞬间突然闪身制住了他，并用他的身体为自己做掩护。结果云家的人都死了，我丈夫毫发无伤，还带走了那件法器。但此事一出，他也没法再在云家待下去，这条线索也断掉了。他决定去往雁都，和那位伙伴会合。获得这件法器，也让他开始明白了吸引秘术师们的是什么。

之后我丈夫来到雁都，娶了我，却始终没找到那位伙伴——因为那个人已经被我杀了。成亲两天后，我们出门去游山玩水的途中，我丈夫不断背着我和各种人联络。他的秘术比我高明，人也很警醒，我好不容易才找到机会追查他想干什么。我当然情愿相信他也是为了消灭这个组织才这么做的，但出于稳妥起见，即便他是我的丈夫，我也不能暴露我的任务。

事实证明我的小心是正确的。在回到雁都的前几天，我发现我丈夫显得格外紧张，我知道一定有什么重要的事发生。于是我冒险跟踪她，却发现这一次和他见面的竟然是我妹妹。

　　他们显然也是在我婚后第一次见面，彼此都有些不知所措。到这时候我丈夫才知道他提错了亲，而我妹妹更是愤怒非常，和他大吵了一架。他们俩并不知道，那时候我就躲在附近。听着我妹妹哭诉着从小到大在风家所受的种种不公正待遇，哭诉她其实也对我丈夫一见钟情，没想到最后连男人都会被姐姐硬生生抢走，我心里百味杂陈。我开始有了不祥的预感，在我们三人之间，或许会有悲剧发生。

　　我装作什么都不知道，我们俩气氛沉闷地回到了雁都，却没想到我妹妹竟然悄悄尾随而至。她的心里充满了怨恨，既想要让我们夫妻在风家待不下去，又想要报复整个风家，终于想出了一个毒计。

　　她故意散布谣言，吹嘘我丈夫的秘术天下无双，声称风家已经敌不过云家了，所以才找来他救命。这番言论自然挑唆了一些沉不住气的年轻人，约好了找他挑战。我丈夫自然不愿意惹事，无可奈何地应承下来，打算和他们好好说说。我妹妹却事先安排了偷袭。她雇了一个天罗，设下天罗杀阵，用天罗刀丝把那些年轻人切成碎块，正好和云家那些人的死状一样。等我丈夫到了，她立刻高声喊，把人都招到了现场，让我丈夫百口莫辩。

　　这之后我们只能离开风家，而我丈夫之前已经铺垫好了加入独眼人的路，很大方地把那件法器归还独眼人，迅速得到了他们的信任。他告诉我，他的目的就是揭穿整个真相，毁灭这个组织，不再让那些危险的法器流于世上。我也真蠢，那时候还是那么坚定地相信他。

　　尴尬的是，我妹妹也在这个组织里。我偶尔碰见她，总是十分尴尬，所以尽量避开她。但我没有想到，她竟然和我丈夫有了私情，不过这一点直到她试图杀害我的时候我才知道。

　　后来发生的事情你们大致也能猜到一些，我雄心勃勃的丈夫开始悄悄策反、煽动背叛，并始终告诉我，这是为了削弱曲江离的势力。尤其是他暗中挑动的那场内乱，的确令曲江离损失了不少得力手下。我更加信任他了，也就任由他一点点创建起自己的势力。

我妹妹的眼睛也是在那时候丢掉的。我丈夫通过归还法器获得了足够的信任，但她始终不能进入到独眼人的内部。她是个出奇倔强的人，竟然挖掉了自己的眼睛——而这正是曲江离挑选身边人的关键。他认为，只有连眼睛都舍得放弃的人，才算付出了足够代价，有资格为他所用。我妹妹舍弃了眼睛，却在之后的火并中失踪了。

距离法器库开启只剩三个月的时候，我丈夫终于走出了最重要的一步，和自己的亲信一起暗算并囚禁了曲江离。但是他没有料到，螳螂捕蝉，黄雀在后，连衡不显山不露水，先是假死骗过了所有人，然后抢走了曲江离。不过连衡也因此受了重伤，所以十九年前那次法器库的开启，他没能赶上。

我丈夫无可奈何，也只能按原定计划，挑人前往法器库。他本来不想带我，但法器库藏在海底，而且也不知道开启时会不会有什么机关，我很不放心他，执意要跟去，他勉强同意了。

然而就在出发前不久，我接到妹妹的信，约我回雁都一见。我们在风家的跑马溪见面，我妹妹依然冷冰冰的，却令人惊奇地挺着大肚子。她上来就给我一记当头棒喝，到了这时候我才知道，她和我丈夫相好已经有将近一年了，她肚子里的孩子就是我丈夫的。

正当我在震惊中完全不知所措时，我妹妹拔出一把匕首，突然往自己残损的左眼上狠狠插下去，我吓得大叫一声。紧接着，她用暗月秘术向我发起袭击，令我陷入幻术中，试图把我引向她早已布置好的陷阱。但就在这个时候，她肚子里的胎儿动了一下，大大干扰了她的精神力。我抓住这个机会，以明月秘术反击以消除幻境，但在生死关头，没能控制住力量，结果击中了她，令她踏入了自己布置的陷阱里，胸口中了一箭。

我站在原地，心里又惊又怒，还掺杂着强烈的嫉妒，不知道是应该上去杀死她以绝后患，还是无论如何先救了她再说。这时候我听到附近有人赶来，不知道眼前的场景该怎么解释，心想反正来人也能救她的命，于是就赶紧离开了。

沿路我回想着妹妹的举动，忽然间满头冷汗，想明白了她想干什么。她莫名其妙往自己的盲目上划一刀，只可能有唯一一个目的，那就是冒充我！因为我双目完好而她损了一目，总是巨大的差别，在她自己的眼睛无法恢复的情况下，只能制造我受伤的假象了。而如果要伪装一个新近被挖出眼睛的我，那个伤口必须是新的。

我甚至能猜到，假如她按计划杀了我之后，会把自己生下的孩子藏起来，若无其事回到我丈夫身边，然后告诉他："是我的妹妹风栖云因为嫉妒我而袭击了我，伤了我的眼睛。"然后她会一直以我的身份活下去。只是机关算尽，一点小小的意外反而让她成了受害者。

至于我，犹豫了很久之后，决定不把这件事告诉我丈夫。我知道这么做不对，他应该知道他有一个孩子快要出生才对，但我实在不愿意说出来。这无论对我还是对我的家族，都是一个耻辱。我决定把秘密永远埋藏在心里。

7

风宿云很平静地讲述着这一切，只有提到妹妹和丈夫通奸的事实时，才稍微有一点情绪的波动。云湛想着这两女一男之间解不开的爱恨纠葛，禁不住摇了摇头。

"后来的事情，我们也可以想象，"萝漪说，"你跟随丈夫和一些志同道合的背叛者找到了法器库。你丈夫一直声称此行的目的是摧毁法器库，或者永远封闭法器库，让里面的法器永远不再现世。于是你们都相信了他的话，竭尽全力协助他来到这里，等到了十九年前那次法器库的开启之日。然后……你丈夫下手杀害了除你之外的所有人。"

风宿云木然地点点头："是的。当其他人都在苦思如何摧毁那么多的法器的时候，他却凭借着自己过人的头脑，先取下了一件法器。有了法器，他的实力就比旁人高出很多，加上突然出手，别人完全没有防备，很快都被他杀害。只有我，他还舍不得杀。但他已经杀红了眼，声色俱厉地警告我，要么听他的，和他一起分享这笔财富，要么他只能连我也一起杀。我苦苦劝他罢手，劝他快离开这里，惹得他发火，挥手打了我一掌。虽然用力并不大，我还是整个人被击飞出去，结果撞碎了一个密封的陶罐，里面装着的泥土遇到空气立即化为尘土，露出其中一颗小小的绿色种子。"

"我不知道这颗种子究竟能产生什么样的效用，更不知道依靠它能不能对付我丈夫，但在那个时候，我已经完全没有选择的余地。于是我抓起那颗种子，忍着痛把它强行嵌入了我自己的左眼……"

云湛看着那个裂开的茧，再看看地下源源不断冒出的威力无穷的藤蔓，回想之前由于风宿云的愤怒而开始摇摆不休的树林，脸色有些发白："难道整个这一片的土地……"

"是的，"风宿云点点头，"我脚下的根须，已经遍布了这个海底世界的每一处土地，在这里我无所不能，即便是曲江离带再多的人来，也不可能是我的对手。十五年前，曾有几个曲江离的忠实信徒冒死找到这里，我很轻松就打发掉了他们，还把另一个看来并无恶意的闯入者送了出去。"

这印证了那本笔记提到的旅行家的亲身经历。"这么说起来，我们费尽千辛万苦跑到这里来，其实压根就是多此一举了？"云湛喃喃地说。

"不，你们来到这里，其实可以帮我很大的忙，"风宿云幽幽地说，"我在这里二十年从来没有现身，一直用秘术保留着他们的尸体，其实也是这个目的。我希望有人能……把这件事报告给天驱，告诉他们，天驱武士龙斯跃不辱使命，摧毁了丧乱之神，封锁了辰月教法器库。"

云湛十分意外："为什么？他难道不是个货真价实的天驱的叛逆吗？"

"可他也是我的丈夫，既然我完成了这个使命，和他本人完成也就没什么区别了，"风宿云的眼中涌出了泪花，"而且他付出了生命代价，就算他已经赎罪了，好吗？"

萝溯缓缓地说："我明白了。不管他做过什么，你始终都还爱着他。"

"他是我的丈夫，"风宿云坚定地说，"哪怕他十恶不赦，哪怕他和全九州为敌，他总还是我的丈夫。"

"爱情这种东西真是不可理喻，"云湛叹息着，"好吧，我答应你……小心！"

这一声喊是对着萝溯而去的，因为一直被人们忽略的那只奇特的怪物不知何时挣脱束缚站了起来，咆哮着冲了过来。萝溯还没来得及使用秘术护体，风宿云的一根长藤卷过，把怪物再次捆住。怪物发出震天动地的怒吼，徒劳地撕咬着坚硬的藤蔓，那一对属于野兽的双目中竟然透出刻骨的仇恨来。

"这只怪物是怎么回事？"云湛问。

风宿云苦笑一声："这是一只耳鼠。"

"耳鼠？是那种身子小小的，可以用耳朵滑翔的小玩意儿吗？身形倒是有点像，但怎么可能长那么大？"

"它本来是我妹妹养的宠物。那天晚上，我妹妹中箭之后，我匆匆逃离，这只耳鼠竟然跟上来了。我开始还以为它抛弃了自己的主人，想要寻求我的庇护，看它可怜兮兮的样子，就把它带在身边了。在法器库里，它不知道被哪样法器侵蚀，变成了这副样子。而此后，它就变得狂暴起来，不停地想要袭击我。我原本以为那是法器改变了它温驯的性格，后来才想明白，不是的，其实它跟上我，就是一直想要找机会报复我。法器给了它力量，令它不用再伪装了。"

"一只小小的耳鼠也那么有情有义啊，"云湛摇摇头，"和风栖云一样，虽然她确实过于偏激毒辣，好歹对自己的女儿，还是舐犊情深的。"

"说到我妹妹……她的法器后来你们找到了吗？"风宿云问。

"没有，不过风笑颜向我提到过。风家曾经遭到云家夜袭，意外地引发了毒烟，毒烟的来源正是风笑颜的居所，"云湛说，"所以我们不妨猜测，风栖云在那个探望女儿的夜晚把这件法器藏到了女儿的屋里。后来独眼人曾夜闯风家寻找它，但他们没有想到法器会藏在那个地方，只是白白送掉了风长青的性命。十七年后，它在云家放的那场大火中被毁掉了，永绝后患。"

风宿云放开那只巨型的耳鼠，耳鼠转身跑开了，一直躲藏在屋里的村民们这才战战兢兢地开门出来。风宿云想躲都来不及，很快被激动万分的村民们包围了起来。

"原来您才是真正的神！"他们看着这个以自己的见识完全无法理解的生物，发出敬畏的膜拜声，"求神庇佑我们！"

风宿云看着村民们，有些不知所措。云湛笑了笑，冲她挤挤眼睛："你看，现在你成为真神了。信仰这种东西，有时候好，有时候坏，看你怎么用了。他们的未来，以及他们子孙的未来，都靠你决定了，你一定能改变他们的命运。"

风宿云沉默了半晌："可是我的命运呢？谁又能改变我的命运？我现在这个样子，也许还能活几十年甚至几百年，永远不能离开这个深深的海底，永远孤独下去。"

"我会找时间来探望你的，我保证，"云湛说，"这世上能让我佩服的人寥寥无几，你就是一个。我甚至可以帮你编个故事，把当年发生的事情编圆了，让风笑颜以为你才是她的母亲……"

"我不要！"风宿云大喊一声，吓得跪在地上的村民们叩头如捣蒜，"她不是我的女儿，她是我妹妹的女儿，我不要再见到她！永远都不要再见！"

云湛满脸不忍，却也说不出话来。他来到方才法器库的地穴裂开的位置，蹲下身去，仿佛要看透厚厚的地面，看到那些十九年才能出现一次的恐怖的秘密。仅仅是刚才在生死搏斗中的一瞥，他也能感受到那些法器的惊人的诱惑，感受到法器中勃勃跳动的无法遏制的欲望。汤家、曲家、三皇子、崔松雪、云浩林、曲江离、龙斯跃、公孙矗、公孙克……那么多有关的无关的人为它而丢掉了性命，而到了最后，法器库的奥秘却掌握在了一个本来对它全然不感兴趣的女子手里。为了丈夫的名誉，她不惜把自己变成了一个半人半植物的怪物，虽然拥有着法器的恐怖力量，却将会在这里忍受着孤寂的煎熬，忍受着永远无法消弭的心灵的伤害，直到生命终结。

命运的安排何其不公，却又何其玄妙啊！云湛感慨地想着。他背对着风宿云，缓缓地问："我还有最后一个问题，风栖云恨的是你，可为什么要把你和你丈夫的名字都刻在墙上？你能理解她当时是怎么想的吗？"

"很容易解释，"风宿云回答，"那是她内心对和我丈夫在一起长相厮守的执着渴望。"

"但她明明写的是你的名字啊！"

"不，那就是她的名字，"风宿云给出了一个出乎意料的答案，"大约是在她头脑错乱了之后，某些记忆反而更清晰，所以记起了自己原来的名字吧。"

"这到底是怎么回事？你们到底谁是风宿云，谁是风栖云？"

"如果按我们出生时的名字来算，原本她才是姐姐风宿云，而我是妹妹风栖云，我们从小一起长大，"她陷入了久远的回忆中，"到了四岁的时候，我们已经开始懂点事了，每一次争吵，家里人总会让她让着我，因为她是姐姐，姐姐应该让妹妹。她当然不高兴啦，因为我们是孪生姐妹，所谓谁大谁小，其实根本没有意义。我妹妹是个绝不愿意受委屈的人，所以有一次，当我无意中闯祸摔碎了我父亲最喜欢的烟斗的时候，她对我说，她可以替我承担这一次的责骂，但她再也不愿意做姐姐了。我当时怕得要命，想都没想就答应了她。所以我们从四岁开始，就互换了身份。从出生的顺序上来说，其实我才是妹妹，但是这么多年扮演风宿云，早就习惯了。她在我心目中，也始终是那个任性的妹妹了。"

"所以我也不怪她，我是姐姐，无论怎么样都应该原谅妹妹，何况她受的苦不比我少。你们就把一切罪过都推到我身上吧！告诉那个女孩，她有一个很好很好的父亲，和一个很好很好的母亲。这样她在想到自己死去的父母时，也能有一些慰藉……"

尾　声

　　石秋瞳靠在船舷上，半睡半醒间不断被噩梦折磨。船外海浪的涛声在梦境中被放大成席卷一切的海啸，又或者是海底喷发的火山岩浆，又或者是成群的海兽、海怪，使云湛一会儿化为浮尸，一会儿被烧成灰烬，一会儿被撕咬成白骨，让她总是稍微睡一会儿就惊醒过来。

　　终于在最后一个噩梦，云湛被海底的潜流拖进了深不见底的海沟，压得比一张纸片还薄。醒来时，她看见了活生生的云湛。这一次不是梦了。云湛满身疲惫，头上还缠着布条，看来头部受了伤，但嘴角的那丝坏笑始终没有改变。

　　她心里激动万分，差点就想要扑过去，但最后只是慢吞吞站起来，淡淡地问："都解决了？"

　　云湛没有回答，反问她："战争已经不会发生了，你为什么还不带着水师回去？"

　　"因为我仍然不放心唐国，需要在这里继续警戒……"石秋瞳说到这里，忽然停住了，再开口时声音低了很多，"其实是因为这里离法器库比较近，我能够尽早听到你回来的消息。"

　　云湛微微一笑，握住她的手，拉着她在甲板上席地并肩而坐，任由谷玄退去后的灿烂星月沐浴在身上。他把法器库里发生的一切向石秋瞳说了一遍，石秋瞳侧头看他："你的头……真的没事了？"

　　"当然还有点痛，但那只是皮肉伤了，"云湛说，"风宿云……真是一个了不起的女人哪！"

"她的确是，"石秋瞳点点头，"如果同样的事情发生在我身上，我也许……连龙斯跃和风栖云一起杀死。"

"所以回来的这一路上，我想到了很多，"云湛说，"这个女人虽然是个天驱，但她所做的一切，并不是为了天驱，而是为了她的丈夫，并且是背叛了她的丈夫。这样的感情也许在旁人看来不可思议甚至可笑，但它超越了信仰的力量。或者说，那样的爱情，本身就是最坚定的信仰吧。"

"所以……"石秋瞳等着云湛给出结论。

"我决定回到天驱了，"云湛说，"我不见得会因为自己是个天驱武士而感到多么光荣，但也不会以它为耻了。因为真正的信仰属于我的内心，无论我是天驱还是其他的什么，都不能改变。我出生之前父亲就被杀了，是一位天驱救了我的母亲，也救了我，我还欠天驱很多东西，而我除了欠钱之外，欠任何东西都不高兴。我会回到天驱，为他们做一些事，还清我所欠的。希望你能等我。"

"等你？等你什么？"石秋瞳的声音有些颤抖。她抬起头，正看见云湛的双眼。在过去的十年里，这双狡黠的眼睛无论何时看向她都是躲躲闪闪，饱含着歉疚、不舍、烦乱、委屈等复杂的情绪。但现在，这双眼睛如天空般澄明，深深地与她对视，带有一种她从未见过的热情与坚定。

"等我回来，"云湛一字一顿地说，"我要娶你。"

石秋瞳在那一刹那觉得自己身在云端，飘飘然浑似失去了重量。她的心跳骤然加快，感到脸烫得像着了火一样。云湛的话像从云里飘下来的一样，让她恍惚间有种不真实感——难道我还在梦里没有醒过来？

"你还记得吗？"云湛在她耳边说，"当我们在南淮城里发现木叶萝漪的踪迹时，你曾建议我去找天驱的同伴。当时你心里想的是靠天驱来制止辰月教，可我脱口而出的话却是'有我保护你就够了'。那也许是一场席卷九州的大灾难啊！可是我的第一反应只想到保护你。也许这种念头很不'天驱'，很不英雄，但它却是我真实的内心，永远无法否定的真实的内心。人可以欺骗别人，却不能欺骗自己。"

"我不想再给我们背上太多的包袱，套上太多的枷锁，生活不是囚牢。风宿云的丈夫是一个野心家，是一个叛徒，她亲手毁掉了他的事业，亲手夺去了他的生命，可她依然爱着龙斯跃，它们并不矛盾，我们又何必自己制造矛盾？也许有一天我会和你的父亲兵刃相见，也许有一天我会亲手割下他的脑袋，但无论怎么样……我要娶你。就算有一天我可能死在你的手里，我还是要娶你。"

石秋瞳没有回答。她觉得船舷外的海浪声是那么悦耳动听，胜过她这一生中听过的所有的乐曲，让她产生对着渐渐亮起来的天空放声大喊的冲动。

"再等我一年，也许两三年，我为天驱再做一些事，还清我所欠的，然后我就会回来娶你，"云湛凝视着从湛蓝的海水下缓缓升起的红日，"你愿意等我吗？"

石秋瞳轻轻把头靠在云湛的肩上，用梦呓一样的语调轻声呢喃："你知道的。我已经等了快十年了，再来一个十年，我也会等下去。我等着你。"

几天之后，衍国水师回到了宛州。这一场终究没能打起来的大战让人们议论纷纭，各种各样的猜测与流言满天飞。但无论如何，对于普通百姓来说，能不打仗就是最好的结局。

"为什么不跟着我回南淮呢？"云湛问风笑颜，"其实我觉得你虽然不如我聪明，但也比一般人脑子灵活点，也许可以做我的助手。"

"明知故问，"风笑颜扮个鬼脸，"我待在南淮干什么，插在你们俩中间做一盏亮闪闪的油灯吗？"

"虽然我很穷，但一定要我养两个的话，我也不是不能考虑。"云湛一本正经地说。

"得了吧，"风笑颜吐吐舌头，"我还不知道你？口是心非的东西。我要是真过去找你，你一转身就能逃到北荒去……别再做一脸遗弃了我的歉疚状了，别以为女人离了你们就没法活，姑奶奶到哪儿都能活得很开心，而且肯定能找到一个比你帅十倍的男人！"

"那样的男人还没生下来呢，"云湛嘟囔着，但心情也轻松了许多，"那你打算去哪儿？"

"回宁南，去看看我娘的坟墓，"风笑颜说，"她虽然做了坏事，咎由自取，总还是我的生身母亲。"

云湛愣住了："你……你全都听见了？"

"别忘了，我虽然打架不行，玩弄小把戏却比谁都在行，"风笑颜轻笑一声，"昏迷咒对我不管用的，我只是装晕而已。"

"那你……"

"我没什么，"风笑颜飞快地说，"他们是他们，我是我。既然我姨妈可以坚决地爱着一个背叛了她的男人，要我接受一对已经死去那么多年的父母，没那么困难吧？"

"我相信你，是真心话，"云湛由衷地说，"有空的话，别忘了回南淮看看。"

风笑颜好像被风迷了眼，漫不经心地揉揉眼角，忽然换出嘲讽的口吻："喂，我觉得那个辰月教教主也对你有点意思呢！她离开的时候虽然没有回头，但是我看得出来她心不在焉的，差点绊一跤。你能相信辰月教教主走路被绊一跤吗？"

"我们羽人和河络不能通婚，所以这种大玩笑就别开了。"云湛严肃地说。

"切，我听南淮城的说书先生讲过一个《成人礼》的小段子，故事里的夸父和蛮族人都能相恋，精神恋爱嘛……好了我不说了，不说了还不成吗？"

云湛替风笑颜牵着马，把她送到了官道上。风笑颜一只脚踩上马镫，却又放了下来，脸上犹豫不定。过了很久，她像是终于下了决心，又走到云湛面前。云湛惊讶地发现，她的神情有些严肃。

"你老是说我脑子没长全，说我什么情况下都喜欢傻笑，那么没心没肺，而且遇到什么事都能扔下。你知道为什么吗？"风笑颜问。

云湛摇摇头，风笑颜浅浅地一笑："在我三岁那年，我娘死了，我爹不知所踪，我在风家一个人孤苦伶仃，想要报仇都不知道该找谁。我娘死后的几个月里，是我的人生最灰暗的时候。有一天晚上，我偷偷溜出门，想到我母亲那间被烧掉的小屋的废墟去，却又迷路了。我在偌大的风家院子里四处转悠，终于忍不住悲从中来，哭了起来。"

云湛忽然浑身一震，有些难以置信地看着风笑颜。风笑颜继续说："就在这时候，我身边钻出一个大概七八岁的男孩。他自己个子也小小的呢，说起话来可气派得不行，他对我说……"

"别说了！"云湛一拍额头，"我有点印象了！你就是当时那个小女孩？"

"那会儿你不认识我，我可认识你呢，"风笑颜笑嘻嘻地说，"人人都知道，大名鼎鼎的风蔚然，是族长风长青的养子，偏偏是个不能飞的无翼民，成天吊儿郎当惹人嘲笑。几个月前我们碰面时，你一提你曾用过风蔚然的名字，我就认出你来了。没想到你还是和小时候一样没出息，不过……"

她凝视着云湛，郑重地说："谢谢你！"

风笑颜伸出双臂，轻轻拥抱了一下云湛，跳上马，头也不回地打马离开。马蹄在官道上踩出一溜欢快的尘烟，云湛看着她的背影渐渐远去，忽然间觉得自己的眼眶也有一点湿润的感觉。十七年前早已被他遗忘的往事又从布满灰尘的角落里慢慢浮现。

"喂，那么晚了，一个人在这儿哭什么呢？"云湛，或者说八岁的风蔚然低头看着这个哭泣的小女孩。

"不用你管！"小女孩冷淡地回答，迅速抹干了脸上的泪水。

"还挺倔，"风蔚然不顾对方的躲闪，硬是摸了摸她的脑袋，"被院子里的小孩欺负了？被爹娘教训了？被风长青那个老王八蛋处罚了？"

"我说了，不用你管！"女孩撅着嘴，但显然已经被"风长青那个老王八蛋"的称呼逗乐了，清秀的脸庞虽然极力绷着，还是露出一丝笑意。

"没关系啦，想开一点，那个老王八蛋事最多，谁都难免在他手里遭点罪，"风蔚然说，"你知道吗？明天我就要被风长青送到宁南城，去给云家做人质，这已经是我在风家的最后一天了。"

女孩呆呆地看着他："做人质……你不难过吗？"

"有什么好难过的，这就是人生啊！"八岁的小屁孩摆出一脸假模假样的沧桑，"我从小死了爹，不久前又死了娘，现在还得去替老王八蛋做人质，还不是一样得活下去？"

小女孩低下头，轻声说："原来你和我一样啊……"

风蔚然并没有听到这句话，仍然自顾自地说下去，脸上带着满不在乎的懒散笑容："生活永远是该死的，但是生活该死，我们不该死，我们总得开开心心地活下去。尤其是，当别人都挺希望看到你难过的样子的时候，你就乖乖地让他们看到你难过了，岂不是很伤自尊的一件事？"

小女孩仍然没有说话，但已经不再哭泣，而是咬着手指头站在那里，似乎在思考着风蔚然的话。风蔚然蹲下身子，拍拍她肩膀："好了，别哭了，回屋去吧。记住我说的，天底下的事没什么大不了的，有机会的话，就多笑笑。别人想要看你哭的时候，你尤其要笑。"

女孩沉默了许久，忽然用力点点头，向云湛绽放出一个灿烂的笑颜。她转过身，摇摇摆摆地向远处跑去，小小的身影很快消失在黑暗中。

"这小妞……笑得还真好看。"风蔚然嘟囔着，随便找了块平地坐下来。刚才的那一番话勾起了他的心事。年仅八岁的孩子想着从未见过面的难产而亡的母亲，想着在重病中苟延残喘却仍然难逃一死的父亲，想着即将在云家开始的人质生活，想着从小到大经历的冷漠人世，想着前路迢迢的未来，不知不觉间就掉下了眼泪。他并不知道，命运在那一刻悄悄拉开了一根长线，将他和那个不知名的小女孩在十七年之后连在了一起。